Christine Rimmer

El regreso de la princesa

_—.—_

La dulce espera

_—.—_

Unidos por el destino

Tiffany
TM

Editado por Harlequin Ibérica.
Una división de HarperCollins Ibérica, S.A.
Avenida de Burgos, 8B - Planta 18
28036 Madrid

© 2024 Harlequin Ibérica, una división de HarperCollins Ibérica, S.A.
N.º 169 - 1.5.24

© 2003 Christine Rimmer
El regreso de la princesa
Título original: The Reluctant Princess

© 2003 Christine Rimmer
La dulce espera
Título original: Prince and Future... Dad?

© 2003 Christine Rimmer
Unidos por el destino
Título original: The Marriage Medallion
Estos títulos fueron publicados originalmente en español en 2007

I.S.B.N.: 978-84-1062-844-1
Depósito legal: M-7282-2024
Impreso en España por: BLACK PRINT
Fecha impresión Argentina: 28.10.24
Distribuidor para México: Distibuidora Intermex, S.A. de C.V.
Distribuidores para Argentina: Interior, DGP, S.A. Alvarado 2118. Cap. Fed./Buenos Aires y Gran Buenos Aires, VACCARO HNOS.

MIXTO
Papel procedente de fuentes responsables
FSC www.fsc.org
FSC® C159065

ÍNDICE

EL REGRESO DE LA PRINCESA

CHRISTINE RIMMER

1

La última cosa que esperaba encontrarse Elli Thorson al entrar en su salón aquella soleada tarde del mes de mayo era un vikingo.

Poco después de las cinco de la tarde, Elli había aparcado el pequeño BMW plateado detrás de su edificio y había sacado dos bolsas llenas de comida del maletero. Había pedido al dependiente de la tienda que se lo pusiese todo en bolsas de papel porque no le quedaba ninguna. Lo más probable era que todo hubiese sido diferente si las hubiese elegido de plástico.

Si hubiesen sido de plástico, las habría agarrado por las asas y nada habría entorpecido su visión. Habría visto al vikingo antes de cerrar la puerta y tal vez hubiese podido salir corriendo.

Pero había subido las escaleras que llevaban a su piso con ambas bolsas en los brazos, el bolso caído en el antebrazo izquierdo y la llave preparada en la mano derecha. Tal vez, si no hubiese tenido preparada la llave, si hubiese dejado las bolsas en el suelo para buscarla, y hubiese abierto la puerta antes de recoger las bolsas...

Pero no había sido así, y el curso de una vida podía verse alterado por semejantes nimiedades.

Elli había apoyado la bolsa que llevaba en la mano derecha en la puerta. Así, había metido la llave en la cerradura de arriba. Luego había doblado las rodillas y se había girado un poco para meter la llave en la cerradura de abajo y abrirla también. Después había empujado la puerta hacia dentro, agarrando con fuerza las bolsas.

La entrada de su piso, que separaba la cocina del salón, era muy pequeña. Elli tropezó con el felpudo. Le dio una patada a la puerta y la cerró. La pequeña mesa de la cocina estaba allí mismo, así que dejó las bolsas. Dejó las llaves y el bolso al lado de las bolsas y fue hacia el salón.

Fue entonces cuando lo vio.

Ahí estaba. Un hombre vestido con pantalones muy negros, botas negras y una camiseta negra que le marcaba los pectorales. Era rubio y tenía cicatrices y el rostro duro. Y era grande. Muy, muy grande. Tenía el cuerpo fuerte y musculado. Solo su tamaño ya le habría dado miedo, aunque no hubiese estado en medio de su salón, sin que nadie lo hubiese invitado, de un modo inesperado y poco grato.

Elli se quedó tan sorprendida al verlo que dio un paso atrás y gritó.

El hombre, que la miraba fijamente con penetrantes ojos azules grisáceos, se llevó el puño derecho al corazón y dijo con gravedad:

–Princesa Elli, su padre, el rey Osrik de Gullandria, le manda saludos.

Fue cuando la llamó princesa cuando Elli se dio cuenta de que era un vikingo, y no un vulgar ladrón al que hubiese pillado con las manos en la masa. Era un vikingo porque eso era lo que eran, básicamente, los habitantes de Gullandria.

Gullandria. A pesar de que Elli había nacido allí, el lugar siempre le había parecido sacado de un cuento de hadas, un cuento que recordaba a duras penas de lo que le había contado su madre.

Pero Gullandria era real. Una isla con forma de corazón, situada entre las islas Shetland y Noruega, en el mar de noruega, donde seguían dominando los legendarios escandinavos.

Su madre, Ingrid Freyasdahl, se había casado a los dieciocho años con Osrik Thorson, que poco después se había convertido en el rey de aquel país. Cinco años más tarde, Ingrid había abandonado al rey para siempre, llevándose a sus tres hijas de vuelta a California, de donde ella misma procedía. Por aquel entonces había sido un escándalo, y la historia seguía apareciendo de vez en cuando en alguna revista.

A Elli le latía el corazón con fuerza. No recordaba a su padre. Solo sabía lo que su madre le había contado y los absurdos escándalos que había leído en ciertas ocasiones. Osrik Thorson le parecía tan poco real como el país en el que reinaba.

–¿Cómo ha entrado aquí? –preguntó Elli.

El intruso abrió la mano para saludarla. En la palma tenía tatuado un rayo dorado y azul.

–Hauk FitzWyborn, guerrero del rey, fiel a su padre, su majestad, el rey Osrik de la casa de Thor. Y estoy a su servicio, princesa.

Ella resistió el impulso de alejarse de aquella enorme mano, pero se limitó a burlarse de él.

–¿Cuál era mi pregunta? Porque no creo que le haya preguntado eso.

El hombre parecía un tanto afligido.

–Me parecía más sensato, alteza, esperarla dentro.

–¿Más sensato que llamar a la puerta, como cualquier ser humano normal y civilizado?

Como respuesta, él asintió levemente con aquella cabeza rubia.

–Aquí, en Estados Unidos, lo que ha hecho se llama allanamiento de morada. ¿Le parece sensato?

El hombre se encogió de hombros.

Elli intentó pensar con rapidez. Se sentía amenazada, a pesar de saber que aquel enorme intruso no representaba ningún peligro.

Lo miró de reojo.

–Ha dicho que estaba a mi servicio.

–Soy fiel servidor de su padre, lo que significa que también la sirvo a usted.

–Estupendo. Pues empiece por marcharse de mi casa.

Él cruzó aquellos musculosos brazos, no parecía dispuesto a marcharse a ningún sitio.

–Su padre desea su presencia en la corte. Desea verla, hablar con usted. Tiene... asuntos importantes que discutir con usted.

A Elli aquello le parecía tan insultante que se ruborizó.

–Mi padre no ha hecho ningún esfuerzo a lo largo de los años para ponerse en contacto conmigo. ¿Qué puede ser tan importante para que quiera verme ahora?

–Permítame que la lleve frente a él. Su majestad se lo explicará todo.

–Escuche. Escuche atentamente –le pidió Elli utilizando el mismo tono que empleaba con sus obstinados alumnos de cinco años–. Quiero que se vuelva a Gullandria y que le diga a mi padre que si quiere hablar conmigo, que me llame por teléfono. Una vez que sepa qué está pasando, yo decidiré si quiero verlo o no.

El vikingo frunció el ceño. Estaba confundido, pero no tanto como para tirar la toalla y marcharse.

—Haga la maleta, princesa —dijo—. Tome solo lo necesario, el resto se le proporcionará en Isenhalla.

Isenhalla. La pared de hielo. El palacio de los reyes de Gullandria...

—Creo que no me ha escuchado bien. Le he dicho que no iré a ningún sitio con usted, y que está en mi casa sin mi consentimiento. Quiero que se marche.

—Haga las maletas, por favor.

—Le he dicho que quiero que se vaya —repitió ella con más firmeza que la primera vez.

—Lo haré cuando haya hecho las maletas. Nos iremos juntos.

Se hizo el silencio. Elli miró al vikingo y él le devolvió la mirada sin parpadear. Del exterior, se oían los sonidos de todos los días: los pájaros cantando, un claxon, una sirena a lo lejos.

Aquellos sonidos hicieron que a Elli le entrasen ganas de llorar.

Aquello le hizo pensar en los hermanos que nunca había conocido. Había tenido dos, Kylan y Valbrand. Kylan habían muerto siendo todavía un niño, pero Valbrand había crecido en Gullandria con su padre, el rey. A lo largo de los años, sus hermanas y ella habían hablado de cómo sería conocer a su hermano algún día.

Algo que ya no sería posible.

Valbrand también había muerto. Como Kylan.

¿Sería esa la clave de lo que estaba ocurriendo en esos momentos? Su padre ya no tenía más hijos, tal vez por eso sus hijas fuesen de pronto valiosas, lo quisieran o no.

Sí. Elli suponía que aquello tenía sentido.

Tal vez fuese todo una trampa. Tal vez aquel hombre hubiese sido enviado por un enemigo de su padre. O quizás fuese un simple criminal, como Elli había pensado al principio, que quería secuestrarla...

Lo que era evidente era que el tal Hauk FitzWyborn no aceptaría un no por respuesta.

Lo único que podía hacer era escapar. Se dio la vuelta hacia la puerta y agarró el pomo.

Pero no pudo abrirla.

El hombre se movió con una velocidad sorprendente para alguien tan grande y la agarró. Ella gritó... una vez. Y luego una enorme mano le tapó la boca y la nariz.

En aquella mano había un pañuelo, un pañuelo que tenía un olor fuerte, amargo.

La había drogado...

–Perdóneme, alteza –murmuró el vikingo.

Y todo se volvió negro para Elli.

2

Hauk miró a la princesa, que descansaba en sus brazos.

Era delgada, pero no era pequeña. Tenía los huesos largos y unos pechos turgentes, el tipo de pechos que podían servir para complacer a un hombre y para alimentar a los hijos que este le diera. Sus labios eran generosos y, en esos momentos, guardaban silencio y estaban relajados.

«La dócil», la había llamado su amo. Lo era gracias a la droga. Pero Hauk había mirado en la profundidad de sus ojos azules y había visto acero en su interior.

–De acuerdo con mis espías, ella es, de las tres, la más dócil –le había dicho el rey–. Tienes que traerla. Pero, por favor, trátala con cuidado.

Hauk sacudió la cabeza y la llevó al sofá que había pegado a la pared del fondo. Le colocó un cojín debajo de la cabeza, le quitó los zapatos y le arregló la falda, que le llegaba por encima de aquellas bonitas rodillas.

Dio un paso atrás y la miró, pensando qué hacer. El efecto de la droga pasaría pronto y ella no estaría contenta cuando se despertase. Tendría que inmovilizarla.

Odiaba tener que hacerlo. Parecía tan dulce.

A duras penas, Hauk buscó en la bolsa que había dejado detrás de una silla una cuerda y una mordaza.

Con cuidado puso a la princesa de lado, de cara a la pared.

Se le daban bien los nudos. En un par de minutos le había atado las manos a la espalda, las rodillas juntas y también los tobillos.

Luego, le pasó otro trozo de cuerda por la espalda y unió las cuerdas de las muñecas con las de los tobillos, estirándole los pies ligeramente hacia arriba y hacia atrás.

Una vez que hubo acabado, volvió a alejarse.

Le dio la vuelta y la puso de nuevo de cara al salón. No le gustaría estar atada cuando despertase, pero al menos vería lo que había a su alrededor.

Vio con el rabillo del ojo que algo se movía y se puso tenso. Luego, volvió a relajarse. No eran más que los dos gatos que había visto al entrar al apartamento. Uno era grande y blanco, el otro, elegante y negro. Ambos estaban sentados debajo de la mesa de la cocina y lo miraban.

–Ojos de Freyja –murmuró Hauk, y se sonrió. Era un comentario muy adecuado. Freyja era la diosa del amor y la guerra. Y su carro estaba tirado por gatos.

Luego se volvió hacia ella, Hauk tenía una misión que cumplir antes de que cayese la noche.

Elli gimió y abrió los ojos. Estaba tumbada de lado en su sofá, tenía una bola de pelo blanco delante de la cara y un cojín debajo de la cabeza.

Y, hablando de la cabeza... le dolía. Tenía el estómago revuelto y la boca...

¡La habían amordazado! Le dolía la mandíbula y tenía la garganta seca y áspera, mientras que la mordaza estaba empapada de saliva.

Y aquello no era todo. La habían atado de pies y manos.

—¿Rrr? —el sonido provino de la bola de pelo blanco que tenía delante de la cara. Doodles le apoyó la nariz en la mejilla y volvió a preguntar—: ¿Rrr?

Luego saltó a la moqueta y fue a la cocina, con la esperanza de que Elli hubiese pillado la indirecta y fuese detrás de él a prepararle la cena.

Elli gimió y tiró de las cuerdas que la apresaban. Aquello pareció empeorar.

—Será mejor que no haga fuerza, alteza —le dijo una voz profunda y tranquila al otro lado del salón.

Era él, el vikingo. Estaba sentado en un sillón, frente a ella.

—Si hace fuerza, la cuerda se apretará todavía más —su tono amable la hizo desear poder clavarle algo largo y puntiagudo en el corazón.

Al lado del sillón en el que estaba sentado aquel extraño estaba una de sus maletas.

—Nos marcharemos enseguida, princesa. Estamos esperando a que oscurezca.

Él la observó en silencio, con expresión implacable. Ella le devolvió la mirada, furiosa.

Elli solía ser una persona buena y fácil de tratar, no era tan ambiciosa como su hermana mayor, Liv, ni tan valiente y aventurera como la pequeña, Brit. Siempre había pensado que era la más normal de las tres, que quería un trabajo sin importancia, que no le ocupase todo su tiempo, un hogar que llenar de amor y, tal vez, un buen hombre a su lado. Solían bromear las tres y decir que Liv gobernaría algún día el mundo y Brit lo exploraría. Sería Elli la que se casaría y daría al mundo la siguiente generación.

No obstante, en esos momentos, lo único que sentía era enfado. No, aquella era una palabra demasiado suave. Lo que de verdad sentía era una creciente ira.

¿Cómo se había atrevido aquel hombre? ¿Quién le había dado derecho a entrar en su casa, darle órdenes, dejarla sin sentido y atarla?

¿Su padre?

Eso había dicho el vikingo.

¿Acaso su padre tenía derecho? No, no lo tenía. Las había abandonado hacía más de veinte años.

Y, aunque su padre tuviese cierto derecho, nada en el mundo justificaba un secuestro. Era una atrocidad, un crimen.

Elli quería que la desatasen y le quitasen la mordaza. Y quería que lo hiciesen en ese preciso instante. Gruñó y se retorció, colérica.

Tal y como le había dicho el vikingo, la cuerda se apretó más, hasta que los talones le tocaron las manos y sintió un calambre en el muslo derecho. Era terriblemente doloroso.

Gimió, se quedó quieta y se obligó a respirar despacio y profundamente, para relajarse lo máximo posible dada su postura. Empezó a sudar. Cerró los ojos y se concentró en su respiración, esperando que el calambre pasase.

Sintió que el dolor disminuía y abrió los ojos. El vikingo estaba a su lado.

Dio un grito ahogado al ver la empuñadura negra de la navaja.

El vikingo se agachó sobre ella y cortó la cuerda que le unía las manos y los tobillos.

Elli se sintió aliviada. Estiró las piernas y se le pasó el calambre por completo. Entonces, a pesar de que sabía que era una locura, intentó darle una patada.

Él se apartó, cerró la navaja y se la metió en la bota. Luego volvió a ponerse en pie.

–Siento haber tenido que atarla, princesa, pero su padre me pidió que la llevase hasta él, quisiese o no. No puedo permitir que se me escape, ni que grite para pedir ayuda.

Ella hizo una serie de gruñidos, acompañados de un movimiento de cabeza cada uno.

–¿Quiere que le quite la mordaza? –preguntó él a regañadientes.

–Umm, uhgh, ummngh –dijo ella asintiendo.

–Lo haré si me promete por su honor como descendiente de reyes que no gritará.

Elli volvió a asentir con firmeza.

El hombre la miró en silencio y ella le pidió con la mirada que le quitase la mordaza.

–Es una princesa de la casa de Thor. El honor debería serlo todo para usted –dijo con escepticismo–. Pero ha crecido en este... –hizo un gesto señalando hacia la puerta del balcón. El sol ya se estaba poniendo–. California es un lugar cálido y agradable, nada que ver con las duras nevadas y los fiordos de nuestra isla natal. No conoce las interminables noches de invierno. Los gigantes helados de Ragnadok no la acosan en sus sueños. Tal vez el honor no sea para usted tan importante como debería.

Elli conocía los mitos escandinavos, pero, no obstante, aquellas palabras parecían sacadas de *El señor de los anillos*. Aquello debía haberle sonado ridículo, pero no, entendía perfectamente lo que aquel hombre quería decirle. Creía que Elli no sería capaz de mantener su palabra, que gritaría todo lo que pudiese en cuanto le quitase la mordaza.

Y eso era exactamente lo que había planeado un

minuto antes. Pero había cambiado de opinión. No gritaría. Aunque estaba mucho más enfadada que un minuto antes. Estaba furiosa.

No se movió, no respiró. Se limitó a mirarlo fijamente, deseando ser capaz de reducirlo a cenizas con aquella mirada. Era evidente que aquella mirada era lo que él había estado esperando, porque se agachó y le quitó la mordaza.

–Perdóneme, alteza. Quiero que esté cómoda, pero también quiero saber que puedo confiar en usted.

–No le perdono –murmuró ella–. Así que no vuelva a pedirme que lo haga.

Elli apretó los labios, se pasó la lengua por los dientes y tragó saliva varias veces para aliviar su garganta. Finalmente, dijo en voz baja:

–Agua, por favor.

Él fue a la cocina y enseguida volvió con un vaso. Lo dejó en la mesita del café y la ayudó a sentarse. Se le había subido la falda hasta la mitad de los muslos. Él se la bajó hasta las rodillas. Elli deseó poder darle una bofetada para que le quitase esas enormes y ásperas manos de encima, pero se limitó a apretar los labios. En el fondo, quería bajarse la falda, pero ella sola no podía con las manos atadas.

Luego, el vikingo le llevó el vaso a los labios. Elli se bebió el vaso entero.

–¿Más? –preguntó él.

Ella sacudió la cabeza. Lo tenía muy cerca. Tan cerca que podía olerlo. Su piel olía a especias y a limpio, como a clavo, a césped y a ramas de cedro recién cortado. Todas las Navidades, su madre decoraba los manteles y la barandilla de las escaleras con ramas de cedro. A Elli siempre le había encantado aquel olor...

¿Qué le pasaba? ¿Acaso había perdido la cabeza?

Aquel hombre la había atado y se la iba a llevar de su casa a la fuerza. En lo último en lo que debería estar pensando era en lo bien que olía.

Se separó de él todo lo que pudo.

Sin decir una palabra, él dejó el vaso vacío en la mesita, se puso en pie y atravesó el salón para volver a sentarse en el mismo sillón que un rato antes, como si le resultase incómodo estar cerca de ella. Bien. Ella se sentía del mismo modo.

Durante varios minutos, ninguno de los dos habló. El vikingo estaba quieto. Elli se movió inquieta y no pudo evitar intentar liberarse de las cuerdas, que no se aflojaron.

Entonces, pensó que la única arma que tenía a su disposición era su propia voz. No podía gritar para pedir ayuda, le había prometido que no lo haría. Pero no le había prometido que no fuese a hablar. Y las palabras, bien utilizadas, podían servir de armas.

Se irguió y dejó escapar un largo suspiro.

—¿Sabe que esto es un secuestro? En Estados Unidos se sanciona con la pena de muerte.

Él apartó la mirada hacia la cocina, donde los dos gatos, Doodles y Diablo, esperaban la cena que tanto estaba tardando. Elli empezó a preguntarse si el vikingo le respondería.

Entonces, aquella mirada azul grisácea volvió a posarse en ella.

—No sufrirá ningún daño. La llevaré ante su padre. Él se lo explicará todo.

Ella se sintió furiosa y frustrada, pero se contuvo.

—Eso no importa. El caso es que...

Él levantó la mano tatuada.

—Ya vale, le he dicho lo que va a pasar. Ahora, guarde silencio.

–Desáteme. Tengo que dar de cenar a los gatos.

Él se limitó a mirarla con reproche.

–Le prometo que no intentaré escapar –dijo ella luchando contra sí misma–, no mientras esté aquí, en mi apartamento. Tiene mi palabra de honor.

Él la estudió un rato con intensidad, como si fuese capaz de leerle la mente y saber si le estaba diciendo la verdad. Finalmente, se agachó y sacó la navaja de la bota. La abrió.

Se levantó y volvió a acercarse a ella, que se puso de lado para acercarle las muñecas.

Se arrodilló delante de ella. Elli sintió el frío de la navaja y que aquella piel áspera rozaba la suya un momento. Entonces la cuerda se soltó. Se llevó las manos hacia delante y se frotó las muñecas.

El vikingo hizo lo mismo con la cuerda que ataba sus tobillos y con la que le unía las rodillas. Después, cerró la navaja y recogió los trozos de cuerda y la mordaza.

Se guardó el arma en la bota y se puso en pie. Retrocedió sin levantar la mirada y sacó una bolsa de detrás del sillón en el que había estado sentado. Guardó las cuerdas y volvió a sentarse.

Solo entonces, la miró.

–Vaya, princesa. Dé de comer a sus animales.

Ella se puso en pie despacio. Pensaba que se sentiría aturdida y dolorida, pero no estaba tan mal. La cabeza le dio vueltas un momento, y se le hizo un nudo en el estómago, pero ambas sensaciones pasaron enseguida.

Los gatos la siguieron. Les sirvió la comida, tapó la lata, y volvió a guardarla en la nevera. Luego aclaró la cuchara y la metió en el lavaplatos.

Encima del fregadero había una ventana. Miró hacia el edificio de enfrente y a la calle, pero no vio a nadie.

No pudo evitar preguntarse... si hacerle una señal a un vecino contaría como un intento de escaparse.

–Princesa.

Elli dejó escapar un grito y se retiró de la ventana. El vikingo estaba justo detrás de ella. ¿Cómo lo habría hecho para llegar hasta allí sin hacer ruido?

Él sacudió la cabeza, como si supiese exactamente lo que había estado pensando.

–¿Le importa si coloco la comida? –preguntó ella.

–Como desee.

Pero nada era como ella deseaba.

No obstante, ya se lo había dicho a aquel hombre, y él seguía allí y tenía planeado llevársela a Gullandria en cuanto se hiciese de noche.

Elli suspiró y empezó a vaciar las bolsas. Él se quitó del medio, pero no volvió al salón, se quedó allí, de brazos cruzados, observando.

Cuando lo hubo colocado todo, ambos volvieron a ocupar sus respectivos asientos en el salón.

Volvió a hacerse el silencio. Él observaba, ella esperaba.

O tal vez fuese al revés. Doodles y Diablo se acomodaron al lado de su ama. Los acarició y se sintió reconfortada.

De pronto, sonó el teléfono. Había estado evitando mirar al vikingo, pero tuvo que hacerlo en ese momento.

–No responda.

–Pero... –antes de que a Elli le diese tiempo a dar una buena razón por la que contestar, dejó de sonar. A ella le entraron ganas de gritarle a la persona que había llamado y decirle: «Maldito seas, ¿no te das cuenta de que necesito ayuda? ¿Por qué no has podido esperar un poco más?».

En el exterior seguía habiendo luz, pero no tardaría en oscurecer.

Se obligó a mirarlo de nuevo e hizo un esfuerzo por hablarle en tono amistoso.

–Hauk... ¿Puedo llamarte Hauk?

Él se aclaró la garganta.

–Llámeme como quiera. Yo estoy...

–Estás a mi servicio. Ya. Pero, ¿Hauk?

–¿Alteza?

–¿Podrías llamarme Elli?

–Eso no sería apropiado –respondió él apartando la mirada.

Ella lo miró y contó hasta diez. Luego, suspiró.

–Por favor, tenemos que hablar –él volvió a mirarla, pero no dijo nada–. ¿Y si te acompaño por mi propia voluntad?

Él ni parpadeó, su rostro era como una máscara.

–Eso nos facilitaría las cosas a todos.

–Pero con condiciones –añadió esperanzada.

A aquello siguió otro interminable silencio.

–Te lo explicaré –continuó Elli.

Con aquello, consiguió que él levantase una ceja.

–No necesito explicaciones. Me han dado unas órdenes y tengo que cumplirlas.

–Pero...

–Alteza, no va a conseguir nada con sus argucias.

–¿Argucias? –repitió ella volviendo a sentirse furiosa–. ¿Crees que utilizo argucias?

–No –respondió él en un susurro–. No.

Ella apretó los labios y entrelazó los dedos de las manos, como si estuviese rezando.

–¿Por qué quiere verme mi padre tan de repente?

–Como ya le he dicho antes, él se lo explicará.

–¿Pero qué te ha dicho a ti? ¿O ni siquiera se ha molestado en darte la orden directamente?

—¿Está intentando provocarme, princesa?

Ella abrió la boca para decirle que no, pero volvió a cerrarla.

—Sí, estaba intentando provocarte. Lo siento.

Él se encogió de hombros.

Elli lo miró bajando las pestañas y la cabeza.

—Por favor, quiero saberlo. ¿Te ordenó él, en persona, que vinieras a buscarme?

—Sí —admitió el vikingo después de unos segundos de silencio.

—¿Y qué te dijo?

—Ya se lo he dicho. Que quería verla y que se lo explicaría todo cuando estuviese allí.

—¿Pero por qué quiere que vaya allí?

—No me lo dijo. Ni tenía por qué hacerlo. Un rey no está obligado a compartir sus razones con quienes le sirven.

—Pero tuvo que decirte algo.

Hauk volvió a mirarla de aquel modo frío que le decía que no iba a sonsacarle nada más.

Pero Elli quería más respuestas.

—Has dicho en más de una ocasión que estás a mi servicio.

—Y lo estoy, princesa Elli.

—Estupendo, pero supongo que, a pesar de servirme a mí, sirves antes a mi padre.

—Sí, alteza.

—Así que si te pido algo que no afecte a lo que te ha pedido mi padre, lo harás. Me servirás, como has dicho.

—Sí, alteza.

Ya lo tenía.

—Cuando mi padre te ordenó que me llevases a Gullandria, ¿te dijo también que no me contases lo que él te había dicho?

—No, princesa.

—Entonces, quiero que me digas lo que dijo mi padre.

Él se irguió en el sillón.

—Las instrucciones de su majestad fueron breves. Tenía que ser... amable con usted. Primero, debía pedirle que me acompañase, tenía que decirle que su padre deseaba verla, hablar con usted y que él se lo explicaría todo.

Elli ya conocía el resto.

—Y si yo me negaba, tenías que secuestrarme y llevarme ante él de todos modos.

Hauk parecía ofendido.

—Él nunca utilizó la palabra secuestro.

—Pero eso es lo que se esperaba de ti... lo que estás haciendo, ¿verdad?

Él se limitó a encogerse de hombros.

—¿Por qué no me ha llamado él para pedirme que vaya? —insistió Elli.

—Alteza, no lo sé. Ya le he dicho que un rey no le da motivos a sus guerreros. Su padre ha dicho que él le contará lo que tenga que contarle, y su majestad es un hombre de palabra.

—Pero no...

—Alteza —aquellos fríos ojos azules la miraron con algo de calidez por primera vez.

—¿Umm? —ella le sonrió.

Hauk parecía darle vueltas a algo.

—La paciencia es una cualidad muy valorada en las mujeres. Esto le servirá para ejercerla un poco.

—Piénsalo un momento, Hauk. Mi padre te dijo que prefería que fuese por mi propia voluntad. Y eso es lo que estoy pensando hacer.

—Lo está pensando.

—Sí. De verdad.

Tal vez fuese un hombre fuerte y silencioso, pero no tenía nada de tonto. Sabía adónde quería ir Elli a parar.

–Lo está considerando, pero tiene una condición.

–Eso es. Una condición muy razonable. Quiero que llames a mi padre y que me permitas hablar con él.

3

Hauk no daba crédito. Aquella mujer era demasiado astuta. Lo había acorralado hasta pedirle algo que no estaba seguro de poder negarle.

No debía haberle quitado la mordaza, pero su señor le había dicho que la tratase bien.

Y aquella maldita mujer no callaba.

—Hauk, venga. Sé que tienes que poder ponerte en contacto con él. Quiero que lo llames y me dejes hablar con mi padre.

Él no sabía qué hacer, así que no hizo nada. Se quedó sentado, en silencio.

Pero la princesa Elli insistió.

—Mi padre quiere que vaya a verlo, pero, sobre todo, quiere que lo haga voluntariamente. Cualquier padre lo querría. Y si con solo una llamada de teléfono yo accediese, entonces mi padre querría que lo llamases y me dejases hablar con él, ¿no?

«¿Por qué no se calla de una vez?». Si nunca se había cuestionado las órdenes de su rey, ¿por qué iba a empezar a hacerlo entonces?

Las órdenes de su rey le retumbaban en la cabeza, le había pedido que intentase llevarla hasta él por su propia voluntad. Pero si hubiese creído que ella accedería, ¿por qué había enviado a un guerrero a buscarla en vez de a alguien con más labia, que supiese cómo camelarla?

–Lo primero y más importante –continuó la princesa–, mi padre quería que fuese. ¿Qué te cuesta llamar? Nada. Pero si no lo haces, mi padre sabrá que has tenido la posibilidad de llevarme voluntariamente y que no...

–De acuerdo.

Elli no podía creerlo.

–¿Quieres decir que vas a llamarlo?

Él metió la mano en la bolsa negra que tenía al lado y sacó un pequeño aparato electrónico, algo parecido a un busca. Apretó varios botones y miró el aparato durante unos quince segundos. Luego volvió a meterlo en la bolsa. Después, volvió a erguirse en el sillón y miró hacia delante.

–¿Qué has hecho? ¿Qué ocurre? –inquirió Elli.

–He contactado con su padre. Si no pasa nada, nos llamará en la próxima hora.

Cuarenta y tres minutos más tarde, sonó el teléfono. Elli se puso en pie de un salto, empujando a los gatos, que bajaron del sofá y fueron hacia la entrada.

–Espere –ordenó el vikingo.

–Pero si...

–Quédese donde está.

El vikingo contestó al teléfono.

–Fitz Wyborn al habla... Sí, mi señor. Está aquí. Ha accedido a venir conmigo, con la condición de hablar antes con usted. Sí, mi señor. Como desee –Hauk le tendió el teléfono–. Su padre desea hablar con usted, princesa Elli.

Elli estaba petrificada. El padre al que nunca había conocido no podía estar al otro lado del teléfono. Y, pensándolo bien, ¿cómo podía saber que el hombre con el que iba a hablar era realmente su padre?

El vikingo avanzó hacia ella y le tendió el teléfono.

–¿Dígame? –dijo con voz débil.

–Elli –contestó una voz cariñosa y profunda–. Pequeña gigante.

Pequeña gigante. Nadie la llamaba así. Nadie. Salvo su madre, cuando era niña...

«En Gullandria se cuenta la leyenda de Elli, la giganta. Elli era una giganta muy vieja, era la vejez misma. El dios del trueno, Thor, fue engañado para que luchase con ella, aunque todo el mundo sabe que...».

–No se puede luchar contra la vejez –dijo Elli.

Su padre, porque en esos momentos ya estaba segura de que era su padre, rio.

–Bueno, al menos tu madre te ha enseñado algo acerca de tus raíces.

Elli sintió que se le llenaban los ojos de lágrimas. Hauk había vuelto al sillón, tenía su mirada clavada en ella.

–Si querías verme, ¿por qué tenías que hacerlo de este modo?

–Necesito que vengas, Elli. Por favor, confía en Hauk. Él nunca te hará daño y te protegerá.

–Padre –le resultaba tan extraño estar hablando con él, después de tantos años–, no has contestado a mi pregunta.

Se hizo el silencio. Elli pensó en los miles de kilómetros de distancia que separaban su casa, en Sacramento, de la isla en la que había nacido, en el mar de Noruega. ¿Qué hora sería allí? De madrugada. ¿Estaría su padre hablando con ella desde la cama?

–He perdido dos hijos –le explicó él–. ¿Es tan extraño que quiera conocer al menos a una de mis hijas?

–¿Pero por qué no me has llamado para pedirme que vaya?

–¿Habrías accedido?

Elli no habría sido capaz de responder a aquella pregunta cinco minutos antes, pero en esos momentos, después de oír la voz triste y amable de su padre, lo tenía claro.

–Sí.

No obstante, hablar con su padre no lo arreglaba todo. Seguía habiendo dolor en su corazón y amargura. Al fin y al cabo, su padre las trataba, a ella y a sus hermanas, como hijas de usar y tirar. Sabía que había ocurrido algo terrible hacía muchos años entre él y su madre, que había dividido en dos la familia y había hecho que su madre se volviese a Estados Unidos con sus tres princesitas, dejando atrás a sus hijos. Elli y sus hermanas habían intentado averiguar qué había pasado, pero su madre no había querido contárselo.

Elli se volvió hacia el vikingo. Lo miró con insolencia. Aquel loco plan de secuestro de su padre debía de ser un torpe intento de hacer bien las cosas en la familia. Ella quería ir, ver a su padre y conocer el país en el que había nacido.

–Quizás cometí un error no llamándote antes –comentó su padre.

–Desde luego que sí –contestó ella–. ¿Y qué pasa con Liv y Brit? ¿También has mandado que las secuestren?

–No, Elli. Solo a ti.

–¿Por qué solo a mí?

–Cuando eras un bebé, lo mirabas todo con curiosidad. Ya veo que algunas cosas no han cambiado –rio él.

–Por el momento, haces como el hombre al que has mandado a secuestrarme, no respondes a mis preguntas.

–Ven a verme, te lo contaré todo.

–Eso dice él también.

–Elli, estoy deseando ver tu cara, charlar contigo, conocerte, al menos un poco...

A ella se le volvió a hacer un nudo en la garganta. Tragó saliva.

–Ya te he dicho que voy a ir.

–Bien.

–Pero primero...

Su padre suspiró.

–Creo que no me va a gustar lo que vas a decirme.

–Padre, sé razonable. No puedo desaparecer así como así. Tengo mi propia vida. Tengo que conseguir que alguien se ocupe de los gatos y que riegue las plantas. Tengo que llamar al director del colegio, pedirle unos días. Y tengo que ver a mamá y contarle...

–No quiero que le digas nada a tu madre –de pronto la voz de su padre era fría.

–No puedo desaparecer sin decirle adónde voy. Se asustaría.

–Si Ingrid sabe adónde vienes, no lo permitirá.

–No puedes estar seguro de eso. Además, mamá no me dice lo que tengo que hacer.

–Claro que estoy seguro. Ya le he planteado el tema.

–¿Has hablado con mamá acerca de mi viaje a Gullandria? –aquello era nuevo para Elli.

–Sí.

–¿Cuándo?

–Hace un par de días.

–¿La llamaste? ¿Por teléfono?

–Sí.

–No me ha dicho nada.

–No me sorprende.

–No lo entiendo.

–Es muy sencillo. Llamé a tu madre, le pedí que os mandara a ti y a tus hermanas. Ella se negó. Le dije que era vuestro padre, que había esperado muchos años y que tenía derecho a conocer a mis hijas, pero ella no me escuchó. Me dijo que vosotras no queríais saber nada de mí, que os dejase en paz y que me mantuviese alejado de vuestras vidas. Luego me colgó el teléfono.

Elli decidió que no se marcharía de Sacramento hasta que no hablase seriamente con su madre.

–Padre –seguía resultándole extraño utilizar aquella palabra–, soy una persona adulta, mi madre no decide por mí. Voy a ir a verte. Es lunes. Dame dos días. Tomaré un avión el jueves por la mañana lo más tarde. Tienes mi palabra de honor.

Se hizo un silencio. Después, su padre repitió pensativo:

–Tu palabra de honor...

–Sí. Mi palabra de honor.

–Pásame a Hauk.

–¿Para qué necesitas hablar con...? –empezó a preguntar, irritada.

–Por favor, Elli, pásamelo.

Elli se acercó al vikingo.

–Toma. Dile que puede confiar en mi palabra.

Él agarró el teléfono.

–Sí, señor... sí... sí... –escuchó. La expresión de su rostro no cambió–. Sí, majestad.

Luego, le devolvió el teléfono.

–¿Satisfecho? –inquirió Elli a su padre.

–Trato hecho. Habla con tu madre si tienes que hacerlo. Y toma un avión el jueves por la mañana.

–Gracias, padre. Estoy deseando verte por fin.

–Yo también estoy deseando verte a ti –dijo de nuevo con voz tierna–. Mucho. Hauk se quedará contigo.

El vikingo seguía mirándola. Elli se dio la vuelta y se sentó en el sofá, luego, le lanzó una mirada fulminante y murmuró al teléfono:

–Tienes mi palabra. No hace falta...

–Elli, se queda contigo –sentenció su padre–. doy tiempo para hacer lo que tengas que hacer antes de venir, pero Hauk se quedará a tu lado hasta que estés aquí sana y salva.

–Crees que mamá va a convencerme para que no vaya, ¿verdad?

–Sí. Conozco a tu madre.

Nada más despedirse de su padre, Elli llamó a su madre.

–¿Estás bien? –le preguntó su madre–. Pareces... pensativa.

Elli miró hacia el otro lado del salón. Hauk seguía allí.

Sería mejor que se acostumbrase. Le aseguró a su madre que estaba bien y quedó a cenar con ella, en casa de Ingrid, al día siguiente.

Después consiguió localizar al director del colegio y le explicó vagamente que tenía un problema familiar y que faltaría al trabajo unos días. A su jefe no le hizo ninguna gracia, pero accedió. Después, le hizo una pregunta que era de esperar:

–¿Cuántos días vas a estar fuera?

Ni siquiera lo había pensado. No mucho tiempo. Solo era una visita. Una visita de...

–Tres semanas –dijo poniéndose en pie para mirar el calendario que tenía en la cocina–. Estaré de vuelta el veintisiete.

El director le deseó suerte a regañadientes y Elli se dio cuenta, al colgar el teléfono, de que tal vez aquel viaje le costase su trabajo.

No obstante, tenía la suerte de no necesitar el dinero. Al fin y al cabo, su madre era una Freyasdahl y eso, en California, significaba que tenía mucho dinero. No obstante, a Elli le gustaba la enseñanza y estaba orgullosa de su trabajo, y le molestaba dejar plantados a sus alumnos.

Volvió a mirar a Hauk, enorme, musculoso, implacable.

Había hecho una promesa e iba a cumplirla, así que sería mejor que lo hiciese con el mejor humor posible.

Le dedicó al vikingo una amplia sonrisa. Él frunció el ceño y miró hacia otro lado.

–Haz como si estuvieras en casa –le dijo alegremente, atreviéndose a acercarse a él para recoger su maleta–. Si no te importa, prefiero hacerme yo la maleta.

Fue a su habitación y dejó la maleta encima de la cama. La dejó allí, cerrada, y fue al baño. Echó el cerrojo.

Iba a utilizar el váter, pero, sin saber cómo, se encontró mirándose al espejo. Había angustia en sus ojos y estaba pálida.

Todavía no podía creer lo que había pasado.

Se lavó las manos, se peinó, bebió agua del grifo y se pintó los labios.

Cuando salió del cuarto de baño, el vikingo estaba de pie al lado de su cama.

–¡Fuera de aquí! –gritó, enfadada.

–¡Silencio! –replicó él–. Recuerde su promesa. No iba a gritar.

Ella bajó la voz y susurró furiosa:

–Eso era antes. Ahora, no eres más que mi... escolta. Y quiero que salgas de mi habitación.

En vez de marcharse, Hauk avanzó hacia ella.

Elli no se asustó, pero no pudo evitar apartarse de su camino. Era tan alto que su pelo rozó el marco de la puerta cuando entró en el cuarto de baño.

Ella se cruzó de brazos para evitar darle un puñetazo a algo.

–¿Se puede saber qué estás haciendo?

Él ni siquiera se molestó en contestarle, solo miró aquí y allí, abrió la ventana y miró el aparcamiento, abrió los armarios y apartó la cortina de la bañera para mirar dentro.

–¿Acaso crees que tengo a alguien escondido en la bañera? ¿O crees que voy a intentar escapar por la ventana?

–Tengo órdenes de vigilarla de cerca, princesa. Tengo que asegurarme de que no cambia de opinión. Ha entrado muy deprisa en el baño, tenía que estar seguro de que no pasaba nada.

–He entrado muy deprisa porque tenía que utilizar el váter. ¿Pasa algo?

–No, princesa.

–Espera un momento... ¿Es eso lo que te ha pedido mi padre, que me vigiles de cerca y que no te separes de mí?

–Sí, princesa.

–Creo que voy a tener que volver a hablar con él.

El vikingo no se movió.

–¿Me has oído? Quiero que vuelvas a contactar con mi padre. Quiero hablar con él.

–Lo siento, alteza, no puedo hacer eso.

–Claro que sí puedes. Vuelve a sacar el aparato ese y...

–Princesa, su padre me ha dicho que no quería

volver a ser molestado. Estaba seguro de que se le ocurriría una interminable lista de preguntas nada más colgar el teléfono. Me ha dicho que las contestaría todas...

–Cuando esté en Gullandria.

–Eso es, prin...

–Hauk.

–Sí, alteza.

–Si vuelves a llamarme princesa o alteza otra vez, voy a olvidarme de la promesa que he hecho y voy a empezar a gritar. Tendrás que volver a atarme y yo me enfadaré mucho, mucho. ¿Quieres que vuelva a enfadarme?

–No, p... No.

–Entonces, no me llames princesa, ni alteza.

–Como desee.

–Y ahora, ¿quieres salir de mi habitación?

–Si usted sale también...

–Está bien, está bien. Vamos.

Elli fue directa a la cocina. Eran casi las ocho y tenía hambre.

Por supuesto, Hauk la siguió. Tendría que alimentarlo a él también.

–Siéntate –le ordenó señalando la mesa–. Allí.

Él tomó una silla y apoyó la espalda en la pared. Desde donde estaba, podía ver la entrada, el salón y, por supuesto, lo que ocurría en la cocina. Se tomaba muy en serio sus funciones.

Elli abrió la nevera y miró el pollo que había comprado para asar. Sería suficiente para ambos, pero tardaría al menos dos horas en hacerse.

No. No podía esperar. Tenía hambre.

Pensó en salir rápidamente a comprar comida preparada.

Pero le tendría que pedir permiso al guerrero. Y, si este se lo daba, insistiría en ir con ella. No, tendría que pensar en otra cosa.

Miró en el congelador. Había dos pizzas. Perfecto. Miró al enorme hombre que estaba sentado en su cocina y decidió que haría las dos.

Cuando le puso un plato delante, él frunció el ceño.

—No tiene que cocinar para mí.

¿Qué iba a comer si no?

—Solo voy a hacer pizza y una ensalada.

—Gracias, por... Esto... gracias.

Tenía una botella de vino blanco en la nevera que había comprado para acompañar el pollo. Colocó dos copas encima de la mesa, pero cuando fue a servir a Hauk, él tapó la copa con su enorme mano. Llenó su propia copa, se sentó frente a él y se la bebió. Luego se sirvió una segunda.

Estaba algo aturdida cuando se levantó a dejar los platos en el lavaplatos. Hauk también se puso en pie. La ayudó a recoger, tomó la bayeta y limpió la encimera mientras ella aclaraba los platos. Elli se volvió y lo vio limpiando la mesa. No pudo evitar reír.

Él se irguió, con los restos de comida en la mano, y se volvió hacia ella.

—¿Le parezco gracioso?

—Esto... —respondió ella—. Da igual. No es nada.

Hauk se acercó a ella que, tal vez por el efecto del vino, ya no se sentía particularmente amenazada por aquel enorme hombre. Retrocedió un poco para que él tirase los restos a la pila. Hauk le dio la bayeta, ella la enjuagó y la dejó debajo de la pila.

—Bueno. Ya está —comentó Elli.

Él asintió. Y se quedó allí, sin moverse, probablemente esperando órdenes.

Eran las nueve menos diez, un poco temprano para irse a la cama en circunstancias normales. Pero aquella noche nada era normal. Elli quería tiempo para sí misma, un par de horas sin que la mirada de aquel guerrero la siguiese a todas partes. Y la única manera era cerrando la puerta de su habitación y dándole las buenas noches.

–Escucha –empezó sonriéndole.

Él asintió.

–Te voy a preparar el sofá cama de la habitación de invitados. Si quieres ver la televisión, el salón es todo tuyo... Ah, y si tienes hambre, come lo que quieras.

Él se quedó allí, mirándola. Y Elli supo que iba a decirle algo que no iba a gustarle nada.

–¿Qué?

–¿Quiere que yo duerma en la habitación de invitados y usted en la suya?

–¿Hay algún problema?

–Parece que no ha entendido bien el trato que ha hecho con su majestad. Su majestad me ha pedido que la vigile en todo momento, lo que significa que tengo que dormir donde usted duerma.

4

–¿Por qué iba a querer mi padre que durmiese contigo?

Hauk se dio cuenta de que Elli había llegado a una conclusión equivocada.

–No va a dormir conmigo. Pero tengo que estar en la misma habitación que usted.

–¿Crees que voy a permitir que duermas en mi habitación?

–A mí me da igual dónde dormir. Solo estoy informándola de que tengo que estar en la misma habitación que usted.

–Pero no... ¿Eso te ha dicho mi padre? ¿Qué duermas en la misma habitación que yo?

–Me ha pedido que no la pierda de vista.

–Ah. Pero eso ya ha pasado, ¿recuerdas? He entrado sola al cuarto de baño y no ha pasado nada. Sigo aquí.

Hauk odiaba discutir con aquella mujer, era demasiado lista.

–Hay ventanas en todas las habitaciones, podría escapar.

–Pero no voy a hacerlo, he dado mi palabra de honor.

–Pero mi rey me ha ordenado que me asegure de que la mantiene.

–No vas a permitir que me salga con la mía, ¿verdad?

A él le hubiese gustado decirle: «No, alteza», pero tenía prohibido llamarla así. También deseaba decirle que lo sentía, pero ella le había pedido que no volviese a pedirle disculpas.

Lo que importaba eran los actos de un hombre, no sus palabras. Y él iba a seguir las órdenes de su rey.

–¿Me dejarás sola al menos mientras me doy un baño?

Él le dio permiso.

Pero Elli no consiguió relajarse. Estuvo pensando en el enorme hombre que la esperaba en la habitación, sabiendo que si tardaba demasiado, entraría a ver qué estaba haciendo. Después de aproximadamente diez minutos, antes de que el agua empezase a enfriarse, salió, se secó, se puso su camisón rosa y se lavó los dientes.

Él la esperaba en medio de la habitación. Había buscado unas mantas y una almohada y las había tendido en el suelo, a los pies de su cama. La maleta seguía allí, llena de las cosas con las que él había decidido llenarla mientras ella estaba tumbada en el sofá del salón, drogada y atada.

–He buscado ropa de cama en el armario del pasillo –dijo Hauk bajando la cabeza, como si esperase una reprimenda.

Elli se cruzó de brazos. De repente, se sintió demasiado desnuda, a pesar de que el camisón era amplio y le llegaba casi a los tobillos. Miró al vikingo y se mordisqueó el labio.

Tal vez hubiese soportado que durmiese en su habitación si no hubiese sido tan... masculino.

Parecía saber controlarse pero, no obstante, rezumaba testosterona por todos los poros de su piel. Y tenía un cuerpo tan fuerte y musculoso...

Elli se abrazó con fuerza y apartó la mirada de él. Miró la maleta.

–¿Quiere preparar el equipaje ahora? –preguntó él.

–No, lo haré en otro momento. Tengo hasta el jueves, ¿recuerdas?

A pesar de que el vikingo casi la había secuestrado, parecía un tipo con corazón, noble y honesto. Lo más probable era que a él tampoco le gustase dormir a los pies de su cama. Era normal que estuviese deseando que se fuesen a Gullandria lo antes posible.

Tal vez pudiese estar preparada para marcharse antes del jueves. Y tal vez a él le gustase saberlo. Pero hacer algo que complaciese al vikingo en su propia habitación era lo último en lo que quería pensar Elli en esos momentos.

Sin inmutarse, como era habitual en él, Hauk tomó la maleta y la dejó contra la pared. Cuando pasó por su lado, Elli se dio cuenta de que olía a pasta de dientes, debía de habérselos lavado mientras ella se daba el baño.

Qué imagen tan extraña: el vikingo lavándose los dientes en su cuarto de baño. Nunca se había imaginado a un vikingo lavándose los dientes.

Volvió a pasar por su lado y se quedó de pie al lado de las mantas que estaban en el suelo.

–¿Quiere dormir ahora? –le preguntó.

–En un minuto. Primero, voy a cerrar la puerta con llave.

–Ya lo he hecho yo.

Elli se metió en la cama y Doodles y Diablo aparecieron por la puerta.

–Venid –les dijo. Luego tomó el mando a distancia, que estaba en la mesita de noche.

Los gatos se acomodaron.

Ella encendió la televisión, le encantaba ver la televisión en la cama, con los gatos acurrucados a su lado.

Y estaban poniendo su programa favorito, una serie policíaca. Vincent D'Onofrio estaba con el acusado en la sala de interrogatorios.

Y el vikingo seguía de pie, esperando órdenes, suponía Elli.

–Hauk. Acuéstate.

Él obedeció y un minuto después estaba debajo de una manta, con las botas y el cinturón al lado. Elli se preguntó si llevaría la navaja encima mientras dormía, pero se dijo que lo que hiciese con su navaja no era asunto suyo.

Vio la serie hasta el final y luego cambió de cadena para ver una película antigua.

Hauk seguía inmóvil a los pies de la cama. Elli podría haber jurado que no se había movido desde que se había acostado, una hora antes.

Cuando hubo terminado la película, Elli apagó la televisión. La habitación estaba en silencio. Solo se oía el ronroneo de Doodles.

¿Se habría muerto el vikingo? No, no tendría tanta suerte. ¿Estaría dormido? Eso parecía.

Ese era todo un avance. Hauk dormido. Soñando con lo que soñasen los vikingos guerreros y, por primera vez desde que lo había visto, sin vigilarla.

Podía hacer algo. Como levantarse e ir a la cocina ella sola. O salir al balcón a mirar las estrellas. O salir de casa, subirse al coche y dar un paseo.

No huiría, mantendría su palabra.

Volvería a casa después de un rato. Él se habría despertado y se habría puesto frenético al ver que no estaba. Le encantaría ver aquel rostro impasible asustado.

Empujó un poco a los gatos, apagó la lámpara y se tumbó a esperar. Podía ver el reloj digital que tenía al lado de la cama. Esperaría media hora y, si seguía sin oír nada, se levantaría.

Tal vez fuese un comportamiento un tanto infantil, pero aquella situación la incomodaba. Si demostraba que podía marcharse si quería, le daría una lección a Hauk, y también a su padre. Si volviese después por su propia voluntad, Hauk se daría cuenta de que no era necesario que se tomase las órdenes de su rey tan en serio. Tal vez al día siguiente la dejaría dormir sola.

El tiempo pasaba despacio. Elli pensó qué hacer. ¿Debía ir hasta los pies de la cama para ver si de verdad estaba dormido?

No. Mejor no arriesgarse. Saldría con cuidado de entre las sábanas y se iría de puntillas hasta la puerta. Si él seguía despierto, pronto lo sabría.

Pasaron los minutos, y el hombre que había a los pies de su cama permaneció en silencio.

Por fin había pasado la media hora.

Con cuidado, Elli retiró las sábanas. Puso los pies fuera. No hizo ni un solo ruido. Doodles, que estaba dormido, no abrió ni un ojo. Diablo levantó la cabeza, la miró y volvió a apoyarla en la cama.

Bien. Perfecto. Maravilloso.

Se giró y fue hacia la puerta en completo silencio. Ni siquiera respiraba. Salió de la habitación.

–¿Adónde va?

Elli dio un grito ahogado y se giró. Allí estaba él, de pie, al lado de las mantas, mirándola. Y ella que habría jurado que ni siquiera se había movido.

–¡Agua fresca! Ya sabes, necesito beber agua fresca.

Él bajó la cabeza una vez, como dándole permiso. Elli echó los hombros hacia atrás y fue hacia la cocina.

Ya de madrugada, Elli consiguió dormirse. Era de día cuando se despertó. Los gatos se habían bajado de la cama. Y el vikingo... Desde la cama, Elli solo podía ver sus mantas.

–¿Hauk?

No hubo respuesta.

Ella retiró sus mantas y fue hacia el pie de la cama. La ropa de cama de Hauk estaba toda doblada, con la almohada en lo alto. Las botas, el cinturón y el hombre habían desaparecido.

–¿Me llamaba?

Hauk apareció en la puerta, con el pecho desnudo y la mitad del rostro cubierto de crema de afeitar. Elli no pudo evitar observar sus hombros y brazos, tan grandes y duros, los músculos marcados, la piel bronceada y perfecta, salvo por alguna que otra cicatriz.

Y su pecho... Estaba cubierto de maravillosos tatuajes salvajes. Un rayo como el que llevaba en la palma de la mano, pero mayor, cubría sus pectorales. Dragones y enredaderas lo surcaban y rodeaban una espada y un puñal. La cola del dragón más grande descendía hasta su ombligo.

Nunca había visto algo semejante. Tragó saliva y levantó la mirada hasta sus ojos, que la observaban.

–Esto..., sí.

Se bajó el camisón, que se le había subido demasiado, y se sentó sobre las rodillas. Levantó la barbilla con orgullo e intentó parecer digna, aunque sabía que tenía las mejillas coloradas como tomates.

–No..., no te había visto –balbució–. Me preguntaba si te habrías ido.

Él arqueó una ceja y levantó una moderna maquinilla de afeitar. Ella lo miró y pensó que parecía un juguete en su enorme mano. ¿Qué había esperado? ¿Que se afeitase con la navaja?

–Como ve, estoy aquí. ¿Algo más?

–No. Eso es todo. Puedes continuar con lo que estabas haciendo.

Elli se vistió y preparó el desayuno. Cuando hubieron recogido la mesa, volvió a su habitación. Hauk le pisaba los talones. Se sentó en un rincón mientras ella deshacía la maleta.

Cuando hubo terminado, la dejó contra una pared.

–¿Cuándo va a hacer el equipaje?

Ella lo miró, sorprendida al oír su voz. Casi no había dicho una palabra desde que lo había llamado mientras se afeitaba.

–Ya lo haré. Tengo mucho tiempo.

Él no dijo nada, pero Elli sabía que aquello no le había gustado, que le fastidiaba. Vigilar a una princesa no era nada divertido y Hauk querría acabar con aquello lo antes posible.

Qué pena. Porque ella tenía pensado seguir fastidiándolo. Dejar que esperase y se preguntase cuándo conseguiría meterla por fin en el avión que la llevase a Gullandria. Era un gesto mezquino por su parte torturarlo cuando él solo estaba siguiendo órdenes.

Hauk debería haberse rebelado contra esas órdenes y haberle dicho al rey que no iba a vigilar a su hija porque aquello era indigno de él y también de ella.

Pero no lo había hecho. Así que se merecía que le hiciese dormir a los pies de su cama y esperarla a la puerta del cuarto de baño.

Elli llamó a una amiga, Barb Ferris, que accedió a regar las plantas de Elli, recoger el correo y los periódicos y dar una vuelta por su piso. Incluso se ofreció a echar de comer a Doodles y Diablo, pero Elli esperaba que su madre se quedase con los gatos. Cuando Barb le preguntó qué pasaba, Elli le dijo que era un tema de familia.

Después, Elli llamó a Ned Handly, con el que había quedado para salir el sábado por la noche. Era la segunda vez que salían juntos.

Ned pareció lamentar que no pudiesen verse.

–Espero que podamos vernos en otro momento, te llamaré en cuanto vuelva.

Colgó el teléfono y miró al enorme vikingo vestido de negro que tenía delante con la nariz arrugada.

–¿Estás contento? Lo has oído todo y eran llamadas inofensivas.

Hauk no dijo nada. Se quedó allí, esperando a que ella hiciese el siguiente movimiento.

Pero Elli se dio cuenta de que no tenía ningún otro movimiento que hacer.

Solo le quedaba hacer la maleta y ver a su madre. Estaba lista para marcharse.

5

Elli fue a la habitación de invitados, donde tenía el ordenador. Hauk se sentó en el sofá cama mientras ella navegaba por Internet y revisaba su correo electrónico. Luego, durante más o menos una hora, hizo un esfuerzo por leer algo.

Pero no estaba a gusto. Seguía sintiendo aquellos fríos y observadores ojos posados en ella. No podía concentrarse.

Comieron a la una. A esa hora, Elli estaba deseando hablar de algo normal. Intentó charlar amistosamente con él mientras comían sendos sándwiches de beicon, lechuga y tomate.

Pero Hauk era el rey de las respuestas cortas. Empleaba una sola palabra si le era posible, o, aún mejor, un sonido. Elli recibió varios noes cortantes, un sí o dos y un montón de gruñidos.

Finalmente, le preguntó acerca de su familia.

–¿Tienes hermanos... o hermanas?

–No.

–¿Y tus padres?

Él se limitó a mirarla.

–¿Siguen vivos tus padres?

–No.

–¿Ninguno de los dos?

–Correcto.

Lo cierto era que no le sorprendía. Le resultaba duro imaginar que hubiese tenido un padre y una madre.

Con aquel enorme y musculoso pecho, aquellos impresionantes abdominales, su falta de expresividad y sus tatuajes, Hauk FitzWyborn parecía un ser casi inmortal, alguien que no había sido algo tan vulnerable como un niño con padres que lo hubiesen querido. Parecía más una criatura mítica de los escandinavos, como Odin, Vili y Ve, que habían salido del hielo.

–Esto... Háblame de tu padre.

Él, para variar, levantó una ceja.

Elli volvió a intentarlo.

–¿Cómo era tu padre, Hauk?

–Ya se lo he dicho. Mi padre está muerto –se terminó el sándwich. Se puso de pie, llevó el plato y el vaso vacíos a la pila, los aclaró y los metió en el lavaplatos.

Ella no se dio por vencida.

–Lo siento, Hauk. Siento que muriera. ¿Lo echas de menos?

–Hace más de una década que murió –respondió él mientras se secaba las manos

–¿Pero lo echas de menos?

–Se comporta como una estadounidense –dijo él, como si fuese un insulto.

–Soy estadounidense.

Él curvó los labios, aunque era más una mueca de desdén que una sonrisa.

–En Gullandria, hasta las personas más mezquinas saben que esas son preguntas que no se hacen. En Gullandria, uno no se atreve a preguntar acerca de los seres queridos fallecidos de personas a las que casi no conoce.

Dos frases enteras.

–Bien. Así que el tema de tu padre te afecta. ¿Por qué?

Él se quedó mirándola, pero Elli ya se estaba acostumbrando a sus miradas escrutadoras. Lo miró fijamente. Y esperó.

Por fin, Hauk se encogió de hombros.

–Mi padre era un Wyborn. Mi madre no.

Elli empezaba a hacerse una idea de la historia.

–¿No estaban casados cuando naciste?

–Eso es. Nunca se casaron. Soy un *fitz*. Para que en un futuro lo sepa, si oye decir en Gullandria que un hombre es un *fitz*, quiere decir que es un bastardo. Así se lo pensará dos veces antes de preguntarle acerca de su familia.

–Gracias. Lo recordaré. Pero, ¿qué motivo hay, en el siglo XXI, para etiquetar así a las personas?

–En Gullandria la familia es algo muy importante. La vida puede ser dura y corta, aunque no tanto en las últimas décadas, desde que hemos descubierto que tenemos petróleo y podemos comerciar con él. Generación tras generación –continuó Hauk–, hemos aprendido a contar los unos con los otros. La lealtad y el honor son lo primero. El matrimonio es un voto sagrado. Un hombre no puede divorciarse si su mujer ya le ha dado hijos. Por eso, es una ofensa traer niños al mundo sin estar casado. Hay puertas que siempre están cerradas para los hijos bastardos.

–¿Por qué? El hijo no tiene la culpa de que sus padres no estuviesen casados.

–No importa de quién sea la culpa. Hay un viejo dicho: No busques culpables mientras la casa está en llamas –se acercó a ella–. ¿Ha terminado de comer?

Elli lo miró y sintió ternura.

–¿Qué puertas están cerradas para ti, Hauk?

–¿Ha terminado? –insistió él.

–Sí, he terminado. De comer.

Hauk le retiró el plato y el vaso, tiró el bocado de sándwich que quedaba, aclaró el plato y lo metió en el lavavajillas.

–¿Hauk?

Él se volvió y se cruzó de brazos. El sol del mediodía entraba por la ventana y hacía que su pelo brillase como el oro.

–¿Qué puertas están cerradas para ti?

Hauk la estudió. Y Elli supo que había encontrado la clave para mantener una verdadera conversación con él. Si hablaban de Gullandria, si él pensaba que podía enseñarle las cosas que debía saber la hija del rey, accedería a conversar con ella.

–¿Conoce las leyes sucesorias de Gullandria?

–Creo que sí –dijo ella, repitiendo lo que su madre le había enseñado hacía mucho tiempo–. Todos los varones *jarl*... y *jarl* significa noble, son príncipes y pueden reclamar el trono cuando el rey muere o es incapaz de seguir gobernando. Cuando esto ocurre, los *jarl* se reúnen en la capital, en Lysgard, y emiten un voto. El ganador es el nuevo rey.

Hauk dejó caer las manos a los lados de su cuerpo, Elli habría jurado que casi había sonreído.

–Muy bien. Casi todo es correcto.

–¿Casi todo?

–No todos los *jarl* varones son príncipes. Solo los que son hijos legítimos.

–¿Estás diciendo que tú, Hauk FiztWyborn, nunca podrías ser rey?

–Eso es. En realidad, no tendría la oportunidad, ni querría serlo, pero si no fuese un *fitz*, existiría, al menos, una posibilidad teórica.

–¿Y tus hijos?

Hauk parecía complacido.

–Buena pregunta. Para mis hijos, y también en teoría, todo podría ser diferente.

–Quieres decir que si te casases, los hijos que te diera tu esposa podrían llegar al trono.

–Eso es..., si mi esposa fuese *jarl*.

A Elli se le ocurrió que tal vez ya estuviese casado. Eso la sorprendió, aunque no sabía por qué. Intentó convencerse de que no le interesaba como hombre.

No. Por supuesto que no.

Era solo que no parecía estar casado. Al igual que no podía imaginárselo de niño.

Pero no pudo resistirse.

–¿Estás... casado?

–No. Ni tampoco tengo hijos. Nunca los tendré si no me caso antes. Es una lección que aprendemos todos los *fitz*, por eso hay muy pocos hijos bastardos en Gullandria.

–O sea, que tú nunca podrás ser rey, pero tus hijos sí podrían serlo.

–Podrían, pero es poco probable. Las familias intentan preservar sus posiciones y son los hijos de los reyes los que se convierten en reyes. Se les educa desde niños para ocupar el trono. Tu hermano, el príncipe Valbrand... –Hauk hizo una pausa, se llevó la mano al corazón y bajó brevemente la cabeza como muestra de respeto hacia alguien muy valorado y muerto trágicamente–. Tu hermano había nacido para reinar. Era un hombre inteligente, bueno y justo. Gullandria habría prosperado con él como ha prosperado con su majestad, su padre.

Algo había cambiado en los ojos de Hauk. Por primera vez, Elli vio que tenía corazón y que había admirado, e incluso querido, a su hermano.

–¿Era... bueno? –preguntó también ella con el corazón en un puño–. ¿Mi hermano?

–Sí. Todo el país estaba orgulloso de que fuese a reinar algún día.

–¿Y mi otro hermano, Kylan?

Hauk se encogió de hombros.

–Era un niño cuando lo perdimos. Tenía solo cinco años.

–Pero... ¿lo conociste? ¿Recuerdas algo de él?

Hauk se quedó pensativo un momento.

–El joven príncipe Kylan era fuerte y guapo. Tenía el pelo y los ojos oscuros, como los celtas, como el príncipe Valbrand y su majestad.

Aquello era muy triste, sus dos hermanos habían fallecido. Uno en un incendio y el otro, en el mar que tanto amaban en aquel país.

Hauk volvió a acercarse a ella, que lo miró.

–Es tan triste...

–Sí. Una doble tragedia. Para su familia. Para nuestro país.

Le señaló la silla que había frente a la suya.

–Siéntate, por favor. Cuéntame más cosas. Háblame de Gullandria.

Hauk habló durante un rato. Le contó que la corriente del Atlántico Norte hacía que las costas de Gullandria fuesen cálidas para la latitud en la que estaban. Le habló de los famosos caballos que se criaban en su país, que tenían largas crines blancas y un pelaje tupido, también blanco, que los protegía durante los inviernos.

–¿Y ahora que mis hermanos han fallecido, quién crees que será el próximo rey? –preguntó Elli.

Hauk habló de un hombre que había sido amigo de su padre desde la niñez, era la mano derecha del rey Osrik: el gran consejero, Medwyn Greyfell. Medwyn era mayor que Osrik, así que era poco probable que le sucediese en el trono, pero tenía un hijo, Eric. El joven Greyfell era la opción más probable.

–Aunque no es seguro, hasta que no se haga la elección.

Salieron hacia casa de su madre poco después de las seis en el BMW de Elli. Hauk se sentó a su lado. Las rodillas le daban en el salpicadero y la cabeza tocaba el techo. Habían aprendido a comprenderse mejor durante las últimas horas. Al menos, habían encontrado un tema de conversación.

La casa en la que había crecido Elli tenía tres pisos, era de estilo tudor y se encontraba en una calle en curva en la que se alineaban unos magníficos robles y arces. Cuando eran pequeñas, Elli y sus hermanas se habían tumbado de vez en cuando en la extensión de césped que había delante de la casa, a admirar el espeso dosel de hojas que había sobre sus cabezas y las nubes que surcaban el cielo azul.

Elli condujo hasta el garaje.

–Entraremos por la puerta de atrás. Tengo llave.

Hauk frunció el ceño. Estaba casi cómico, metido en un coche tan pequeño.

–Sería mejor ir por la puerta delantera y llamar al timbre.

–Por favor. He crecido aquí. No tengo que llamar.

–Pero yo sí.

–Escucha. No tengo intención de contárselo todo a mi madre. Si se entera de cómo entraste en mi piso, me ataste, que pensaste en secuestrarme y que mi padre te ha ordenado que me vigiles constantemente, pondrá el grito en el cielo. Así que le diremos que eres mi invitado, ¿de acuerdo? A mi madre no le importa que venga acompañada.

–Soy un extraño. Y los extraños entran por la puerta principal.

–Déjate de perogrulladas. Para empezar, dudo de que entrases en mi piso por la puerta principal y, para continuar, si tanto te preocupase quedar bien, me habrías permitido que viniese yo sola, porque los dos sabemos que explicar tu presencia aquí va a ser casi tan difícil como convencer a mi pobre madre de que acepte que he decidido ir a Gullandria.

–Ya se lo he dicho, tengo órdenes...

–Eso ya lo sé. Y te estoy diciendo, que yo no soy una extraña aquí y que no hay motivo para...

–Viene alguien –anunció Hauk.

Se abrió la puerta de servicio del porche trasero y apareció el ama de llaves de su madre.

–Es Hilda Trawlson –le dijo Elli–. Hildy lleva con nosotros desde que tengo memoria. Vino de Gullandria –Elli bajó la ventanilla del lado de Hauk–. ¡Hola, Hildy!

Hilda bajó las escaleras y se acercó al coche.

–Elli –la mujer miró al hombre que había sentado a su lado–. Has traído a un amigo –por su tono, parecía no hacerle ninguna gracia.

–Hildy, no seas aguafiestas. Este es Hauk.

El ama de llaves y el guerrero se saludaron con sendos movimientos de cabeza.

Elli supuso que Hilda ya sospechaba que Hauk no era de Cleveland. Así que anunció:

–Hauk es de Gullandria.

Hilda dio un paso atrás.

Elli salió del coche.

–Tengo que hablar con mamá –comentó sonriendo. Tenía la intención de hacer creer a su madre, y a Hilda, que era ella misma quien había decidido hacer aquel viaje.

Hauk la imitó y abrió la puerta. Sacó sus enormes piernas, plantó las botas en el suelo y sacó el resto de su cuerpo del coche. Hildy lo miraba con mala cara. Él le devolvió la mirada, tan estoico como siempre. Ninguno de los dos se dignó a hablar.

–¿Podemos entrar? –preguntó Elli.

–Por supuesto. Tu madre vendrá enseguida –dijo el ama de llaves.

–¿Todavía está trabajando? –Ingrid tenía una tienda de antigüedades en el centro de la ciudad.

–Ha llegado hace unos minutos. Ha subido a cambiarse. ¿Os traigo algo?

–Oh, Hildy. ¿Quieres dejar de comportarte así? Ni siquiera me has dado un abrazo.

El rostro de la mujer se enterneció un poco.

–Ven aquí –dijo abriéndole los brazos a Elli, que se apretó contra ella. Olía a jabón y a lavanda, olores que a Elli le hacían sentirse en casa.

–Todo va bien, de verdad –murmuró Elli al oído del ama de llaves, que era como una tía o una abuela para ella.

Hildy no dijo nada, le dio otro abrazo y la soltó.

–Estaré en la cocina si me necesitas.

–Lo que necesitamos es algo de beber –murmuró Elli cuando Hildy se hubo marchado–. Y no me mires así.

–¿Cómo? –preguntó Hauk frunciendo el ceño.

–Así –contestó ella mientras se acercaba al bar–. Como miras casi siempre, tu expresión no suele cambiar mucho. Aunque esta última mirada era reprobatoria –encontró media botella de vino blanco en la nevera y la sacó–. ¿Quieres?

–No.

–¿Por qué sabía que era eso lo que ibas a contestar?

–Está estresada.

–Sí. Esa es la palabra, estresada. A mi madre no le va a gustar lo que voy a decirle. Y me gustaría que

me hubiese contado que mi padre la había llamado, y... –dejó de hablar y sacudió la cabeza–. Tienes
razón. No es buena idea que beba vino –dejó la botella y luego miró dentro de la nevera–. Hay 7UP light,
cerveza, agua Evian. ¿Pero dónde están...?

–Tus refrescos favoritos están al final de la segunda balda –era la voz de su madre, suave como
la seda, fría como un martini helado. Estaba en la
puerta del salón.

–Hola, mamá –la saludó Elli sonriendo–. ¿Hauk?
¿Qué quieres?

–Nada. Gracias.

Elli sacó una botella alta y rosada, cerró la nevera y se irguió, todo sin dejar de sonreír. Su madre,
alta y rubia, como sus hijas, y sorprendentemente
guapa con una camisa blanca, un collar turquesa y
unos pantalones negros, no le devolvió la sonrisa.

–Mamá, estábamos...

–¿Quién es este hombre? –la interrumpió Ingrid.

–Es Hauk FitzWyborn.

Hauk se llevó el puño al corazón y bajó la cabeza.

–Majestad.

Hubo un horrible momento de silencio.

–Hildy me lo ha dicho, pero no podía creerlo.
Déjame que lo adivine: es un guerrero, ¿verdad?
Uno de los matones de Osrik.

–Mamá –Elli dejó la botella y se acercó a su madre–. Ven –dijo tomándola del codo–. No vamos...

–No. Quiero saber qué está pasando aquí –exigió
Ingrid zafándose de ella–. Quiero saber por qué has
traído a uno de los hombres de tu padre a mi casa.

6

–Hauk está aquí para escoltarme hasta Gullandria –resumió Elli–. Me voy dentro de dos días. Papá me ha... invitado, y yo he aceptado la invitación.

Ingrid la miró boquiabierta.

–No... No puedes...

–Mamá, siéntate –le pidió mientras le hacía una señal a Hauk.

Este entendió el mensaje, se fue a la otra punta del salón e hizo como si mirase por la ventana.

–Mamá, por favor. No es el fin del mundo. Es algo que debías de haber esperado que sucediese algún día, que una de nosotras quisiera ir allí a conocer a nuestro padre.

–No. Jamás imaginé algo así. Pensé que os lo había dejado claro. Es una mala idea que vayáis allí. Muy mala.

–Es mi padre –dijo Elli apretándole la temblorosa mano a su madre.

–Te abandonó, igual que yo abandoné a nuestros hijos. Y mira lo que ha ocurrido con ellos. Osrik no tiene derecho a hacerte ir ahora.

–Pero yo quiero ir.

–No sabes lo que estás diciendo.

–Sí. Es importante para mí conocer a mi padre, descubrir por mí misma cómo es.

–No puedo creer que haya hecho algo así. Le pedí que no lo hiciese –Ingrid se había descubierto.

Elli se hizo la sorprendida, aunque ya conocía la verdad.

–¿Estás diciendo que has hablado recientemente con él?

–Sí –confesó Ingrid–, me llamó el viernes.

–No me lo habías contado.

–Por supuesto que no. Cuando me negué a que fueseis, empezó a dar órdenes. Como eso no funcionó, intentó sobornarme.

Elli se quedó de piedra. Su padre no le había mencionado ningún soborno.

–No puedes hablar en serio. Él nunca...

–Sí, claro que sí. Me ofreció una buena cantidad, como si yo necesitase su dinero, como si me importase el dinero más que mis hijas.

Elli imaginó que su padre lo habría intentado todo para convencer a su madre de que le dejase ver a sus hijas.

–Debe de estar desesperado. Y muy solo. Ha perdido dos hijos.

–¡Ha perdido dos hijos! Yo también los he perdido. Y tú has perdido a dos hermanos, al igual que Brit y Liv. Y nadie va a convencerme de que murieron accidentalmente. No, en Gullandria, los hijos del rey tienen una vida peligrosa. Los *jarl* siempre están con sus alianzas, tramando planes para llegar al poder. En el fondo de mi corazón siempre he sospechado que tus hermanos no murieron por casualidad.

–Nunca habías dicho nada así antes –comentó Elli sorprendida.

—Por supuesto que no. Siempre esperé no tener que hacerlo.

Elli se dio cuenta de que tenía que hablar con su padre y averiguar todo lo que este supiese acerca de las circunstancias que habían rodeado las muertes de sus hermanos.

—Mantuve la palabra que le había dado a tu padre. Perdí a un hijo hace muchos años. Y el otro desapareció el verano pasado. A veces sentía como si me hubiesen clavado un cuchillo y lo removiesen cruelmente, pero hice lo que tenía que hacer. Me quedé aquí, en Estados Unidos, con vosotras. Os mantuve aquí, sanas y salvas —miró a Elli con ojos llorosos—. Por favor, te lo ruego, no vayas. Me da miedo que pueda pasarte algo.

Elli se dio cuenta de que su padre tenía razón al temer que su madre la convenciese para no ir a Gullandria. Elli quería a su madre y no deseaba verla sufrir por su culpa.

Hauk se volvió y la miró a los ojos. Aquella mirada le dijo que el guerrero entendía exactamente cómo se sentía Elli, y que su rey le había advertido que pasaría algo así. Por eso la vigilaba tan de cerca, por eso no la había dejado ir sola a ver a su madre.

Elli desechó sus dudas. Había hecho un trato con su padre, y no iba a romperlo.

—Es solo una visita —le dijo a su madre—. Tres semanas. Tú misma lo has dicho, si hay algún peligro, es para los hijos del rey. Una princesa no puede aspirar al trono.

—Siempre hay una primera vez para todo —dijo Ingrid apesadumbrada.

—Eso no va a ocurrir. Y tú lo sabes. Y no tenemos ninguna prueba de que las muertes de Kylan y Valbrand no fuesen accidentales. Ni siquiera las revistas han hablado de semejante posibilidad.

–Eso no significa que sea imposible.

–Mamá, por favor, piénsalo. No puedo estar en peligro porque no soy una amenaza para nadie. Soy profesora de infantil en Sacramento y voy a visitar a mi padre. Volveré a casa en tres semanas.

–No has escuchado lo que te he dicho.

–Claro que sí. Y te entiendo.

–Elli, tu padre me dio su palabra. Él se quedaba con mis hijos para convertirlos en reyes y yo con vosotras. Hicimos una promesa: ninguno reclamaría lo del otro. Pero nuestros hijos han muerto, y él quiere a sus hijas. Ha roto su promesa. Es un mentiroso, un tramposo.

Elli miró a Hauk, que seguía haciendo como si mirase por la ventana, pero escuchaba. Si no hubiese sido la reina la que hubiese hablado así de su rey, seguro que habría intervenido.

–Osrik y su gran consejero, Greyfell, traman algo –continuó Ingrid–. Lo sé, lo siento. Algo más que una reunión entre un padre y una hija. Algo político, algo que tiene que ver con el trono. Y tú eres uno de los peones de su juego. Por eso quiere verte, por eso se te lleva.

–No es más que una visita, mamá. No se me lleva –bueno, en realidad Hauk había intentado secuestrarla, pero Elli no iba a contarle eso a su madre.

–Dios mío. ¿Y qué pasa con Brit y con Liv? ¿También las quiere a ellas?

–No. No se ha puesto con contacto con ellas.

–¿Cómo lo sabes?

–Porque me lo ha dicho.

–¿Y le crees? Estás completamente ciega –Ingrid señaló el teléfono–. Dame eso.

–Mamá...

–Dame el teléfono.

Elli suspiró, se puso en pie y le alcanzó el teléfono a su madre, que marcó un número. Un minuto después alguien contestó al otro lado.

–¿Liv? ¿Eres tú? –preguntó Ingrid–. Sí... No... Solo quería... Oh, Livvy, Elli está aquí. Tu padre se ha puesto en contacto con ella... Sí. Eso es. Eso le he dicho yo... Quiere que vaya a verlo a Gullandria. Y ella dice que va a ir. Ha venido a casa con un salvaje... Sí, sí. Es una locura... ¿Has tenido tú noticias suyas? –suspiró aliviada–. Menos mal –luego miró a Elli–. Sí. Está aquí... De acuerdo –le tendió el teléfono a Elli–. Tu hermana quiere hablar contigo.

Elli aceptó el teléfono, intentó parecer tranquila.

–Eh, ¿qué tal la abogada? –Liv estudiaba Derecho en Stanford.

–Elli, ¿estás loca? No puedes hacer algo así. En primer lugar, le romperás el corazón a mamá si vas. Además, ¿para que quieres ir a un trozo de hielo atrasado y machista en el mar de Noruega? ¿Quién te dice que nuestro padre, del que hacía años que no sabíamos nada, no va a retenerte allí?

–Liv...

–No me gusta. Me da miedo. Es...

–¡Liv!

Se hizo un silencio. Era un silencio hostil. Finalmente, Liv preguntó:

–¿Qué?

–He hablado con papá y he tomado una decisión. Quiero hacerlo. Quiero conocerlo –miró a su madre, que la observaba angustiada–. Mamá acabará aceptándolo –Ingrid sacudió la cabeza enérgicamente–. Nuestro padre nunca nos haría daño –dijo muy despacio–. Estaré bien.

Liv masculló un juramento.

–Casi siempre eres dócil. Brit y yo siempre nos peleábamos por llevar la voz cantante. Tú solías asentir a todo. Pero de vez en cuando, decidías hacer las cosas a tu manera. Y entonces...

–Tienes razón. Entonces, no había quien me hiciese cambiar de opinión. Como ahora.

–Tengo que admitir que es extraño. Papá no nos conoce. No ha hecho ningún esfuerzo por conocernos. ¿Por qué ahora? ¿Por qué a ti?

–¿Por qué ahora? A mí me parece evidente. Porque ha perdido a sus dos hijos y no puede evitar pensar en sus hijas, a las que no conoce.

–¿Pero por qué a ti?

–No lo sé, pero intentaré averiguarlo. Te lo prometo.

–Si te pasa algo en ese lugar, te prometo que te mataré.

Elli no pudo evitar sonreír.

–Te quiero, Livvy. Estaré bien.

–Mantennos al corriente.

–Sabes que lo haré.

Ingrid se despidió de su hija, colgó e intentó contactar con Brit en Los Ángeles. Como no respondía, la llamó al móvil, luego al otro móvil. Brit siempre perdía sus teléfonos móviles.

Cada vez más nerviosa, llamó a tres de sus amigas. La tercera contestó por fin y le sugirió que llamase al trabajo de Brit.

Brit tenía licencia de piloto. Había comido escarabajos y saltado de un rascacielos en el programa Fear Factor. Había recorrido el Amazonas y las zonas despobladas de Nueva Zelanda. Y había dejado la universidad después de dos años. Al igual que Elli y Liv, tenía la vida solucionada, pero siempre se lo gastaba todo.

Así que trabajaba de cualquier cosa. En esos momentos servía mesas en un restaurante. A nadie le gustaba llamarla allí porque el dueño le gritaba a Brit cada vez que hablaba por teléfono.

Ingrid le hizo a su hija pequeña las mismas preguntas que le había hecho a la mayor. Y recibió las mismas respuestas. Brit estaba bien. Y quería hablar con Elli.

Así que Elli se puso al teléfono y le explicó lo mismo que le había explicado a Liv.

–Bueno, mantennos informadas, ¿de acuerdo? –le dijo Brit.

–Lo haré. Te quiero. No trabajes demasiado.

La llamada a Brit pareció disgustar a Ingrid todavía más.

Elli volvió a intentar tranquilizar a su madre, prometiéndole una y otra vez que estaría bien.

Hilda los llamó a cenar. Se sentaron en la enorme mesa que había en el comedor en el que solían recibir a los invitados... y Ingrid dirigió todo su miedo y su ira hacia Hauk.

–¿Qué está pasando entre tú y este hombre, Elli? ¿Por qué lo has traído aquí? No te quita los ojos de encima –miró a Hauk–. Se comporta usted como un guardaespaldas. ¿Acaso necesita mi hija un guardaespaldas?

Elli contestó a la pregunta.

–Claro que no, madre. Ya te he dicho por qué está aquí Hauk. Va a acompañarme a Gullandria. Le he invitado a cenar porque me ha parecido lo más correcto. Aunque ahora me doy cuenta de que tal vez no haya sido una buena idea. Lo siento.

Hauk dejó que Elli contestase por él. No era un estúpido, y sabía que cualquier cosa que dijese solo serviría para empeorar todavía más la situación.

Al final, Ingrid pareció darse cuenta de que no podía hacer nada para evitar que Elli fuese a Gullandria. Accedió a cuidar de los gatos y le hizo prometer a Elli que la llamaría en cuanto hubiese llegado a palacio.

Poco después de las nueve, Elli y Hauk se marcharon. Ingrid los despidió desde el camino.

–Debería hacer la maleta –sugirió Hauk cuando hubieron llegado a casa.

Elli no quería hacerlo. No quería hacer nada en ese preciso instante salvo, tal vez, sentarse en el sofá a oscuras, ver la televisión y hacer como si no le hubiese dicho todas aquellas mentiras a su madre y como si no hubiese oído todas las inquietantes cosas que esta le había contado de su padre, de sus hermanos y del país en el que había nacido.

–No pienso hacerla ahora –dijo dejando las llaves y el bolso encima de la mesa.

–El *jet* del rey está esperándonos en el aeropuerto. Si hace la maleta, podríamos irnos esta misma noche. Hay una suite en el avión. Estará cómoda. Podrá dormir durante el vuelo.

Elli había ido hasta el salón y había tomado el mando a distancia. Volvió a dejarlo.

–Estaba pensando que lo que me apetecía hacer en estos momentos era ver la televisión y olvidar todo lo que ha pasado desde que apareciste ayer y desbarataste toda mi vida. Ahora me doy cuenta de que, viendo la televisión, no conseguiría olvidarme de nada. Porque tú seguirías aquí, vigilándome para que no haga nada que sea contrario a lo que mi padre quiere. Estoy harta.

–Prepare el equipaje. Marchémonos.

–No voy a preparar el equipaje ahora. Ni voy a marcharme ahora. Y tú no podrás objetar nada al respecto porque todavía no es jueves, y tengo hasta el jueves.

–No hay necesidad de quedarse aquí.

–Quizás no para ti. No estoy preparada para marcharme. Voy a darme un baño, pero, esta vez, me voy a quedar un rato en la bañera, ya que es el único lugar en el que puedo estar sin ti.

Él se puso firme, como solía hacer cuando no estaba seguro de lo próximo que haría Elli.

Ella lo miró.

–Necesito una hora para mí sola. ¿Entendido?

–Sí.

Fue a su habitación y de ahí al cuarto de baño. Cerró la puerta con fuerza tras de ella.

Cuando salió del baño, Hauk la esperaba con las botas quitadas y su lecho preparado.

Elli pensó en irse al salón a ver la tele un rato, pero solo conseguiría que él la siguiera. Así que, mejor, la vería desde la cama.

Se metió en la cama y los gatos se acurrucaron a su lado. Hauk seguía en pie, mirando hacia la puerta.

–¿Hay algún problema? –preguntó agriamente Elli. Hauk la distraía, ahí de pie. Era como tener una enorme estatua a los pies de la cama.

La estatua habló:

–Está disgustada por la conversación que ha tenido con su madre y eso ha hecho que cambie de humor. Es posible que dentro de unos minutos decida que no quiere acostarse tan temprano, así que no me voy a poner cómodo para tener que seguirla a otro lado.

–¿Cómodo? Pero si nunca estás cómodo. Ni siquiera duermes.

–Claro que duermo, aunque me mantengo en un estado de alerta cuando lo hago.

Elli se resistió al impulso de lanzarle el mando a distancia.

–Túmbate.

Él obedeció, desapareciendo así de su vista.

Elli acarició a los gatos, vio varios capítulos repetidos de *Buffy Cazavampiros* y se dijo que estaba haciendo como si él no estuviese allí. En estado de alerta. Cómo no.

A las once, apagó la televisión y se acostó de lado. A media noche, no podía soportarlo más. Se sentó, encendió la lámpara y tomó el teléfono.

—¿A quién está llamando? —preguntó Hauk desde los pies de la cama. Elli no lo veía.

—A mi madre. Y no pienso poner el altavoz, así que no te molestes.

Le pareció oírlo suspirar.

—Muy bien. Pero mantenga su palabra. No diga nada que ponga en peligro la visita a su padre.

—Te odio, Hauk.

—Haga la llamada.

Su madre respondió al primer timbre.

—¿Elli?

—Te quiero, mamá. Estaré bien. Por favor, no te preocupes.

Hubo un silencio, luego Ingrid dijo:

—No lo haré.

Ambas sabían que era mentira, pero una mentira piadosa de una madre que quería a su hija.

—Gracias por llamarme, cariño —añadió Ingrid—. Estaba pensando en ti.

—Lo sé. Yo también pensaba en ti.

—¿No te parece irónico? —preguntó su madre—. Liv es tan testaruda. ¿Y Brit? Bueno, todos sabemos que es de las hijas que hacen que a sus madres les salgan canas antes de lo debido. ¿Pero tú? Una estudiante excelente, siempre tan sensata. Era a ti a quien me acercaba cuando necesitaba convencer a tus hermanas de que no hicieran algo peligroso o descabellado.

–Mamá...

–Lo sé, lo sé. Es algo que sientes que tienes que hacer. Y eres tú quien decide. Hilda irá mañana a recoger a Diablo y a Doodles.

–Muy bien.

–Elli.

–¿Qué, mamá?

–Que tengas buen viaje.

–Lo tendré. Volveré pronto y... nuestras vidas seguirán como antes.

–Buenas noches, mi pequeña gigante.

–Buenas noches, mamá –susurró Elli antes de colgar.

Al final de la cama, solo había silencio.

–¿Hauk?

–¿Sí?

–En realidad no te odio.

–Lo sé.

Hauk estaba despierto. Completamente despierto.

Normalmente era disciplinado a la hora de dormir. El sueño, como una buena alimentación y el ejercicio físico más allá del agotamiento, formaban parte de sus capacidades. Podía dormir en una cueva de nieve, a temperaturas bajo cero, rodeado de enemigos, y estar preparado para despertarse en cualquier momento. Como le había dicho a Elli...

Se corrigió a sí mismo. No podía llamarla Elli. Era la princesa. Su alteza. La princesa Elli.

Tampoco podía pensar en ella de un modo demasiado cercano. Eso era inaceptable. Más que inaceptable. Estaba prohibido.

Quería subirla a ese avión. Que llegase sana y salva frente a su señor. Deshacerse de ella.

Pero cuanto más intentase él que adelantasen el viaje, más se empeñaría ella en esperar.

Los juegos que jugaba Elli eran peligrosos. Y por más razones de las que ella pensaba.

Era el tipo de misión que él podía hacer con un ojo cerrado y una mano atada en la espalda. Vigilar. Custodiar.

Pero aquella era la hija del rey. Y a él le estaba ocurriendo algo durante aquel periodo de proximidad con ella. Algo que no le había pasado nunca antes.

Hauk pensó en ello: «Me atrae, la deseo...».

No podía creerlo. Había pensado que estaba por encima de semejantes debilidades. Un guerrero, en particular un guerrero del rey, aprendía a superar las necesidades físicas, en especial las sexuales, que no tenían ninguna utilidad para el trabajo de un soldado.

Y en tan solo veinticuatro horas, aquella problemática princesa había conseguido, de algún modo, calarle hondo.

De pronto, hacía cosas que le parecían despreciables, como fijarse en su olor a flores. Y la observaba. Todo el tiempo. Sí, era su obligación vigilarla, pero no se suponía que debiese deleitarse con la tarea.

El deseo que sentía por ella era algo imposible. La princesa estaba fuera de su alcance. Tanto, que el rey ni se había molestado en recordarle que no le pusiese las manos encima.

Hauk no sabía cuáles eran las intenciones de su rey, pero sabía que la reina Ingrid tenía razón. El rey tenía planes para la princesa Elli, y en ellos no entraba una relación con su guerrero bastardo.

No obstante, aquella mujer lo tenía embelesado, con aquellos enormes ojos, esa suave boca, su perspicaz lengua y su rápida mente. Y su corazón.

Sí, aquella era su característica más atrayente. Que aquella contradicción de dulzura y fuerza solo podía encontrarse en una mujer con un corazón enorme.

Sería una joya de inestimable valor para el hombre que la consiguiese.

Pero él nunca sería ese hombre.

No obstante, las órdenes que le habían dado le obligaban a hacer aquello: pasar las noches a los pies de su cama, oliéndola, escuchando su respiración.

Era la tortura más pura que podía sufrirse, y no podría ponerle fin hasta que ella accediese a subirse en el avión.

7

Cuando Elli se despertó por la mañana, Hauk no estaba a los pies de su cama, pero no se hizo ilusiones de que se hubiese marchado a Gullandria sin ella.

Retiró las mantas y fue al cuarto de baño a lavarse la cara y vestirse. Cuando salió, allí estaba él, vestido con una camisa y unos pantalones negros limpios y recién afeitado. Esperando.

–Vamos a desayunar.

–Como desee.

Mientras tomaban unos huevos revueltos con tostadas, él volvió a sugerirle que hiciese la maleta para que pudiesen marcharse.

Elli lo miró fijamente y se sintió satisfecha al ver que Hauk retiraba la mirada antes que ella.

Hilda llamó a la puerta poco antes del mediodía. Frunció el ceño al ver a Hauk.

Elli puso a los gatos en su caja y Hauk la ayudó a cargar las provisiones para los animales en el todoterreno de Hilda.

–¿Me das un abrazo de despedida? –preguntó Elli al ama de llaves antes de que se marchase.

Hilda la abrazó sin dejar de fruncir el ceño.

Y allí estaba Hauk, muy cerca de ella. Elli decidió que se volvería loca si tenía que pasarse todo el día encerrada con aquel enorme vikingo vigilándola. Tomó su bolso.

–Vamos.

–¿Quiere que nos vayamos ahora? –preguntó él frunciendo el ceño.

–Eso es.

–Tiene que preparar el equipaje.

–Eres muy observador.

–¿No quiere llevarse nada?

–¿A Gullandria?

–Sí. A Gullandria.

–Tengo intención de llevarme un par de cosas, pero ahora no vamos a Gullandria.

Elli esperó a que el vikingo le preguntase adónde iban, pero, aparentemente, él había decidido no darle aquella satisfacción. Muy bien, ella se lo diría de todos modos.

–Vamos al cine.

Lo llevó a ver la última película de James Bond. Tal vez se sintiese identificado. Al llegar, Elli compró una bolsa enorme de palomitas y un Sprite.

–Podemos compartir las palomitas –le dijo a Hauk–. ¿Quieres una Coca-Cola o algo?

–No, gracias.

Elli tomó el refresco que le dio el chico de detrás del mostrador, que no había dejado de mirar de reojo a Hauk. No le extrañaba, sacaba, al menos, una cabeza a todo el mundo que había a su alrededor. Y luego estaban todos sus músculos, aquel comportamiento militar, por no mencionar el pelo dorado que le llegaba a los hombros. Incluso con la camisa puesta, podía apreciarse el rayo azul y dorado que llevaba tatuado en el pecho. Hauk parecía sacado del póster de una película de artes marciales.

Elli decidió que era hora de empezar a divertirse un poco.

—Está sonriendo. ¿Por qué? —preguntó Hauk en voz baja.

Elli sintió un extraño escalofrío.

—Por nada. Toma —le tendió el paquete de palomitas y fue hacia la rampa que llevaba hasta donde estaba la persona que recogía las entradas.

Había trece salas. Todas tenían unos asientos grandes y cómodos. Por deferencia hacia Hauk, Elli decidió sentarse en la última fila, que tenía un pasillo más ancho que el resto. Cuando estuvieron sentados en la oscuridad, Hauk le ofreció las palomitas.

—Quédatelas tú y empieza a comer.

—Yo no quiero palomitas.

—Sujétalas de todos modos, ¿vale?... porque soy tu princesa. Porque, después de servir a mi padre, tienes que servirme a mí.

Hauk la miró largamente.

—Tiene razón. Estoy a su servicio.

Elli sintió que un escalofrío la recorría. El corazón le latía muy deprisa y tenía las mejillas calientes.

¿Qué le estaba pasando? No, no era posible.

La pantalla se iluminó y empezaron los anuncios.

La película era la típica de James Bond. Rápida, divertida, con un montón de mujeres impresionantes y Pierce Brosnan, el perfecto James Bond, moreno y elegante, guapísimo.

Elli sorbió su Sprite, comió palomitas y deseó

que el corazón no le latiese tan deprisa cada vez que tomaba un puñado del rezago de Hauk.

Tenía que reconocer que había metido la pata. Debía haber aceptado el paquete cuando él se lo había ofrecido. Debía haberse imaginado lo incómodo que iba a resultarle aquello, tan... íntimo. Era la segunda vez que se le pasaba por la cabeza aquella palabra desde que habían entrado en los cines.

A pesar de que, en realidad, la relación que había entre ellos no era íntima, estaban veinticuatro horas al día muy cerca. Sobre todo en esos momentos.

Elli podía sentir el calor que emanaba su cuerpo. Y la parte alta de su brazo la estaba rozando. Y luego estaba su olor a cedro, especias y... a hombre.

–No se está comiendo las palomitas –susurró Hauk.

Elli habría jurado que había humor en su tono de voz.

Humor. E intimidad.

Lo miró fijamente. Él miraba la pantalla.

¿Acaso no lo había llevado allí precisamente por eso? Para que no la mirase a ella.

Elli no lo había pensado bien. No había tenido en cuenta que tendrían que sentarse muy cerca.

–¿Estás seguro de que tú no quieres? –susurró a su vez.

–Sí, estoy seguro.

–Entonces sujetaré yo el paquete.

Hauk se acercó un poco más a ella, su calor, su tamaño y su hombría la abrumaron.

–¿Está segura? Ya sabe que estoy a su servicio –dijo en voz baja y suave.

Elli sintió que se le secaba la boca. Tragó saliva.

–Sí... estoy segura.

Él le dio el paquete, rozándole con los dedos al

hacerlo. Elli sintió una oleada de calor que empezaba en su mano, donde él le había tocado, subía por su brazo y le llegaba al pecho, que se contrajo de semejante manera que le dieron ganas de gritar.

Se miraron. El sonido Dolby los rodeaba y las imágenes de la gran pantalla se reflejaban en ellos. El perfil de Hauk brillaba en la oscuridad como si fuese de porcelana. Su pelo brillaba, no parecía dorado, ni plateado, sino de un color intermedio.

Fue él quien retiró antes la mirada y la volvió hacia las imágenes. En esta ocasión, Elli no sintió triunfo, sino una sensación desgarradora.

Lo observó durante un par de segundos más, pensando en algo que no debía haber pensado: que era maravillosamente masculino. Que le habría gustado tener aquellas enormes manos sobre su piel, sentir esos labios contra los suyos...

Cuando salieron del cine eran poco más de las tres. Hauk le abrió la puerta y Elli salió. Hacía una tarde muy soleada. El cielo estaba azul.

Y Elli no se sentía preparada para encerrarse en casa con Hauk. Se dirigió hacia Land Park.

–¿Adónde vamos ahora?

–A Land Park.

–¿Quiere ver a su madre de nuevo?

–No, no vamos a casa de mi madre. Vamos al parque. Quiero dar un paseo cerca del estanque de los patos –añadió sonriéndole sardónicamente–. ¿Te parece bien?

Sus miradas se encontraron. Elli sintió otra oleada de calor.

–Volvamos a su piso. Haga las maletas.

–No, todavía no.

–Esto es una locura.

Lo era, y ella lo sabía. Al salir del cine, todo había cambiado entre ellos, o, si no había cambiado, al menos, ambos se habían dado cuenta de algo.

Tal vez hubiese existido aquella atracción entre ellos desde el principio. Elli la había rechazado. No le había costado trabajo. ¿Qué mujer que se respetase a sí misma reconocería que su raptor hacía que se le acelerase el pulso? Ella, no.

Pero con el tiempo, y la cercanía, había tenido que admitirlo. Había empezado a conocerlo un poco, a entender que, a pesar de que despreciaba el trabajo que hacía, no podía despreciar al hombre. Sabía que había bondad en él. Que, para aquel vikingo, el honor y la lealtad eran más importantes que su propia vida. ¿Cómo no iba a admirar aquello? ¿Cómo iba a evitar bajar la guardia con él, aunque fuese solo un poco?

En esos momentos, a Elli le parecía peligroso imaginar pasar otra noche más en Sacramento.

Debería hacer lo que Hauk insistía en que hiciese. Preparar la maleta. Subirse al avión.

Pero seguía resistiéndose. Más allá de la atracción que sentía por el hombre que su padre había enviado a secuestrarla, tenía otros motivos para no apresurarse.

Cuanto más lo pensaba, más sospechaba acerca de las motivaciones de su padre. ¿Y si su madre tuviese razón? Las dudas la carcomían. Iba a ir a Gullandria. Hauk se encargaría de ello, pero no tenía por qué meterse antes de tiempo en la boca del lobo.

¿Quién sabía qué podía ocurrir durante las siguientes dieciocho horas? Aunque fuese poco probable, tal vez se enterase de algo importante. Tal vez todo se aclarase, por fin.

Todo era posible. Podría ocurrir cualquier cosa... entre Hauk y ella.

Elli sacudió la cabeza.

—Me da igual. No quiero irme todavía. Ni siquiera sé si quiero ir.

Esperó a que el hombre que tenía al lado le dijese que no tenía elección, pero él no dijo nada.

Land Park contaba con un anfiteatro al aire libre. Debajo del anfiteatro, brillando con la luz del sol, estaba el estanque de los patos.

Elli aparcó el coche más allá del anfiteatro. Había que bajar una empinada colina cubierta de césped para llegar al estanque. Salieron del coche y Elli corrió cuesta abajo. Tal vez consiguiese dejar a Hauk atrás.

Pero este la seguía de cerca. Elli podía sentirlo y sabía que no corría todo lo rápido que podía. Llegó al estanque y se detuvo en el camino de asfalto que rodeaba su perímetro. Patos y gansos se deslizaban bajo el sol.

Debajo de los árboles, los bancos de madera invitaban a sentarse.

Elli se volvió a Hauk, jadeando.

—Es bonito, ¿verdad?

—Precioso.

Elli sabía que Hauk no se refería en realidad al estanque.

Se le volvió a secar la boca. Tragó saliva.

—¿Qué pasa ahora? —preguntó él apartando la vista.

—Esto... hablemos.

Hauk empezó a caminar. Muy rápido.

—Eh, espera.

Él se detuvo. Elli apretó el paso para alcanzarlo.

Se quedaron ambos en el camino, frente a frente. Hauk volvía a mirarla, a observarla como si fuese a devorarla con la mirada. Tal y como a ella le gustaba.

–Tendrá que ir –anunció Hauk como si le doliese decírselo–. Tendré que hacer que vaya.

–Lo sé, pero no hasta mañana. No tienes que hacer que vaya... hasta mañana.

–¿Le divierte esto? ¿Le divierte buscar los límites? ¿Tentar al destino?

–Te diré lo que no me divierte –contestó empezando a enfadarse–. Que me vigilen. Saber que si no respeto mi palabra, tú me obligarás a que lo haga.

–Es una *jarl*. Una princesa.

–¿Acaso crees que lo he olvidado?

–Las princesas mantienen su palabra.

Los patos se movían con elegancia y facilidad por el estanque.

Tres ramas se balancearon con la suave brisa. Pero entre Elli y Hauk el aire bullía con hostilidad y calor.

–¿Sabes más acerca de las motivaciones de mi padre que lo que me has dicho?

–No.

–Si lo supieses, ¿me lo dirías?

–No lo sé. Dependería.

–¿De qué dependería?

–De lo que supiera. De si me hubiesen ordenado no contarlo, o de si yo pensase que lo más sensato sería no contarlo.

–Así que, en realidad, no puedo confiar en ti. Podrías estar mintiéndome, si mi padre te hubiese ordenado que lo hicieses, o si pensases que debías hacerlo.

–Eso lo sabía desde el principio. Y puede confiar en mí para que la lleve adonde necesite ir, para protegerla.

–¿Adonde necesite ir?

–Sí, por su propia voluntad. La llevaré adonde necesite ir.

Elli recordó las cosas que le había dicho su madre.

–¿Piensas que es posible que mi padre espere que yo reivindique ocupar el trono de Gullandria cuando él ya no esté?

–No.

Hauk había contestado casi antes de que Elli terminase la pregunta. Esta no pudo evitar reír.

–Vaya, no has tenido que pensarte la respuesta.

–Piensa como una estadounidense.

–Ya me habías dicho eso antes.

–Y sigue siendo así. Cuando su padre ya no esté, habrá que elegir un rey. Para ello, se elegirá a un príncipe, no a una princesa. Y mucho menos a una princesa que ha crecido tan lejos de nuestro país.

–No os vendría mal que reinase una mujer. Seguro que aprendíais un par de cosas. Podríais salir de la edad de las tinieblas y empezar a tratarnos como iguales.

–Que una mujer no ocupe el trono de Gullandria no quiere decir que no tenga los mismos derechos, a veces incluso más, que los hombres.

–¿Como cuáles...? –preguntó Elli empezando a pasear por el camino.

–Puede poseer propiedades. Tiene los mismos derechos como heredera de sus padres. Y nuestras leyes del matrimonio dan el poder a las mujeres. Ya le he contado que un hombre no puede divorciarse después de que su mujer le haya dado hijos.

–Lo recuerdo.

–Pero no le dicho que una mujer sí puede divorciarse. Cuando quiera.

–¿Cuál es el razonamiento al respecto?

–Se piensa que las mujeres son más responsables en los asuntos del corazón y el hogar, que la posibilidad de que rompan los votos del matrimonio por motivos frívolos es menor.

–No estoy de acuerdo con eso. Creo que hombres y mujeres deberían tener los mismos derechos. No creo que uno u otro deba tener más derechos.

–¿Tiene planeado cambiar nuestras leyes?

–Es solo una opinión.

–Hay un refrán que dice: una opinión vale tanto como el poder y la intención de la persona que la esgrime.

–¿Estás sugiriendo que mi opinión no cuenta demasiado? –preguntó ella arqueando una ceja.

Habría jurado que Hauk casi sonreía.

–Es solo un refrán. Puede sacar de él la conclusión que desee.

Elli se detuvo.

–¿Crees que mi padre puede querer casarme con alguien?

Hauk se detuvo también y volvieron a quedarse frente a frente.

–Mi cometido no consiste en pensar. Y mucho menos en las intenciones de mi rey.

–Ya has dicho eso cientos de veces, pero haz un esfuerzo. ¿Ganaría algo si me casase con algún príncipe o algo así?

Hauk bajó la cabeza, un gesto que Elli había descubierto que era para demostrar sumisión.

–No puedo jugar a esto con usted. Ya he dicho más de lo que debería.

–¿Por qué no? Solo estamos... charlando. Intercambiando puntos de vista –le sonrió.

–Es inteligente, y artera.

–Sí, supongo que encajaría bien en la corte de mi padre.

–Eso pienso yo también, y no puedo ayudarla a conspirar contra mi rey.

–No estoy conspirando. Solo estoy...

–Ya es suficiente –sentenció él echando a andar.

Elli tuvo que darse prisa para alcanzarlo.

Poco después volvieron al piso de Elli, quien tenía dos mensajes en el contestador. Uno de una amiga y otro de un chico al que había conocido un par de años atrás.

Hauk se quedó donde estaba mientras ella escuchaba los mensajes por segunda vez.

–Ya les llamará cuando vuelva.

–Bueno, eso me tranquiliza. Parece que piensas que voy a volver.

Él hizo aquel gesto que solía hacer cuando pensaba que responderle no le conduciría a nada. Y tenía motivos para hacerlo.

–Les llamaré ahora mismo –añadió Elli.

Hizo las llamadas con el altavoz puesto. Hauk escuchó cómo Elli le decía a su amiga que no podría comer con ella ese fin de semana y luego hablaba con su antiguo compañero de clase, David Saunders, que estaba en la ciudad durante un par de días, y se disculpaba por no poder quedar con él ya que se iba de la ciudad al día siguiente.

Elli colgó y miró a Hauk.

–¿Te divierte escuchar mis conversaciones privadas?

–No.

–Entonces tal vez debieras dejar de hacerlo.

Él se dio la vuelta y sacudió la cabeza.

Eso enfadó a Elli. Estaba más que enfadada. De repente, estaba completamente furiosa con él. Lo agarró por el brazo.

Hauk se quedó helado.

Elli sintió que le ardía la mano al tocarlo. El calor le subía por el brazo y le recorría el cuerpo hasta llegarle a la zona de debajo del vientre.

Lo soltó y se llevó la mano a la boca, y se sintió como si estuviese tocándolo.

Bajó la mano muy despacio. Estaba temblando y se sentía avergonzada.

–Esto... lo siento. De verdad. No sé por qué me he enfadado tanto. Ha sido una estupidez. No debía haberte agarrado así.

Él la traspasó con la mirada.

–Haga la maleta. Ahora.

Ella se mordió el labio y sacudió la cabeza.

–Nos destruirá a ambos –susurró Hauk.

–No. Eso es ridículo. No es más que... atracción. Suele ocurrir entre hombres y mujeres. Es algo natural. No tenemos que hacer nada. Y, si lo hiciésemos, solo sería asunto nuestro, de nadie más.

Él seguía observando su rostro, quemándola con la mirada.

–No entiende nada.

Elli volvió a sentirse furiosa, pero intentó contenerse.

–En ese caso –dijo tranquilamente–, tendrás que explicármelo.

Él no contestó inmediatamente. Elli ya pensaba que no lo haría, cuando dijo:

–Tengo la misión de llevarla hasta su padre. Esa es toda la relación que debo tener con usted. Sea lo que sea lo que su padre tenga planeado para usted, yo no formo parte de ese plan. Eso nunca sería posible.

–¿Mi padre te ha dicho eso?

–No ha sido necesario. Las cosas son así. Es cierto que, si la fortuna me sonríe, tal vez pueda casarme con la hija de algún *jarl* de poca importancia, pero ningún rey le cedería su hija a un bastardo. Ya le dije que hay puertas que siempre estarán cerradas para mí.

–Pero para mí no, Hauk. Y soy yo quien decide con quién quiero estar, no mi padre. Él no tiene ningún derecho sobre mi vida privada.

–Tal vez. No soy la persona más indicada para opinar. No obstante, su padre sí tiene derechos sobre mí. Los tiene todos. Yo vivo y respiro por él. Soy su guerrero. Y es un gran honor.

8

Por acuerdo tácito, se hizo el silencio entre ellos. Hauk la siguió por el piso. Elli se sentó en el sofá del salón y él en el sillón. Ella leyó, o al menos lo intentó. Podía sentir la mirada de Hauk sobre ella todo el tiempo.

En un momento dado, no pudo soportarlo más y lo miró, pero Hauk no la miraba a ella, tenía la vista perdida en la distancia. Su cuerpo estaba inmóvil, tanto que Elli observó su pecho para ver si respiraba.

De pronto, Hauk pareció volver de aquel estado de ausencia y sus ojos se encontraron.

Sobre las cinco de la tarde, Elli dejó el libro y fue a la habitación de invitados. Intentó hacer como si Hauk no estuviese sentado detrás de ella mientras se ocupaba de algunas facturas y respondía a algunos correros electrónicos.

Sobre las siete, volvió a experimentar aquella sensación de que, si seguía a solas con él en su casa, terminaría haciendo algo imperdonable.

Como empezar a gritar como una loca o a tirar cosas.

O trepar por él como si fuese un árbol. Abrazarlo y besarlo y obligarle a que se olvidase de todo y le hiciese el amor.

¿Cómo podía haber llegado a aquello?

Aquella loca atracción que sentía por Hauk tenía que ser como uno de aquellos enamoramientos de la adolescencia, pronto desaparecería. Era el deseo de lo prohibido. Los dos lo superarían.

Tal vez él tuviese razón. Debería meter cuatro cosas en la maleta y decirle que estaba lista para irse.

Pero, sin saber por qué, estaba decidida a no hacerlo. Metió el pollo que había comprado para asar en el congelador y le dijo a Hauk que saldrían a cenar fuera.

Él no discutió. No dijo nada. Mantuvo la boca cerrada y el rostro impasible.

Elli lo llevó a un restaurante en la zona antigua de Sacramento, donde la comida y el servicio eran excelentes. El camarero les llevó la carta de vinos, pero Elli la rechazó.

Un vaso de vino o dos la habrían ayudado a tranquilizarse, pero no quería tranquilizarse. Cuando se fuese a la cama aquella noche, quería tener todas sus inhibiciones intactas... y no porque pensase que Hauk fuese a intentar nada con ella. Él se controlaba demasiado para hacer algo así. No, a Elli no le preocupaba él, sino ella misma. Tendría que luchar contra su propio corazón y su propio cuerpo si quería pasar la noche sin hacer algo que luego los dos lamentarían.

Hauk habló breve, pero educadamente, con el camarero. A ella no le dirigió la palabra. Cualquiera que les hubiese observado habría pensado que les habían obligado a cenar juntos o que estaban enfadados y por eso no se hablaban. Ambas cosas eran ciertas.

Terminaron de cenar demasiado pronto. Solo eran las ocho y cuarto de la tarde.

Elli no quería volver a casa. Quería llegar tarde, al menos después de la medianoche. Quería estar muy, muy cansada.

Estaba nerviosa. Y no debía haberse bebido dos vasos de agua durante la cena.

Tenía que ir al cuarto de baño.

Hauk se quedó esperándola fuera. Elli esperó que le diese vergüenza esperar en la puerta del cuarto de baño de señoras. Utilizó el váter y luego se lavó las manos, miró su triste rostro en el espejo. Se estaba secando las manos cuando vio una pequeña ventana encima del compartimiento central. Solo tenía que quitar el cerrojo y empujar hacia dentro.

Seguro que había un callejón al otro lado. No le sería difícil subir hasta ella, atravesarla y...

¿Qué? ¿Escaparse? ¿Esconderse y asustar a su madre, a Hilda y a sus hermanas? ¿Ir a la policía? ¿Decirles que su padre había mandado secuestrarla y que necesitaba que la protegiesen?

Hauk quedaría deshonrado por haberla dejado marchar. Y ella se quedaría en Sacramento, en el lugar al que pertenecía. No vería Gullandria, ni a su padre. Y no volvería a ver a Hauk nunca más.

El aparato de aire caliente se había detenido. El cuarto de baño se quedó en silencio.

La puerta se abrió. Era Hauk. La miró a ella y miró la pequeña ventana que la había tentado y luego volvió a mirarla a ella.

–De acuerdo –murmuró Elli–, se me ha pasado por la cabeza, pero sigo aquí.

–¿Me permite? –dijo una pelirroja pasando al lado de Hauk–. Mire lo que pone en la puerta: señoras.

Hauk se retiró y la pelirroja entró. La puerta se

cerró y Hauk se quedó fuera. La pelirroja hizo como si se abanicase.

–¿Es tuyo? ¡Caramba!

Elli sonrió, se colgó el bolso del hombro y salió a reunirse con su carcelero.

En el aparcamiento, el aparcacoches le llevó su coche. Ambos subieron.

Elli, que era quien conducía, salió del barrio antiguo de la ciudad.

Sintió en más de una ocasión la inquietante mirada de Hauk sobre ella. Sabía que se estaba preguntando adónde iban, pero no formuló la pregunta. Mejor, porque ni siquiera ella lo sabía.

Acabaron en la carretera del río, atravesando una hilera de pequeñas ciudades de un solo semáforo. Cuando era adolescente, había ido por allí con sus hermanas y sus amigos, o a veces con alguno de esos chicos a los que había creído querer tanto.

Con uno de ellos habían terminado aparcados frente al dique, besándose debajo de los álamos hasta que le dolían los labios, gimiendo y suspirando, y declarándose amor eterno.

Por aquella época, Elli y sus hermanas hablaban de sexo todo el tiempo. Eran jóvenes y tenían curiosidad acerca de las nuevas necesidades de sus cuerpos. Una de sus amigas se había quedado embarazada y había tenido que dejar de estudiar. Y otra había dado positivo al VIH.

El sexo era algo tentador, pero sabían que también era peligroso y que tenía consecuencias, y serias. Las tres formaban un grupo al que habían llamado El CNHEF: El Club de Nunca Hasta El Final. Cuando una de ellas estaba a solas con un chico, una de sus hermanas se quedaba cerca y le recordaba el club al que pertenecían.

Y funcionaba. Las tres siguieron siendo miembros del club al menos hasta la universidad. Y luego...

Bueno, llega un momento en que, incluso las trillizas, tienen que tomar sus propias decisiones por separado acerca del amor, el sexo y hasta dónde llegar.

Elli giró en dirección al río. Aparcó debajo de un álamo, salió del coche y subió al dique. Hauk, cómo no, la siguió, como una sombra, siempre tras ella, en silencio.

Elli se giró en dirección contraria hacia donde él estaba y echó a andar. Hauk la siguió, pero dejándole espacio.

Ella se detuvo y miró el reloj. Eran las diez.

Hauk llegó a su lado y Elli le sonrió con tristeza.

–Lo sé. Esto no es culpa tuya. No puedes ser quien eres y comportarte de otro modo.

Él no contestó, se limitó a contemplar las tranquilas aguas del río.

–Vamos –dijo Elli–. Volvamos a casa.

Cuando llegaron a su piso, la princesa quiso darse un baño. Le pidió que la dejase sola una hora.

Él tenía ganas de gritarle que no. Quería ordenarle que lo acompañase inmediatamente. Que fuesen al aeropuerto, al avión que la estaba esperando.

Pero ya se lo había pedido muchas veces y ella se había negado. No podía hacer nada más. No tenía derecho a nada. Solo podía esperar y observar. Y si al día siguiente ella continuaba poniéndole obstáculos, tendría que utilizar la fuerza para obligarla a tomar aquel avión.

Como respuesta a la pregunta de si podía estar un rato sola en el baño, Hauk gruñó y se encogió de hombros. No pensaba hablarle. Hablar con ella solo le causaba problemas.

Era demasiado perspicaz. Siempre que empezaba a hablar con ella, terminaba pensando cosas que no debía pensar. Le hacía dudar acerca de la sabiduría de su rey, hacía que se cuestionase cosas que siempre habían sido así.

Pero lo peor de todo era que le excitaba como hombre. Cuando hablaba, observaba sus generosos labios moviéndose y se preguntaba qué más podría hacer con aquella suave boca y con su rápida lengua.

Elli se dirigió hacia su baño y él fue hacia el baño de invitados. Utilizó el váter y se lavó los dientes. Luego volvió al dormitorio y preparó su lecho. Se quedó de pie, esperando, demasiado consciente de la humedad que reinaba en el ambiente, de la luz que salía por debajo de la puerta, intentando no imaginársela desnuda. Húmeda. Con su pelo del color del trigo rizado y mojado por el vapor...

Ordenó a su mente que no volviese a pensar en ella desnuda.

Se preguntó qué pasaría al día siguiente, cuando a la princesa se le hubiese acabado el tiempo. ¿Le obligaría a atarla de nuevo, a llevársela a la fuerza?

La verdadera pregunta era si sería capaz de hacerlo.

El mero hecho de que se plantease aquello decía mucho de lo que le estaba pasando. Algo había cambiado en su interior. En su persona.

Con el tiempo había aprendido a sentirse satisfecho consigo mismo. Provenía de una buena familia, pero era bastardo, por lo que había bajado de clase. Tanto su madre como su padre habían tenido reyes en su linaje. Si su madre hubiese accedido a casarse con su padre, habría formado parte de la clase alta, habría podido mirar a la princesa Elli de igual a igual. Aunque el padre de ella hubiese querido casarla con otro, él podía haberla cortejado. Podía haber tenido una oportunidad.

Pero su madre no había querido casarse. Había sido también una guerrera. Si se hubiese casado, habría tenido que dejar de serlo, así que había preferido condenar a su hijo a empezar de cero.

La formación de un guerrero era algo brutal, pero Hauk había nacido con el tamaño de su padre y con la habilidad física de su madre. Se había abierto camino en la profesión y pensaba que podía esperar un buen futuro, que podría honrar su apellido de hijo bastardo.

Estaría ocho años más al servicio del rey y después, tendría el suficiente dinero. Le pediría a una buena mujer, que fuese *jarl*, pero de la clase baja, que se casase con él.

Y así, sus hijos tendrían un futuro mejor. Todo aquello le había parecido bien. Hasta entonces. Hasta que le habían enviado a secuestrar a la hija del rey.

Había sido todo un error. Su rey se había equivocado. Había confiado en él. Y él había violado esa confianza con su corazón y con su mente. Había traicionado a su rey. Y había traicionado también al hombre que siempre había creído ser.

La puerta del baño se abrió. La princesa apareció vestida con aquel camisón rosa con el que le gustaba dormir. Envuelta en una nube de vapor. Tenía el rostro limpio, brillante. El pelo, ligeramente húmedo a la altura de las sienes, algunos mechones rizados le caían alrededor de las mejillas.

Hauk sintió el deseo como una lanza, que le rasgaba la piel para clavarse muy adentro.

Ojalá ella nunca se hubiese atrevido a hablar

de ello, tan tranquilamente, como hacían en aquel país. Tenía sus palabras grabadas en la memoria.

«No es más que... atracción. Suele ocurrir entre hombres y mujeres. Es algo natural. No tenemos que hacer nada. Y, si lo hiciésemos, solo sería asunto nuestro, de nadie más».

Y le había dado qué pensar. Le había hecho pensar que tenerla valdría más que cualquier otra cosa, más que su cometido, más que su orgullo. Posiblemente, incluso más que su libertad y que su vida. Solo una noche, poder tocar todo su cuerpo, poner los labios en sus lugares más recónditos, oírla llamarlo por su nombre.

Al fin y al cabo, ¿qué era su vida? ¿Qué era él? Menos que nada. Un *fitz*. Un bastardo que tenía la esperanza de conseguir un insignificante futuro.

–Puedes ponerte cómodo. Me voy a la cama –anunció su alteza.

Hauk se quitó las botas y los calcetines y se tumbó a esperar que pasase aquella interminable noche.

9

Aunque pensó que nunca lo conseguiría, Elli se durmió. Si soñó, al despertar no recordó lo que había soñado. Sus ojos se abrieron poco después de las siete de la mañana del jueves y lo primero que pensó al mirar el reloj fue que se le había olvidado poner el despertador.

Lo segundo en lo que pensó fue en Hauk.

Hauk. Sintió cariño. Deseo.

Le ordenó a ese deseo que desapareciese. Se irían ese mismo día. Por la noche estaría en Gullandria. Él le había dejado claro que, una vez que estuviese con su padre, nunca volverían a verse. Y si lo hiciesen, sería solo de pasada. Sería solo un rápido cruce de miradas en algún enorme salón de palacio como mucho. Nada más.

Se sentó y lo vio en la silla que estaba justo enfrente de la cama. Llevaba las botas puestas y estaba recién afeitado.

Elli se apartó el pelo de la cara.

—Es jueves por la mañana. Levántese, vístase y haga la maleta. Ha llegado la hora de marcharse.

Ella entrelazó sus manos sobre las mantas y se

las miró. Estaba pensando que debería hacer lo que él le decía. Pero cuando levantó la cabeza, lo que salió de sus labios fue:

—Son solo las siete. Será jueves por la mañana durante cinco horas más.

La expresión de Hauk seguía siendo incierta, pero pareció agitarse. Hubo un momento durante el cual ambos se miraron intensamente.

Luego, él se puso en pie.

—De acuerdo, cinco horas. A mediodía, estará preparada. A las doce de la mañana, en punto, saldremos por la puerta.

Elli echó los hombros hacia a atrás y frunció el ceño, desafiante.

—¿Y si no estoy preparada?

—Le ataré de pies y manos, le meteré un pañuelo en la boca y la sacaré de aquí —se dio media vuelta y salió de la habitación.

Elli agarró las mantas y se controló para no salir detrás de él gritando improperios por el pasillo.

Hauk intentó recobrar la compostura en el pasillo. Deseaba volver a aquella habitación, hundir los dedos en su suave cuello y calmar su rebeldía. Pero si la tocaba, sabía que no sería para estrangularla.

Lo más importante, su meta, era llegar al mediodía sin haberle puesto ni un dedo encima. Luego, se la llevaría al aeropuerto de un modo u otro. Irían directos a Gullandria. En unas horas estaría dejándola delante de su padre, el rey. Una vez que se librase de ella, una vez que no la tuviese todo el día delante, recordándole que nunca estaría a su alcance, podría empezar a curarse del imposible ansia que sentía por ella.

Había reflexionado mucho esa noche, al amanecer ya casi se había convencido de que, con el tiempo, volvería a ser el hombre que había sido hasta ese mismo lunes, antes de pasar dos breves días y tres crueles noches siguiendo a la bella hija del rey allá donde fuese. Casi había conseguido convencerse de que, algún día, volvería a sentirse satisfecho con la vida que tenía por delante.

En esos momentos, tenía que aferrarse a la idea de que ya no tendría que pasar otra noche más tan cerca de ella, sin poder tocarla.

Elli se vistió, se lavó la cara, se peinó, se puso un poco de colorete y máscara de pestañas. Cuando salió de su habitación, Hauk la estaba esperando en el pasillo.

No pudo evitar adoptar un aire despectivo.

–Aquí estás otra vez. ¿Cómo voy a echarte de menos, si no te despegas de mí?

–Sus deseos se verán pronto cumplidos –respondió él, siguiéndola.

Elli se detuvo y se dio la vuelta. Y de pronto, la ira desapareció. Solo sentía deseo.

–Oh, Hauk, yo no he dicho que desease eso.

Se miraron el uno al otro. Siempre era un error mirarse...

Elli suspiró.

–Desayunemos.

–Sí.

Ninguno de los dos se movió.

–Venga –dijo Hauk.

Elli consiguió hacerlo. Dejó de mirarlo y continuó andando por el pasillo.

El lavaplatos estaba lleno de platos limpios. Hauk lo vació y puso la mesa. Elli preparó café, frió el beicon que le quedaba y preparó unas tortitas.

Comieron en silencio.

Si no hablaron, no fue porque estuviesen enfadados, sino por cautela y también por un poco de tristeza. Elli miró por la ventana hacia el cielo azul que se veía entre los edificios.

Luego volvió a mirar a Hauk, que no la miraba a ella.

Lo cierto era que era un hombre encantador. Era genuino y bueno y... recto. Por no mencionar que era un placer disfrutar de su vista. Elli recordó el comentario que le había hecho la pelirroja la noche anterior en el restaurante.

Estaba de acuerdo con ella. ¿Qué mujer no querría hacer el amor con Hauk? Con semejante piel bronceada, esos músculos. Y esos ojos...

Al principio había pensado que su mirada era fría y dura. Pero había cambiado de opinión durante los dos últimos días. Era una mirada clara, inquebrantable. El reflejo de su honradez y de su fuerza.

Y no era solo que deseara tirarse a sus brazos. Además, era extraño, pero estaban a gusto juntos. Al menos, cuando Hauk bajaba la guardia.

Lo cierto era que, a no ser que fuese entre sus brazos, en esos momentos no le hubiese gustado estar en ningún otro lugar que no hubiese sido allí, en la mesa de la cocina, con Hauk sentado frente a ella.

¿Cómo podía haber pasado aquello, en poco más de dos días? ¿Cómo había pasado de ser un extraño, su raptor, a eso? El hombre que hacía que le temblasen las rodillas, al que tanto deseaba besar. El hombre que recogía su mesa y le vaciaba el lavaplatos sin que se lo pidiese.

Elli dejó el tenedor.

–¿Hauk?

Él se permitió mirarla.

–¿Por qué estamos haciendo esto?

–Porque se niega a ceder y a preparar su equipaje...

–No.

Él la miró de reojo.

–No me refiero a eso –continuó Elli–. Hablo de ti y de mí. Quiero decir que, bueno, tú me gustas mucho –él la miró, parpadeó incrédulo. Ella sacudió una mano–. Sé que parece una locura decir eso, teniendo en cuenta por qué has venido aquí, y que hace solo un par de días que nos conocemos. ¿Pero qué más da que sea una locura? Es verdad. Me gustas. Y creo que yo también te gusto –Hauk seguía mirándola, parecía sorprendido–. No veo por qué no podemos...

–Ya es suficiente –la interrumpió él dejando el tenedor en el plato.

–Pero quiero que...

Hauk echó la silla hacia atrás y se puso en pie.

–Ya se lo he dicho. No puede haber nada entre nosotros. Nunca podrá haberlo.

–Eso es ridículo –respondió ella sin parpadear.

–Tal vez lo sea para ti.

–No. No solo para mí. Lo sería para cualquier... persona inteligente.

–¿Ahora insultas mi inteligencia?

–No. Sabes que no. Y los dos sabemos lo que estás haciendo ahora mismo. Estás inventándote un motivo para estar enfadado conmigo... y no te culpo. Quiero decir, que yo he estado haciendo lo mismo. Pero los dos sabemos que no es más que un intento de no admitir lo que de verdad sentimos el uno por el otro.

Él dio un paso atrás, como si necesitase establecer entre ambos la mayor distancia posible, como si tuviese miedo de que Elli levantase la mano y lo tocase.

Aunque ella no lo hizo, ni siquiera se movió.

–Piensas en mí como en una princesa, como

en alguien que está muy por encima de ti, fuera de tu alcance. Pero, en realidad, no soy una princesa. Como te digo todo el tiempo, soy estadounidense. Tal vez haya nacido en Gullandria, pero solo viví los diez primeros meses de mi vida allí. En el fondo, solo soy Elli Thorson. Y pienso, honestamente, que podríamos tener algo juntos. Algo realmente importante. Algo bueno...

Al parecer, Hauk no estaba de acuerdo con ella. Volvió a ponerse firme. Solo estaba esperando a que Elli terminase de hablar. Esperando para poder marcharse.

–Oh, Hauk –dijo Elli en voz baja.

–¿Has terminado?

Ella se mordió el labio y se encogió de hombros.

Para alejarse de ella, para salir de la cocina, Hauk tenía que pasar por su lado. Aquello fue su perdición.

Elli lo agarró por la muñeca.

–Hauk, por favor...

Él se quedó helado. El aire parecía brillar a su alrededor. Irradiaba calor del punto en que se tocaban, un calor que le recorría el cuerpo a Elli, que sentía cómo se le clavaban flechas de deseo en el corazón.

Sabía que tenía un segundo antes de que Hauk se zafase de ella, así que se levantó, le pasó los brazos por el cuello y se apretó contra su pecho grande y duro.

Aquello fue demasiado para él, que no pudo resistirse más. Gimiendo en voz baja, la atrajo hacia sí.

Sorprendida por haber conseguido lo que tanto había deseado, Elli miró hacia arriba, hacia aquel rostro de mandíbula cuadrada.

Descubrió que se sentía muy bien allí, entre sus

brazos fuertes, abrazada a su pecho, contra su corazón.

–No deberías haberme tocado –murmuró Hauk.

–Muy bien. Pídeme también que no respire, ya que te pones.

–No deberías...

–Shhh –Elli le puso dos dedos en los labios–. Calla.

Los labios de Hauk se movieron y Elli sintió su aliento pasando a través de los dedos. Hauk se los mordisqueó.

Ella se estremeció de placer, de excitación.

–Oh, ¿ves? ¿Ves cómo teníamos que hacerlo...?

Él había enredado los dedos entre su pelo y le acariciaba la nuca.

–Es un error. Un peligroso error.

–Deja de decir eso. No es un error.

Estaban tan cerca que Elli podía sentir su erección y disfrutarla, ella también estaba... húmeda y caliente y deseaba tenerlo dentro.

–Oh, Hauk. Bésame. Bésame, por favor.

Cerró los ojos.

Él miró aquella bonita boca, aquella boca que Elli le ofrecía, que quería que tomase.

«Estoy condenado», pensó, «condenado al infierno por hacer esto».

Pero en esos momentos, no le importaba. Pensó: «Solo probarla. ¿Por qué no? Ella quiere que lo haga».

Y puso sus labios sobre los de Elli.

Ella abrió la boca y Hauk sintió que se moría al probar sus labios suaves y dulces. No le importaba morir, merecía la pena el sacrificio.

La agarró con más fuerza por la espalda y sintió sus pechos contra el suyo. Gimió al sentir su respiración, dulce y caliente y con sabor a café, en su propia boca. La absorbió. Sería suya para siempre.

Elli le acarició la nuca, metió los dedos entre su pelo y luego bajó las manos hacia sus hombros, para volver a subir de nuevo al cuello. Su lengua, que se había movido con timidez al principio, ganó confianza.

No pudo evitar dejar escapar un pequeño sonido que expresaba su deseo. Él gimió también como respuesta y bajó las manos hasta su trasero, apretándola contra su cuerpo y haciéndole sentir su virilidad.

Estaba tan duro... Su cuerpo le pedía que la tumbase, que la hiciese suya... Separó los labios de los de ella para recorrerle la barbilla, y luego aquel largo cuello suave como el satén...

–Oh, Hauk. Oh, sí, sí... –Elli apretó las caderas contra él, a modo de invitación, prometiéndole algo que él sabía que no podría aceptar.

No obstante, la promesa estaba hecha. Elli se lo prometía todo. Lo alentaba con dulzura, lo hacía avanzar con sus suspiros.

Le besó la clavícula, y se detuvo en el hueco de su garganta para respirar hondo y aspirar su femenino olor a flores.

Elli le había puesto las manos en la cintura y le había sacado la camisa de los pantalones, se la estaba subiendo hacia arriba. Le acarició la piel de encima de las costillas, clavándole ligeramente las uñas.

Hauk le acarició la ligera blusa de algodón que llevaba puesta y enterró el rostro en uno de sus pechos, encontrando el pezón a través de la tela.

Se lo acarició, haciendo que se irguiese y llevándoselo después a la boca, mordisqueándolo, sintiendo que ganaba firmeza, como si le pidiese más.

A Elli se le olvidó que le estaba quitando la camisa a Hauk y enredó los dedos en su pelo para apretarlo contra su pecho. Él siguió jugando con el pezón.

–Oh, sí –gimió ella–. Sí, sí, sí...

Elli lo alentó a que continuase, le susurró al oído, jugó con su lóbulo y le prometió, sin palabras, todo tipo de placeres.

Se lo ofreció todo.

Todo lo que tenía. Tanto... más de lo que aquella alma bastarda había soñado nunca.

Un premio inestimable. Que merecía la pena fuese cual fuese su precio. Hauk encontró el primer botón de la blusa de Elli.

–Sí –volvió a susurrar ella.

Entonces sonó el teléfono.

Hauk se quedó quieto como una estatua en los brazos de Elli, que lo agarró por los hombros.

–Déjalo, por favor, déjalo sonar –le rogó.

Pero él ya estaba apartando las manos de Elli de su cuerpo. Su expresión era de pesar y estaba ruborizado. Sacudió la cabeza.

–Debemos parar, y tú lo sabes.

–No, no lo sé.

Él retrocedió y Elli tuvo la sensación de que volvían a distanciarse.

–Responde al teléfono –le dijo Hauk.

Ella quería gritar, tirar algo.

–No.

–No te comportes como una niña mimada.

Hauk tenía razón y ella lo sabía.

No estaba de acuerdo con que tuvieran que parar, sino acerca del teléfono.

–¿Dígame?

–Elli. Oh, cielo...

–Tía Nanna.

La madre de Elli también era trilliza. La tía Kirsten vivía en San Francisco. Y la tía Nanna vivía en Napa. También habían tenido un hermano, pero este había muerto cuando Elli y sus hermanas todavía eran pequeñas.

—Me temía... que ya te hubieses ido.

Elli cerró los ojos e intentó concentrarse en lo que le estaba diciendo su tía en vez de pensar en lo que no había pasado entre Hauk y ella.

—Supongo que has hablado con mamá.

—Acabo de colgar el teléfono, Elli.

Elli abrió los ojos y allí estaba él, observándola. Se volvió a la ventana para no mirarlo.

—Nos vamos dentro de un par de horas.

—Cielo, ¿estás segura de lo que vas a hacer?

—Sí, estoy segura —estaba segura del viaje y de muchas otras cosas.

—Ingrid está muy preocupada por ti. Y yo también. No entiendes cómo funcionan las cosas en ese lugar. Siento decirte esto, pero tu padre no es de fiar. Le rompió el corazón a tu madre, y tú lo sabes, rompió...

No era la primera vez que Elli oía aquello.

—Nanna, ¿qué hizo exactamente para que le odiéis tanto?

Su tía tardó un momento en contestar.

—Será mejor que hables con tu madre al respecto.

—Eso es lo que dices siempre, pero mamá nunca me cuenta nada. Así que será mejor que dejemos el tema, ¿de acuerdo? Quiero que aceptéis que deseo conocerlo y decidir por mí misma qué siento por él.

Nanna guardó silencio, se debatía entre dejarlo pasar, tal y como Elli le había pedido, o insistir un poco más. Finalmente, decidió dejar el tema.

Charlaron unos minutos más acerca de sus primos y acerca de las clases de Elli, que le prometió a su tía que iría a verlos en verano.

–Cuídate –le dijo Nanna.

–No te preocupes. Te quiero.

Su tía colgó y Hauk alargó la mano y apretó el botón que cortaba la llamada. Elli se volvió y lo miró a los ojos. La mirada de Hauk era distante. Una vez más, se había puesto un escudo delante del corazón. Elli deseó lanzarse de nuevo a sus brazos y pedirle que volviese a comportarse con dulzura.

Tenía la blusa mojada. Bajó la cabeza para mirar el cerco que le rodeaba el pezón derecho. Luego, levantó la cabeza con orgullo.

–Será mejor que vaya a cambiarme la camisa.

–Haz la maleta –dijo él.

–Sí, supongo que será mejor que la haga.

Por una vez, Hauk no la siguió por el pasillo. A Elli le pareció estupendo, así podría darse un respiro y recuperarse de la decepción que acababa de sufrir.

Se detuvo en la puerta de su dormitorio, apoyó la cabeza en el marco, cerró los ojos y deseó que las cosas pudiesen ser diferentes.

Tal vez debiese mirar el lado positivo. Al menos había disfrutado durante unos minutos en brazos de Hauk FitzWyborn.

Elli se irguió. No iba a poder recuperarse tan fácilmente. Se desabrochó la blusa y fue al cuarto de baño, a echarla en el cesto de la ropa sucia.

Hauk se había librado de milagro. Esta vez.

De vuelta en su habitación, Elli abrió la puerta del armario. Tomó una camisa azul y se la puso.

¿Por qué no iba a ver las cosas de un modo positivo? Lo deseaba, le importaba. Y, por mucho que él intentase evitarlo, también sentía lo mismo por ella.

Hauk había bajado la guardia una vez. Tal vez volviese a hacerlo de nuevo. Tal vez ella encontrase otra oportunidad para demostrarle lo fuertes que eran sus sentimientos por él. Y quizás la siguiente vez él no la apartase de su lado.

Agarró la maleta y la puso encima de la cama, abierta. Se quedó muy quieta y escuchó, pero no oyó nada. Hauk siempre se movía sin hacer ruido. Tal vez estuviese observándola desde la puerta.

Elli miró por encima de su hombro. No, no estaba.

Era evidente que no quería estar cerca de ella en esos momentos. Necesitaba algo de tiempo para volver a poner en orden sus defensas contra ella.

Tanto mejor.

Se dirigió al aparador que había en la pared del fondo y abrió completamente el cajón de arriba, para poder llegar hasta el fondo.

Agarró la caja que había metido allí unos meses antes, cuando había estado saliendo con alguien de forma regular y había pensado que tal vez llegasen a algo más.

Pero la relación se había enfriado casi antes de calentarse. No obstante, ella había comprado aquella caja de preservativos, por si acaso.

Si ocurría el milagro y Hauk le abría los brazos, ella no lo dudaría ni un instante. Así que lo mejor sería estar preparada por si su sueño se hacía realidad.

10

A las diez y media estaba preparada para salir. Buscó el pasaporte y se lo estaba metiendo en el bolso cuando apareció Hauk.

–¿Estás lista?

Elli pensó en la caja de preservativos y casi dejó escapar una risotada.

–¿Dónde está la maleta?

–En mi habitación.

Hauk se colgó el pequeño bolso del hombro y agarró la maleta grande.

–Sígueme –dijo Hauk dirigiéndola a una camioneta aparcada en una calle lateral.

Hauk abrió la puerta del conductor.

–Sube.

El avión privado de su padre tenía una amplia cabina presurizada amueblada con seis sillones de cuero, al lado de cada uno de ellos había una mesa de madera.

También había una pared plegable y una cama de matrimonio que podía bajarse para convertir aquel espacio privado en un dormitorio.

Iba a ser un vuelo largo, no harían paradas.

Hauk se sentó e intentó no mirarla, aunque la tenía enfrente. En el exterior, el cielo estaba azul.

Su tiempo juntos había terminado. Al final, su sentido de la obligación y su aceptación del lugar que ocupaba en el mundo habían triunfado. No había sucumbido al desesperado deseo. Se dijo que se alegraba de que las cosas entre ellos no hubiesen ido más lejos.

Entre ellos había habido más de lo que debiera haber ocurrido, pero no había sido un completo desastre. Gracias al teléfono, había podido parar a tiempo.

Estaba cansado. De todo. Cerró los ojos y durmió profundamente por primera vez desde hacía varios días.

Se despertó cuando el avión cayó varios cientos de pies y chocó contra una corriente de aire.

La azafata, que estaba sentada cerca de la cabina de mando, sonrió con profesionalidad.

–No ha sido más que una pequeña turbulencia, no hay por qué preocuparse.

Él la creyó, al principio. Pero el avión se sacudió con más fuerza. Subía y bajaba como un juguete en las manos de un niño. La lluvia golpeaba las ventanas. El cielo estaba negro, salvo cuando Thor lo iluminaba con algún relámpago, seguido de un trueno.

Hauk se levantó y fue hacia delante. Se detuvo al lado del asiento de la princesa. Al fin y al cabo, era su obligación comprobar que estaba bien. Ella lo miró.

–Se mueve mucho, ¿no?

–¿Está bien?

Elli asintió.

–Estoy bien.

Aquél era otro motivo por el que era una mujer que cualquier hombre querría tener a su lado: no se asustaba con facilidad.

Otro relámpago iluminó el exterior e invadió la cabina. Se oyó un trueno. El avión cayó violentamente y luego se detuvo al dar con otra corriente de aire.

Mientras tanto, ellos se miraron. Elli estaba pálida y tranquila, tan guapa que Hauk se sintió como herido por el hacha de un enemigo.

–Voy a hablar con el piloto.

Ella asintió y retiró la mirada de él.

El piloto le confirmó lo que Hauk ya había deducido. Que no podía luchar contra los elementos. Ya no tenían suficiente combustible para llegar hasta Gullandria. Tendrían que aterrizar, repostar y esperar a que pasase la tormenta.

Elli se sintió aliviada cuando Hauk le anunció que iban a aterrizar en un aeropuerto privado justo a las afueras de Boston.

Consiguieron llegar a tierra sanos y salvos. Cuando el avión se hubo detenido por completo, Hauk se acercó de nuevo a hablar con el piloto.

Cuando volvió, parecía abatido.

–La tormenta no está menguando. Tendremos que pasar la noche aquí.

–¿Vamos a quedarnos en el avión?

Él sacudió la cabeza.

–Buscaré un alojamiento más apropiado.

Elli sintió un escalofrío, se sintió triunfante. Hauk no iba a librarse de ella tan pronto como había creído.

Y todavía podían pasar muchas cosas durante una noche más juntos...

***

La suite del hotel estaba en el piso treinta y cinco. Tenía vistas al puerto, donde la tormenta hacía que los barcos se tambaleasen. Había dos habitaciones grandes, cada una con su baño, un salón y un comedor. Elli se esforzó por no sonreír al pensar que el pobre Hauk tendría que dormir con ella.

Cenaron en la habitación. Elli no se había dado cuenta del hambre que tenía hasta que no apareció el botones con la cena. Pidió el faisán, que estaba buenísimo. De postre, una *crème brûlée* al *amaretto*. Tan deliciosa que le resultó un placer casi sexual. Se la comió toda.

Hauk, por el contrario, no parecía tener demasiado apetito. Prácticamente, se limitó a mirarla. Parecía meditabundo.

A Elli casi le dio pena.

Tenía por delante toda una noche de tentación. ¿Cómo iba Hauk a soportarla?

Bueno, Elli haría todo lo que estuviese en su mano para ayudarlo.

–¿Sabe mi padre que vamos a llegar un día tarde? –preguntó Elli sonriendo.

–Se le ha hecho saber –asintió él.

Probablemente, a través de aquel extraño aparato que tenía Hauk.

–Me alegro. No me gustaría que se preocupase.

Hauk frunció el ceño.

–Pareces demasiado contenta.

–¿Preferirías que me comportase como tú?

–Estás tramando algo.

–Eres demasiado desconfiado.

–No sin motivos.

–¿Qué quieres que te diga? Nací en Gullandria y soy hija de Osrik Thorson. Llevo la confabulación en la sangre... para mí es tan natural como para ti atar a la gente –dijo acabándose la copa de vino.

–Hay que estudiar y practicar mucho para dominar una cuerda.

–¿Por qué me suena eso a amenaza?

Él le dio un trago a su vaso de agua.

–Soy tu siervo, nunca me atrevería a amenazarte –dejó el vaso en la mesa y se levantó–. Buenas noches.

Elli tardó un momento en procesar las palabras de Hauk. Él ya había agarrado su equipaje e iba a entrar en su habitación cuando lo llamó.

–Hauk.

Él se volvió, se puso el puño en el pecho y bajó la cabeza.

–Estoy a tu servicio.

–¿Qué estás haciendo?

–Me voy a la cama.

–Pero... yo todavía no quiero acostarme. Quiero darme un baño antes.

–Pues hazlo. También puedes ver la televisión desde la cama. Estamos en Estados Unidos. Hay una televisión en cada habitación.

A Elli no le gustó lo que creía que estaba pasando.

–¿Vamos a dormir en habitaciones separadas esta noche?

–Sí.

Así que sus planes de seducción iban a irse al traste. La decepción le hizo pensar con rapidez.

–Si estás a mi servicio, podría pedirte que durmieses a los pies de mi cama.

–Sí, pero eso sería cruel y tú no eres una mujer cruel.

–¿Prefieres correr el riesgo a que me escape a dormir en la misma habitación que yo esta noche?

Él no respondió.

Elli se sintió avergonzada.

–No me escaparé... duermas donde duermas.

Hubo un largo momento de silencio. La lluvia golpeaba el cristal de la ventana que ofrecía una vista de Boston y del puerto. Un relámpago iluminó el cielo. Elli sintió que se le estaba escapando una oportunidad que no se le volvería a presentar nunca más en la vida.

–Está bien –dijo por fin–. Buenas noches.

Él se dio la vuelta, entró en la habitación y cerró la puerta con cuidado.

Hauk dejó su petate encima de la cama y corrió al baño, quitándose la ropa por el camino. Abrió la ducha y se metió debajo del chorro de agua fría.

No estaba lo suficientemente fría, no habría habido agua suficientemente fría para calmarlo.

Se quedó allí mucho rato, pero aquello no le ayudó. No hizo que menguase el deseo que se lo estaba comiendo vivo. Pero, al menos, se distrajo.

Cuando salió, se secó y luego se pasó una hora haciendo los ejercicios del dragón, una serie de movimientos lentos y controlados combinados con la respiración adecuada. Los había aprendido de su madre. Al fin y al cabo, ser el hijo bastardo de una guerrera tenía sus beneficios. Las mujeres guerreras trabajaban mucho para desarrollar el control y la flexibilidad para contrarrestar su menor fuerza física.

Aquellos ejercicios siempre le habían ayudado. Hacían que se agotase físicamente y le ayudaban a pensar con claridad.

Salvo esa noche.

Volvió a ducharse, en esta ocasión más rápidamente, para quitarse el sudor. Luego se quedó de pie en medio de la habitación, mirando la puerta que daba al salón e intentando no pensar en lo fácil que sería abrirla y llegar hasta ella.

Elli estaba esperando que la llamase, que le abriese los brazos. Se lo había dejado muy claro.

Hauk consiguió no abrir aquella puerta y se metió desnudo en la cama. Tenía la mente llena de pensamientos salvajes.

Ya había desobedecido a su rey, dejándola sola esa noche. Tal vez se escapase. Tendría que buscarla si no quería problemas.

Pero ella había dicho que no huiría. Y la creía.

El verdadero problema no era la posibilidad de que huyese. El problema era que él saliese de su cama y se metiera en la de ella.

Su mente, que solía ser un modelo de orden y disciplina, le estaba traicionando. A pesar de que le ordenase lo contrario, ella seguía teniendo pensamientos prohibidos, se preguntaba, por ejemplo, cómo sería, solo por una noche, llamarla «mi amor».

Se quedó tumbado en la oscuridad y escuchó la tormenta que rugía en el exterior, intentando no ver su cara, no pensar su nombre.

Al final, todos sus esfuerzos por olvidarla solo consiguieron invocarla.

La puerta se abrió muy despacio y allí estaba ella, con su camisón rosa.

Hauk se sentó. Y dijo la palabra que se había prometido no decir nunca. La llamó por su nombre:

–Elli.

La luz del salón inundó la cama. Las mantas le cubrían hasta la cintura.

Era... tan bello y salvaje ante sus civilizados ojos, con aquel pecho ancho y tatuado. Y sus ojos... Eran los ojos más tristes y solitarios que había visto nunca.

–Hauk, ¿puedo entrar?

Hauk encendió la lámpara de la mesita de noche y le tendió una mano.

Ella dio un gritito de alegría y saltó sobre la cama, directa a sus brazos. Él la abrazó con una intensidad que le reconfortó el alma. Luego, Hauk estiró la espalda y ella se apoyó contra él, solo las mantas y su camisón se interponían entre ambos. Elli apoyó la cabeza en su corazón y comprobó, complacida, cómo latía al mismo ritmo que el suyo.

Sintió sus labios en la cabeza. Y se acurrucó todavía más contra él, suspirando, feliz.

–Tal vez me quede así para siempre –le amenazó con ternura–. Aquí, abrazada a ti...

Hauk hizo un sonido con la garganta y volvió a besar su pelo. Pero lo más importante era que había seguido abrazándola. La sensación era maravillosa. Sentir su abrazo, sus besos, su corazón latiendo con rapidez, como el suyo propio.

Elli habló en tono soñador, sin levantar la cabeza.

–Hauk, probablemente no me creas, pero he venido aquí a hablar contigo.

–Siempre eres peligrosa cuando quieres hablar. Adelante –dijo Hauk acariciándole el pelo–. Di lo que hayas venido a decir.

–Quiero hacerte una propuesta –anunció Elli levantando la cabeza–. Y quiero que lo pienses de verdad antes de que me digas que no es posible... –Hauk la miraba, y ella lo miraba a él y, de repente, no pudo pensar en lo que quería decirle–. Hauk...

Él repitió su nombre:

–Elli...

Esta subió por su glorioso cuerpo para darle un beso en los labios.

Hubo un relámpago y sonó un trueno mientras

se besaban. A Elli le daba igual qué tormenta, si la exterior o la interna, había hecho que se estremeciese de aquel modo. Lo besó con más fuerza, todavía más.

Y él no se apartó. La besó con ternura y pasión. Hizo que se le encogiese el estómago y que no pudiese pensar en otra cosa más que en ser suya. Se frotó con descaro contra él, que respondió al avance. Elli supo entonces que estaba preparado para ser suyo.

Pero entonces, la agarró por la barbilla e hizo que lo mirase.

–Estamos locos, peor que locos.

–Oh, no. No es cierto. Todo saldrá bien. Espera y verás.

Ella le tocó los labios, que eran suaves y parecían diseñados para besar...

–Oh, Hauk –cerró los ojos y levantó la boca hacia él.

Pero antes de tocarle, antes de volver a perder la conciencia, recordó que tenía algo importante que decirle. Abrió los ojos.

–Espera.

–¿Qué? –rio él.

–He estado tumbada en la enorme y solitaria cama de la otra habitación, pensando...

Él levantó sus enormes brazos, se puso las manos detrás de la cabeza y levantó una ceja.

–¿En qué?

–En mi padre –dijo ella apoyándose en su pecho.

Él no se movió. La ceja seguía arqueada y parecía que su buen humor se había desvanecido.

–Escucha lo que tengo que decirte, por favor. Todos: mi madre, mis hermanas, Hildy, tía Nanna e incluso tú pensáis que mi padre tiene algo planeado para mí. Que no es solo que quiera conocerme.

–Yo nunca he dicho...

–Espera, por favor.

Él asintió.

–¿Cuál podría ser la razón por la que quiere que vaya a verlo?

–Ya hemos hablado de esto. Te he dicho que no lo sé –contestó él apartando la mirada.

–Mírame...

–De acuerdo –accedió frunciendo el ceño–. Te lo diré de nuevo. No sé por qué te ha hecho llamar su majestad, además de para hablar contigo, ver tu rostro y comprobar que te has convertido en una espléndida mujer.

–Espléndida, ¿eh? Me gusta como suena.

–Es la verdad.

Ella bajó la mano por su pecho, con suavidad, y la apoyó en el corazón del dragón.

–Me parece que sospechas cuáles pueden ser sus planes.

–No soy la persona más indicada para...

–No lo digas –le pidió Elli poniéndole un dedo en los labios–. No quiero volver a oírlo. De verdad. Solo escúchame.

Hauk la miró fríamente, y Elli se preguntó si aquella conversación no iba a costarle la maravillosa noche que tenía por delante.

No. No debía pensar eso. Cuando Hauk hubiese escuchado lo que tenía que decirle, volvería a abrazarla y a besarla, una y otra vez. Y estarían juntos hasta el amanecer.

La mañana los sorprendería abrazados.

–Hauk, yo pienso que los planes que mi padre tiene para mí son planes de boda. Y me parece que tú piensas lo mismo y... No me mires así, de un modo tan duro y distante.

–¿Por qué me estás diciendo eso ahora? ¿Para recordarme que estoy traicionando a mi rey y que tú y yo no podremos tener nada más que esta noche?

–No. No me entiendes. Déjame terminar.

–¿Qué quieres de mí? –Hauk se irguió, la agarró de los hombros y la empujó con cuidado para apartarla.

–Te he dicho que me dejes terminar –le pidió Elli arrodillándose a su lado. Era evidente que Hauk no quería que lo tocase en esos momentos.

–De acuerdo. Termina.

–¿No te das cuenta? ¿Por qué te ha mandado aquí? ¿Por qué te ha obligado a estar conmigo todo el tiempo? ¿Por qué si no es para que viese en ti lo que he visto? ¿Por qué si no para que aprenda a quererte y desee casarme contigo?

Al oír aquello, todo el dolor y la ira de Hauk se fundieron como se funden las nieves en el fiordo de Drakveden en primavera.

Casi volvió a sonreír. Por mucho que fuese la hija de su rey, era evidente que era estadounidense. Veía lo que quería ver. Hacía que el mundo se adaptase a la idea que ella tenía de él.

Sus ojos azules brillaban y él no tenía ni la voluntad ni el corazón necesarios para recordarle cuáles eran los hechos.

Ella tenía que saber la verdad. Que lo habían mandado a él para que la llevase rápidamente ante el rey. Que era ella, al insistir en hablar de su padre, quien hacía que Hauk tuviese que asumir el papel de guardián a tiempo completo. ¿Para qué señalarle lo que era evidente si ella no quería verlo? Para qué portarse bien si lo único que quería era tener la oportunidad de hacer el payaso.

El poderoso Thor, patrón de su familia y el más querido de todos los dioses, le había ofrecido aquella noche de tormenta. Había hecho que tuviesen que aterrizar. A veces, los caprichos de los dioses favorecían a los hombres.

Aunque fuese solo durante una noche.

Un hombre debía poder abrazar, aunque fuese solo brevemente, lo que más deseaba en el mundo.

Por la mañana ya tendría tiempo para portarse bien. Para lamentarse, para enfadarse. Y para avergonzarse también.

–¿Me vas a pedir que me marche? –preguntó Elli.

Era el momento de hacerle entender que sus sueños no cambiarían la realidad. Que si su padre tenía planeado casarla con alguien de Gullandria, no sería con un guerrero bastardo, sino con el hombre que el rey Osrik estimase que tenía más posibilidades de convertirse en rey algún día. Para que su familia siguiese en el trono. Así, a pesar de que su majestad hubiese perdido a sus hijos, algún día podría reinar su nieto.

–Oh, Hauk... –los ojos de Elli le pedían que viese las cosas como ella las veía. Quería que los viese a los dos juntos y a su majestad, su padre, bendiciendo esa unión.

Hauk sabía que tenía que dejarle clara la verdad, que debía contarle lo que pasaría en realidad si su majestad se enteraba de que habían pasado la noche juntos.

Como poco, él perdería su puesto y se le despojaría de todos sus honores. Podrían desterrarlo, o incluso enviarle a Tarngalla, la prisión en la que se encerraba a los asesinos y a aquellos que cometían crímenes contra el estado. Era poco probable que aquello le costase la vida, pero cuando un soldado de confianza traicionaba a su rey, podía ocurrirle cualquier cosa.

Pero Hauk sabía que si le decía todo eso a Elli,

ella se mofaría. Diría que era imposible, propio de bárbaros, medieval. Diría que era un error, que era injusto, una atrocidad. Y luego volvería a su habitación.

A Hauk el riesgo le daba igual. Elli estaba allí. Y quería quedarse con él. Y él ya había dejado de luchar consigo mismo. Lo único que quería era tener a esa mujer entre sus brazos.

–Hauk...

–¿Sí? Dime...

–Si me dejas que me quede... te confesaré...

Elli parecía necesitar que la animase a hablar.

–Me confesarás...

–Que llevo pensando en esto desde esta mañana, desde que me besaste y luego me dijiste que me fuese a mi habitación a hacer la maleta. He estado esperándolo. Preparada.

–¿Preparada?

El dulce rostro de Elli se sonrojó.

–Dijiste que nunca tendrías hijos sin tener antes una esposa.

Eso había dicho, y era lo que pensaba. Pero también había jurado serle leal a su rey.

–Soy una mujer responsable –dijo muy seria–. Nunca te pediría que hicieras algo que fuese en contra de tus principios. Tengo preservativos.

–Me parece muy sensato –se limitó a contestar él.

No era del todo un ladrón. Solo se había llevado su sabor, sus suspiros, el roce de su piel. No se arriesgaría a dejar un hijo bastardo en su vientre. Elli pronto lo entendería. No hacía falta que hablasen de ello en ese momento.

Ella volvió a besarlo, rápidamente esa vez. Y con firmeza.

–Voy a buscarlos. Tú quédate aquí.

–Tus deseos son órdenes.

Elli saltó de la cama y corrió hacia la puerta, deteniéndose un momento para mirarlo. Luego desapareció. Él se recostó y pensó que le gustaban los relámpagos. Siempre le habían gustado. Y brillaban más cuanto más oscura estaba la habitación. Apagó la lámpara de la mesita.

Un minuto después volvió Elli con una caja en la mano.

La dejó al lado de la cama.

–Quítate ese enorme camisón rosa. No va a hacerte falta el resto de la noche.

Ella dudó, al lado de la cama.

Hubo un relámpago. Hauk pudo ver su rostro con claridad: vacilante y dulcemente tímido. Volvió a hacerse la oscuridad. Se oyó un trueno.

Elli agarró el camisón por la parte baja, se lo sacó por la cabeza y lo tiró.

11

Hauk apartó la manta y Elli se metió a su lado. Él la tapó y la miró con ternura y tristeza al mismo tiempo.

–¿Qué ocurre? –preguntó ella con temor, pasándole dos dedos por el entrecejo, intentando que relajase la expresión–. ¿Hauk?

En vez de contestarle, él la besó. Y el temor se desvaneció.

La agarró por la cintura y descendió por su barbilla y su cuello con los labios. Apartó la manta y se puso encima de ella, apoyándose en un codo. La miró de arriba abajo. Y disfrutó de la vista. Elli no sintió vergüenza. Le parecía bien que Hauk la mirase. Quería que lo hiciese.

Era como si pudiese sentir su mirada sobre la piel. Y se estremecía solo de pensarlo.

Hauk bajó la cabeza hacia su pecho izquierdo, acariciándole la piel con el pelo. Ella sintió su lengua, húmeda y deliciosamente abrasiva, en el pezón. Primero se lo chupó y luego sopló donde había chupado.

Elli gimió de placer.

Hauk volvió a levantar la cabeza. Ella lo miró y vio sus dientes blancos en la oscuridad, estaba sonriendo, algo raro en él.

Le devolvió la sonrisa, temblorosa.

–Oh, Hauk...

Este bajó la cabeza y volvió a tomarle el pezón con la boca.

Elli dio un grito ahogado y arqueó el cuerpo hacia él, ofreciéndose, ofreciendo todo lo que podía darle.

Él bajó la mano por su vientre y todavía más. Le metió un dedo donde se unían los muslos. Ella gritó excitada.

Hauk levantó la cabeza y volvió a ponerla a su altura. Un relámpago le permitió ver un brillo salvaje en sus ojos azules claros.

Oyeron un trueno y la habitación volvió a quedarse a oscuras. No obstante, los ojos de Hauk brillaban en la oscuridad.

–Quiero darte placer, Elli.

–Y lo estás haciendo.

Hauk le dio un beso en la frente. Y le acarició el sexo. Ella se agarró a sus enormes hombros y susurró su nombre.

Él movió el dedo. Solo una vez, de un modo sorprendentemente íntimo. Luego, le acarició la parte interna de los muslos.

Elli suspiró y abrió las piernas.

Y él volvió a besarla, bajando con sus besos hasta su cintura. Elli se deshizo de placer debajo de él, y dejó que le recorriese el cuerpo con la lengua hasta llegar al ombligo. Se le cortó la respiración al sentir sus dientes mordisqueándola, gimió y volvió a gemir.

Él siguió descendiendo cada vez más, hasta llegar con los labios al monte de Venus.

Elli gimió y murmuró:

–Sí. Oh. Por favor. Ahí...

Él le separó las piernas con cuidado y se puso en medio. Elli abrió los ojos para mirar hacia abajo. Él tenía la boca en su sexo y su lengua...

Su lengua...

Elli gimió y la habitación se iluminó con un relámpago, seguido de un trueno. La lluvia seguía golpeando la ventana.

Se agarró a su cabeza dorada y se movió debajo de él hasta que sintió que una explosión de deseo la invadía y la hacía ascender por encima del mundo.

Solo pudo decir su nombre. Y lo dijo una y otra vez.

Durante un rato, se abrazaron y se acariciaron con cuidado. Fue un momento muy bonito, en el que aprendieron todas sus curvas y huecos, los lugares más tiernos de su cuerpo.

Cada caricia fue como un susurro.

Elli dibujó con un dedo los dos rayos, el de su pecho y el de la palma de su mano, y también el dragón.

–Una mujer sensata no juega nunca con el dragón... –le advirtió él.

Ella tomó su erección y lo miró a los ojos.

Hauk dejó escapar un sonido largo, con el que expresaba su entrega. Y dijo su nombre:

–Elli...

Entonces, esta hizo con él lo mismo que él había hecho con ella, primero dándole largos lametazos con la lengua y acariciándolo con la mano, luego, rodeándolo con toda la boca, apretándolo contra ella, alentándolo.

Las horas pasaron entre estallidos de calor y resplandores de placer. En más de una ocasión, Elli alargó la mano para buscar la caja que había dejado en la mesita de noche.

En cada ocasión, él le agarraba la mano antes de que llegase a la caja y le besaba los dedos, uno a uno. Se los metía muy despacio en la boca y los acariciaba con los dientes y la lengua. Luego le daba la vuelta a la mano y le besaba la palma. La tercera vez, después de besarle la mano, se la llevó a su corazón.

–¿Por qué, Hauk? ¿Por qué no me dejas...?

–Shhh –susurró, y la abrazó.

Le acarició la espalda, la curva de sus caderas y el interior de los muslos, que volvía a estar húmedo. Unos minutos más tarde, ella le clavaba las uñas con desesperación, ciega de placer.

Elli no intentó tomar la caja. Pensó, mientras él la acariciaba con sus maravillosas manos y su talentosa lengua, que no importaba, que quizás fuese mejor así... que no tenía por qué tenerlo todo a la vez.

Tendrían tiempo para estar juntos, para que él la penetrase. En esos momentos le parecía casi imposible, pero tenía que recordar que...

Cuatro días antes ni siquiera había sabido que existía. Tres días antes se lo había encontrado esperándola en su casa, para secuestrarla.

Y en esos momentos estaba en la habitación de un hotel de Boston, encima de él, pensando en palabras como «para siempre» o «sí, quiero». Pensando en tener hijos con él, en construir una vida con él.

¿Estaba loca o qué?

Él la vio sonreír con nostalgia y le preguntó el motivo.

Ella pensó «porque me parece que te quiero», pero no se lo dijo.

Como la caja que había al lado de la cama, las palabras de amor podrían esperar.

***

Poco después de las dos, agotada y satisfecha, Elli se durmió en brazos de Hauk.

Cuando se despertó, era de día. La tormenta había pasado. No había nubes en el cielo. Y estaba sola en la cama.

Apartó las mantas, recogió su camisón rosa de donde lo había tirado y se lo puso por la cabeza. Luego, sonriendo de felicidad, fue a su encuentro.

Hauk no se había ido demasiado lejos. Elli abrió la puerta y se lo encontró completamente vestido, sentado en una silla cerca de la enorme ventana que ocupaba la mitad de una pared.

En el exterior, las aguas del puerto estaban tranquilas, los barcos se balanceaban con suavidad, la enorme bola naranja del sol brillaba en el cielo azul.

Elli lo miró a la cara y su sonrisa desapareció. Conocía aquella expresión, aquella mirada distante y serena.

–¿Hauk? –corrió hacia él, pero se detuvo antes de llegar a su lado. Quería tocarlo, pero no se atrevía–. Oh, Hauk, ¿qué pasa?

–He contactado con el piloto –anunció él sin cambiar de expresión–. El avión está listo para despegar. Date una ducha, si quieres, y vístete. Tenemos que marcharnos.

–No lo entiendo –dijo tranquilamente. Quería ser razonable. No quería ponerse a llorar, ni rogarle, ni tirarse encima de él, aunque fuere lo que más desease en esos momentos–. ¿Qué ha cambiado? ¿Por qué estás tan... lejos de mí? Anoche, pensé que los dos estábamos...

Él levantó la mano y Elli vio el rayo que tenía tatuado en ella. Solo unas horas antes, esa mano le había acariciado los lugares más secretos de su cuerpo, proporcionándole un placer hasta entonces desconocido para ella. Y en esos momentos, la estaba utilizando para mantenerla lejos.

—Anoche fue anoche. Y eso se ha acabado.

—Pero no...

—Ya vale —Hauk se puso en pie—. Vístete. Recoge tus cosas. Te llevaré ante su majestad, tu padre, al lugar donde perteneces.

Elli sintió que la ira iba creciendo en su interior.

—¿De qué estás hablando? ¿Al lugar donde pertenezco? Mi sitio no está al lado de mi padre. Ni siquiera lo conozco. Solo voy de visita, eso es todo. Y si pertenezco a alguien, es a...

—No lo digas —le pidió él volviendo a levantar la mano.

Elli tuvo ganas de gritar, estaba furiosa, pero se contuvo y preguntó muy calmada:

—¿Qué he hecho para que me trates así?

Los ojos claros de Hauk brillaron, tal vez con dolor, pero él intentó esconderlo.

—Nada. No has hecho nada. Anoche fui débil. Y tú eras un sueño bello e imposible... un sueño del que ya he despertado. No volveremos a hablar de ello.

Elli se dio la vuelta para alejarse de él, tenía que hacerlo para evitar lanzarse a sus brazos. Dio dos pasos y entonces se dio cuenta de que no sabía adónde iba. Así que se quedó allí, de espaldas a él, sin saber qué hacer.

Desde donde estaba, podía ver las sábanas revueltas de la cama en la que habían pasado la noche. Y la caja que había en la mesita de noche, cerrada. Al ver la caja, todo pareció aclararse en su mente.

—Lo sabías —lo acusó—. Anoche sabías que hoy te comportarías así. Por eso me detuviste cada vez que intenté... —no lo dijo, no hacía falta. La sombría mirada de Hauk lo decía todo.

–Sí –confesó él–. Tienes razón.

Elli lo veía todo con claridad. Lo conocía tan bien. Vivían en dos mundos diferentes. Él se regía por códigos y reglas que ella no podía entender. Pero, no obstante, lo conocía, sabía cómo funcionaba su mente, se había asomado a su corazón.

–Porque los métodos anticonceptivos pueden fallar.

–Sí.

–Porque el único modo de estar seguro de no tener un hijo es no hacer lo que hay que hacer para tenerlos.

–Correcto.

–Te estás... reservando, ¿verdad? ¿Para la mujer que algún día será tu esposa?

–Yo no lo diría así.

–Entonces, ¿cómo lo dirías?

Él se encogió ligeramente de hombros.

–Estoy protegiendo los derechos de mis hijos, asegurándome de que cuando nazcan, lo hagan de un modo legítimo. Y también te estoy protegiendo a ti... a tus hijos, que tienen derecho a tener un padre que pueda vindicarlos.

–Así que solo harás el amor de verdad con tu esposa. Así que eres un miembro del CNHEF.

Él frunció el ceño.

–Del Club Nunca Hasta El Final.

–¿Es una institución estadounidense? –preguntó él, confuso.

–Casi –respondió ella riendo.

–Ah –dijo él, incómodo–. Es una broma.

–Más o menos –respondió Elli avergonzada–. Es solo... algo que mis hermanas y yo solíamos decirnos.

–Pues para mí no tiene sentido.

–Lo sé. No importa. Lo que importa es que lo más probable es que yo no sea la mujer con la que te cases. Tú no permitirías que eso ocurriese. Ni siquiera te permitirías imaginar la idea de una boda con la hija de tu rey.

Él movió los labios. Elli estaba completamente segura de que iba a decir su nombre. Pero no lo hizo. Cerró la boca. Y luego volvió a empezar.

–No se trata de lo que yo imagine.

–Entonces, ¿de qué se trata?

–Nunca podrá haber nada más entre nosotros. Tú eres una princesa y yo estoy muy por debajo de ti. Así son las cosas. Y así lo serán siempre.

–Pero, ¿por qué? ¿Por qué tienen que ser así? ¿Por qué tienes que ponerte esos límites?

–Preguntas. Contigo, siempre hay preguntas –su tono era cansado, pero también tierno.

Elli miró su boca y se preguntó cómo podía estar diciéndole que todo había terminado cuando solo acababa de empezar.

¿Cómo podía estar ocurriendo algo así? ¿Y por qué no estaba ella enfadada? Prefería sentirse enfadada a estar triste y sentirse vacía.

–Debiste habérmelo dicho anoche, que lo nuestro nunca llegaría a nada, que anoche sería lo único que tendríamos.

–No. Debí haberte dicho que te marchases de mi habitación. Pero no lo hice.

–Y ahora, todo ha cambiado.

–No ha cambiado nada. Haré lo que se me ha ordenado que haga. Te llevaré ante tu padre.

–¿Y después?

–Pediré tres semanas de permiso.

A Elli se le hizo un nudo en la garganta.

–Tres semanas... Eso es lo que durará mi visita.

–Exacto.

A Elli le dolía mirarlo y saber que si intentaba tocarlo, él retrocedería.

–Siento... algo muy fuerte por ti.

–Eres joven. Se te pasará.

–Por favor. Eso es una tontería, y lo sabes. Mi edad no tiene nada que ver con lo que siento por ti ni con el tiempo que ese sentimiento vaya a durar.

Él se mantuvo quieto y muy derecho. Elli sabía que estaba esperando a que ella dejase el tema, se vistiese, recogiese sus cosas y pudiesen marcharse.

–No... no consigo llegar a ti. Necesito que retrocedas.

–No puedo hacerlo.

–Eso no es verdad.

–Tú y yo no somos iguales. Tú ves opciones donde yo sé que no las hay. Somos lo que somos..., y yo no estoy hecho para ti.

–Porque no quieres darnos una oportunidad, ni siquiera lo intentas.

–Hay un viejo poema escandinavo que dice: «La duración de mi vida y el día de mi muerte estaban escritos desde hacía mucho tiempo».

–Tal vez, pero de lo que estamos hablando ahora no es de la duración de tu vida, sino de lo que puedes hacer con ella.

–Qué lengua tienes –le reprendió él.

–Me da igual lo que digas. Puedes retroceder, pero no quieres hacerlo.

–Como tú quieras.

124 · CHRISTINE GRÄNER

12

Era tarde cuando llegaron a Gullandria, aunque no había oscurecido. La azafata le había explicado a Elli que durante el equinoccio de verano, para el que faltaba un mes y medio, el sol brillaba en el horizonte casi durante veinte horas al día.

Al acercarse a la isla desde la inmensidad del mar azul al principio solo se veía una mancha. Después, Elli pudo divisar su forma, las parcelas verdes y negras, trozos de un azul intenso que eran los lagos y los principales fiordos. Cuando estuvieron más cerca, pudo ver por primera vez Lysgard, la capital, la ciudad portuaria que se extendía en la costa oeste, donde la tierra se metía hacia adentro de camino hacia su punto meridional.

Un montón de casas de tejados empinados, que parecían estar amontonadas, se extendía sobre los brazos de tierra que se adentraban en las aguas azul cobalto del puerto.

Las viviendas estaban aferradas a las laderas verdes y casi colgadas de las paredes de roca negra del fiordo de Lysgard.

La azafata se acercó a ella y le señaló la cúpula

dorada de la Gran Asamblea, donde se discutían las leyes y se decidían asuntos de suma importancia.

La azafata hizo una mención especial de los altos capiteles de las principales iglesias.

–Muchas personas piensan que adoramos a los viejos dioses escandinavos, pero nosotros decimos que aprendemos de ellos y nos tomamos muy en serio lo que nuestros antiguos mitos culturales pueden enseñarnos. Somos cristianos, por supuesto. Mire allí –le señaló un magnífico castillo plateado que coronaba un saliente de tierra por encima de la ciudad. A sus pies, a modo de alfombra verde, había unos jardines.

–Parece sacado de un cuento de hadas.

–Sí. Todo el mundo dice lo mismo cuando ve por primera vez el palacio más grande de su majestad. Isenhalla fue construido en el siglo xvi. Las paredes son de una pizarra plateada muy poco común. La pizarra brilla de un modo maravilloso, como si fuese hielo.

Elli tuvo ganas de hacerle a Hauk algunas preguntas. Pero no lo hizo. Se había atrevido a mirarlo en una o dos ocasiones desde que habían despegado. Él le había devuelto la mirada sin parpadear, como si estuviese mirando a través de ella.

Hauk volvía a ser el guerrero del rey. El hombre que la había abrazado y besado y la había llevado al éxtasis la noche anterior había desaparecido.

Su padre no estaba allí para recibirla cuando aterrizaron. No obstante, había mandado un séquito. Cuando Elli bajó del avión, había incluso una guardia de diez orgullosos soldados con sus uniformes rojos y negros esperándola. Llevaban la bandera de Gullandria. Una pequeña banda tocaba el himno nacional y una persona dio un paso al frente para pronunciar un florido discurso de bienvenida. A varios metros, unos cien ciudadanos de Gullandria le daban la bienvenida agitando pequeñas banderas y gritando.

–¡Princesa Elli! ¡Princesa Elli! ¡Bienvenida! ¡Bienvenida a casa!

También había periodistas, pero los guardias hacían que estuviesen detrás de una valla.

Elli hizo su papel, sonrió y se mostró agradecida.

Una limusina, con más banderas, avanzó hacia ella. Cuando se detuvo, la persona que había leído el discurso le abrió la puerta y esperó a que Elli se despidiese con la mano y entrase para meterse detrás.

Elli miró al avión mientras se marchaban, con la esperanza de ver a Hauk una vez más.

Pero no lo vio.

–Permítame que le diga, princesa Elli, que es un honor escoltarla hasta el palacio de su majestad, su padre –el hombre que estaba sentado frente a ella era alto y delgado y vestía un traje caro, era atractivo, pero un poco recargado.

–Gracias –el hombre le había dicho su nombre un minuto antes, pero ya lo había olvidado. Había estado pensando en Hauk, en la noche anterior, en que no podía creer que no fuese a verlo nunca más, ni a volver a hablar con él, ni a volver a sentir sus besos.

El hombre la miró expectante. Ella intentó recordar su nombre.

–Solo son veinte kilómetros hasta Isenhalla –le informó él.

Ella le sonrió vagamente, miró por la ventana y se preguntó qué estaría haciendo Hauk.

***

Mientras la princesa escuchaba el discurso, Hauk se había metido en un coche, que también iba de camino a palacio, muy por delante de la limusina real.

Tal vez el rey quisiera hablar con él ese mismo día. Cuando el rey le hiciese llamar, aprovecharía la audiencia para pedirle unos días de descanso.

Hauk se sentó en el asiento de atrás y miró por la ventana hacia los campos verde esmeralda y las *karavik*, las ovejas del país. Hacia el norte, se levantaban las montañas Negras, todavía coronadas de nieve.

Estaban llegando a las afueras de Lysgard cuando el aparato que Hauk utilizaba para comunicarse con su rey empezó a vibrar. Se lo había metido en la bota. Le pidió un teléfono al conductor y llamó al rey.

–Su majestad. Hauk al habla. Su alteza, la princesa Elli, está de camino a palacio.

–Sí, lo sé. Está bien, de buen humor, según me han dicho mis hombres.

–Sí, señor. Está bien.

–Recibe mis elogios.

–Vivo para servirle, majestad.

–Me gustaría hablar contigo antes de ver a mi hija. Ven inmediatamente a la sala privada de audiencias.

Cuando Hauk entró en la sala real, el rey Osrik estaba de pie delante de la enorme ventana. También en la misma sala, pero en una esquina, cerca de un busto de Odin, había una figura alta y delgada, de ojos grises y sabios, pelo blanco y barba gris.

Era el gran consejero del rey, el príncipe Medwyn Greyfell. La segunda persona con más poder e influencia después del rey. Saludó a Hauk con la cabeza. Este se puso el puño en el corazón y bajó la cabeza respetuosamente.

El rey se dio la vuelta, sus ojos oscuros y cálidos le dieron la bienvenida.

–Hola, Hauk –dijo levantando la mano en la que llevaba el anillo que representaba su poder.

Hauk había atravesado la sala en cuatro zancadas. Puso una rodilla en el suelo y besó el enorme rubí que coronaba el anillo.

–Levántate –le pidió el rey–. Siéntate conmigo.

Hauk sabía cómo sentarse delante de su rey, cómo hacerlo de tal modo que su señor siempre estuviese ligeramente por encima de él.

–Bueno –dijo el rey, una vez que se hubieron sentado. Sonreía.

El rey Osrik tenía una sonrisa abierta y confiada, una sonrisa que hacía que la gente confiase en él. Era alto, aunque no tanto como Hauk. Tenía unas cejas oscuras y espesas, y el pelo negro veteado de mechones plateados. Era un hombre guapo, todavía fuerte con cincuenta y pocos años. En aquellos ojos oscuros había tristeza a veces. Al fin y al cabo, había perdido a sus dos hijos. Pero era un rey sensato y sabía que si dejaba ver su tristeza ante sus súbditos, pensarían que era débil. Y un rey nunca debía ser débil.

–Háblame de mi hija –le pidió el rey. El gran consejero seguía escuchando desde su rincón.

Hauk se había preparado un pequeño discurso.

–Mi señor, es todo lo que un padre podría esperar de una hija, todo lo que un rey podría esperar de una princesa. De mente rápida y buen corazón. Fuerte y bella. Ha crecido en Estados Unidos, pero conoce nuestros mitos y parte de nuestras costumbres -«no tanto como debería», pensó Hauk, aunque no se atrevió a decirlo.

El rey rio.

-Su mente es más rápida de lo que habíamos esperado, diría yo -rio el rey.

Hauk bajó la cabeza como reconocimiento.

-Sabe cómo conseguir lo que quiere, señor.

-¿Y cómo fue con la reina? -la sonrisa del rey había desaparecido.

-Su majestad no se mostró... contenta, pero la princesa se mantuvo firme.

El rey insistió en oír los detalles del encuentro con la reina. Hauk se los recitó lo más brevemente posible, empezando por la hostilidad del ama de llaves, pasando por la aflicción de la reina al saber que la princesa iba a ir a Gullandria, por las llamadas a la princesa Liv y a la princesa Brit, y terminando con la claudicación final de la reina ante lo inevitable.

-¿Y fue el martes por la noche cuando mi hija fue a ver a la reina?

-Sí, señor.

-¿Y tenía tantas cosas que hacer allí que no pudo marcharse hasta el último momento?

-Señor, a mi parecer, después de la visita a la reina el martes, la princesa estaba preparada para marcharse de California.

-¿Pero se quedó allí?

-Insistió en que usted había accedido a que no se marchase hasta el jueves.

-¿Y por qué crees que lo hizo, que quiso entretenerse?

Hauk dudó. Nunca se sentía cómodo cuando el rey le pedía que interpretase los motivos de otras personas. Prefería ceñirse a los hechos, en especial en esos momentos, en los que estaban hablando de la mujer a la que había tocado de un modo que nunca debía haberse permitido ni siquiera soñar, y en los que temía traicionarse a sí mismo como había traicionado a su rey, que el rey sintiese la agitación que sentía por dentro y quisiera saber qué la causaba.

Habría sido capaz de abrir la boca y confesar lo que había hecho y reparar su honor aceptando el castigo que el rey quisiera imponerle.

Pero pensó en ella y se controló.

No sabía cuáles serían las consecuencias para Elli si su padre se enteraba con quién había pasado la noche anterior.

El rey suspiró.

–No importa, Hauk. Así que salisteis de California ayer por la mañana, tal y como habíamos convenido, pero una tormenta hizo que tuvieseis que pasar la noche en Boston.

Hauk mantuvo la cabeza baja y ordenó a su mente que se olvidase de las eróticas imágenes de la noche anterior.

–Sí, señor.

–Bueno, lo importante es que por fin estáis aquí –el rey se levantó, Hauk lo imitó–. Bien hecho.

Hauk dio un paso atrás y le hizo un saludo. La entrevista casi había terminado. Había conseguido superarla sin arruinarse la vida. Solo le quedaba pedir su permiso.

El rey habló antes que él.

–Dentro de una semana y un día es la Fiesta de Mayo. Este año, en honor a mi hija, estoy planeando algo especial. Juegos de lucha y demostraciones del manejo del caballo. Además, los habituales festivales de música y poesía, juegos de azar y un bazar. Y después un banquete. A medianoche, en honor a mi hija, haremos arder un barco. Se ha avisado a todos los clubes de lucha. Quiero que tú luches en mi nombre.

–Será un honor –era lo único que podía contestar Hauk.

–Tú también honras mi nombre. Eso es todo. ¿Deseas decir algo más, Hauk? –preguntó el rey.

–Quería pedirle algo, majestad.

–Hazlo.

–Me gustaría tomarme unos días.

–¿Cuándo?

–Justo después de representar a su majestad en los juegos de la próxima semana.

–¿Hay algún motivo por el que tengas tanta prisa?

–No, señor, me gustaría tener algo de tiempo para mí.

–¿Tienes... alguna dificultad personal?

–No, señor. Solo necesito unas vacaciones.

–¿Te parece bien un mes?

Habría preferido tomarse tres semanas a partir de ese mismo momento.

Estaba seguro de que podría evitar todo contacto con la princesa durante la siguiente semana. El rey la mantendría ocupada con excursiones y fiestas. Y él se quedaría por los establos y en el campo de entrenamiento. Todo sería tan nuevo para ella que, aunque pensase en él, no sabría dónde buscarlo.

–Se lo agradezco, majestad.

El enorme rubí brilló cuando el rey sacudió la mano.

La limusina de Elli entró en el enorme patio adoquinado que había delante del palacio de su padre. Los coches negros que la escoltaban continuaron por un camino lateral hasta perderse de vista.

El asesor real que la había acompañado la condujo hacia los anchos escalones, a través de los dragones de piedra y las estatuas de Odin, Freyja y Thor, y delante de una fila de jóvenes mujeres muy bien vestidas que tenían las manos unidas sobre el pecho y las cabezas inclinadas.

Una de ellas, pelirroja y alta, con una nariz patricia surcada de pecas, se adelantó.

–Somos sus damas de compañía, alteza. Soy Kaarin Karlsmon, la primera entre todas las que la serviremos –Kaarin llevaba un bonito conjunto de seda azul marino formado por una falda de tubo y una chaqueta que le marcaba su esbelta silueta. Todas las mujeres llevaban preciosas joyas a juego con la ropa.

Elli sonrió, asintió y las saludó en voz baja a todas.

Finalmente, la acompañaron al interior del palacio, le hicieron subir una escalera de piedra y atravesar varios pasillos hasta llegar a unas enormes puertas labradas. Dos guardias vestidos con uniformes rojos y negros flanqueaban las puertas.

A Elli le latía el corazón muy rápido, estaba emocionada. Por fin iba a conocer a su padre.

Pero cuando los guardias abrieron las puertas, se encontró en la entrada de un salón con suelos de mármol y techos decorados. Pero allí no estaba el rey, ni ninguna otra persona.

–Son sus habitaciones, alteza –informó Kaarin.

Elli empezaba a cansarse de tanta pompa, y de la ausencia de la persona a la que había ido a ver.

–¿Dónde está mi padre?

–La está esperando con impaciencia –dijo Kaarin sonriendo–. Pero, primero, queremos que se ponga cómoda, que se dé un baño y se cambie de ropa.

Elli pensó que ya estaba limpia y preparada,

pero supuso que decir aquello no sonaría demasiado bien. Se acercó a la alta pelirroja y le preguntó:

–¿Puedo llamarte Kaarin?

–Por supuesto, al...

–Tú puedes llamarme Elli.

–Por supuesto, Elli.

–Kaarin, tengo que admitir...

–Lo que quiera, al..., Elli. Puede confiar en mí.

–Me gustaría que mi séquito se redujese un poco... A ti, solamente. ¿Sería posible?

–Por supuesto –dijo Kaarin volviéndose hacia las otras mujeres–. Gracias a todas. La princesa desea privacidad.

Todas se pusieron los delicados puños en el corazón y se despidieron adulándola. Un minuto después, Kaarin y Elli entraban solas en el espectacular salón.

–¿Cuándo voy a poder ver a mi padre?

El padre de Elli estaba en esos momentos encerrado con su gran consejero.

Además de ser su principal asesor, Medwyn también era su mejor y único amigo. Hacía cuarenta años que tenían una unión de sangre, desde que Osrik tenía doce años y Medwyn, veintisiete. Al principio, Medwyn había sido el mentor y profesor de Osrik, pero con el tiempo, habían alcanzado el mismo nivel. Cuando Osrik llegó al trono, se puso por encima de su amigo.

Salvo cuando estaban a solas. La unión de sangre que había entre ellos hacía que fuesen más que hermanos, que se fuesen leales y se apoyasen el uno al otro. Y así era. Cuando Osrik estaba a solas con su amigo, todas las formalidades que los separaban desaparecían.

–Me ha dado la impresión de que le pasaba algo –comentó Medwyn pensativo.

Osrik se encogió de hombros.

–Hauk siempre da esa impresión. Es un verdadero soldado. Nunca habla más de lo que debe. Si lo que queríamos era un análisis más detallado deberíamos haber enviado a Finn Danelaw.

–En realidad, sigo creyendo que hicimos bien en no mandar al joven Danelaw. Tiene demasiado éxito con las mujeres. Es probable que Elli hubiese terminado enamorándose de él. Como todas. Y eso habría sido un problema.

Medwyn asintió.

–El guerrero ha hecho el trabajo que se le había asignado. Ha traído a tu hija sana y salva.

–Por fin voy a conocer a una de mis hijas perdidas –sintió tristeza.

–¿Y Eric? ¿Todavía en Vildelund?

Al igual que sus padres, Eric Greyfell y Valbrand Thorson habían pasado por una unión de sangre. El hijo de Medwyn había sido criado para ocupar algún día el puesto de gran consejero de su padre cuando Valbrand fuese rey. Ambos padres se habían sentido tranquilos ,ya que el futuro de sus hijos había estado asegurado.

Pero Valbrand había muerto.

Eric, que hasta entonces había sido un joven sensato, se había deshecho de dolor con la desaparición de su amigo. Había insistido en recorrerse el mar para averiguar qué le había pasado realmente a Valbrand. Quería saber si tenía que vengar su muerte. Si así era, lo haría.

Había vuelto un mes antes sin ningún resultado. Todo el mundo le había contado la misma historia. Había habido una tormenta y Valbrand se había caído por la borda.

Dolido e insatisfecho con las explicaciones acerca de la muerte de su amigo, Eric había pasado a ver a su padre y luego se había ido a la casa de campo que su familia tenía en Vildelung, detrás de las montañas Negras. Eric, al igual que Valbrand, era una persona muy querida, pero, como su padre, tenía un corazón místico. Se consolaba refugiándose en el campo.

–Mandaré a buscarlo cuando me lo pidas.

–Dale tiempo –dijo Osrik–. Sería mejor que viniese por su propia voluntad, si todo ocurriese... de un modo natural. Ya sabes cómo son los jóvenes. Las órdenes solo sirven con ellos para que no quieran hacer lo que es mejor para todo el mundo.

–Desde la tragedia del año pasado, se ha vuelto casi un ermitaño. No vendrá si no es a la fuerza.

–No obstante, podemos esperar. Y ahora, quiero conocer a esa hija mía.

Los dos se miraron. No necesitaban decirse nada más.

De las tres hijas de Osrik, Elli sería la mejor como reina, sobre todo dado que, según sus espías, Elli era la única que hablaba de casarse y tener hijos.

Los padres lo tenían todo planeado. Cuando Elli conociese a Eric Greyfell, ambos se interesarían el uno por el otro. Después, se casarían. Eric sería algún día rey.

Y Elli, su reina.

Y si los dioses sonreían al rey Osrik Balderath Crosby Aesir Harald Einer Thorson, algún día su nieto se sentaría en el trono de Gullandria.

13

Después del baño se secó el pelo y se maquilló un poco. La camarera había dejado un conjunto rosa de seda parecido al que llevaba puesto Kaarin. Elli se lo puso. Era como si estuviese hecho a su medida, de hecho, probablemente lo estuviese.

–Me parece que ya está lista para encontrarse con su majestad –anunció Kaarin, que volvía a estar impecable.

La condujo por un largo pasillo, luego por otro. Por fin, torcieron una esquina y llegaron a unas puertas flanqueadas por guardias.

–Tengo que dejarla –dijo Kaarin–. Su padre desea verla a solas.

Eso precisamente había esperado Elli.

–Gracias. Por todo.

–Ha sido un placer, alteza. Volveré dentro de una hora. La esperaré para escoltarla hasta sus habitaciones cuando haya terminado la visita –Kaarin desapareció por el pasillo y los guardias abrieron las puertas.

Y allí estaba él.

Su padre.

Era alto y guapo, llevaba un bonito traje hecho a medida, y sus ojos eran tan amables como la voz que Elli había oído en la conversación telefónica que habían tenido cuatro días antes. Las puertas se cerraron tras de ella y se quedaron solos.

–Mi pequeña gigante.

Aquellas palabras surtieron efecto. Elli dio un gritito de alegría y corrió hacia él, que la tomó entre sus brazos y la abrazó con fuerza.

–Me alegro de que hayas venido.

–Oh, padre. Yo también.

Era un hombre bueno. Elli podía verlo en sus ojos y oírlo en su voz. Todo en él hablaba de bondad. Ahora que lo había conocido, no entendía por qué su madre lo había abandonado, qué oscuro secreto los habría separado.

Elli miró a su padre y se dijo que, a pesar de todo, se alegraba de haber ido.

Osrik le preguntó por su madre y sus hermanas, y acerca de su vida en Sacramento. Ella contestó con franqueza y detalles y en más de una ocasión tuvo la sensación de que él ya sabía lo que le estaba contando.

Aquello no la sorprendió del todo. Al conocerlo, supo que su padre nunca las había abandonado en realidad.

Las debía de haber tenido vigiladas a lo largo de los años. Y eso no la ofendía. Al fin y al cabo, era su padre. Era normal que quisiese saber cómo estaba su familia.

Elli deseaba preguntarle por Hauk, si había pedido un permiso, si se había ido a una nueva misión. Pero también se sentía reacia a mencionar su nombre.

Elli debía ser cauta.

Tenía que encontrar el modo de averiguar dón-

de estaba sin revelar nada que pudiese comprome-
terlo a él delante de su padre.

–Padre, tengo que decirte que todavía estoy un
poco decepcionada contigo.

–¿Por qué? –preguntó el rey frunciendo el ceño.

–Por haber hecho que me secuestrasen. En mi
país, el secuestro es un delito.

–¿Qué más da eso ahora? Al final decidiste que
querías venir.

–Sí, pero eso no quiere decir que lo que hiciste
fuese aceptable.

–¿Me estás regañando? –preguntó confuso.

–Solo estoy intentando que veas que...

–Elli, permíteme que te lo recuerde. No se puede
regañar al rey.

–Estamos a solas y nadie nos escucha. Me gustaría pensar que no somos más que una hija y un
padre que están pasando algo de tiempo juntos.

Su padre alargó la mano y le dio una palmadita
en la suya.

–Me gusta cómo suena eso. No lo estropeemos
con una discusión.

Pero Elli insistió.

–No debiste hacerlo. Al principio me asusté mucho.

Él cayó en la trampa.

–¿Te trató mal Hauk?

–Por supuesto que no. Ha sido muy amable conmigo. Y sé que solo hizo lo que tú le ordenaste –Elli
tuvo que controlarse para no sonreír como una tonta. En realidad Hauk había hecho un par de cosas
que su padre nunca le habría dicho que hiciese.

–Bien –dijo él bruscamente–. Perdóname entonces. Y pasemos página.

Ella lo miró con expresión ofendida.

–Nunca debiste hacer algo así. Nunca debiste...

–Ya hablamos de ello por teléfono hace cuatro noches –dijo su padre tranquilamente–. No hace falta que volvamos a tocar el tema.

–Tal vez no haga falta para ti.

–Elli –dijo él. Después de su nombre, se hizo el silencio. Él se comportó de repente como el rey. Y el rey quería cambiar de tema de conversación.

La expresión de su padre se suavizó.

–Ahora que lo pienso, creo que deberías darle algo a Hauk FitzWyborn –dijo Elli.

–¿Darle algo? –preguntó él, sorprendido.

–Una recompensa. Por haber hecho bien su trabajo. No le ha sido fácil traerme aquí. Al principio, estaba convencida de que no quería venir. La verdad es que era una misión complicada, tenía que traerme aquí a toda costa, pero sin dejar de tratarme como a una princesa.

–Ha pedido un permiso. Y se lo he otorgado.

A Elli se le detuvo el corazón. Así que se había ido. No obstante, consiguió hablar como si aquello no le importase lo más mínimo.

–¿Un permiso? Pero eso se lo habrías dado de todos modos.

–Tal vez tengas razón. Pensaré en ello. Dentro de una semana y un día, luchará para nosotros. Y ganará. Siempre gana. Cuando le corone por la victoria, me pedirá un premio, es la costumbre. Tal vez pueda otorgarle alguna propiedad atractiva, algo con un par de buenos edificios, con minerales y un buen rebaño de ovejas. La Fiesta de Mayo. Este año, en tu honor, vamos a añadir un par de espectáculos a las festividades.

–¿Y la lucha está entre ellos?

–Imagínate una feria medieval. Con recreaciones de batallas y carreras de caballos. Bueno, las peleas son como un juego.

–No lo entiendo. Pensé que le habías dado un permiso.

–¿A quién?

–A Hauk FitzWyborn.

–Ah. Sí. Pero para después de la celebración. Es mi guerrero y tiene que luchar en mi nombre.

En cuanto la hija de Osrik se hubo marchado, Medwyn salió de su escondite de detrás del busto de Odin.

–Ha ido bien, ¿verdad? –le dijo Osrik a su amigo.

Él asintió.

–Es encantadora. Rezuma inteligencia por la mirada.

–Y es de buen corazón. ¿Te has dado cuenta de cómo se ha preocupado por FitzWyborn?

Medwyn no contestó inmediatamente.

Osrik rio.

–Conozco ese gesto pensativo. Habla. ¿Qué te preocupa?

Pero Wedwyn se limitó a agitar la mano.

–Nada. Nada en absoluto. Mi hijo es un hombre afortunado.

Las gruesas cortinas estaban cerradas y en la habitación reinaba la oscuridad, pero Elli no podía dormir.

No podía dejar de pensar en Hauk. Lo echaba mucho de menos. Y la idea de verlo solo una vez más, desde la distancia, mientras luchaba en nombre de su padre...

Bueno, no podía aceptar aquello.

Tenía que hacer algo.

Pero, ¿y si lo había malinterpretado? ¿Y si no

sentía por ella algo tan fuerte como ella por él? Tal vez, aunque tuviese permiso para amarla, no la amaría. Tal vez no fuese la mujer adecuada para él.

Pero podía ser verdad. Tenía que verlo y hablar de ello con él.

No podía evitar sentirse esperanzada.

Se pasó la noche en vela, haciendo planes.

Lo primero, necesitaría ponerse en contacto con él. Y no tenía ni idea de dónde buscarlo. Pensó en confiar en Kaarin y preguntárselo a ella. Aunque pensándolo mejor...

Kaarin parecía agradable, pero era evidente que era una aristócrata. Su instinto le decía que sería poco prudente confiarle su secreto a ella.

Tal vez fuese mejor hacerse amiga de la camarera, o de la cocinera. Elli sabía que ambas tendrían la información que necesitaba, o sabrían dónde conseguirla.

Pero hacerse amiga de los sirvientes le llevaría tiempo, y solo tenía una semana.

Durante los dos siguientes días, Elli no supo dónde encontrar a Hauk. Pensó que se iba a volver loca. Deseaba hablar con él, en vez de tener esas audiencias tan formales con su padre y numerosos príncipes, y con señoritas de buena familia, pasar horas en las cámaras de la Gran Asamblea y en la zona del puerto, o en una granja en las afueras de la ciudad donde se fabricaban barcos de estilo vikingo.

Y en banquetes. Las dos noches hubo banquetes, uno seguido de música y baile, y el otro de interpretaciones de los mitos escandinavos menos conocidos.

La noche del baile la sacaron a la pista unos

cuantos príncipes muy guapos. Uno de ellos le pareció especialmente guapo, debía de ser un peligro para cualquier chica cuyo corazón no estuviese ya ocupado. Se llamaba Finn Danelaw. Le habría divertido coquetear con él si hubiese estado dispuesta a coquetear con alguien en esos momentos.

Finalmente, el domingo por la noche, tumbada en la cama, despierta, dudando si debía de volver a hablar con Hauk, se le ocurrió cómo encontrarlo. Era tan sencillo que no entendía cómo no se le había ocurrido antes.

El lunes por la mañana, pidió que se le enseñase Isenhalla, el terreno de alrededor y los jardines. A su padre le pareció una idea excelente. No obstante, él debía atender algunos asuntos de estado, así que sería el príncipe que la había recibido en el aeropuerto quien la acompañaría.

Elli y el príncipe cuyo nombre no recordaba pasaron la mañana y parte de la tarde dentro del palacio, recorriendo las interminables salas. Elli se mostró fascinada ante todo lo que veía.

Después, por fin salieron fuera. Pasearon por los jardines. Elli admiró las pistas de tenis y el campo de croquet, cuyo césped parecía de terciopelo.

Con el corazón latiéndole a toda velocidad, pidió ver el lugar donde vivían los soldados cuando no estaban de servicio. Aunque al príncipe no le pareció buena idea, la llevó hasta unos barracones alargados y de altos techos. Incluso le dejó echar un vistazo al campo y al enorme gimnasio donde se entrenaban los hombres.

Elli vio a muchos soldados, pero no al que buscaba.

Luego fueron a los establos, a que viese los famosos caballos blancos de largas crines que se criaban en Gullandria.

Y allí estaba él Con una yegua joven y briosa.

A Elli se le aceleró el pulso y se sintió como si pudiese flotar en el aire.

Se volvió hacia el príncipe que la acompañaba y le dijo:

–Es Hauk FitzWyborn. Me escoltó hasta aquí. Me gustaría saludarlo.

–Esto... –dijo el príncipe, que se había quedado sin palabras–. Como desee, alteza. Puede...

Elli no oyó el resto. Sus ojos y sus oídos solo prestaban atención al hombre que estaba en el centro del corral.

Hauk la vio cuando guiaba al caballo hacia donde ella estaba, siguió haciendo lo mismo que había hecho hasta entonces, hacer girar al animal, pero durante un segundo, sus miradas se cruzaron.

En ese segundo, Elli supo que el problema no era que él no la quisiera.

Con el príncipe al lado, Elli miró a Hauk, sonriendo. Esperando. Tranquila, al menos aparentemente. Aunque por dentro todo fuese agitación.

Al final, Hauk tuvo que dejarle la yegua a un mozo de cuadra y acercarse. Era tan masculino que Elli se quedó sin aliento y sintió que se le secaba la boca.

–Alteza –la saludó Hauk quitándose los guantes antes de llevarse el puño al pecho y agachar la cabeza–. Príncipe Onund.

Elli tragó saliva para humedecer su boca y se controló para no decirle a Hauk que la semana anterior le había ordenado que no volviese a llamarla alteza nunca más.

Pero los bonitos ojos de Hauk hablaban de cautela. «No digas nada demasiado informal, no hagas ver que ha pasado nada entre nosotros».

–Hauk. Me alegro de verte –lo saludó ella alargando la mano. Él tuvo que darle la suya. Hauk entrecerró ligeramente los ojos al notar que Elli le pasaba un papel, pero la expresión de su rostro no cambió. Hizo una reverencia y luego soltó su mano–. Espero que estés bien –añadió con una fría sonrisa.

–Mi salud, princesa, es excelente.

Princesa, alteza, Elli vio cómo le brillaban los ojos, era evidente que le divertía poder desobedecer sus órdenes.

El príncipe Onund habló.

–FitzWyborn trabaja a menudo con los caballos. Parece estar muy a gusto en compañía de animales.

Elli se volvió hacia Hauk.

–Supongo que no había mencionado durante nuestro trayecto que me encanta montar a caballo.

Aquello era exagerar, nunca había sido tan buena amazona como sus hermanas, pero sabía montar.

–Creo que mañana saldré a montar, supongo que podrán proporcionarme la ropa adecuada. Dado que tú eres el experto en caballos, me gustaría que me acompañases, Hauk. ¿Te importaría?

Él la miró fríamente y Elli se preguntó si se habría equivocado con él y dudó que estuviese realmente interesado en ella.

Pero Hauk contestó lo que tenía que contestar:

–Será un honor, alteza.

–Gracias. Saldremos por la mañana temprano. Así no interrumpiré los planes que mi padre tenga para mí. ¿Qué tal a las ocho? Nos encontraremos aquí mismo.

–Como desee, princesa.

–Estupendo –dijo Elli volviéndose hacia el príncipe–. Bien, Onund. ¿Por qué no continuamos viendo los establos?

El príncipe, que parecía preocupado por la conversación, cambió de expresión.

–Por supuesto, alteza.

Hauk se llevó el puño al pecho y bajó la cabeza. No volvió a levantarla hasta que el príncipe no se hubo llevado a la princesa. Luego, se metió el puño en el bolsillo y dejó allí el papel que ella le había dado.

No pudo contenerse ni una hora. Se fue debajo de un abedul cerca del arroyo. No había nadie cerca, cerró los ojos, la sangre que le corría por las venas susurraba su nombre: Elli, Elli, Elli, Elli...

Con manos temblorosas, sacó el papel:

«Ven a verme. Aquí. Hoy a medianoche».

14

A Elli le pareció que el tiempo pasaba demasiado despacio hasta la medianoche. A las ocho de la tarde, cenó con su padre en la sala de audiencias, donde lo había visto por primera vez. Agradeció poder pasar algo de tiempo a solas con él. Tenía preguntas que hacerle, acerca de sus hermanos, de si pensaba que sus muertes habían sido accidentales.

Su padre contestó pensativo:

—Siempre existe la posibilidad de que haya habido una traición. Pero nuestros mejores hombres han investigado la muerte de Kylan, la policía y la ONI.

—¿La ONI?

—La Oficina Nacional de Investigación, parecido al FBI estadounidense. No han encontrado pruebas de que el fuego fuese provocado. Y todos los informes acerca de la desaparición de Valbrand dicen lo mismo. Hubo una tormenta y no sobrevivió.

Osrik habló con tristeza y Elli creyó lo que le contó. Había hablado con tanta franqueza de aquello, que Elli se atrevió a hacerle otra pregunta, una pregunta que su madre nunca había querido responderle.

–¿Qué pasó entre mamá y tú? ¿Por qué se fue con nosotras?

–Esa pregunta debe contestarla tu madre –dijo él apartando la mirada.

Sus tías también le decían siempre eso mismo. Y Elli se preguntó si se enteraría alguna vez de qué había sido lo que había dividido a su familia.

Poco después de las diez, se despidió de su padre y fue hacia sus habitaciones.

Cuando llegó a su habitación, había dos guardias en la puerta. Los guardias le abrieron las puertas y ella entró en sus habitaciones. La camarera estaba esperándola. Elli le dio las gracias y le dijo que no la necesitaría hasta la mañana siguiente. La chica sonrió con picardía, se despidió educadamente y se marchó. Tenía un novio. Elli los había visto besándose debajo de las escaleras. Tanto mejor, así no tendría que preocuparse por ella aquella noche.

Elli buscó su ropa, la que había traído de Estados Unidos. Después de diez minutos, encontró lo que necesitaba: unos pantalones vaqueros, una camiseta oscura y unas zapatillas cómodas. Se recogió el pelo en una cola de caballo y se puso la visera azul que llevaba siempre a sus viajes, para que no la reconocieran si la veían.

Ya sabía por dónde ir: por la escalera trasera, que daba a un largo y ancho pasillo en la planta baja. Al final de este estaba la entrada de servicio, que no estaba lejos de los establos.

A Elli le pareció divertido que su padre hiciese que dos guardias guardasen su puerta, pero que no hiciese vigilar la escalera trasera. Pero, claro, él no sabía que tuviese ningún motivo para escaparse de noche.

Salió por la puerta que había en la cocina. No se encontró con nadie por la escalera. Había un guardia delante de la puerta trasera, pero tuvo suerte. Estaba de espaldas y pudo escabullirse y llegar hasta los árboles.

Salió a los jardines por un agujero que había en la valla. Corrió por el césped húmedo, que brillaba bajo la tenue luz del crepúsculo. Llegó a los establos y a los corrales donde se entrenaba a los caballos en tan solo unos minutos y se escondió en las sombras de uno de los largos edificios.

Desde allí podía ver el corral donde había visto a Hauk unas horas antes. No había nadie.

Elli se quitó la visera y se arregló el pelo. Todavía faltaban unos minutos para la medianoche. Tal vez...

En ese momento, una enorme mano le tapó la boca y sintió que la echaban hacia atrás, contra un duro pecho.

Supo inmediatamente de quién se trataba. Conocía su piel, su olor. Él le quitó la mano de la boca y le dio la vuelta.

—Oh, Hauk...

Él le hizo un gesto para que guardase silencio y la agarró de la mano.

Ella lo siguió de buena gana, sin poder evitar sonreír. Rodearon el edificio y entraron en el establo. Lo atravesaron, hasta llegar a una puerta que había al final. Cruzaron esa puerta, Hauk la cerró y encendió una tenue luz.

Era el cuarto donde se guardaban los arreos, no había ventanas y el suelo estaba cubierto de paja.

Hauk la condujo hasta un largo banco de pino.

—Siéntate.

Ella obedeció, dejó la visera a un lado y entrelazó las manos en el regazo para evitar tocarlo.

Hauk la miraba muy serio.

–No deberías estar aquí. Es un error.

–Yo también me alegro de verte.

–Te dije que no podía haber nada más entre nosotros. Te dije...

–No quiero oírlo.

–Tú estás loca y yo...

–Tú estás aquí. Has venido.

–Porque...

–No lo digas. No me mientas. Los dos sabemos por qué estás aquí y no tiene nada que ver con obedecer mis órdenes.

–No puede haber nada más entre nosotros.

–Oh, calla. Cállate ya. No vas a convencerme, además, si creyeses que de verdad no podía haber nada entre nosotros, no lo repetirías tanto.

–Baja la voz.

–Está bien –susurró ella–. Bajo la voz. Pero voy a hablar. Voy a decirte lo que he venido a decir.

–De acuerdo, habla. Sé que lo harás, que utilizarás toda tu labia para convencerme de que lo blanco es negro y lo negro es blanco.

Elli se sintió herida. Se dejó caer en el banco y se agarró a sus bordes, con la cabeza agachada.

–Yo solo... Quería... Tengo que decírtelo –lo miró a los ojos, a esos ojos que quería seguir mirando durante el resto de su vida–. Te quiero, Hauk. Estoy enamorada de ti.

Él parpadeó. Y palideció.

A Elli se le estaba rompiendo el corazón.

–Elli...

Había dicho su nombre. Lo había dicho como si fuese la única cosa que tuviese en la mente.

Ella volvió a sentirse contenta. Se agarró más fuerte al banco. No podía tirarse a sus brazos, no podía obligarlo a abrazarla si él no estaba preparado.

—Me encanta cuando dices mi nombre —susurró—. Lo haces en tan raras ocasiones.

—No es lo apropiado.

—Como si eso importase. Como si lo apropiado tuviese algo que ver con... —se calló de repente, no quería echarle un sermón. Respiró hondo para tranquilizarse y después continuó—: Hauk, escúchame. ¿Crees...? ¿Es posible que tú también me ames?

—Lo que yo sienta no significa nada.

—¿Qué estás diciendo? —Elli estaba empezando a enfadarse—. Lo que tú sientas es la mitad, la mitad de lo que necesitamos para empezar a construir algo, juntos, tú y yo —tragó saliva antes de decirle a Hauk lo que quería—. Hauk, sé que estoy precipitando las cosas, pero no tengo otra salida. Si no te digo ahora lo que siento, tal vez no vuelva a tener otra oportunidad. Por favor.

Él asintió.

—Quiero que nos casemos. Sé lo que hay entre nosotros. Sé que eres el hombre de mi vida. Te quiero. Quiero ser la mujer con la que hagas el amor de verdad. Porque quiero ser tu esposa. Quiero tener hijos contigo. Yo... llevaré tu nombre con orgullo, al igual que nuestros hijos. Por favor. ¿Vas a pensarlo?

Por un momento, Elli vio en los ojos de Hauk que él quería exactamente lo mismo que ella.

Pero la respuesta volvió a ser negativa.

—No lo entiendes. No quieres ver la realidad. Hay cosas que son imposibles.

—¿Porque eres un hijo ilegítimo? ¿Quieres decir que nunca ha pasado algo así antes? ¿Que nadie como tú ha querido nunca a nadie como yo?

—Claro que ha pasado antes. Pero o los amantes tuvieron que dejar de verse o la cosa terminó mal. Los dos amargados. O peor. Los hombres, o las mujeres, que quieren llegar demasiado lejos suelen acabar muriendo misteriosamente.

–No te creo. Mi padre nunca...

–Elli –dijo él con ternura. En su voz había todo el amor que no quería declararle–. Yo no he dicho que el rey fuese a matarme. Yo tampoco lo creo capaz –pero apartó su mirada un segundo, como si en realidad, sí lo creyese–. No sé qué podría pasarme. Supongo que sobreviviría. Pero para ti sería una desgracia caer tan bajo.

Ella volvió a ponerse en pie de un salto.

–No. No. No lo sería. A mí no me importa lo que seas. Si la gente me mira mal por quererte, me da igual. Oh, Hauk. Tal vez no lo entienda. Tal vez no comprenda lo importante que es esto. Quizás esté provocando una catástrofe. Pero quizás tú te estés subestimando. Tal vez te hayan enseñado desde niño a no valorarte lo suficiente. Quizás si hablásemos con mi padre, los dos...

–No. No es buena idea. Quiero que vuelvas a casa de tu padre. Ahora. Mañana, cuando vengas a montar, te acompañará otra persona. No preguntes por mí, por favor. No vuelvas a buscarme.

Ella lo miró fijamente. Le parecía imposible que le estuviese haciendo aquello, que la estuviese apartando así de su vida. Para siempre.

Elli no pudo evitar volver a intentarlo.

–Solo... solo piensa lo que te he dicho. Y, en el fondo de tu corazón, tienes que saber que el amor nunca está mal. Si no vuelves... a mí, entonces, espero que algún día encuentres a alguien. Que la ames como no te has permitido amarme a mí. Que tengas una buena vida, una vida feliz. Una vida completa. Y para mí –continuó Elli–, espero lo mismo. Que consiga olvidarme de ti. Encontrar a otra persona. Tener la vida que siempre he querido tener, con un buen hombre. E hijos. Pero eso va a tardar en llegar. Así que si cambias de idea...

–No lo haré.

Elli sintió que las lágrimas se le agolpaban en los ojos. Luchó por contenerlas y agarró la visera que había dejado en el banco. Tardó un minuto en recobrar la compostura y, durante ese minuto, luchó por no lanzarse a sus brazos, por evitar llorar como una niña, por no rogarle que le diese una oportunidad.

Finalmente, cuando pensó que podría hablar sin echarse a llorar, dijo:

–Solo te estoy diciendo que estoy a tu disposición. Preparada. No te decepcionaré. Nunca te fallaré.

15

Hauk mantuvo su palabra. Al día siguiente, cuando Elli fue a los establos, un capitán de la guardia estaba esperándola. A las diez de la mañana, estaba de vuelta en sus habitaciones. Se duchó, se cambió y fue a la ciudad con Kaarin y un par de mujeres más. Fueron de compras y comieron allí.

Los días pasaron y Elli intentó sonreír, olvidarse de Hauk y disfrutar del viaje al país de su padre. No le era fácil, pero lo hacía lo mejor que podía.

Osrik y ella volvieron a cenar en privado el viernes. Él le preguntó si estaba preocupada, le dijo que a veces la veía un poco triste.

Ella mintió. Contestó que no era nada importante, que se sentía abrumada, pero que lo estaba pasando muy bien.

Después de la cena, Kaarin le explicó lo que debería hacer en las diferentes ceremonias que tendrían lugar al día siguiente. La joven se marchó a las once.

Elli se metió en la cama. Durmió bien, por una vez. Por la mañana, se sentía sorprendentemente descansada, pensó que todo se arreglaría con el tiempo.

El día iba a ser duro. Tendría que volver a ver a Hauk, y darle el premio si ganaba la lucha.

Pero después de aquello, todo se acabaría. Él se marcharía y ella no tendría que estar pendiente de que volviese a sus brazos.

Cuando él volviese de su permiso, Elli estaría en California. Poco a poco, se acostumbraría a la idea de que su amor no hubiese sido correspondido. Su corazón se recuperaría.

Con el tiempo.

A la una de la tarde, ya le habían presentado a Elli a los comerciantes más prósperos del país. La habían fotografiado con su padre y sus señoritas de compañía, con varios príncipes y un grupo de oficiales elegidos que formaban parte de la asamblea.

Hacía un día precioso. Los jardines estaban verdes y el cielo, azul.

«Azul como los ojos de Hauk», pensó.

Una hora después, cuando Kaarin le susurró al oído que era hora de que se reuniese con su padre en el palco real, a pesar de estar nerviosa porque iba a ver a Hauk por última vez, se sintió aliviada.

Subió al palco y se sentó al lado de su padre, que sonreía. El rey le agarró la mano y se la besó. Las personas que estaban frente a ellos y a su alrededor aplaudieron el gesto.

La lucha no fue como ella había esperado. Era completamente salvaje, sin orden ni disciplina, que ella viese. Los hombres entraban corriendo en el campo de batalla y empezaban a darse golpes. Elli los observó con el corazón en la garganta.

El atuendo consistía en pantalones ajustados y botas. Algunos llevaban una ligera malla cubriéndoles el torso. Otros, unas camisolas que les llegaban por encima de las rodillas, atadas con un cinturón. Y otros, unos pantalones bombachos y el pecho descubierto.

–Los hombres del rey luchan a pecho descubierto –le dijo Kaarin orgullosa.

Hauk era uno de ellos. A Elli, el corazón le dejó de latir al verlo.

–¿No te parece magnífico? ¿El guerrero del rey? –susurró Kaarin excitada–. Qué pena que sea un *fitz*.

Elli tuvo que controlarse para no darse la vuelta y decirle a Kaarin que Hauk era el mejor hombre que había conocido y que ese prejuicio retrógrado contra las personas que habían tenido la mala suerte de que sus padres no estuvieran casados la ponía enferma.

Si hubiese estado segura de que solo iba a decir eso, lo habría hecho. Pero tal vez se le escapase que lo amaba. Y a ella no le importaba que todo el mundo lo supiese, habría estado orgullosa de anunciar su amor a los cuatro vientos. Pero temía por Hauk si hacía algo así.

Consiguió seguir mirando hacia delante y, afortunadamente, no tuvo que mostrarse serena. Nadie lo hacía. Los espectadores gritaban y pataleaban.

Las armas eran hachas, lanzas y espadas de doble filo. Y cada hombre llevaba un escudo finamente pintado.

Corrió la sangre, pero no demasiada. Y Elli no dejó de decirse que no era más que un espectáculo.

Pero entonces cayó el primer hombre. Gritó de dolor y luego se quedó quieto.

Elli dejó escapar un grito.

–Se entrenan duramente para el espectáculo –comentó su padre–. Mira. Cuando un arma toca a un hombre en un punto vital, ese hombre tiene que tirarse al suelo.

–¿Quieres decir que no está muerto? –otro hombre cayó. Elli se levantó y lo miró más de cerca–. Tienes razón. Respira.

Los hombres fueron cayendo uno a uno. Cada vez quedaban menos, y los espectadores guardaron silencio.

Hauk seguía en pie. Elli no podía apartar la mirada de él. Era tan bello, tenía unos músculos tan poderosos. Tenía un par de cortes y estaba sudoroso. Su suave piel brillaba bajo la luz del sol.

Al final, tal y como su padre había predicho, cayeron todos los hombres salvo uno: Hauk.

Se quedó en el centro de la pista y dio una vuelta muy despacio, blandiendo la espada y el escudo.

La multitud enloqueció, gritó:

–¡El campeón del rey! ¡El guerrero del rey! ¡El vencedor!

De pronto, cesaron los gritos y alguien empezó a aplaudir. Unos segundos después, todo el mundo aplaudía al mismo ritmo.

Una voz gritó:

–¡Hauk! –y todo el mundo coreó su nombre–: ¡Hauk, Hauk, Hauk, Hauk!

Él volvió a dar la vuelta y luego miró hacia el palco real. Bajó el arma y el escudo, y también la cabeza. La gente dejó de gritar y de aplaudir.

Entonces, un montón de mujeres descalzas y vestidas con vestidos blancos entraron en el campo y ayudaron a los otros hombres a levantarse.

Elli sabía que esas jóvenes representaban a las *valkyries*, las doncellas encargadas de llevar a los muertos desde el campo de batalla hasta el salón de Odin, donde festejarían y lucharían para la eternidad.

Hauk se quedó solo en el campo.

Elli sabía qué hacer. Kaarin se lo había dicho la

noche anterior. Se metió una mano en el bolsillo y
tocó el regalo del rey, un colgante de plata con el
martillo de Thor. Observó a su padre y se levantó
cuando él lo hizo.

–¡Ven aquí, guerrero! –lo llamó su padre.

Él avanzó con pasos grandes, orgulloso. Al llegar
al palco, puso una rodilla en el suelo.

–Levántate –dijo su padre, tal y como Kaarin le
había dicho a Elli que haría.

Hauk se levantó. Y sus ojos se cruzaron un segundo antes de que él mirase a su padre.

Sintió ganas de llorar. Pero no lo hizo.

Su padre volvió a hablar:

–Nos has traído a nuestra hija de vuelta a casa.
Y hoy, has honrado nuestro nombre en la batalla.
Tienes derecho a pedir un premio. ¿Qué quieres?

Hauk iba a decir lo que Kaarin le había contado
que se decía en estos casos: «Lo que mi rey desee
otorgarme». Su padre diría cuál era el regalo y Elli
le daría la cadena.

Pero Hauk no dijo lo que decían siempre los
vencedores. Miró a su rey con orgullo y dijo en voz
alta y clara:

–Quiero que la princesa Elli se convierta en mi
esposa.

Se hizo un completo silencio. Nadie podía creer
que el guerrero hubiese dicho lo que habían oído.

Elli solo era vagamente consciente de ese silencio, porque en esos momentos, Hauk la miraba a
ella. Le preguntaba con la mirada si seguía esperándolo, como le había dicho que haría la noche
anterior.

Elli supo exactamente lo que tenía que hacer
en esos momentos, y no fue lo que Kaarin le había
enseñado. Se acercó al borde del palco y alargó la
mano.

Los enormes dedos de Hauk se entrelazaron con los suyos.

–Sí –dijo Elli–. Sí, sí, sí, sí.

Durante un breve momento fue como si estuviesen solos. Pero su padre debía de haber hecho una señal a sus hombres, que entraron corriendo.

–Elli, suéltalo –le pidió su padre en voz baja, furioso.

Pero ella lo agarró con fuerza y trepó para saltar la verja e ir a parar a los fuertes brazos que la estaban esperando.

Fue Hauk quien la detuvo.

–No –dijo–. Está bien. Suéltame.

–De eso nada. Te lo dije. Nunca...

–Deja que me lleven. Sé fuerte. Yo también lo seré.

–Pero... –Elli no pudo continuar hablando. Los hombres del rey lo rodeaban. Lo separaron de ella.

Hauk no se resistió.

La multitud había estado en silencio hasta entonces. Cuando vieron marcharse a su héroe, el silenció se convirtió en un susurro que terminó siendo un grito. La gente se levantó de sus sitios e inundó el campo. De repente, empezó una pelea.

Elli no habría sabido en qué bando estaba cada uno. No sabía si había más gente a favor o en contra de lo que había hecho Hauk.

Su padre la agarró por el brazo.

–Por aquí. Ahora.

Elli se dejó llevar. Salieron por la parte de atrás del palco, con Medwyn Grefell, un par de viejas princesas, Kaarin y otras dos damas de compañía. Corrieron por debajo de las tribunas y salieron al césped, a unos veinte metros de los árboles. Los hombres de su padre los rodearon allí y les acompañaron hasta palacio.

Una vez a salvo, su padre pidió a las otras mujeres que se marcharan. Y se quedaron solos Elli, su padre, el gran consejero y los soldados.

Su padre la miró iracundo. Y habló fríamente a los guardias:

–Escoltad a mi hija a su habitación. Y aseguraos de que no sale de allí.

El primer guardia le tocó la manga.

–Quítame las manos de encima –dijo Elli.

Él no hizo caso. La agarró por el brazo. Un segundo guardia se puso al otro lado.

Pero antes de que se la llevasen, Elli gritó:

–¡Esperad! –y funcionó. Todo el mundo se quedó parado un segundo. Elli habló directamente a su padre–. Diles que se vayan. Dame un minuto. Déjame que diga lo que tengo que decir.

Los guardias esperaron, todavía agarrándola.

–Soltadla –dijo por fin su padre–. Y dejadnos solos.

Los guardias desaparecieron por la puerta.

–Padre, estás cometiendo un enorme error. No puedes hacerme prisionera, no si quieres que vuelva a hablar de buen grado contigo. Quiero a Hauk. Esa es la verdad. Quiero casarme con él y él por fin ha visto la luz y ha admitido que también quiere casarse conmigo. Olvídate de los planes que tuvieras para mí. Deja que haga mi vida con el hombre al que amo.

–Ve a tu habitación. Y déjame un poco de tiempo para... reconsiderar la situación.

Ella se dio la vuelta y se marchó.

–Admítelo, viejo amigo –le dijo Medwyn al rey en la sala de audiencias–. Tu guerrero nos ha dejado perplejos a todos.

–Mi guerrero –repitió Osrik furioso–. Mi guerrero bastardo.

–Es un buen hombre –dijo Medwyn–, sea bastardo o no.

–Nunca se me ocurrió que Hauk pudiese ser una amenaza para nuestros planes. Hauk siempre ha sabido cuál era su lugar.

–Eso era antes de conocer a tu hija –rio Medwyn.

–¿Y a ti te parece divertido?

–Reírse de ello es lo más sensato.

–Mi gente se está peleando.

–No era más que una pelea. Seguro que ya ha terminado.

–Tiene que haber un modo de...

–No.

–Medwyn, recuerda que nadie dice que no al rey.

–Nadie salvo su mejor amigo.

–Y su propia hija –dijo Osrik, lanzando toda una serie de improperios.

Cuando el rey se hubo callado, Medwyn comentó:

–Admítelo, nos han vencido. Has visto cómo se miraban. La pasión. Y Eric nunca aceptaría una esposa que amase a otro.

Osrik observó a su amigo con detenimiento.

–Reconozco esa mirada. Lo sabías. Lo sabías desde el principio –lo acusó.

–Lo sospechaba –admitió Medwyn encogiéndose de hombros.

–¿Desde cuándo?

–Desde que viste a tu hija por primera vez. Expresó demasiado interés en el guerrero.

–No dijiste nada –lo acusó el rey.

–No estaba seguro. Y, además, sabía que si mis sospechas eran ciertas, perderíamos la partida de todos modos.

–No necesariamente. Si me lo hubieses adverti-do antes de que él lo hubiese hecho público tal vez...

–FitzWyborn es casi tan querido por el pueblo como lo era tu hijo. Como todavía lo es. Si... desa-pareciese, la gente haría preguntas, investigaciones que no podríamos controlar. Y, luego, habría que lidiar con tu hija. Es una mujer que impone, dudo que aceptase que el hombre al que ama hubiese desaparecido.

–Estaba pensando en asignarle una misión, una misión secreta...

–Ya es demasiado tarde. Y lo sabes. Además, apre-cias demasiado a FitzWyborn. Lo único que puedes hacer es declarar a Hauk *jarl*, elevar su rango.

–Había tenido la esperanza...

–Lo más sensato, amigo, es poner la esperanza en donde pueda aportar algo bueno. Dejemos que Hauk vaya a los Wyborn, les pida su espada de ma-trimonio y empecemos a planear una boda digna de tu preciada hija. Míralo desde este punto de vis-ta, las tres hermanas están muy unidas. Dudo que las otras dos se pierdan la boda.

Osrik sacudió la cabeza. Todavía recordaba a Elli, pidiéndole orgullosa que le dejase ir con el hombre al que amaba.

–Habría sido una buena reina.

–Anímate –sugirió Medwyn–, todavía te que-dan otras dos hijas. Las dos están solteras. Y de una boda, sale otra.

16

En Gullandria, las parejas sensatas se casaban en viernes, porque el viernes era el día de Frigg, la diosa del corazón y del hogar. Casualmente, el solsticio de verano caía en viernes aquel año. Osrik y Medwyn decidieron compaginar la boda real con la celebración anual del solsticio.

Así pues, Elli se casó con su vikingo el veintiuno de junio, seis semanas y cuatro días después de habérselo encontrado en el salón de su casa.

Intercambiaron los votos en los jardines de palacio. Un ministro luterano presidió la ceremonia.

Aunque tradicionalmente no había testigos, Elli tuvo dos: sus hermanas. Brit y Liv habían venido desde Estados Unidos para celebrar aquel acontecimiento. Ingrid había protestado al principio, pero al final le había dado su bendición a Elli, les había mandado regalos y se había disculpado por no poder asistir. Hacía mucho tiempo que había jurado no volver a pisar aquel país.

Antes de decir los votos, se presentaron las espadas, una por parte de Osrik y otra por los Wyborn, para simbolizar la unión de ambas familias. Luego se intercambiaron los anillos, al estilo vikingo, poniéndolos en la punta de las espadas.

La fiesta que tuvo lugar después de la ceremonia se celebró en palacio. Hauk llegó primero, tal y como mandaba la tradición. Y bloqueó la puerta con su espada hasta que apareció la novia y pudieron cruzar el umbral juntos.

Después, continuaron las ceremonias: Hauk probó su fuerza clavando la espada en el tronco de un árbol que había sido cortado y llevado al interior del palacio para la ocasión; la pareja compartió su primera copa de cerveza. Y Hauk dejó el *mjollnir*, el martillo de Thor, en el regazo de Elli, lo que debía asegurar que tendrían muchos hijos sanos y fuertes.

Más tarde hubo un banquete, baile y se contaron historias. Las hermanas de Elli lo pasaron muy bien. Muchas personas notaron que las dos bailaban a menudo con Finn Danelaw, que también parecía encantado con las dos princesas estadounidenses. El príncipe Greyfell no fue a palacio, aunque su padre lo había hecho llamar para que asistiese a la boda de la hija del rey.

Finalmente, bien pasada la medianoche, la novia subió al dormitorio nupcial con sus hermanas y sus señoritas de compañía. Una vez que estuvo preparada y metida en la cama, los hombres, iluminando el camino con antorchas, hicieron entrar a Hauk. Le quitaron la túnica y la camisa que llevaba puesta y lo descalzaron.

—¡Ya es suficiente! —ordenó cuando se quedó solo con los bombachos negros.

Y nadie se atrevió a discutir con el guerrero del rey. Lo llevaron a la cama y le hicieron tumbarse en ella.

—Fuera —dijo Hauk—. Ahora.

Por fin, después de muchas risas y consejos para la noche de bodas, los novios se quedaron solos.

Hauk se levantó a cerrar la puerta. Luego volvió con Elli, que parecía sacada de un mito, con el pelo cayéndole por los hombros, y aquel camisón blanco como la nieve.

—Esposa mía —le dijo con suavidad.

Ella se destapó y se echó en sus brazos.

Se dieron un beso largo y dulce. Cuando se separaron, Hauk le pidió:

—Dime que esto es real, que no es un sueño.

—Si es un sueño, lo estamos teniendo los dos. Si es un sueño, pido solo una cosa.

—Que no nos despertemos nunca.

Elli rio y asintió.

—Eso es.

—¿Estás segura de que serás feliz siendo la mujer de un soldado?

—Ya hemos hablado de eso cientos de veces.

Elli había decidido ir a vivir a Gullandria. Hauk terminaría su servicio. Y su padre le había ofrecido a ella varios puestos, que por el momento había rechazado.

Necesitaba algo de tiempo para conocer el país sin la presión de hacerlo como princesa y para disfrutar de la vida de casada.

—Estoy orgullosa de ser tu esposa —añadió—. Todo irá bien.

—Adorabas tu trabajo de profesora —dijo él.

—Hauk, ya vale. No he hecho nada que no quiera hacer. Además, tengo la sensación de que volveré a enseñar algún día.

—Y tu madre. Sé que querías que viniese a la boda.

—Sí, pero no ha venido. No me voy a poner triste por eso, pero espero que algún día cambie de idea y vuelva a Gullandria. Pero no es el momento de hablar de cosas tristes, ni de lamentarse. Es nuestro momento. Tuyo y mío.

Una luz roja brillaba en el exterior.

–Ven. Lo han hecho –dijo Elli tomando a Hauk de la mano–. Han prendido fuego a un barco. Venga, tengo que verlo.

Lo llevó a la ventana. Hauk se quedó detrás de ella, abrazándola, apretándola con fuerza.

–Qué bonito –murmuró Elli.

Sintió que Hauk le daba un beso en el pelo. Y no pudo esperar más, se volvió hacia él y le preguntó:

–¿Ahora ya podemos hacer... lo que hacen los casados?

Hauk le contestó con un apasionado beso, la tomó en brazos y la llevó hasta la cama.

La tumbó y se tumbó con ella, besándole, alimentando el fuego que ardía entre ellos.

Sin dejar de besarla, le agarró el camisón y se lo fue subiendo. Luego, rompió el beso solo el tiempo suficiente para quitárselo por la cabeza y tirarlo al lado de la cama.

Luego, volvió a buscar su boca con ansia. Con el ansia de un hombre que ama a una mujer, a la mujer con la que ha jurado construir una vida, la mujer que le dará hijos.

Los hijos de una unión legal y consagrada.

Elli le desató los pantalones y se los quitó. Por fin estaban los dos desnudos. Desnudos, mientras el resplandor rojizo del barco en llamas y la suave luz del crepúsculo bañaban la habitación.

Hauk descendió por su cuerpo dándole besos, deteniéndose a meterle la lengua en el ombligo para continuar...

Elli le agarró la cabeza mientras él le daba placer, mientras le hacía esas cosas que hacía tan bien que la hacían retorcerse, suplicarle y decir su nombre.

Y entonces, justo en el momento en que Elli sabía que había terminado, que iba a alcanzar el clímax, Hauk la penetró.

Elli gritó.

El placer era tan intenso, la sensación tan perfecta, era exactamente lo que había esperado. Y Hauk estaba allí. Con su rostro sobre el de ella, su cuerpo cubriéndola, dentro de ella.

–Elli –le dijo Hauk en voz baja y ronca–, deja que vea tus ojos.

Ella obedeció con un gemido.

–Elli, te quiero. Te quiero. Eres mi esposa...

Y entonces Elli sintió que el placer la invadía, partiendo del centro y extendiéndose como una llama por todas sus terminaciones nerviosas.

Su cuerpo se apretó contra el de él. Lo llamó por su nombre y Hauk respondió:

–Elli.

Y aquello fue lo mejor, lo más bonito de todo.

Que Hauk pudiese por fin decir su nombre. Solo su nombre. Con amor.

Por fin, se hizo la calma.

Dos gatos, uno negro y otro blanco, que las hermanas de Elli le habían traído de California, salieron cautelosamente de debajo de la cama, donde se habían escondido cuando los recién casados habían empezado a gritar y a reír.

Saltaron a la cama y se instalaron cerca de los pies. Diablo se aseó. Doodles parecía somnoliento y ronroneó con entusiasmo.

Hauk y Elli estaban relajados y satisfechos, con los brazos y las piernas entrelazados. Elli trazó con un dedo el rayo y la cola del dragón que Hauk tenía tatuados.

–Para siempre –susurró.

–Sí. Para siempre.

Luego, Hauk empezó a besarla de nuevo, fue un beso que empezó muy despacio, con dulzura, y que fue intensificándose, haciéndose cada vez más apasionado.

Elli sintió que su corazón se elevaba hacia el interminable crepúsculo, hacia el resplandor rojizo del barco en llamas.

Había nacido princesa y había tenido una infancia feliz en la que no le había faltado de nada. Pero siempre se había preguntado cómo habría sido si su madre no hubiese dejado a su padre, si su familia no se hubiese separado.

Aunque eso ya no le importaba tanto en esos momentos. Hauk y ella eran una familia. Y su familia permanecería unida.

Lo único que importaba era el amor. El amor era lo que le daba a la vida un orden, dignidad, belleza y significado. Y Elli Thorson Wyborn sentía ese amor allí, en los brazos de su guerrero.

LA DULCE ESPERA

CHRISTINE RIMMER

1

Lo primero que vio la princesa Liv Thorson al abrir los ojos fue la cara de una oveja. *Kavarik*, pensó Liv aturdida. A las ovejas en Gullandria se les llamaba *kavarik*...

Desde que había llegado al país de su padre, hacía casi una semana, Liv había asistido obedientemente a varias visitas turísticas; y como resultado había visto un buen número de *kavarik*, aunque siempre de lejos.

–Beee...

Tenía la nariz húmeda.

–Aj –Liv se apartó bruscamente.

Su espalda desnuda chocó contra otra espalda desnuda, y con el pie rozó una pierna peluda.

La oveja, asustada, se fue trotando. Tenía la cola gorda y lanuda. Liv se quedó mirando esa cola hasta que desapareció tras los verdes y tupidos árboles.

La boca le sabía a rayos. Estaba tumbada sobre la hierba blanda y fresca. La idea de incorporarse o de levantar la cabeza, que tanto le dolía, le dio náuseas. El pequeño claro donde estaba quedaba protegido por un grupo de árboles que lo rodeaba.

Y aunque estaba totalmente desnuda, no sentía frío alguno. Debería vestirse.

Pero para hacer eso tendría que incorporarse, y eso no era precisamente lo que más le apetecía. Entrecerró los ojos para mirar entre las brillantes y verdes briznas de hierba que tenía delante, y empezó a pensar en cómo se había metido en aquel lío.

Todo había comenzado la noche antes. El día anterior, además de la Víspera del Solsticio de Verano, una festividad importante en el estado isleño de Gullandria, su hermana Elli había contraído matrimonio con Hauk Wyborn.

Liv se pasó la lengua por los labios resecos mientras imploraba para que se le quitara aquel dolor de cabeza tan horrible...

No estaba segura de estar de acuerdo con aquel matrimonio. Sí, era cierto que ellos dos se adoraban, pero ¿qué podían tener en común una profesora de jardín de infancia de Sacramento y un enorme y musculoso guerrero de Gullandria?

Liv retiró con impaciencia una brizna de hierba que le estaba haciendo cosquillas en la nariz. Ella no se dejaba engañar por los de Gullandria. De acuerdo, habían pasado ochocientos o novecientos años desde que el último invasor de Gullandria se había despedido de su esposa y montado en una nave vikinga para llevar a cabo violaciones y pillajes por las costas de Inglaterra y Francia. Pero todos los habitantes de Gullandria conocían los mitos nórdicos y vivían fieles a ellos. Eran vikingos de corazón.

Y cada año en la Víspera del Solsticio de Verano daban una fiesta espléndida.

Liv gimió entre dientes.

La mayor parte de los sucesos de la noche anterior surgían confusos en su mente. Se habían bebido litros y litros de aquella deliciosa cerveza que se le había antojado ligeramente dulce.

Recordaba risas... Sí, muchas risas. Y un montón de bromas de mal gusto cuando habían enviado a la cama a la pareja de recién casados. Era también una tradición vikinga.

Hauk se había cansado de todos ellos, todos jóvenes solteros, y les había pedido que salieran de la suite. De modo que Liv y el resto habían bajado corriendo la escalera y habían salido a los jardines y al parque donde, en honor de la ocasión, el padre de Liv, el rey Osrik, había ordenado que se quemara un barco vikingo.

Entonces le parecía recordar que había bailado. Sí, desde luego que había bailado. Había bailado borracha junto a todos los demás, riéndose y cantando mientras hacían cabriolas alrededor del barco en llamas.

Pero después de eso... Bueno, no recordaba bien lo que había pasado.

Liv notó que estaba tiritando de frío. A unos dos metros de donde estaba tumbada vio un pedazo de seda azul oscuro. Su sujetador. Más allá del sujetador, junto a los árboles, estaba la falda del vestido de dos piezas de brillante terciopelo planchado azul pavo. ¿Pero dónde estaba el resto de la ropa?

¡Por Dios! ¿Cómo había podido descontrolarse así? ¿Qué locura le habría entrado?

Aparte de mucha cerveza, la respuesta a esas preguntas estaba justo detrás de ella. Temblando de frío, Liv se dio la vuelta y lo vio. Allí, acostado a su lado, estaba el príncipe Finn Danelaw.

Ay, Dios. Sí que se acordaba.

Se habían besado entre las sombras de los árboles. Y él la había conducido hasta allí, a aquel rincón tan íntimo y mágico. Él la había desnudado, y ella a él y...

Liv se volvió hacia el otro lado y cerró los ojos mientras ahogaba un largo y sentido suspiro.

Aquello no era habitual en ella. Estaba estudiando segundo de Derecho en Stanford, y era la primera de la clase. Era obstinada, controladora y siempre dueña de sus actos.

¿Como correspondía a una princesa? Bueno, tal vez fuera una princesa de nacimiento, pero Liv Thorson se sentía americana hasta la médula. Y tenía planes que quería llevar a cabo. Grandes planes.

A los cuarenta sería senadora, por lo menos. O tal vez terminara ocupando un sillón en la Corte Suprema. Y por eso su situación actual le parecía tan... decepcionante.

Una mujer que soñaba con estar un día en la Corte Suprema no practicaba el sexo en mitad de un prado con un hombre al que conocía desde hacía menos de una semana y que era encantador y un apuesto rompecorazones cuya fama con las mujeres era legendaria.

Muy despacio, Liv apoyó los brazos en el suelo y se volvió otra vez a mirarlo.

Él estaba vuelto de espaldas. Tenía la preciosa y musculosa espalda estirada y las piernas largas y fuertes encogidas para protegerse del frío del amanecer. Seguía, o al menos así le pareció a ella, profundamente dormido. El cabello, de un intenso tono castaño con mechas doradas, se le rizaba suavemente en la nuca.

Y aunque le diera vueltas el estómago y se sintiera un poco sofocada, Liv tuvo que dominar las ganas de acercarse a él de nuevo. Deseaba acariciar aquel cabello sedoso, trazar los vulnerables montículos de sus vértebras. Finn Danelaw era sin duda un hombre impresionante. Y la noche anterior, o lo que recordaba de ella, había sido espléndida.

Apoyó otra vez la cabeza sobre la hierba y ahogó un gemido mientras cerraba los ojos. ¿Pero cómo había podido hacerlo?

No estaba casada. Ni siquiera estaba prometida. Aunque ella y Simon Graves, un compañero de estudios de California, formaban más o menos una pareja estable. El príncipe Finn era un picaflor, por amor de Dios. No se podía negar que era un hombre sumamente encantador. Todas las mujeres de la corte de su padre lo adoraban. Se peleaban por que él les dedicara un baile, su tiempo. Él escogía a las que le placían y hacía todo lo posible para satisfacer a todas.

Nunca, jamás, habría imaginado que se despertaría una mañana para descubrir que se había convertido en una más de todas las que pasaban por la cama de un galán como el príncipe Danelaw. Liv estaba muy, muy decepcionada consigo misma. Ese pensamiento le impulso a levantarse y marcharse de allí inmediatamente.

Con ciega determinación, Liv apoyó las manos en el suelo y se incorporó. El estómago se le revolvió de nuevo, y pensó que iba a vomitar allí mismo en la hierba cubierta de rocío, y encima del hombre que dormía desnudo a sus pies.

Afortunadamente consiguió contener la náusea. Tragó saliva un par de veces más para asegurarse de que no vomitaba, y acto seguido se dispuso a reunir todas sus prendas de ropa.

Recuperó todo salvo los zapatos y las braguitas. Entonces recordó que los zapatos se los había quitado antes de que Finn la llevara hasta el claro donde estaban; que los había dejado junto al barco ardiendo. En cuanto a las braguitas, no quería ni pensar dónde podrían estar.

Se vistió como pudo. La ropa estaba húmeda y le

costó trabajo vestirse bien. Decidió no molestarse en ponerse el sujetador ni la combinación y solo se puso las dos partes medio mojadas del vestido, se las alisó con la mano lo mejor que pudo e hizo un rebujo con el resto de la ropa. Cuando echó a andar hacia los árboles no quiso volverse a mirar.

A diferencia de su ropa interior, encontró enseguida el palacio de su padre. Isenhalla, una maravilla en pizarra brillante, se erguía majestuosamente ante ella, con un sinfín de torretas y gabletes, torres y miradores en las azoteas, por encima de los verdes prados y los bosques donde las festividades de la noche anterior se habían celebrado, y con la bandera roja y negra de Gullandria ondeando orgullosa en lo alto del mástil.

Liv caminó deprisa entre los árboles que rodeaban el claro y salió a una amplia pradera de hierba ondulada donde todavía ardían los rescoldos del barco quemado. Con la cabeza agachada y sin dejar de caminar consiguió evitar el contacto con los pocos juerguistas que continuaban tirados en la hierba.

Más allá de la pradera estaban los altos setos recortados en formas decorativas especiales, y donde se abrían varias entradas para acceder a los jardines de palacio. Con la cabeza martilleándole y el estómago encogido, Liv cruzó los jardines, ignorando el daño que le hacían en los pies la gravilla de los caminos.

De pura casualidad acabó en la misma entrada trasera del palacio, por donde había salido el cortejo nupcial la tarde anterior. Milagrosamente, la puerta no estaba cerrada con llave. Entró y recorrió un pasillo mal iluminado, al final del cual había una escalera estrecha.

Al llegar al tercer piso, accedió al rellano por

una puerta. Liv continuó por un pasillo hasta otra puerta. Al otro lado había un pasillo principal, uno más ancho con un arco, techos bellamente cincelados y unos preciosos suelos de mármol. Una tupida alfombra persa de pasillo se dividía en dos direcciones distintas.

Liv giró hacia la izquierda. Ya no quedaban lejos, tal vez a unos treinta metros, las altas puertas de madera tallada de la suite que compartía con Brit, su hermana pequeña, por decirlo de alguna manera, ya que Brit, Elli y ella eran trillizas. Liv era la mayor de las tres, y Brit la más pequeña.

Las puertas, como de costumbre, estaban vigiladas por dos guardias del rey. Liv había esperado contra todo pronóstico que los dos soldados de Gullandria se hubieran tomado por una vez la mañana libre. Pero allí estaban los dos, deslumbrantes e impasibles, como siempre. Liv trató de adoptar un aspecto digno a medida que iba acercándose a ellos, pero el esfuerzo quedó mermado por el vestido empapado, los pies sucios y mojados y el rebujo de ropa interior que llevaba en la mano.

No temía el comentario de los guardias, que nunca comentaban nada. Como de costumbre, los guardias continuaron con la vista fija al frente, con aquellos apuestos y cuadrados rostros nórdicos tan impenetrables. Al unísono, se golpearon el pecho con las manos enguantadas. Como si fueran un solo hombre, los dos dieron un paso lateral hacia el centro de las puertas, que seguidamente abrieron con suavidad.

Liv cruzó las puertas con los hombros rectos y la cabeza alta. Hasta que no oyó que se cerraban, no se permitió el lujo de relajarse.

La suite era enorme. La antecámara de suelos de mármol se abría a una sala decorada en seda y

damasco, con un sinfín de mesas de madera tallada y una chimenea de hierro forjado bellamente
labrada.

Liv pasó delante de su dormitorio para ir directamente al de Brit. La puerta estaba cerrada, pero
cuando agarró el brillante pomo de latón vio que
no estaba cerrada con llave.

En el preciso momento en que empujaba la
puerta para entrar, se percató de un movimiento...
Era la camarera de piso. Liv y Brit compartían una
camarera que se encargaba de que sus habitaciones
y su ropa estuvieran siempre a punto, y un cocinero
que ocupaba una pequeña cocina a la que se acce-
día por el salón privado. La camarera era joven, de
dieciocho o diecinueve años como mucho. Llevaba
zapatos de suela de goma que no hacían ruido, de
modo que no se la oía cuando se acercaba. A Liv le
parecía que siempre salía de pronto, y las asustaba
a su hermana y a ella cuando creían que estaban solas. En ese momento, la chica vaciló a la puerta de
la habitación de Liv.

–¿Qué? –le preguntó Liv irritada.

La cara pálida y alargada pareció de pronto más
pálida y más alargada.

–Alteza, disculpadme. Solo estaba recogiendo...
¿Se encuentra bien, alteza?

–Nunca me he encontrado mejor –mintió Liv en
tono burlón.

La sirvienta hizo una breve reverencia y salió corriendo al salón. Liv observó su marcha apresura-
da. Necesitaba tumbarse. Tumbarse, dormirse y no
despertarse hasta que la cabeza dejara de dolerle y
el estómago se le asentara un poco.

Pero en lugar de darse la vuelta para ir a su dormitorio, empujó la puerta del de Brit y entró de
puntillas. Después del lío en que se había metido

ella la noche antes, quería asegurarse de que Brit no había corrido la misma suerte.

La habitación estaba a oscuras, pues las pesadas cortinas seguían echadas. La ropa de cama estaba un poco revuelta, y Liv vio una mano y un brazo colgando.

Se acercó sin hacer ruido. Sonrió al ver que su hermana estaba profundamente dormida. Tenía la cara vuelta y cubierta por una despeinada melena rubia y lisa, muy parecida a la de Liv.

Parecía tan relajada, tan despreocupada.

La tierna sonrisa de Liv se desvaneció mientras observaba a su hermana. Brit era la más salvaje de las tres, la más propensa a hacer cosas como la que ella había hecho la noche antes.

Liv dejó caer la ropa interior sobre la gruesa alfombra y se llevó la mano a la boca mientras se volvía rápidamente hacia el cuarto de baño de Brit.

Llegó al retrete justo a tiempo.

Pasó un buen rato allí arrodillada, hasta que consiguió echar todo lo que tenía dentro y no le quedó nada... Sin embargo, parecía que seguía teniendo el estómago revuelto.

En algún momento de aquellos minutos tan desagradables, los pies descalzos de su hermana aparecieron junto a ella en la suave alfombrilla del baño.

–Oh, Livvy. ¿Qué te ha pasado? –dijo Brit en tono comprensivo.

Brit abrió el grifo de la ducha y seguidamente se arrodilló junto a Liv y la sujetó con delicadeza mientras ella terminaba de vomitar.

–Vamos –le insistió suavemente cuando empezaron a ceder las arcadas–. A la ducha... Te sentirás mejor.

Después de la ducha, Brit le ofreció un vaso con

agua donde se deshacía una tableta efervescente.
Liv se obligó a bebérselo todo. Entonces, con la misma ternura que una mamá cariñosa, Brit acompañó a Liv a la cama.

En el claro donde estaba Finn Danelaw, la bruma de la mañana se disipaba lentamente. El día era cada vez más soleado. Un águila imperial sobrevolaba el cielo. Finn se despertó con el largo y hueco graznido del águila. Abrió los ojos y solo vio delante la hierba verde. También vio su camisa y un zapato. Un poco más allá, unos robles de troncos gruesos se apiñaban con sus ramas tan enredadas que era imposible saber dónde empezaba la copa de uno y dónde terminaba la de otro.

Le dolía la cabeza, aunque había pasado una noche por la que sin duda merecía pagar el precio de un mero dolor de cabeza. Se sonrió y rodó para abrazar a su estudiante de Derecho, la princesa Liv, la hija de su rey.

No estaba.

Finn se incorporó y se pasó la mano por la cabeza para retirarse el pelo de los ojos. Entonces paseó la mirada por el claro y vio el resto de su ropa, pero no la de ella. La única prueba de que había pasado la noche entre sus brazos era el aroma en su piel: un aroma dulce, un aroma que pronto se desvanecería...

Se tumbó de nuevo mientras suspiraba, y al momento sintió que rozaba con los dedos una tela suave. Sus braguitas... Se había quedado dormido encima de ellas sin darse cuenta. Las enganchó con un dedo y les dio vueltas mientras las contemplaba. Bueno. Una prueba más aparte de aquel provocativo perfume suyo de que ella había estado allí, de que él había besado sus partes más íntimas, de que la había tumbado en la hierba fresca y se había hundido en su cuerpo.

No le sorprendía nada que ella lo hubiera dejado allí durmiendo en la hierba y hubiera desaparecido. Finn entendía bien a las mujeres. Liv Thorson no se tenía por el tipo de mujer que pudiera acabar participando en una apasionada cita amorosa a la luz de la luna con un hombre al que apenas conocía.

Apretó las braguitas en el puño cerrado. Al despertar, seguramente ella habría estado horrorizada de lo que con tanta alegría había hecho la noche anterior. La respuesta más natural en ella había sido escapar antes de que él se despertara y tratara de hacer otra vez el amor con ella.

Una pena. Habría disfrutado muchísimo haciéndolo con ella una vez más. Incluso en ese momento se excitaba solo de pensar en tener debajo el rostro de Liv Thorson suavemente iluminado por la luz de la aurora, mientras los dos se deleitaban con el placer de sus cuerpos.

Finn dejó caer el triángulo de seda a la hierba. Tristemente, ese momento no se daría. Sabía que la noche anterior se había tomado demasiadas libertades. La noche antes se había celebrado la Víspera del Solsticio de Verano, y la tradición de Gullandria sostenía que ningún hombre ni mujer serían llamados a declarar por las indiscreciones amorosas que ocurrieran esa noche.

Pero, tradiciones aparte, si el rey se enteraba no estaría muy contento. Y cuando un hombre enfadaba a su rey, era lógico que empezaran a ocurrirle cosas desagradables. Y más importante que el posible peligro inherente al hecho de enfadar a su majestad, Finn no quería irritar a Osrik Thorson. Aparte de ser su rey, era además alguien a quien Finn admiraba y respetaba.

Se puso de pie de un salto y empezó a recoger su ropa.

Se quedó un momento quieto, y alzó la vista al claro cielo de verano, preguntándose por qué Liv Thorson le había parecido tan irresistible.

La respuesta no se hizo de rogar: su inteligencia. Se sentó en la hierba para ponerse los zapatos. Finn admiraba una mente rápida en una mujer. La inteligencia en una mujer mantenía alerta a un hombre y ahuyentaba el aburrimiento.

Y además de inteligencia, estaba ese exceso de ambición y ese control que iban de la mano. Naturalmente, la tentación de conseguir que se descontrolara había sido demasiado grande.

Se entremetió la camisa, se estiró el cuello y se puso los gemelos que se había guardado en un bolsillo. Dada la mínima oportunidad, repetiría sin duda alguna. Pero sabía que esa oportunidad no se presentaría. Liv se marchaba al día siguiente para América. Hasta entonces, pondría la mano en el fuego de que haría todo lo posible para evitarlo.

El pequeño pedazo de seda brilló medio escondido entre la hierba. Finn se inclinó y lo retiró. Le pareció insensible por su parte dejarlo allí para que algún jardinero se lo encontrara.

Ah... quién pudiera anticipar el delicioso momento íntimo en el que tuviera la oportunidad de devolvérselas. Pero no iba a ser así. A esa mujer no volvería a verla. A no ser que...

Las posibilidades eran mínimas.

No había sido tan cuidado como siempre. Pero la posibilidad de que previsiblemente tuviera que pagar un precio por cometer una acción tan alocada tenía que ser bastante remota.

Después de todo, solo había sido una noche.

Sin duda no habría motivo para preocuparse, ni necesidad de volver a pensar en ello.

Chasqueó los dedos con una sonrisa en los labios. No volvería a pensar en ella.

Sin embargo, seguía teniendo en la mano las braguitas de su alteza. Sonrió al pensar en aquel pedazo de seda azul unido a algunos recuerdos dulces y ardientes.

Muy pronto, lo sabía, llegaría el momento de hacer una buena boda. El patriarca de una de las familias más importantes del reino se había aproximado a él. Todos esos padres que adoraban a sus hijas mantenían a sus jóvenes hijas doncellas bien alejadas de él. No querrían que el conocido príncipe Finn ejerciera sus poderes de seducción sobre sus preciosas hijas hasta que hubieran intercambiado las espadas del matrimonio.

Estaba dispuesto a hacer lo que se esperaba de él. Un hombre no podía pasar de una cama a otra eternamente. En algún momento tenía que encontrar la comodidad con una mujer, plantaría su semilla, educaría a sus hijos y mimaría a sus hijas.

Eso sería lo que haría.

Liv se despertó con un tintineo sordo, como si alguien tecleara en un ordenador.

Brit. Su hermana había abierto el ornamentado secreter al pie de la cama donde ella estaba tumbada y había colocado allí su portátil. Para recogerse el cabello rubio pálido se había hecho una coleta baja. En ese momento estaba un poco inclinada hacia delante y con la vista fija en la pantalla, totalmente concentrada. Junto al teclado había una bolsa abierta de M&Ms.

Liv la observó un momento. Inesperadamente, la imagen de Brit le resultó tranquilizadora. Su hermana pequeña estaba trabajando en una novela. Había empezado a escribir novelas antes de la adolescencia; y «empezado» era en su caso la palabra clave, porque seguramente habrían sido diez o quince novelas, por lo menos. Cuando se aburría de una, sacaba otra y trabajaba en ella un tiempo. Que Liv supiera, Brit todavía no había terminado ninguna.

Suspiró y se volvió hacia el reloj de viaje que había dejado encima del mármol de la mesilla de noche. Eran pasadas las dos de la tarde. Cómo volaba el tiempo cuando una estaba desmayada y bebida.

Brit debió de haber oído su suspiro, porque se volvió en la silla.

—La Bella Durmiente se ha despertado.

Liv se arrastró y se sentó en la cama.

—Ah...

—¿Quieres café, tostadas?

—Supongo que me sentaría bien... —Liv se retiró el pelo de los ojos.

Brit llamó a la delgada y silenciosa camarera, que regresó un rato después con una bandeja en la mano. Entonces su hermana pequeña hizo de enfermera y le ahuecó a Liv las almohadas y le colocó la bandeja sobre la mesa para que estuviera más cómoda. Una vez hecho eso, se sentó en la butaca de terciopelo con patas en forma de garra que había junto a la cama.

—¿Quieres contármelo?

Liv necesitaba confiar en alguien después de lo que había hecho.

Elli, la más sensata de las tres, había salido esa mañana de viaje de novios, así que no estaba disponible para escucharla.

De modo que se lo contó a Brit, que apoyó la barbilla en las rodillas y escuchó con paciencia toda la historia.

—Ay, me siento tan decepcionada —gimió Liv cuando hubo terminado.

—Vamos, a mí me parece estupendo.

Liv se incorporó repentinamente, bastante ofendida por la actitud de su hermana.

—¿Qué te parece tan estupendo de lo que hice?

—Para empezar, me parece estupendo el mero hecho de soltarte la melena y romper con todo un poco, Livvy —Brit bajó las piernas y las estiró para pasar a estudiar el barniz de uñas de los dedos gordos–. Me parece estupendo que te dieras un homenaje con una noche de sexo salvaje, ardiente y animal.

–¿Animal?

–¿Aquí hay eco? –dijo Brit con sorna.

–¿De verdad se le llama así? –dijo Liv.

–Sexo animal, sexo primitivo, sexo sudoroso... Sexo salvaje. ¿Lo tienes claro ya?

–Desgraciadamente, sí.

–Vamos, reconoce que te encantó –dijo Brit.

–Ay, por favor. Pero si estás prácticamente salivando. Lo que me faltaba oír.

–En mi opinión, sí que te hace falta hablar de estas cosas y entender que debes darte una alegría. ¿Por qué te machacas? ¿Por qué no aceptas lo que has hecho y que te lo has pasado de miedo?

Liv se desplomó sobre los almohadones.

–No puedo. Me detesto a mí misma por ello. Y debo decir que sería más apropiado si pudieras... Bueno, me parece bien que seas comprensiva; pero no me digas que es estupendo lo que he hecho. No lo es. Es horrible.

Brit negó con la cabeza.

–Livvy, ni lo sueñes. Sé que quieres dirigir el mundo, pero jamás me dirigirás a mí. Puedo tener mis propias opiniones y, por supuesto, expresarlas.

Liv emitió una especie de gruñido y se llevó a los labios la taza casi vacía. Hizo un gesto de frustración.

–¿Y qué pasa con el pobre Simon? –dio un sorbo de café y dejó la taza–. Se quedará hundido cuando se entere.

–Pues no se lo digas. Simon no es tu dueño.

–Por supuesto que no lo es. Pero es mejor que se lo diga.

–¿Acaso habéis acordado entre los dos que no podéis salir con otras personas?

–No. Pero estamos muy..: unidos.

Brit arqueó una ceja pero no abrió la boca. Liv la miraba enfadada. Sabía lo que opinaba Brit de Simon; y de no haberlo sabido lo habría adivinado solo con mirarla a la cara en ese momento.

–Nunca te gustó Simon –murmuró Liv en tono de acusación.

–Eso no es cierto. Creo que Simon es un hombre estupendo. Sencillamente no es... el adecuado para ti.

–¿Y por qué no?

–Ah, Liv. Porque no te emociona, por eso mismo.

–Las emociones no lo son todo.

Brit parecía sorprendida.

–¿No hemos hablado ya de esto?

–Simon –Liv no pudo dejar de insistir– es un buen hombre.

–Por supuesto que sí –respondió Brit mientras se incorporaba–. ¿Quieres más café? –añadió en tono jovial.

Liv resopló y arrugó la nariz. Sabía que estaba buscando una discusión; pero su hermana parecía empeñada en no discutir con ella. Sintió una repentina oleada de cariño hacia su hermana pequeña.

–Lo siento –Liv le tendió la taza.

–Perdonada. Ya lo sabes.

Brit se llevó la pequeña cafetera de plata a la cocinilla de la suite y volvió con ella llena. Le sirvió más café a Liv y otro para ella.

Liv dio un mordisco a la tostada y notó que empezaba a sentirse un poco mejor. La tostada, un poco quemada y con mermelada, estaba rica.

–Al menos se acabó. Mañana nos vamos de aquí.

Con un poco de suerte, no tengo por qué volver a verle la cara a Finn Danelaw.

El silencio de Brit resultó claramente significativo.

–Venga, ¿por qué no lo dices ya? –gimoteó Liv.

–No le eches la culpa al pobre de Finn por darte lo que querías. Y enfréntate a ello. Te lo has pasado de fábula.

Liv abrió la boca para seguir negándolo. Pero Brit levantó la mano.

–Estoy segura de que nunca en tu vida te has dejado llevar de tal modo que al día siguiente no has encontrado las braguitas.

Liv miró a un lado y a otro.

–Te has fijado en lo de mis braguitas –le acusó con un murmullo.

–Mmm... –Brit levantó las cejas.

–No me tomes el pelo, por favor. Estoy muy enfadada conmigo misma. Sabes, con el tiempo estoy pensando en meterme en política. ¿Quién va a votar a una mujer que se van dejando por ahí su ropa interior? Este episodio no fortalece la confianza en mí misma.

–De acuerdo. Como prefieras. Lo que has hecho es horrible y asqueroso, y si te escondes aquí en tu habitación como una cobarde es posible que no vuelvas a ver a Finn. Y ahora que hablamos de marcharnos...

Intuitivamente, Liv supo que su hermana iba a decirle algo que a ella no le iba a gustar.

–¿Qué pasa?

–Pues que yo no.

–¿Que no...?

–Que no me marcho –añadió Brit.

Liv la miró de hito en hito.

–No lo dices en serio.

–Sí.

–No me lo puedo creer –añadió Liv.

–Como quieras –comentó Brit en un tono despreocupado que irritó a Liv–. Me voy a quedar una temporada.

A su madre le daría un ataque cuando se enterara. Ingrid odiaba a su padre y todo lo relacionado con Gullandria.

–Esto es una locura –protestó Liv–. Vinimos por Elli. ¿Es que te has olvidado ya? Le juramos a mamá que volveríamos a casa después de la boda. Papá estuvo de acuerdo con el plan.

–¿Y qué?

–Pues que ya ha pasado la boda. Es hora de que tú y yo cumplamos la promesa que le hicimos a mamá y volvamos a casa. Además, yo tengo que estar de vuelta en el trabajo el lunes... y creí que tú habías dicho lo mismo.

–Sí –respondió Brit con cierta amargura–. Tú tienes el chollo de las prácticas de verano en la oficina general del procurador del estado que estás deseando hacer. Pero ¿y yo? Tendré que volver a Pizza Pitstop en East Hollywood, a soportar los gritos del jefe; estoy deseosa de volver a mi precioso y cutre apartamento.

Liv no quiso caer en la tentación de recordarle a su hermana que si no le gustaba su vida debería volver a la facultad o al menos aprender a vivir de su fondo de fideicomiso.

–Papá me ha invitado a quedarme una temporada –dijo Brit– y he aceptado.

–¿Papá? ¿Ahora le llamas papá?

Aquel era el hombre que hasta hace muy poco había dado significado a las palabras «padre ausente». Su madre, Ingrid, había abandonado a Osrik y Gullandria cuando Liv, Elli y Brit tenían diez meses. Osrik se había quedado con sus dos hijos varones, Valbrand y Kylan, que entonces tenían cinco y tres años respectivamente, para educarlos para ser reyes. En el presente ambos hijos estaban muertos. Y de pronto Osrik decidía que había llegado el momento de hacer de papá de sus hijas, a quienes hacía tanto tiempo que había perdido. Había empezado con Elli. Estaba claro que en ese momento estaba ya detrás de Brit.

—No me gusta —dijo Liv de plano.

—Lo siento. Yo me quedo. Quiero ver más cosas de Gullandria, tal vez incluso husmear un poco, a ver si puedo descubrir más detalles de lo que les pasó a nuestros hermanos, a los que ya nunca podremos conocer.

Las dos hermanas se miraron preguntándose cómo habrían sido sus dos hermanos; cómo habría sido su familia rota de haber estado unida y si sus hermanos estuvieran todavía vivos...

—Pensaba que Elli nos había dejado eso claro —dijo Liv por fin.

Elli le había preguntado cosas a su padre. Osrik le había asegurado que no había habido nada sospechoso en la muerte de sus hermanos. Elli le había creído. Y también Liv. No le volvía loca aquel hombre que de pronto decidía que intentaría ser un padre para ellas. Pero sus hermanos lo habían sido todo para él.

Eran los hijos con los que se había quedado; su oportunidad de ver a sus propios descendientes reclamar el trono de Gullandria cuando él ya no pudiera gobernar. Si alguien los hubiera asesinado, Osrik habría buscado a los criminales y se habría ocupado de que pagaran por sus crímenes con la peor de las penas.

—Quiero investigar un poco —dijo Brit.

–¿Sigues pensando que hay algo extraño en todo ese asunto?

–No lo sé. Solo quiero indagar un poco más.

Liv no estaba muy segura de que le gustara la idea.

–¿Qué quieres decir con «indagar»?

–Lo que he dicho. Sencillamente hacer algunas preguntas.

–¿Sobre quién?

–Bueno, no estoy segura todavía... ¿Pero sabías que Kaarin Karlsmon y Valbrand eran pareja?

Liv no lo sabía.

–¿Cuando él desapareció en el mar?

–Eso es.

–¿Quién te ha dicho eso?

–Lo pregunté. Todo el mundo lo sabía.

Lady Kaarin, una pelirroja esbelta y grácil un par de años mayor que las trillizas, era *jarl*, es decir, de alta cuna. Kaarin siempre vestía meticulosamente modelos de diseño y había estado disponible para Brit y Liv cada vez que ellas la habían necesitado. Las había acompañado a todas partes, había charlado amigablemente y les había ofrecido una amistad cortés y abierta.

–Tienes que reconocer –dijo Brit– que es muy raro que nunca mencione que ha estado saliendo con Valbrand.

–Vamos, Brit. Se me ocurren varias razones por las que la chica haya preferido no hablar del tema. Sobre todo si lo quería. Seguramente le duele hablar de ello, y no veo cómo su relación con él podría tener algo que ver con su muerte.

–Solo estoy diciendo que hay mucho que no sabemos... y mucho de lo que yo me quiero enterar.

–No me gusta nada.

–Bueno, yo no puedo hacer nada por eso.

A Liv le quedó muy claro. Brit había tomado una decisión, y por mucho que ella le dijera no le haría cambiar de opinión.

–Bien –Liv señaló el teléfono de la mesilla–. Pues llama a mamá. Ahora.

–Livvy, allí no son todavía las siete de la mañana.

–Así la pillarás con toda seguridad en casa. No puedo impedirte que metas la nariz donde dudo que debas hacerlo. Pero no pienso dejar que me cuelgues el muerto de contarle a mamá lo que quieres hacer solo porque a ti no te apetezca llamarla.

–Se lo diré –dijo Brit.

Liv esperó.

Finalmente, Brit maldijo entre dientes y fue a descolgar el teléfono.

Ingrid no se tomó muy bien la noticia. Pasado un momento insistió en hablar con Liv, y Brit le pasó el teléfono con alivio. Liv tuvo que soportar la voz frenética de su madre y una interminable lista de ruegos y exigencias para que convenciera a su hermana pequeña de que regresara al día siguiente con ella. Como no tenía poder para hacer tal cosa, Liv trató de aplacar a su madre como pudo y esperó a que esta se calmara un poco.

Entonces colgó.

–Tengo un dolor de cabeza horroroso. Me vuelvo a dormir.

Brit salió de puntillas.

Liv se volvió a tumbar y se tapó con la colcha. ¡Dios, qué fin de semana! Elli se había casado con un guerrero vikingo lleno de tatuajes, ella se había pasado la noche en un prado practicando el sexo salvaje; y Brit había estado a punto de provocarle un ataque de nervios a su madre.

Se pasó el resto del día y de la tarde en su habitación, para evitar un encuentro con Finn, intentando que se le pasara la resaca, hastiada consigo misma y sus hermanas y con el mundo en general, y deseando tan solo que llegara el día siguiente para poder volver a casa.

Se despertó a mitad de la noche. Iba a vomitar de nuevo. Con un gemido desconsolado retiró rápidamente la colcha y corrió al baño.

Brit entró en el baño unos minutos después y se la encontró abrazada al retrete... de nuevo.

Como había hecho la mañana anterior, Brit se quedó a su lado. Cuando terminó, encendió la luz y le pasó a Liv una toalla humedecida en agua.

Liv se la pasó por el rostro y entonces la lanzó hacia la bañera, tiró una vez más de la cadena y se apoyó en el borde de la taza para levantarse.

—Livvy, tal vez no deberías...

Ella le hizo un gesto débil para que guardara silencio.

—Dame la pasta de dientes... y el cepillo...

Brit la ayudó, le dio el cepillo y le puso un poco de pasta; mientras Liv permanecía agarrada al borde del lavabo y se preguntaba por qué la cabeza no dejaba de darle vueltas.

—Toma —Brit le tomó la mano y le colocó en ella el cepillo.

Liv bajó la vista y la fijó en las cerdas y en la raya de pasta verde. Qué raro. Le temblaba la mano.

—¿Ay, Livvy, pero qué te pasa? ¿Qué te ocurre?

Liv se preguntaba precisamente lo mismo. La resaca se le había pasado horas antes; de modo que solo podía estar enferma. Estupendo. Justo lo que necesitaba para el largo vuelo de vuelta a casa: un caso claro de algún virus estomacal.

Pero no dijo nada. Se le resbaló el cepillo de la

mano y golpeó contra el lavabo al tiempo que la otra mano se le resbalaba del borde del lavabo. Le temblaban las piernas. Mientras se desplomaba en el suelo de baldosas, oyó la voz de Brit que la llamaba, pero le pareció como si estuviera muy lejos.

3

–¿Livvy?

Liv frunció el ceño mientras estudiaba la cara de su hermana a medio metro de la suya.

–¿Me oyes, Liv? –dijo Brit–. ¿Sabes lo que ha pasado? ¿Sabes quién soy?

–Me he desmayado. Eres mi hermana Brit.

–Bienvenida. Será mejor que vaya a buscar...

Liv agarró a su hermana del brazo antes de que pudiera ponerse de pie de un salto y salir corriendo.

–No necesito un médico.

–Pero...

–Lo digo en serio. Estoy bien.

Tenía un poco de calor. Se llevó la mano a las trabillas de seda que cerraban la parte de arriba del pijama.

–A ver, deja que lo haga yo...

Brit se colocó a su lado y le retiró las manos con delicadeza. Le abrió las tres primeras trabillas...

–¡Ay, Livvy!

–¿Qué?

Liv se incorporó un poco y se miró.

El pijama chino color mandarina estaba abierto. Vio la parte de arriba del pecho, las sombras de sus senos. Todo parecía estar donde se suponía que debía estar; hasta que se fijó un poco mejor.

–Ay, Dios mío –se quedó boquiabierta.

–Lo mismo digo... –susurró Brit sobrecogida.

Liv miró a su hermana, que le devolvió la misma mirada de asombro.

–No puede ser –dijo Liv.

–Pero mamá siempre dijo que...

Liv no le dejó terminar.

–Ayúdame a levantarme.

–¿Segura? Acabas de desmayarte...

–Ayúdame. Vamos.

Brit le agarró la mano y medio la arrastró hasta que Liv se puso de pie. Juntas se volvieron hacia el espejo que había sobre el lavabo. Liv se abrió los delanteros de la chaqueta de pijama. Tenía la piel cubierta de manchas rojas y púrpuras.

–No puede ser –dijo Liv–. Me niego a creerlo.

–Pero, Livvy... Tienes los síntomas...

Liv desvió su furiosa mirada de su pecho a los ojos de su hermana.

–Oh, por favor. Sabes muy bien que no es más que una superstición familiar.

–Llámalo como quieras. Te ha pasado. A mamá, a la tía Nanna y a la tía Kirsten también, y a la abuela Birget.

–No es más que una historia, una superstición familiar.

–Pero tus síntomas son exactamente los mismos. Has vomitado, te has desmayado, y ahora, el sarpullido.

Las hermanas Thorson lo habían oído toda su vida. Las mujeres de la familia por parte de su madre siempre sabían exactamente el día en el que concebían. Todas habían descubierto que estaban embarazadas a las veinticuatro horas de la concepción por particulares avisos: vómitos seguidos de un desmayo y luego de una extraña erupción cutánea en la parte superior del pecho.

Liv habló con firmeza.

–Sencillamente, no lo creo. Me niego a creerlo. Es una superstición familiar, y además, utilizó un preservativo.

Brit desvió la mirada y su expresión se volvió remota. Liv sintió ganas de estrangularla.

–¿Quieres dejar de echar esas miradas subrepticias? Estás empezando a recordarme a la criada...

–Lo siento. ¿Estás segura? Quiero decir, sobre el...

–Totalmente segura. Es de Gullandria.

Brit pestañeó.

–Bien. ¿Y eso qué quiere decir?

–¿Te acuerdas de lo que nos dijo Elli de los de Gullandria? ¿La vergüenza que es para ellos que les nazca un hijo ilegítimo?

Brit seguía sin pillarlo.

–Y de ello se puede deducir...

–Bueno, está claro que si no estás casado se utilizan los medio anticonceptivos religiosamente.

–Entonces quieres decir que recuerdas específicamente que él se pusiera...

–No. No estoy diciendo eso.

–¿Ah, no?

–No. Es decir, sí. Me acuerdo –deseó con fervor resultar más convincente–. Me acuerdo...

Se miró otra vez el pecho enrojecido e inflamado y gimió con desesperación.

Brit se dirigió a ella con rotundidad.

–No estás segura, Liv.

Liv se dio cuenta de que no podía mirar a su hermana a los ojos. Empezó a abrocharse los cierres de seda hasta arriba, hasta que ya no veía el sarpullido, hasta que casi podía fingir que no le había salido.

–¿Liv? –le dijo Brit con delicadeza–. ¿Estás segura o no?

Liv le dio la espalda a su hermana. Apretó los puños y le habló en tono bajo.

–De acuerdo. Supongamos que no se lo puso. Supongamos que los dos... nos dejamos llevar.

Brit no dijo nada, solo miraba a su hermana con ternura. A Liv no le gustaba que la mirara así. No era alguien a quien los demás tuvieran que contemplar con tolerancia. Y menos aún su hermana pequeña, a quien quería con toda su alma, pero quien después de todo había abandonado los estudios, jamás terminaba las novelas que empezaba, trabajaba en una pizzería y no se preocupaba de controlar sus gastos.

Brit empezó a decirle cosas amables, palabras suaves.

–Oh, Livvy. Sé que todo va a ir bien. Por supuesto, no será más que un error, el que tengas los mismos síntomas de familia, quiero decir. Te has disgustado tanto por lo que pasó anoche que tal vez hoy te hayan aparecido estos síntomas por el mero nerviosismo y nada más... –su voz se fue apagando.

Aparentemente, había adivinado la expresión en el rostro de Liv y se había dado cuenta de que su hermana no quería seguir escuchando nada más.

Liv le habló con grave dignidad.

–Ya no se puede hacer nada al respecto.

Mucho mejor, pensaba. Hablaba con firmeza, tomando las riendas de su vida, como era ella en realidad. Se puso derecha, con la cabeza bien alta.

–Dentro de unas semanas, si se me retrasa la regla, me haré una prueba como la civilizada joven del siglo XXI que soy. Después de todo, si resulta que voy a tener un hijo, que de verdad no creo, empezaré a tomar decisiones –entrecerró los ojos y contempló a su hermana con gesto altanero, como si Brit le hubiera presentado algún argumento en contra–. Y hasta entonces, ya no se hablará más del tema. ¿Me has oído?

A la mañana siguiente el sarpullido había desaparecido. Liv se lo enseñó a Brit. Brit asintió y empezó a silbar de alegría.

Liv sabía lo que estaba pensando. La desaparición del sarpullido coincidía con lo que siempre había ocurrido, según habían contado su madre, sus tías y su abuela. La erupción aparecía después del vahído y desaparecía horas después. Los siguientes síntomas de embarazo no volverían a aparecer hasta varias semanas después, y podrían ser cualquiera de los síntomas habituales: una falta en el periodo, náuseas por la mañana, aversión a ciertos alimentos...

–Me siento bien –anunció Liv con cierto desafío–. Fuera cual fuera el microbio extraño que pillara, ya se me ha quitado.

A medida que pasaban las horas estaba más convencida de que los eventos de la noche anterior no habían sido sino fruto de una extraña reacción nerviosa.

Liv podía volver a su estupendo trabajo de verano, a sus estudios de Derecho y a su estupendo novio.

Sabía que le costaría hablarle a Simon de la noche de pasión que había pasado con Finn. Pero se las apañaría. Todo a su debido tiempo.

En ese momento, lo que tenía que hacer era preparar sus cosas e ir a tomar un avión.

Una hora más tarde, Brit se despedía de su hermana Liv con un abrazo, casi lista para dirigirse al aeropuerto, cuando notó que algo se movía detrás de ella.

Se dio la vuelta asustada... Era la criada.

–Me has dado un susto de muerte.

–Lo siento, su alteza –la criada hizo una reverencia y se llevó el puño derecho al pecho–. Su alteza *lady* Kaarin está en el salón. Desea hablar con usted.

–Bien. Dile que ahora mismo salgo... ¿Y quieres hacer el favor de dejar de acercarte con tanto sigilo?

–Sí, alteza. Por supuesto, alteza. Y le diré a *lady* Kaarin que estará con ella enseguida.

Kaarin Karlsmon se levantó de la silla tapizada en damasco, con el puño en el corazón, cuando Liv entró en la habitación.

–Su alteza.

Liv estudió a la belleza pelirroja y no pudo evitar pensar en lo que Brit le había dicho. ¿Habría sido esa mujer en su día el amor del fallecido Valbrand? Ese no era el momento adecuado para preguntarle.

–El rey desea veros enseguida en sus aposentos privados. Si es tan amable de acompañarme...

Liv había esperado aquello. Su padre, después de todo, querría decirle adiós. Aunque Elli parecía tenerle cariño al rey, y Brit ya le estaba llamando papá, ella sentía que apenas lo conocía. Y tampoco sentía la necesidad de conocerlo mejor.

Estaba del lado de su madre y en contra de él. Liv sentía que su padre las había abandonado a ella y a sus hermanas cuando eran bebés, y hasta el momento no les había dado ninguna explicación por ello.

Kaarin condujo a Liv por una serie de anchos pasillos hasta las enormes puertas de madera que se abrían a los aposentos privados del rey. Completada su tarea, hizo una reverencia y se marchó.

Los guardias abrieron las puertas, y Liv accedió a una antecámara de suelos de mármol.

Su padre, un hombre alto de ojos oscuros, de unos cincuenta y pocos años, la esperaba en la otra habitación. Vestía un fino y elegante traje azul marino.

—Hija —no sonrió, pero sí que inclinó ligeramente su orgullosa cabeza entrecana—. Por favor, únete a nosotros.

El «nosotros» a primera vista consistía en el primer consejero de Osrik y queridísimo amigo, el príncipe Medwyn Greyfell. Greyfell ostentaba el título de primer consejero, la segunda posición más importante en la jerarquía del gobierno de Gullandria. A Liv le pareció extraño que su padre tuviera al demacrado y canoso Greyfell presente en aquella visita de despedida privada con la mayor de sus hijas. Pero Liv se dijo que no le importaba; una despedida era una despedida, con o sin Greyfell.

Liv no vio al otro hombre hasta que cruzó el gran arco que separaba la antecámara de la sala principal. Él estaba a un lado, cerca de un busto de alguna deidad nórdica. Llevaba un traje de un suave gris marengo. Tenía los ojos de un bello color ámbar, como la miel; unos ojos que recordaba perfectamente de la mágica, ardiente y vergonzosa noche que habían pasado juntos.

Se quedó helada al verlo, de tal modo que sin darse cuenta se le escapó un leve gemido de sorpresa. En ese preciso momento se le pasaron por la cabeza un sinfín de imágenes íntimas. Esos ojos... Le había parecido como si le hubieran atravesado el alma, adivinando todos sus secretos, todos sus anhelos, mientras su cuerpo esbelto y desnudo la apretaba contra la tierra húmeda y blanda, embriagados por el aroma intenso de la hierba.

De pronto recordó que había perdido las braguitas. ¿Las tendría él? A lo mejor sabía incluso dónde
estaban. Ah, qué situación más horrible. Era exactamente lo que había esperado evitar a toda costa;
la posibilidad de encontrarse con él.

Se preguntó cómo era posible que él estuviera
allí presente. Salvo que... No, eso era imposible. Él
jamás le contaría a su padre lo que había pasado
entre ellos dos noches antes.

¿Los habría visto alguien y habría ido quienquie-
ra que los hubiera visto con el cuento a su padre?

Pero ni siquiera en ese caso entendía por qué el
rey habría de convocar una reunión. No se acababa
el mundo porque una princesa soltera y un príncipe igualmente libre pasaran juntos unas horas apa-
sionadas e imprudentes.

Su padre habló de nuevo, en tono neutral.

–Por supuesto, conoces al príncipe Greyfell. Y al
príncipe Danelaw.

Liv asintió primero a uno y luego a otro, con mucho cuidado de no mirar a Finn a los ojos.

–Sí, hola. Me alegro... de verlos a los dos.

Tanto el viejo como el joven príncipe la honra-
ron con el habitual saludo del puño en el pecho.

Mientras Liv se concentraba en no mirar a Finn,
se puso a reflexionar sobre la cuestión en general
de los príncipes. En Gullandria, todos los hombres
jarl nacidos de padres casados eran príncipes, y por
lo tanto cada uno de ellos un posible heredero al
trono. Cuando su padre, por cualquier razón, ya no
pudiera gobernar, los príncipes se reunirían en el
edificio de cúpula dorada de la Gran Asamblea que
había en la capital. Celebrarían unas elecciones especiales, conocidas con el nombre de *kingsmaking*,
y un nuevo rey sería nombrado entre todos ellos.

Así, en el palacio de su padre, prácticamente todos

los hombres que conocía y que no fueran sirvientes eran príncipes. Allí la palabra había adoptado un significado algo diluido, en opinión de Liv. Claro que nadie le había pedido su opinión al respecto.

Liv miró a su padre y le sonrió de oreja a oreja.

—Bueno, me alegro de que me hayas llamado, padre. No quería decir adiós y...

Su padre alzó una mano pidiéndole silencio.

—Liv, querida. No te he llamado para despedirme de ti.

Liv tuvo el desagradable presentimiento de que su padre no iba a decirle nada bueno.

—¿Ah, no?

—No. Te he llamado para que hablemos de tu próxima boda con el príncipe Finn Danelaw.

Liv se quedó mirando a su padre. Era imposible que hubiera dicho lo que a ella le parecía haber oído.

—¿No lo dirás en serio?

—Pues claro que lo digo en serio. El matrimonio es imperativo. Y creo que tú sabes por qué.

Liv se mantuvo erguida y con las manos a los lados del cuerpo. Por supuesto, daba lo mismo lo que ella supiera o lo que él le ordenara hacer; lo peor era la vergüenza que sentía por el hecho de que su padre se hubiera enterado de lo que había pasado el viernes por la noche. Pero ella era una mujer independiente y quería dirigir su propia vida.

Jamás se casaría con Finn Danelaw.

Sin embargo, sí deseaba saber qué información tenía y de dónde la había sacado. Le dirigió a Finn una mirada de rabia. Él arqueó una ceja entre rojiza y dorada y la miró con calma. Y de ese modo no le reveló nada.

Su padre continuó.

—Sé que Finn y tú pasasteis la noche de la Víspera del Solsticio de Verano en mis bosques y praderas, deleitándoos en las... digamos, ¿delicias amorosas?

—¿Quién te ha dicho eso?

Osrik ni siquiera pestañeó.

—¿Lo niegas acaso?

No lo negó.

—Solo te he preguntado quién te lo ha dicho.

Su padre hizo un gesto con la mano.

—Basta decir que no hay nada que hagáis aquí en Isenhalla o en las tierras circundantes de lo que yo no me entere —hizo una pausa, seguida de un gesto con el que abarcó todas las ventanas—. No hay nada que hagáis en todo mi reino que antes o después no llegue a mis oídos.

—¿Espías? —preguntó ella—. Te refieres a eso. Me has estado espiando... a mí y a Brit, ¿verdad?

De repente el fastidioso comportamiento de la camarera de piso empezó a tener sentido.

Osrik continuó.

—Estaba dispuesto a hacer la vista gorda con la desgracia de hace dos noches. Después de todo, era la Víspera del Solsticio de Verano, y tú has sido educada a la americana. No tienes un sentido de tu verdadero lugar y de tus responsabilidades en el mundo. Pero un embarazo no se puede pasar por alto.

Liv se quedó mirando a su padre sin pestañear.

—Con los debidos respetos, padre, ni siquiera voy a dignificar esa parte de mi «verdadero lugar en el mundo» con una respuesta. En cuanto al resto... es ridículo. El príncipe Danelaw y yo... solo pasamos juntos una noche. No han pasado todavía ni cuarenta y ocho horas desde entonces. La posibilidad de que esté embarazada no es tan alta; y aunque lo estuviera, no habría manera de demostrarlo ahora mismo.

Osrik se encogió de hombros con gesto paternalista e irritable.

–Tenía, te confieso, grandes planes para ti, Liv. No voy a entrar en detalles ahora, ya que no tiene sentido. Ahora que hay un niño en camino, mis planes deben quedar relegados.

Aquel hombre era insoportable. No hacía más que asumir una cosa tras otra. Liv no sabía cómo contestar a todas ellas. De modo que escogió una de las más importantes.

–¿Cómo tengo que decirlo? No sabes si estoy embarazada. Yo misma tampoco lo sé. No hay modo de que nadie lo sepa aún.

–Por supuesto que hay modo de saberlo. Está lo que te pasó anoche.

–¿Quién te ha dicho lo que me pasó anoche?

Él no respondió, sino que continuó como si ella no le hubiera hecho la pregunta.

–Tu madre tuvo a mis hijos. Conozco perfectamente los síntomas de las Freyasdahl, y sé que esos síntomas jamás han fallado. Estás embarazada, Liv. He hablado con Finn, y está de acuerdo en casarse contigo en cuanto podamos organizar el evento.

Liv no encontró palabras lo bastante mordaces para expresar el desprecio absoluto que sentía por casi todo lo que había dicho su padre desde que había entrado en aquella habitación. Mientras buscaba algo que decir, Osrik soltó un sentido suspiro. Él y el príncipe Greyfell se miraron con evidente complicidad.

Osrik se dirigió entonces a ella en tono de pesar.

–Como te he dicho, este matrimonio no es lo que pretendía para ti. Pero después de lo que le ha pasado a Elli, que no era lo que yo en un principio deseaba para ella, estoy aprendiendo a ser más flexible –hizo un gesto de grandiosidad hacia Finn, como si le mostrara un caballo purasangre o un toro de casta–. Finn Danelaw es descendiente de una antigua e importante familia y heredero de un extenso patrimonio. No te decepcionarán ni sus riquezas ni sus influencias. No es en absoluto un mal partido.

Liv seguía buscando las palabras adecuadas con las que rematar las de su padre. Después de todo, era el rey. E incluso una hija tenía que tener cuidado cuando le echaba la bronca a un rey. De nuevo le echó a Finn una mirada cargada de dureza. Y de nuevo él la miró con suma tranquilidad, como si aquella ridícula situación nada tuviera que ver con él, como si fuera un espectador levemente interesado en ese melodrama.

Liv casi empezó a odiarlo. ¿Cómo se atrevía a mostrarse impasible, mientras su padre le decía que tenían que unir sus vidas?

Liv se dirigió a su padre con orgullo.

–Escucha, escucha con atención. No va a ocurrir nada de lo que dices. No me voy a casar con el príncipe Danelaw. Estoy... horrorizada por esto, por todo ello. No sé a cuál de tus escandalosas afirmaciones responder antes. Si recuerdas bien, renunciaste a mí y a mis hermanas cuando no éramos más que unos bebés. Nunca te conocimos. De hecho, seguimos sin conocerte –para sus adentros se dijo que tampoco quería conocerlo–. El mero hecho de que te atrevieras a hacer «planes» para mí me resulta de lo más insultante. Pero el resto es mucho peor. Me has espiado. Has invadido mi intimidad y has averiguado cosas que no tienes ningún derecho a saber. Has utilizado la información que te han dado tus espías para presionar a un hombre que no me ama... un hombre al que yo no amo... para obligarnos a casarnos. Es evidente que todas las cosas horrorosas que mi madre alguna vez dejó caer discretamente sobre ti son verdad. Eres un chovinista, un hombre insoportable a quien le gusta manipular las vidas de otras personas.

Se produjo un silencio espeluznante. Liv sabía que se había pasado, pero no era capaz de arrepentirse de lo que acababa de hacer.

Finalmente su padre le respondió en voz baja.

—Será mejor que tengas cuidado con tu lengua, hija. Pienses lo que pienses de mí, aquí soy el rey.

—Sí, lo eres —concedió Liv enseguida—. Y por eso, hoy mismo pienso volver a mí país...

—¡Basta! —Osrik la cortó con un grito estentóreo y seguidamente bajó la voz y adoptó un tono similar al rugido de una fiera—. No irás a ningún sitio. Ninguna hija mía llevará en su seno a un bastardo. Es un crimen contra la humanidad, y no pienso aceptarlo.

—¿Tú? —Liv se acercó a él—. ¿Tú no vas a aceptarlo? No tienes nada que decir al respecto. Nadie te ha dado vela en este entierro. Si por casualidad, y yo no lo creo, estuviera embarazada, seré yo quien decida qué hacer al respecto. Y ahora mismo tengo la certeza de que no voy a casarme con Finn Danelaw y de que me voy hoy mismo a casa...

—¡Te quedarás! —gritó su padre—. ¡Y te casarás!

—¡No lo haré!

—¡No te atrevas a desobedecerme!

—¿Desobedecerte? ¿Cómo podría desobedecerte? No soy uno de tus súbditos, ni tampoco soy...

Liv soltó un grito de sorpresa. Finn se había acercado a ella y le había tomado la mano. Ella se giró para apartarse de él.

—Suéltame, suéltame te di...

Liv vio algo en su mirada que la interrumpió bruscamente.

Le agarraba del brazo con suavidad, con suma ligereza, sin aparente esfuerzo, con firmeza y cariño.

Se inclinó hacia ella y le susurró en tono dulce:

–Ven conmigo, querida mía. Hablaremos a solas.

Ella se estremeció con una sensación puramente sexual al oír aquel susurro, al sentir el roce de su aliento en la mejilla. Su propia respuesta entonces la sorprendió. ¿Cómo podía siquiera pensar en el sexo en ese momento, y menos aún estremecerse así?

Abrió la boca para anunciar que no era, ni por asomo, su querida, y que sería mejor que la soltara, porque si no ella le rompería el maldito brazo; pero entonces se dio cuenta de que su padre había retrocedido.

Aparentemente, Osrik estaba dispuesto a dejar que Finn se ocupara de aquel asunto.

Ni hablar. No permitiría que Finn Danelaw dirigiera el asunto. Aquel hombre era un vividor. No era de los que se casaban, por decirlo de alguna manera. Si conseguía estar con él a solas, sería fácil hacerle reconocer que solo se estaba prestando a todo aquello porque sentía que era su deber. En cuanto ella le dejara claro que no tenía por qué hacer nada, podrían llegar a un entendimiento; a uno en el que él siguiera su camino y ella el suyo.

–De acuerdo –dijo ella con altivez–. Iremos a mis habitaciones.

Con la cabeza bien alta, permitió que Finn la condujera hasta sus aposentos.

4

Cuando llegaron adonde estaban los mismos dos soldados inexpresivos a la puerta de su suite, Liv les ordenó que se marcharan.

No recibió respuesta alguna, aparte de los habituales saludos del puño en el pecho.

–Por mandato del rey, podéis retiraros los dos –les ordenó Finn con calma–. Id a vuestros aposentos a esperar órdenes.

–Sí, alteza –ladraron los solados al unísono.

Giraron sobre los tacones de sus botas negras y echaron a andar por el pasillo.

Liv no podía creerlo.

–¿Entramos, entonces?

La invitó a pasar y después entró él y cerró la puerta. Liv continuó hasta el salón formal. Allí, señaló una silla.

–Siéntate. Ahora mismo vuelvo. Quiero asegurarme de que vamos a mantener esta conversación a solas.

Fue hacia el pasillo que llevaba a la cocina. Sorprendió a la criada justo delante de la puerta abierta en su manera habitual.

–Quiero que te vayas de aquí.

–Pero, su alteza...

–Fuera, lo digo en serio. Vete.

La criada retrocedió, y Liv avanzó. Finalmente, la criada se dio la vuelta y salió corriendo con un gemido asustado.

Liv la persiguió hasta la pequeña cocina de la suite, donde encontró a la cocinera sentada a la mesa haciendo un solitario.

–De acuerdo, tú también. Salid, ahora mismo. Fuera de aquí.

Finalmente la criada cruzó la puerta y salió corriendo con la cocinera detrás.

–¡Y no volváis! –exclamó Liv mientras cerraba de un portazo.

Volvió al salón echando humo.

Finn se había sentado donde ella le había indicado. Se puso de pie cuando ella fue hacia él, con la misma expresión de buen humor. Se miraron a los ojos, y a Liv se le aceleró el pulso inmediatamente, como si su mera presencia le provocara esa reacción.

No solo estaba decepcionada consigo misma por lo que había hecho hacía dos noches, sino que además mostraba también todos los síntomas de una clara atracción hacia aquel hombre tan poco recomendable.

–Mira, Finn, yo...

Él la silenció colocándose un dedo sobre sus preciosos y sensuales labios; entonces le tomó la mano. Con el ceño fruncido, dejó que él la arrastrara hasta el pasillo. ¿Cómo era posible, se preguntaba mientras él la llevaba, que el mero roce de su mano en le causara estremecimientos?

Él se detuvo delante de la puerta abierta de la suite y se asomó.

–Aquí valdrá...

–Yo no...

Él se volvió, le guiñó un ojo y de nuevo se llevó el dedo a los labios. Ella estuvo a punto de regañarlo para que dejara de mandarle callar; pero él ya tiraba de ella hasta que la sentó en un enorme sofá de terciopelo. Entonces fue a encender la televisión y la radio.

–¿Qué demonios te pasa? –le preguntó ella mientras la música de la radio sonaba a todo volumen y una preciosa joven de Gullandria daba el parte meteorológico y parloteaba con alegría sobre las ventiscas del Atlántico Norte delante de un mapa.

Con ese particular donaire que poseía Finn, se sentó a su lado con la misma serenidad.

–Habla en voz baja, Liv.

Aquellos labios bonitos y sensuales estaban muy cerca de los suyos; su voz sonaba seductora; y su aliento le acarició la mejilla.

A través de la neblina de despreciable deseo que él despertó instantáneamente en ella, Liv entendió lo que Finn acababa de decirle.

–¿Crees que hay micrófonos escondidos?

Él asintió.

Liv se dijo que bien podría tener razón. Preguntó en voz baja:

–¿Y a ti qué te importa si mi padre nos escucha?

–No me importa –le respondió él en el mismo tono–. Pero pensaba que te importaba a ti.

–Ah –respondió ella, a quien sus palabras conmovieron de la manera más estúpida–. De acuerdo...

De modo que la radio y la televisión siguieron emitiendo sus programas a todo volumen, y ellos siguieron allí juntos en el sofá, casi susurrando; una manera de hablar que acabó poniéndole nerviosa, teniendo en cuenta lo atractivo que era Finn. Con un esfuerzo sobrehumano, Liv consiguió mantener algo parecido a un hilo coherente de pensamiento.

Le dijo la verdad en tono razonable y civilizado.

–Finn. En serio. Debes ver que el matrimonio entre tú y yo sería un desastre total. Somos en realidad dos extraños. Extraños que pertenecemos a dos mundos muy distintos. Y ninguno de nosotros está listo para el matrimonio. Tú eres un soltero empedernido que hasta esta mañana no ha mostrado ninguna inclinación de casarse con nadie –trató de hacerle una pequeña broma–. ¿Quiero decir, qué dirán las damas de la corte? Se quedarán tan decepcionadas...

Esperó a que él se echara a reír; pero no lo hizo.

–Estoy seguro de que sobrevivirán –fue su única respuesta.

Le tomó la mano, le dio la vuelta y, con la cabeza agachada, dibujó un corazón en el centro de la palma. Entonces levantó la vista y se encontró de nuevo con su mirada.

Esa mirada ambarina la seducía. Cuando él le rozó la palma de la mano sintió un calor intenso, como si le hubieran quemado. Y su loco corazón latía tan deprisa que estuvo segura de que él había oído sus latidos, a pesar del volumen de la televisión o el de la melodía que sonaba por la radio.

Liv poseía una inteligencia estupenda; pero empezaba a fallarle cuando estaba con él. Carraspeó y continuó hablando.

–Finn, estoy bien, ahora mismo estoy estudiando una carrera. Tengo que terminar mis estudios y después tengo que hacerme de un buen nombre como abogada. Tengo muchos planes, planes importantes. Estoy segura de que no es fácil de entender para muchos hombres, y perdóname si digo para muchos hombres de Gullandria, pero tengo un futuro esperándome en la política. Para mí el matrimonio y los bebés quedan todavía muy lejos.

Él la observaba, y también la escuchaba con infinita paciencia, atentamente. Como si literalmente estuviera pendiente de cada palabra suya.

Esa actitud resultaba seductora... ¡Caramba, allí estaba otra vez esa palabra!

Era muy extraño. En los aposentos de su padre se había sentido fuerte y segura de sí misma. Había sabido exactamente qué decir. Pero en ese momento, allí a solas con Finn...

—¿Has terminado? —le preguntó él en voz baja.

Ella pestañeó.

—Yo... esto, adelante. ¿Qué quieres decirme? Di lo que tengas que decir.

Sin saber cómo él le había tomado la mano otra vez. Y cada vez que ella había retirado la mano, él había vuelto a agarrársela.

—Querida Liv...

Ella retiró la mano.

—Mira. Eso. Otra vez.

—¿El qué? —dijo él en tono ligeramente burlón.

—Yo... Bueno, Finn. No debes llamarme así. No quiero que me llames así.

—¿Y cómo iba a llamarte, si no es por tu nombre de pila?

—No me refiero al nombre, me refiero a lo de «querida». Me gustaría que no me llamaras querida.

Él se lo pensó un momento y ladeó la cabeza ligeramente; entonces le tomó la mano de nuevo. Los dos se miraron las manos. Él tenía la piel muy caliente. Sus dedos eran largos, las yemas suaves, pero las palmas ligeramente callosas, como las manos de un hombre que montara a caballo.

Liv levantó la vista.

–Por favor. Así me desoriento.

–De acuerdo –respondió él, como si hubiera adivinado lo que se le pasaba por la cabeza y hubiera decidido compadecerse de ella.

Le soltó la mano. Pero en cuanto lo hizo, Liv deseó que no lo hubiera hecho.

Finn empezó a hablar en susurros.

–En cuanto a tus planes de formación y futura carrera profesional, no veo cuál es el problema.

¿Cómo lo hacía? ¿Cómo conseguía adoptar un tono íntimo y profesional al mismo tiempo?

–Estoy seguro de que conseguirás todo eso –continuó él–. En su momento. Pero ahora estás embarazada de mí.

–Pero yo no...

Él levantó una mano.

–Creo que soy yo quien debe hablar ahora.

Ella apretó los labios y asintió.

–Adelante.

–Gracias –frunció el ceño, y adoptó una expresión seria y taciturna–. Quiero que sepas que me arrepiento de haberte puesto en esta situación. No debería haber ocurrido. Debería haber sido más cuidadoso. Pero ahora que ya ha pasado, bueno, ya sabes, esto es Gullandria. Ser un hijo bastardo aquí es algo terrible. Tal vez hayas hablado con tu hermana Elli de este tema...

–¿Eso es una pregunta?

–¿Y bien, lo has hablado con ella?

El marido de Elli, Hauk, había nacido de padres solteros. Cuando él y Elli habían dicho que se casarían pasara lo que pasara, Osrik le había hecho su hijo legítimo. Hasta entonces, el guerrero de Elli había llevado el vergonzoso prefijo de *fitz* delante del nombre.

Ella le respondió de mala gana.

—Sí.

—Entonces tienes cierta idea –le dijo Finn– de lo que supone ser un fitz en este país. Ningún hombre querría hacerle eso a su hijo.

Ella se estremeció; y esa vez no fue por nada sexual. Parecía tan empeñado. Ella jamás se habría imaginado a Finn Danelaw empeñado en nada.

La primera vez que lo había visto había sido bailando con una preciosa mujer de alta cuna. La dama en cuestión lo había mirado con ensoñación mientras él daba vueltas con ella entre sus brazos. Liv habría jurado que los pies de la dama no habían rozado el suelo del salón de baile.

Una hora después, era ella la que había estado entre sus brazos. Habían bailado varias piezas. Y habían hablado y coqueteado con las palabras y los gestos.

Ella le había preguntado, en tono coqueto, si un príncipe tenía que trabajar para vivir.

Él se había echado a reír.

—Depende del príncipe –había dicho él.

—Bueno, por ejemplo, tú –había respondido ella.

—Si yo trabajara, jamás lo reconocería bailando contigo –había contestado Finn.

Brit había bailado después con él. Y mucho después, cuando sus hermanas se quedaron a solas en sus habitaciones, habían coincidido en que era una persona muy cumplida y encantadora, un hombre guapísimo, un seductor y un auténtico bombón. Un deleite para la vista, para el oído y para todos los demás sentidos.

En ese momento, él había conseguido tomar de nuevo posesión de su mano, y le estaba acariciando el hueco de la palma de la mano, provocándole una especie de impulsos eléctricos que la trasportaban a otra noche en la que...

Liv interrumpió el comprometedor pensamiento antes de que pudiera dirigirse hacia donde no tenía derecho a dirigirse ninguno de sus pensamientos. Reclamó su mano. ¿Por dónde iban?

Oh, sí. Por el tema de criarse como un *fitz*, lo cual parecía ser algo tremendo allí en Gullandria.

–Pero Finn, yo no vivo en Gullandria. Soy americana, y en América hay muchos niños felices criados por padres solteros. No digo que la mejor opción para una mujer sea criar a su bebé sola. Pero hay veces en las que esas cosas no se pueden evitar.

Otra vez lo estaba haciendo; acercándose a ella, escuchándola como si su voz fuera lo único importante en el mundo.

Ella se irguió un poco.

–Y sabes que al decir esto nos estamos adelantando. Como trato de recordaros a todos, no podemos estar seguros aún de que yo esté embarazada. Sí, he mostrado los signos más comunes. ¿Pero eso qué quiere decir? Nada más que supersticiosas tonterías. No voy a empezar a rumiar sobre lo que haría o dejaría de hacer hasta que me haya hecho una prueba en condiciones y sepa con seguridad que tengo algo en que pensar. Y, bueno, no puedo hacerme la prueba en casa todavía; es demasiado pronto.

–¿Y cuánto tiempo hay que esperar? –le preguntó él con una expresión de interés en su bello rostro.

–Bueno, no estoy segura. Nunca me he hecho una; y dudo que me vaya a hacer ninguna en un futuro próximo.

Él sonrió, ligeramente divertido, o tal vez con cierta impaciencia.

–Pero si tuvieras que hacértela..

–Supongo que habría que esperar un par de semanas, por lo menos. Tal vez más.

–Un par de semanas –repitió pensativo.

–Sí –dijo ella.

La mirada de Finn se iluminó, y de pronto estaba tan guapo que hasta le hacía daño mirarlo.

–Entonces, ven conmigo dos semanas hasta que lo sepas. Deja que te enseñe Balmarran, la casa de mi familia. Te encantará estar allí, estoy seguro. Conocerás a mi familia, lo que queda de mi familia, y podremos...

No podía dejarle continuar.

–No, Finn.

La música de la radio seguía sonando y el comentarista hablando; sin embargo, le pareció como si reinara el más absoluto silencio.

–¿No? –dijo finalmente él en voz muy baja.

–Bueno, tienes que darte cuenta de ello; no tiene sentido que me vaya contigo al castillo de tu familia. Oh, Finn. Tengo mi vida, un trabajo importante al que debo regresar. Incluso aunque estuviera embarazada, no me casaría contigo.

Pensó que él la interrumpiría entonces para discutir con ella. Pero eso no ocurrió. Ella, vagamente sorprendida por su falta de resistencia, continuó hablando.

–El matrimonio entre nosotros no funcionaría. Quiero decir, sinceramente, apenas nos conocemos. Venimos de dos familias muy distintas. No tenemos... nada en común. ¿No? Hemos compartido una preciosa noche de verano... Me encantó estar contigo. Pero de verdad, lo que pasó entre nosotros esa noche no es una buena base para el matrimonio, ¿verdad?

Durante varios segundos, él no dijo nada. Se produjo una pausa en la radio y en la televisión.

–¿Qué harás? –le preguntó Finn en el mismo tono suave.

–Vuelvo a casa –le respondió ella en un tono que no admitía discusión–. Me marcho a casa, Finn. Hoy. Y no importa cuáles sean los resultados, ni si al final me veo obligada a hacerme esa prueba de embarazo, no pienso casarme contigo.

Él, un magnífico retrato de gracia masculina, se levantó de la silla.

–Entiendo.

Ella lo miró y entrecerró los ojos.

–¿Qué quieres decir con ese «entiendo»?

En lugar de responder, él le tendió la mano. Ella colocó su mano en la de él con recelo. Finn tiró de ella suavemente, y Liv se puso de pie.

Entonces Finn se llevó la mano de Liv a los labios y rozó seductoramente su piel.

–Necesidad, destino y ser –le susurró–. Que los tres dioses del destino te enseñen el camino.

Estupendo, pensó ella. Otro de esos arcaicos dichos de Gullandria. Había oído muchos en la última semana. ¿Qué era exactamente lo que quería decir con aquel? Ella desde luego no iba a preguntárselo.

Y la verdad era que los hombres ya no le besaban la mano a las mujeres. Sin embargo, cuando Finn lo hacía, parecía tan natural, tan adecuado.

Él era tan extraño para ella: le besaba la mano, le susurraba proverbios nórdicos al oído; empeñado por momentos en llevársela a su terreno, y en otros sorprendiéndola con su silencio.

Sencillamente no sabía qué opinar de él. Pero era preferible que Finn Danelaw siguiera siendo un misterio para ella, un tierno y travieso recuerdo que de vez en cuando, incluso años después, le hiciera sonreír.

–Ven –le dijo él mientras le colocaba la mano para que le agarrara del brazo–. Acompáñame a la puerta.

***

Finn apenas llevaba cinco minutos en sus aposentos cuando el rey lo mandó llamar. Volvió a la sala donde habían celebrado la audiencia privada, donde su majestad y el príncipe Medwyn lo esperaban.

El rey fue directamente al grano.

–¿Y bien? ¿Se casará contigo?

–Su majestad, ella dice que no. Dice que va a regresar hoy a América, como tenía planeado; y sola.

–¿Has utilizado todas tus habilidades de persuasión?

Finn asintió.

–Me avergüenza, majestad, reconocer que no han sido suficientes; al menos en este momento. Ella está muy recelosa. Necesito tiempo.

Los ojos habitualmente amables del rey se tornaron duros como ágatas.

–Has dicho que se marcha. Eso quiere decir que no tienes tiempo.

Osrik empezó a pasearse delante de las ventanas de cristal emplomado. Finn y Medwyn esperaban, en respetuoso silencio, hasta que él eligió hablar de nuevo. Su majestad dejó de pasearse y se dio la vuelta.

–Liv es demasiado orgullosa, demasiado obstinada. Tiene la lengua afilada como el pico de un cuervo. Al final no hay manera de razonar con una mujer como ella. Tendrás que llevártela. Me pesa tomar tal medida, pero no veo otro modo. Mi nieto no nacerá *fitz*. Desvíale su coche a mitad de camino hacia el aeropuerto y llévatela a la habitación de una torre en Balmarran. Déjala allí hasta que acceda a casarse contigo.

Finn sintió una opresión en el pecho.

–Me odiará, y en cuanto pueda se divorciará de mí. Nuestras propias leyes así se lo permiten.

Ninguna mujer vikinga tenía por qué soportar un matrimonio que fuera en contra de su voluntad.

–Retenla en Balmarran hasta que nazca el niño. Entonces que ella haga lo que le plazca. Tu hijo será legítimo, y eso es lo que más importa.

–Su majestad –dijo Finn con respeto.

El rey lo miró con los ojos entrecerrados.

–No me gusta ese tono.

–Preferiría, señor, capturar a mi esposa a mi manera.

–¿Cuál es esa manera? Con Liv no hay otra que no sea por la fuerza.

–Señor, os lo aseguro; hay una manera.

Osrik hizo un gesto de desprecio con la mano.

–La distancia no me ha impedido vigilar a mis hijas mientras se han hecho mayores. Conozco sus vidas, lo que han elegido, los hombres que están a su alrededor. Los hombres de Liv son tranquilos y generosos. Tiernos como las mismas mujeres. Hablan con ella de cambiar el mundo; y lo hacen cuando ella les dice que lo hagan –el rey adoptó una expresión astuta–. ¿Sabías que ahora mismo tiene a uno de esos pobres ilusos retorciéndose en el anzuelo de sus considerables encantos?

–Sí –dijo Finn en tono seco–. Simon Graves es su nombre. Lo mencionó una o dos veces el rato que estuvimos juntos.

Osrik se acercó a su escritorio y se sentó en la silla de madera tallada. Apoyó las manos sobre el tablero de marquetería. El rubí rojo sangre reflejó la luz que entraba por las ventanas a sus espaldas y brilló como el fuego en el ojo de un dragón.

–Finn, todos sabemos que ninguna mujer puede resistirse a ti. Como regla, ni siquiera lo intentan.

Pero Liv no es una mujer en el sentido que cualquier hombre de verdad es capaz de entender.

–Eso lo sé, majestad.

El rey lo estudió durante un incómodo momento.

–Ella no es como Elli, que entiende su femineidad con sentimiento profundo. Y no es como Brit, que es alocada y terca, sí, pero que se conoce como mujer y que lo celebra. Liv se ha pasado la vida preparándose para asumir un puesto muy alto, y ha dejado su femineidad de lado. Y eso significa que esta puede ser una partida que no tengas esperanzas de ganar.

–*Milord*, eso es muy posible.

–Acabarás pesaroso y con mal sabor de boca; arrepentido de haber querido jugar.

Tal vez. Pero Finn no sentía ningún pesar en esos momentos. En ese momento tenía el pulso acelerado y la mente tan clara y aguda como la hoja de una buena espada. Conocía a su rey, y veía dónde conduciría aquella entrevista. Tendría las bendiciones de su majestad para seducir a la princesa Liv; para ir detrás de ella y perseguirla, armado tan solo con su inteligencia y una lengua rápida. La dejaría sin palabras, y al mismo tiempo estaría pendiente de cada cosa que ella dijera. La tocaría, la besaría, la acariciaría... solo cuando ella se lo permitiera.

Hasta que ella suplicara por sus besos y sollozara por sus caricias; hasta que ella anhelara solo tenerlo de nuevo dentro de ella.

Hasta que gimiera bajo su cuerpo y se retorciera encima de él y avanzara a gatas sobre él cada vez que él quisiera. Hasta que él le dijera «cásate conmigo», y ella gritara «sí, sí» con esos ojos azules llenos de lágrimas.

Osrik lo observaba. El rey sacudió su orgullosa cabeza canosa.

–Harías mejor en llevártela y terminar con ello. Al final, tendrás que hacerlo de todos modos.

Finn no dijo nada. Ya había dejado sus intenciones claras.

Medwyn habló entonces; estaba detrás de Finn.

–Recordad, *milord*, cómo se ha producido esta situación. Hace dos noches, la princesa Liv se rindió. Puede ser seducida, y el príncipe Finn es el hombre para ello.

La expresión de Osrik se volvió pensativa. Asintió, pero al momento negó con la cabeza.

–No debemos olvidar que fue la Víspera del Solsticio de Verano. Una noche en la que todas las leyes se rompen. También había por medio grandes cantidades de cerveza. ¿Es ese tu plan, Finn? ¿Emborracharla?

–No, *milord*. Mi plan es casarme con ella. Pero deseo que lo haga porque ella quiera. Cuando ella elija esa opción, lo hará con la cabeza, porque de otro modo el juego no sería justo.

–Mmm... –dijo el rey.

–Creo –dijo Medwyn– que si algún hombre tiene alguna posibilidad en esta tarea casi imposible, ese hombre sería Finn.

Osrik miró de nuevo a Finn.

–¿Estás totalmente empeñado en intentar hacerla tuya...?

–Señor, lo estoy.

–¿Me dejarás que te ayude un poco nada más?

–Nada de forzarla –insistió Finn.

El rey sonrió y encorvó el dedo.

–Acércate.

Finn se acercó al rey y se inclinó hacia él. Su señor le comunicó la ayuda que le ofrecía.

Finn se retiró.

–No puedo garantizarlo –dijo el rey–. Pero haré

la llamada. Los oídos sordos a veces escuchan cuando los ojos ciegos empiezan a ver no hay otra manera que la de aprender a ser flexible. Y la noticia del bebé nos ayudará. Si tengo éxito, no solo tendrás a una importante aliada en tu aventura, sino que también quedarás en la posición adecuada, ¿qué me dices?

—Sí, *milord*, si lo desea, os agradecería tal ayuda.

Brit entró con alegría en la suite poco después de las cuatro de la tarde con las mejillas sonrosadas y las manos llenas de paquetes. Pero al ver que Liv seguía allí los dejó caer a la puerta.

—A ver, ¿qué ha pasado?

Liv no se molestó ni en encender la radio ni la tele. Si su padre estaba escuchándolas mientras le decía a Brit el gusano que era, que las escuchara.

Además, había tenido varias horas para pensar en la destreza de Finn Danelaw al decir que tal vez la suite pudiera estar llena de micrófonos. Le había dado la excusa perfecta para sentarse cerca de ella, para susurrarle al oído o para tomarle la mano una y otra vez; para recordarle con su proximidad la noche prohibida que habían compartido y ejercer sobre ella esos increíbles poderes de seducción.

Y entonces, no le cabía ninguna duda, no mucho después de que él hubiera salido de la suite, su padre lo habría llamado para que él le repitiera todo lo que ella le había dicho.

Tiró de Brit para que se sentara con ella.

—No podía marcharme sin hablar contigo.

Liv le contó todo rápidamente la reunión con su padre y la que había mantenido después con Finn.

—Quiero que vuelvas a casa conmigo. Haz la maleta; nos vamos de aquí.

Pero Brit no iba a moverse.

–No estoy lista para marcharme aún.

–¿Acaso te has vuelto loca perdida? Probablemente tendrá esta habitación llena de micrófonos y estará escuchando todo lo que decimos. Si es capaz de eso, piensa en lo que estaría dispuesto a hacer...

–Liv. Escucha. Yo me quedo. Nuestro padre... es quien es. Y no me importa si me espía o no. No va a enterarse de nada que yo no quiera que sepa, y menos ahora que sé que lo está haciendo.

–Pero podría hacer cualquier cosa. No sabes lo que podría pasarte aquí.

–No va a hacerme daño. Soy su hija, y tú también. A su manera, a pesar de lo pesado que es, nos quiere mucho a las dos.

Liv tuvo que reconocer que no creía que Osrik le hiciera daño a Brit. Y Brit parecía tan convencida de querer quedarse...

–Oh, Brit...

–Todo me irá bien.

Liv se dio por vencida y llamó un coche. El trayecto al aeropuerto ocurrió sin incidentes. Y el *jet* real estaba listo para despegar a California en cuanto su alteza subiera a bordo.

La azafata, la misma que las había atendido a Brit y a ella en el vuelo de ida hasta allí, la saludó a la puerta.

–Bienvenida, alteza. Me alegra tenerla de nuevo con nosotros.

Liv sonrió a la mujer y entró al avión. Fue entonces cuando vio al otro pasajero que viajaría con ella: Finn Danelaw.

5

Liv miró con sorpresa y rabia al hombre que la esperaba en el avión.

–Liv, bienvenida –Finn se levantó del magnífico asiento de cuero y le tendió una mano.

Ella cruzó la estrecha entrada con aire majestuoso y accedió a la cabina; pero en ese momento se detuvo bruscamente y se volvió hacia la azafata de vuelo.

–Discúlpenos un momento –dijo antes de cerrarle la puerta en la cara a la bonita y perpleja azafata y de volverse hacia Finn–. Voy a preguntarte lo más obvio. ¿Qué estás haciendo aquí?

–Como no has querido venir a mi casa, se me ocurrió ir yo a visitar la tuya.

–Lo que teníamos que decirnos ya nos lo hemos dicho.

–Espero convencerte para que reconsideres mi cortejo.

–No lo haré por nada del mundo. Lo que he dicho lo mantengo. No me casaré contigo, pase lo que pase.

–No te casarás conmigo. Entiendo. Lo has dicho repetidamente; no hay necesidad de decirlo más.

–¿Ah, y por qué no soy capaz de que lo entiendas?

–Pero Liv, cariño, lo he entendido.

–No soy tu cariño.

–Ah, sí. Creo que eso también lo has dicho.

–Entonces no me llames así.

Él se sentó de nuevo y la miró con una exasperante expresión de desconcierto.

–Quien lucha contra las sombras tan solo despilfarra su fuerza.

Sinceramente, sentía ganas de darle un golpe con su bolso de Balenciaga.

–¿Qué es eso? ¿Uno de esos incomprensibles dichos de Gullandria que utilizas tú?

–No es mío. Y creo que el significado está muy claro.

–No tiene sentido en esta situación. No vas a llegar a ningún sitio.

–Eso me has explicado. Sin embargo, siento un deseo insaciable de conocer Sacramento.

No tenía ningún sentido hablar con él. No llegaría a ningún sitio.

¿Debería acaso bajarse del avión?

Le dio la espalda bruscamente y abrió la puerta de la cocinilla. La azafata estaba al otro lado, visiblemente avergonzada.

–Pase, pase –dijo Liv con mucha ironía–. El príncipe Danelaw y yo no tenemos más que decirnos.

Liv lo ignoró todo el tiempo; y durante todo el vuelo no se dirigieron la palabra.

El vuelo duró diez horas. Liv miró por la ventana y vio a un grupo de periodistas esperando en la pista; además de una reluciente limusina negra y un turismo blanco, sin duda su taxi.

Anotó la dirección y el número de teléfono de su casa de verano en el revés de una tarjeta de visita y se la dio a la azafata junto con un billete de cincuenta dólares.

–Asegúrese de que mis maletas llegan esta noche a esta dirección.

–Sí, su alteza. Me ocuparé de ello.

Liv sonrió con cortesía y siguió adelante. Llegó a la puerta antes que Finn. Los fotógrafos empezaron a disparar nada más salir y las preguntas comenzaron.

–¿Princesa Liv, cómo está su hermana, la novia del guerrero?

–Elli está muy, muy feliz.

–¿Dónde pasarán la luna de miel?

–Eso no se lo sabría decir...

–Veo que la princesa Brit no está con usted... –le preguntó otro–. ¿Por qué?

–Ha decidido ampliar la visita en el país de mi padre.

Finn estaba justo detrás de ella, y los reporteros enseguida se dieron cuenta. Las mujeres que había allí lo saludaron con la mano y lo llamaron por su nombre.

–¡Príncipe Danelaw!

Finn sonrió y también agitó la mano. Las cámaras dirigieron sus objetivos hacia él. Más de una mujer suspiró o se abanicó.

–Princesa Liv, entendemos que usted y el príncipe Finn celebrarán su boda muy pronto.

Ella había estado sonriendo hasta ese momento.

–Perdóneme, pero apenas conozco al príncipe Finn. Ha venido de visita a Sacramento. Simplemente hemos volado en el mismo avión. No estamos prometidos; yo no me he prometido a nadie.

–Pero según mis fuentes tengo entendido que...

–Sus fuentes no son fidedignas.

Liv se abrió paso a través de la multitud que le impedía avanzar lo más rápida y tranquilamente posible. Mientras tanto, las cámaras seguían tomándoles fotos y los reporteros haciéndole preguntas.

¿Cómo era posible que se hubieran enterado ya de nada de lo que se había hablado entre Finn y ella? Pero entonces pensó en su padre y se dijo que aquello era muy propio de él: difundir una información falsa y dejarla en ridículo al tener que negarlo.

Finn permaneció junto a ella, demasiado cerca para su gusto. Estaba a su lado cuando llegó al taxi. Agarró el mango de la puerta, la miró y le brindó una sonrisa encantadora.

–¿Estás segura de que no quieres venir conmigo? Me encantaría llevarte adonde quieras ir.

–No, gracias. Me las apañaré. Disfruta de tu estancia en Sacramento.

Él le miró los labios un instante antes de mirarle a los ojos.

–Sí. Me da la sensación de que me voy a alegrar mucho de haber venido.

Para desgracia suya, Liv volvió a estremecerse de deseo.

Le dio al taxista su dirección y se volvió a mirar por la luna trasera cuando el taxi se apartaba del grupo de reporteros. Quería asegurarse de que Finn no la seguía.

Él se dirigía a la limusina negra y se despedía de los periodistas agitando la mano mientras las fotos se sucedían.

Liv continuó mirando hasta que la limusina se fue por otro camino. Aparentemente, Finn había tenido la sensatez de no seguirla hasta su casa. Un paso muy sabio por su parte. De haberlo hecho, ella habría llamado a la policía para que se lo impidieran.

Liv se preguntó adónde habría ido el príncipe Finn. Como fuera; a ella no le importaba.

Estaba agotada, emocionalmente exhausta, y necesitaba descansar tranquilamente una noche. A la mañana siguiente tendría que estar en su trabajo a primera hora.

Una vez en la casa, se preparó una taza de té para tranquilizarse un poco y comprobó si tenía algún mensaje. Había uno de Simon que le hizo sentirse un poco culpable.

Simon estaba pasando el verano haciendo campaña con un candidato al senado, pero en el mensaje le decía que estaba en la ciudad y que quería que ella lo llamara al hotel. También le recordó el *rally* del día siguiente, al que ella le había prometido ya hacía varias semanas que lo acompañaría.

Pensó en mil excusas para no llamarlo en ese momento. Pero ninguna de ellas concluía en nada que no fuera el deseo de eludir un deber desagradable. Pero sonó el teléfono cuando se estaba poniendo el suave albornoz de felpa. Era su madre.

–¿Has tenido un buen viaje?

–No me puedo quejar. No hemos parado. He venido en el *jet* de lujo del rey.

–Es un vuelo muy largo. Lo mejor es que tomes un baño y descanses.

–Sí. Un baño y a la cama –dijo Liv en tono afable–. Era exactamente lo que iba a hacer.

–¿Qué te parece entonces si cenamos juntas mañana por la noche?

–Me parece muy bien. Allí estaré, mamá.

Liv iba a darle las buenas noches a su madre cuando se le ocurrió que tal vez ella se hubiera enterado del supuesto compromiso ya, antes de que ella se lo pudiera explicar al día siguiente durante la cena.

–Escucha, mamá, solo quiero advertirte...

–Caramba, eso es mala señal –dijo Ingrid.

–No es mala señal. No es nada. Conocí a un hombre encantador en Gullandria. Pasamos una noche juntos. Ya sabes, nada serio. Bailamos. Charlamos... Montamos a caballo. Me dio una vuelta por Lysgard. Él, bueno, nos llevó a Brit y a mí a algunos sitios...

–¿Cariño, adónde quieres llegar?

–Bueno, se llama Danelaw. Es el príncipe Finn Danelaw. Y de algún modo la prensa se ha enterado, y como siempre, han exagerado la noticia. Parecen pensar que estoy prometida a Finn, y eso no es verdad. No hay nada entre nosotros. No quería que lo leyeras en la prensa o que alguien te lo contara antes de tener yo la oportunidad de hacerlo.

–Cariño, no lo pienses más. Sé cómo es la prensa.

Por supuesto que lo sabía. Al fin y al cabo, Ingrid Freyasdahl Thorson había sido conocida durante casi dos décadas como la «reina huida de Gullandria» No era ajena al escándalo o a las mentiras de los reporteros.

–Y míralo de este modo...

–¿De qué modo? –preguntó Liv.

–Ya que te han emparejado con uno de Gullandria, tienes suerte de que sea un Danelaw. Es una familia de mucho abolengo. Tienen mucho dinero y mucho poder; al menos antes era así. En el trono de Gullandria ya se sentó un Danelaw, ¿lo sabías? Y no fue solo uno, sino varias generaciones.

–Mamá, no se trata de eso.

–Pues claro que no, cariño. Solo estoy tratando de... ver el lado bueno.

–No hay lado bueno para los reporteros fisgones que se inventan mentiras sobre mí.

–Cariño. Ve a darte un baño y métete en la cama. Mañana por la noche hablaremos.

Liv pensó en Simon después de colgar. Al día siguiente, se dijo para sus adentros; al día siguiente sacaría tiempo para llamarlo.

Pero cuando se metió en la enorme cama con dosel y se tumbó sobre el cómodo colchón, no fue capaz de dormir. Cada vez que se relajaba se ponía a pensar en Finn, en cómo se le rizaba el cabello en la nuca, en lo que sentía cuando él le acariciaba con el pulgar la palma de la mano. Se había asustado y sorprendido al oír su inesperado gemido de satisfacción.

Se levantó a las siete de la mañana, desayunó y se pasó media hora maquillándose para poder disimular las ojeras.

En la oficina del procurador general, Liv se pasó el día respondiendo al teléfono, escribiendo cartas e investigando unos cuantos casos. El empleo solo duraría tres meses. El trabajo que hacía como becaria en prácticas era lo que podría hacer cualquier administrativo. Y a cambio de ello conseguía créditos para la carrera en lugar de un sueldo.

Pero los contactos que estaba haciendo eran de un valor incalculable.

Salió de la oficina poco después de las seis de la tarde, con tiempo de sobra para pasarse por su casa, donde notó con satisfacción que no había ni un periodista por allí.

Se quitó las medias y se puso unas sandalias, una falda más informal y un top de gasa bordada muy cómodo. Pensó en Simon otra vez justo cuando cruzaba la puerta trasera para salir. Tenía tiempo para llamarlo.

Pero no. Lo que tenía que decirle no era algo que pudiera explicarse con una llamada de diez minutos. Prometió llamarlo esa noche para quedar con él.

Llegó a casa de su madre a las siete y veinte. La casa Tudor de tres plantas donde Liv y sus hermanas se habían criado estaba en una calle amplia y llena de árboles.

Las elegantes y antiguas casas estaban construidas algo apartadas de las aceras, coronando pendientes de césped o jardines, con caminos de entrada que conducían a las traseras donde había tres o cuatro plazas de garaje, bajo los aposentos para el servicio.

No era una calle de mansiones, ni mucho menos, sino una calle donde vivían personas muy prósperas y acaudaladas. Las hermanas siempre habían sabido que su madre, no solo una reina huida sino heredera por derecho propio de una gran fortuna, podría haberlas criado en una casa mayor. Pero Ingrid había querido que sus hijas tuvieran una infancia que se asemejara lo más posible a una infancia normal. Y así habían asistido a colegios públicos, habían jugado al rugby en equipos locales y habían vivido en una preciosa y amplia calle a la sombra de los robles.

Liv entró en la casa por la puerta de servicio. Los tacones de sus sandalias repiqueteaban sobre las baldosas de terracota del porche trasero. Encontró a Hildy, el ama de llaves y cocinera de su madre picando unas hierbas sobre el mostrador de mármol de la cocina.

–¡Hola Hildy, estoy en casa! –anunció Liv.

Se acercó a la mujer de cara seria y pelo canoso y le plantó un sonoro beso en la demacrada mejilla.

–Mmm. Huelo a chuletas de cerdo rellenas. Me parece como si estuviera en la gloria.

–Liv –Hildy sonrió un poco–. Me alegro de verte.

Miró a Liv con sus ojos negros.

–¿Qué pasa? –Liv retrocedió un poco.

–¿Cómo has dicho?

–Pareces... no sé. ¿Algo va mal?

–No, que va. Nada.

Liv estudió al ama de llaves un momento, antes de encogerse de hombros. Hildy era de Gullandria, Ingrid se la había llevado a California cuando había dejado a Osrik, y a menudo la mujer se había mostrado misteriosa o de mal humor por cuestiones que a sus hermanas y a ella les había costado descifrar.

Hildy volvió a su tarea de picar hierbas.

–¿Dónde está mamá?

–En el salón.

Liv tomó una manzana de un cuenco a un lado del mostrador y se dirigió al vestíbulo principal. Oyó la risa profunda y musical de su madre al acercarse a la puerta abierta del salón.

Y entonces percibió la voz baja y provocativa de un hombre. Se quedó helada al reconocer la voz y entendió el por qué de la extraña mirada de Hildy.

Finn Danelaw estaba en el salón, haciendo reír a su madre.

Ingrid rio de nuevo.

–Oh, Finn, de verdad creo que eres un peligro en nuestras carreteras. Utiliza un chófer de ahora en adelante.

Finn se echó a reír con encanto.

–Pero es que me fascina conducir, sobre todo con las ventanillas bajadas y la radio a todo volumen. Y me encanta correr. Desgraciadamente, aquí en América tenéis demasiados coches en las carreteras. Y son enormes. Hoy he visto el primer Lincoln Navigator. Sorprendente. Y con una mujer muy menuda y enfadada al volante...

–Sí –dijo Ingrid en un tono alegre–. No debes meterte con una americana que conduzca un todoterreno.

–Excelente consejo. No me cabe ninguna duda.

Liv, que seguía rezagada junto al pie de la escalera, se puso derecha y cruzó la puerta del salón.

Su madre, que estaba sentada en una silla frente a la entrada, la vio primero. Finn se volvió al ver la dirección de la mirada de su anfitriona.

–Liv, querida. Qué temprano has llegado.

–Madre –dijo Liv con cierto nerviosismo–. Finn, ¿cómo estás?

Él le dedicó su más bella sonrisa de bienvenida.

–Estoy cada vez mejor.

–Qué sorpresa –dijo Liv en tono burlón– verte aquí, Finn.

–Su majestad me ha invitado a ser su huésped durante mi visita a vuestra bella ciudad...

Liv miró a su madre con furia.

Ingrid se puso de pie.

–Finn, me pregunto si...

Él asintió.

–Entiendo que queréis estar un rato a solas.

Ingrid sonrió con agradecimiento.

–Sí, eso sería maravilloso. ¿Nos concedes quince minutos?

–Por supuesto.

Se inclinó sobre la mano de Ingrid y entonces se dirigió hacia Liv. Llevaba unos pantalones color café y una camisa polo, y Liv sintió algo especial al verlo, como parecía que le pasaba siempre. ¿Por qué tenía que ser tan, tan guapo?

Llegó hasta donde estaba ella, que no se había

movido de la puerta. Los dos se miraron. La tensión se mascaba en el ambiente; con su obstinada indignación, trató de convencerse, mientras le daba la orden a sus temblorosas piernas para que se movieran y le dejaran pasar.

Él asintió con cortesía y pasó junto a ella para salir del salón.

–Oh, cariño –suspiró su madre cuando él ya no podía oírlas–. Espero que no estés demasiado disgustada conmigo...

–Me podrías haber avisado anoche, mientras yo toda cortada trataba de explicarte lo que había pasado, por si oías algún rumor del supuesto compromiso matrimonial con ese hombre.

–Quería que descansaras bien, que te levantaras fresca para ir al trabajo esta mañana. Sabía que te enfadarías te lo dijera cuando te lo dijera.

–Finn estaba aquí anoche cuando me llamaste, ¿verdad?

Su madre suspiró y asintió.

–¿Entonces, sabes lo que pasó entre nosotros?

–Sí, cariño –respondió su madre–. Lo sé.

¿Acaso aquella humillación no tenía fin? La indiscreción de una noche y todo el mundo tenía que enterarse, incluida su madre.

–¿Cómo te enteraste?

–Hablé con tu padre; me llamó ayer. Charlamos largamente.

Liv se preguntó si habría oído bien a su madre.

–Un momento, lo dices como si papá y tú hubierais mantenido una conversación en toda regla.

–Sí. Diría que la palabra conversación describe bastante bien lo que pasó entre nosotros.

–Pero... jamás has podido conversar con papá...

Los dos apenas habían hablado en los últimos veinte años.

–Bueno, cariño, he estado pensando un poco, y he llegado a la brillante deducción de que las cosas cambian. Si queremos sobrevivir en la vida, tenemos que adaptarnos –Ingrid alzó la vista; una expresión de pesar iluminaba sus ojos azules–. Con Elli casada y viviendo en Gullandria, y ahora que de pronto Brit ha decidido, digamos, explorar sus raíces, entiendo que tengo que estar dispuesta a hablar de vez en cuando con Osrik si quiero saber qué pasa en la vida de mis hijas.

–Podrías intentar preguntárnoslo a nosotras.

Ingrid emitió un suave gemido de frustración.

–Es lo que hago, pero no recibo muchas respuestas... ¿Pero, qué insinúas Liv? ¿Que prefieres que tu padre y yo no hablemos como hemos hecho en los últimos veinte años?

Tal vez sí. Sobre todo si iban a hablar de cosas como su vida sexual.

–Si hablas o no con él es cosa vuestra.

–Gracias, cariño –dijo la madre con sarcasmo.

Liv decidió ignorarlo.

–De modo que papá te llamó y te contó...

–Cómo pasaste la noche de la Víspera del Solsticio de Verano, cómo experimentaste los síntomas Freyasdahl a la noche siguiente y la oferta de Finn de matrimonio, además de tu rechazo. Tu padre dijo que Finn había decidido pasar unas semanas en Sacramento para ver si había alguna manera de hacerte cambiar de opinión.

–Y tú quieres que eso ocurra, ¿verdad? Quieres que me haga cambiar de opinión, por eso lo has invitado a que se quede aquí contigo, en la casa donde me crié, para mostrarle tu apoyo. Estás verdaderamente convencida de que debo casarme con él.

Ingrid fue a agarrarle la mano a su hija.

–Ay, Livvy...

Pero Liv se retiró enfadada y se sentó en la silla en frente de su madre.

–Te parece que debería casarme con él, con un hombre a quien apenas conozco y con quien no tengo nada en común, un hombre que ha estado casi con cada mujer de Gullandria.

Ingrid no dijo nada. Durante un momento las dos permanecieron en silencio, madre e hija, enfrentadas.

Entonces Ingrid se inclinó hacia delante de nuevo; en sus ojos había una luz ardiente y salvaje.

–Ah, Livvy, me gusta mucho. Y es de buena familia. Y si le das una oportunidad, tal vez te des cuenta de que tenéis más en común de lo que tú piensas. Además, su manera de mirarte hace un momento.

–Mamá –Liv se inclinó también hacia delante y le habló en voz baja–. Finn es un playboy... Coquetear para él es como respirar. Lo hace sin pensar. Mira a todas las mujeres como si cada una fuera especial.

–No es cierto. Me apostaría lo que fuera a que no es así –dijo Ingrid con firmeza–. Y, por favor, no pongas esa cara. Entiendo exactamente lo que quieres decir cuando hablas de su habilidad para el coqueteo. Ha coqueteado conmigo, por amor de Dios, y me parece encantador.

–Bueno, por lo menos lo reconoces.

–¿Y por qué no iba a reconocerlo? Es una maravilla coquetear con él. Pero su manera de mirarte hace un momento... fue algo totalmente distinto.

Absurdamente, Liv sintió que el corazón le daba un vuelco.

–Bah, no lo creo.

–Eres tan lista, Liv. Tan fuerte y segura de ti misma. Tan firme y centrada, mucho más madura que cualquier joven de tu edad. Y eres también tan dominante, tan autoritaria. De vez en cuando no te haría mal pararte a oler el perfume de las flores.

–¿Adónde quieres llegar?

–A que creo que Finn ve tu valor como persona, como mujer a la que pudiera amar. Y tienes que reconocer –su madre esbozó una sonrisa pícara– que desde luego tiene bastante experiencia con el sexo débil como para saber reconocer a una mujer especial cuando la tiene delante.

–Es un modo interesante de verlo –comentó Liv.

–No es más que la verdad –dijo su madre.

–Mamá. Me estás tratando de convencer.

–Sí, es cierto. Quiero que le des una oportunidad a Finn.

–Tengo novio, ¿recuerdas?

–Cariño. Simon Graves es un hombre encantador. Pero si fuera tan importante para ti, dudo que hubieras pasado esa noche con Finn.

Liv notó que se sonrojaba. Sí, tenía que reconocer que tal vez parte de la rabia que sentía hacia Finn fuera hacia sí misma. Lo que había hecho con él le decía cosas de sí misma que no quería saber.

–Finn –dijo Ingrid– es, después de todo, el padre de tu hijo.

Liv gimió con impaciencia.

–Por favor. Solo fue una noche... de la que me avergonzaré toda la vida. Y es demasiado pronto para...

–No, no lo es. Lo que te pasó a ti le ha pasado a todas las mujeres de la familia Freyasdahl cuando...

–No entremos en eso, ¿de acuerdo? Ya lo he hablado con Brit, con papá y con Finn. De verdad, no me apetece volver a hablarlo también contigo.

Su madre tenía los ojos brillantes.

–Tendrás un bebé. Niégalo si sientes que eso es lo que deseas. Y sí, apoyo a Finn en esto; en su voluntad de intentarlo, en su esfuerzo por conocerte mejor. Parece un hombre encantador y le doy la bienvenida a mi casa. Estoy muy contenta de que el padre de tu hijo sea un hombre bien educado, acaudalado y de que quiera casarse contigo y darle su nombre a su hijo.

–Oh, mamá...

Liv sabía que se estaba ablandando. ¿Cómo iba a evitarlo, viendo la cara de su madre, el brillo de sus ojos y el color en sus mejillas?

Para Ingrid, un nuevo bebé en la familia significaría una nueva esperanza de futuro, alguien a quien dedicarle todo el amor que no le había dedicado a los dos hijos varones que había perdido.

–Cariño, no te digo que debas casarte con él solo por el bebé. No estamos en Gullandria, y sabes que tu familia te vamos a apoyar, sea cual sea la decisión que tomes. ¿Pero qué daño podría hacer el que le dieras a Finn una oportunidad?

A las ocho, por tácito acuerdo, la conversación no se centró en ningún tema serio.

Finn las entretuvo con historias de su aventura durante su primer día en Sacramento. Y confesó que había sobrepasado el límite de velocidad una o dos veces.

–Pero, por suerte, nadie ha sufrido ningún daño.

Después, Finn se interesó por el trabajo de Ingrid. La madre de Liv era propietaria de una tienda de antigüedades en el casco antiguo de Sacramento. Él la escuchaba, embrujado, mientras ella le contaba cómo había vendido dos butacas imperio con esfinges de bronce decorando los brazos y un candelabro con una victoria alada.

Y después se había vuelto hacia Liv.

–¿Y qué tal va todo en la oficina del procurador general? ¿Han conseguido pasar sin ti toda una semana?

Liv reconoció con una sonrisa que de algún modo sí que habían conseguido pasar sin ella.

En la mesa estaban los candelabros de plata favoritos de su madre, donde ardían largas y elegantes velas blancas. Liv miró a Finn. Él también la miró a los ojos, que brillaban como dos ascuas doradas. Sin querer, pensó en ellos dos el día de la Víspera del Solsticio de Verano, bailando como dos lunáticos alrededor del barco vikingo. Se le aceleró el pulso y empezó a notar un calor por todo el cuerpo.

Percibió una leve sonrisa trémula en los labios mientras se decía que él estaba allí en Sacramento y que deseaba que la relación entre los dos funcionara. Y era así aunque ella no lo creyera posible, aunque ni siquiera creyera que pudiera estar embarazada, aunque lo último que necesitara en su vida, a su edad y con sus planes profesionales fuera un bebé...

Bueno, si por un loco giro del destino resultara que ella estuviera embarazada, elegiría quedarse con el niño. Tenía dinero de sobra, una familia cariñosa que le daría apoyo emocional; y ella era fuerte y organizada. Sí, retrasaría sus planes profesionales, la consecución de sus metas; pero seguiría adelante, porque nada la detendría.

De acuerdo. Lo intentaría con Finn; intentaría conocerle mejor. Después de todo, si al final resultaba que estaba embarazada, se casaran o no, tendría que encontrar el modo de llevarse bien con el padre de su hijo.

★★★

—Buenas noches, cariño. Conduce con cuidado —dijo Ingrid mientras le daba un beso a su hija en la mejilla—. Finn te va a acompañar al coche.

Liv no necesitaba que nadie la acompañara, pero no dijo nada al obvio intento de su madre de dejarlos solos.

Bajaron juntos la escalera de servicio para llegar hasta la cochera. Liv fue muy consciente de cómo él le rozó dos veces el brazo con el suyo.

Al llegar al coche estaban casi totalmente a oscuras. Ella se detuvo un momento antes de ir hacia el lado del conductor. Finn, como si ella le hubiera invitado a hacerlo, se acercó a ella.

—¿Es posible que detecte que estás un poco más amable conmigo?

—Sí —confesó ella—. No te equivocas. Entre mi padre, mi madre y tú me habéis cansado. Sigo sin creerme lo del embarazo, pero estoy dispuesta a aceptar la posibilidad. He decidido hacer lo que tú sugeriste en Gullandria, que pasemos unas semanas conociéndonos mejor, por si acaso al final resulta que nos enteramos que hay un bebé en camino.

—Está claro que es un destino mejor que la muerte.

Ella se encogió de hombros.

—Bueno, tengo que decirte que un bebé no estaba en mi lista de preferencias hasta dentro de unos diez años.

—A veces —le susurró él— la vida se niega a seguir un plan acordado.

Permanecieron en silencio unos instantes. Hacía una noche clara y templada. El disco blanco de la luna llena se elevaba en lo alto del firmamento, en parte oscurecido desde donde ellos estaban por las ramas del árbol.

Finn colocó una mano a cada lado de ella y apoyó las palmas en el coche que tenía detrás, atrapándola de ese modo entre sus brazos.

–Deja que vaya contigo a esa casa de Thirteen Street.

Finn olía de maravilla, a una mezcla de cosas muy tentadoras, con un toque de brezo o almizcle.

–¿Cómo sabes que estoy en Thirteen Street?

–Se lo pregunté a tu madre. Ella me contó todo lo que necesitaba saber, como la dirección, el teléfono de la casa, tu móvil. Lo tengo todo. Puedo llamarte o encontrarte cuando quiera.

–No tienes vergüenza.

–Eso dicen.

–¿No tienes responsabilidades en Gullandria? ¿Puedes permitirte marcharte adonde quieras durante varias semanas?

–Liv, cariño, has puesto tu cara de puritana, con los ojos entrecerrados y la nariz arrugada y esa preciosa boca tuya también fruncida.

Ella alzó la cabeza, arrugó más la nariz y la boca y entrecerró los ojos aún más.

–Horrible –dijo él mientras los dos se echaban a reír juntos–. Tengo a varias personas que cuidan de mi patrimonio. Lo único que necesito es un ordenador con conexión a Internet y uno o dos teléfonos. Tu madre ha sido muy amable y me ha dejado uno de los dormitorios para que lo utilice de oficina durante mi estancia.

–Entonces, ¿reconoces que trabajas?

–Por favor, no se lo digas a nadie.

–Mis labios están sellados.

–Ah. Tus labios...

Se inclinó un poco hacia delante, pero ella colocó la palma de la mano entre sus bocas. Por el momento se había resistido a su deseo a besarlo. Pero se estaba debilitando. Y con su boca tan cerca no podía evitar pensar que si avanzara un poco hacia él sus labios se encontrarían.

–Yo no...

No tenía ni idea de lo que quería decir después.

–Así –se inclinó hacia ella lo necesario para que sus labios se rozaran brevemente antes de apartarse de nuevo–. ¿Qué te gustaría, Liv?

–Yo...

–¿Qué es lo que quieres? –preguntó como si no lo supiera perfectamente–. ¿Un beso?

¿Cómo se suponía que iba a tomar una decisión con sensatez teniéndolo tan ceca de ella, con su musculoso y maravilloso cuerpo casi rozando el suyo y sus labios a pocos centímetros de su boca?

No le cabía duda alguna. Otra vez le estaba pasando lo mismo, aquella inquietante confusión que le provocaba cuando estaba tan cerca de ella, que parecía perder toda su sensatez...

–Oh, Finn.

Y seguidamente se inclinó hacia él y capturó entre sus labios esa boca tan hábil y ardiente.

Él se ocupó del resto. La rodeó con sus brazos musculosos y la estrechó contra su cuerpo. Y con un suave gemido de capitulación, Liv le echó los brazos al cuello.

Él le deslizó la lengua hasta el fondo, para seguidamente retirarla poco a poco, provocándola.

Liv no pudo evitar besarlo con la misma pasión, con el mismo ardor. Apretó un poco los dientes y le atrapó la lengua, y seguidamente se la deslizó de nuevo en la boca con caricias suaves y mojadas.

¿Pero cómo lo haría? Cuando Finn Danelaw la besaba, ella sentía como si perdiera totalmente el control, pero de un modo delicioso. Él movía las manos, apretándole suavemente el trasero, para seguidamente subirlas y metérselas por debajo de la blusa de gasa y acariciarle la espalda con movimientos pausados y sensuales. Ella sintió un calor y un cosquilleo en la piel cada vez más intensos. Su boca tenía la suya cautiva y ejercía sobre ella su magia ardiente. Una mano le ceñía posesivamente la cintura mientras la otra se deslizaba hacia delante y le acariciaba suave, muy suavemente, vientre abajo.

Si continuaban así, acabarían tirados desnudos en el camino de la casa de su madre.

Liv se agarró a los últimos retazos de sensatez que le quedaban, le puso las manos en el pecho y ejerció una suave pero firme presión.

Momentos después y con evidente mala gana, él levantó la cabeza.

–¿Has cambiado de opinión?

–¿Sobre qué?

–Sobre permitirme que te acompañe a casa.

Ella aspiró hondo, soltó el aire muy despacio y negó con la cabeza. Finn la miró detenidamente.

–Eso no ha sido un no, ¿verdad? –dijo con una mezcla de pesar y de humor.

–Sí.

–Qué descorazonador.

–Pero mañana por la noche...

Él sonrió de nuevo.

–Por fin.

–Déjame terminar.

Tenía los labios un poco hinchados, calientes y sensibles. Resistió las ganas de tocárselos.

–Iba a decir que si te apetecía cenar conmigo.

–Cenar.

Claramente, aquello no era lo que ella tenía en mente.

–Sí, a cenar. Charlaremos, y disfrutaremos cada uno de la compañía del otro.

–Estoy dispuesto a disfrutar, de la manera que sea.

–Entonces, tenemos una cita... ¿Digamos, a las siete y media en mi casa?

–Estaré allí.

Liv sintió los latidos de su corazón bajo su mano. Podría haberse quedado allí para siempre con Finn, rodeados por la tibia oscuridad del verano, bajo el roble.

–Yo... bueno, supongo que una persecución implacable surte su efecto.

Él le tomó la mano y le besó los nudillos, provocándole un turbador y delicioso estremecimiento.

–Te aseguro, cariño, que acabo de empezar a asaltar los muros que rodean tu obstinado corazón.

6

El móvil de Liv sonó cuando estaba entrando en el garaje de su casa. Sacó el aparato del bolso y lo abrió.

Era Simon.

—Liv, por fin te localizo.

Parecía... ¿Preocupado? A lo mejor había leído algo de Finn en la prensa del corazón.

—Desde que he vuelto he tenido un lío horrible. Debería haberte llamado, lo sé, pero es que... he estado muy liada... —repitió la débil excusa.

—¿Dónde estás ahora?

—Acabo de llegar a casa, a la de Thirteen Street.

Se llevó los dedos a los labios.

Parecía que aún sentía la ardiente presión de los labios de Finn.

—¿Liv, te encuentras bien?

—Sí, estoy bien; de verdad. ¿Y hasta dónde te ha llevado el futuro senador esta semana?

—Estoy aquí. ¿Recuerdas lo del rally de hoy?

—Ah, sí. El rally. Pues claro.

El rally al que le había prometido acompañarlo.

—Lo siento, Simon. Como te he dicho, ha sido...

–No te preocupes –dijo con desánimo–. No pasa nada.

Los dos sabían que no era así.

–¿Y cómo te fue? –le preguntó Liv con demasiada alegría.

–Estupendo.

–Bueno. Pues qué bien.

–Nos vamos a Salinas mañana. El miércoles tiene un discurso en el sindicato de trabajadores agrícolas de allí. Esperaba, tal vez, poder verte esta noche.

–Ah –dijo ella por toda respuesta.

–¿Y dónde has estado, dime? –le preguntó él.

–Cenando. Con mi madre.

Era la verdad, solo que no toda la verdad. Y se despreciaba a sí misma por no decírsela.

–Bueno –dijo Simon con desánimo de nuevo–. Es un poco tarde.

No más excusas, se dijo. Tenía que dejar de posponer aquello.

–¿Por qué no vienes ahora a casa?

–Sí –dijo él de pronto con firmeza–. Creo que debería ir. Me parece que tenemos que hablar.

Simon apareció en la puerta diez minutos después. Liv vio que llevaba un periódico enrollado en la mano y entendió que había estado leyendo la noticia de su supuesto compromiso matrimonial.

–*The World Tattler* –dijo Simon con una sonrisa en los labios–. Recién salido de la imprenta.

The World Tattler estaba repleto de fotos de ella y Finn en el aeropuerto el día anterior. La historia incluía la obligatoria repetición de la vieja y triste historia de su madre, una heredera americana descendiente de Gullandria, había viajado a la tierra de sus antepasados y había conocido a Osrik Thorson, el futuro rey. Tras un cortejo intenso y apasionado, se habían casado. Ella le había dado cinco hijos, dos varones y tres trillizas, y después lo había dejado, llevándose con ella a las tres pequeñas princesas para criarlas en Estados Unidos. La muerte de los hermanos de Liv recibía mención bajo los titulares: «Una tragedia tras otra». Y después estaba la parte sobre Elli y Hauk: «La princesa y El guerrero».

Y en último lugar, pero no por ello menos importante, los intrépidos reporteros del periódico habían conseguido unas cuantas fotos de Finn con anteriores conquistas y las habían publicado. El titular rezaba: «Antiguos amores del príncipe playboy». Liv no pudo evitar fijarse en que todas las mujeres eran preciosas, mucho más guapas que ella.

–Encantador –dijo Liv de mala cara.

–¿Liv, qué está pasando? –Simon la miró como si ella le hubiera dado una puñalada en el corazón–. ¿Te vas a casar con este hombre? La miró con gesto desesperado, deseoso de que ella le diera una explicación.

–Lo siento, Simon. Me he comportado mal. De pronto... todo se ha vuelto del revés en mi vida. Te he pedido que vinieras aquí para decirte que ya no voy a seguir contigo.

–¿Quieres decir que estás enamorada de este tipo?

–No.

Lo dijo con demasiada urgencia, como si estuviera negándoselo a sí misma, lo cual era una locura. Por supuesto que no estaba enamorada de Finn. Estaba... bueno, un poco loca por él; se sentía algo trastornada cuando él estaba cerca de ella. Pero era algo físico, y le daba vergüenza reconocer que era una debilidad puramente sexual. ¿Pero en cuanto a los sentimientos? No había sentimientos de por medio.

Simon seguía allí, esperando a que ella le aclarara todo aquello. Liv lo intentó de nuevo.

–Quiero decir... Oh, Simon. Tú y yo, bueno, nunca hemos tenido un compromiso verdadero. Tan solo compartíamos una comprensión mutua. Y en los últimos días me he dado cuenta de que no puedo compartir eso contigo más.

Simon estaba desesperado.

Juró que no importaba lo que ella hubiera hecho. Y dijo que sabía que ella no le pertenecía, pero también que estaban muy unidos. Y que habían compartido muchas cosas. Ella no podía estar pensando en casarse con ese príncipe playboy. ¿O sí? ¿No podría por favor reconsiderarlo? No quería perderla...

Liv solo continuaba repitiendo:

–Oh, Simon, lo siento tanto, pero no puedo seguir contigo...

Finalmente, con el rostro desencajado y aire aturdido, Simon se despidió de ella. Liv se quedó allí sintiendo como si acabara de pasarse cuarenta y cinco minutos torturando a un pequeño animal indefenso.

Al día siguiente todavía se sentía muy culpable por lo que le había hecho a Simon, y una inquietante combinación de preocupación y miedo al pensar en volver a ver a Finn esa noche se asentó en su ánimo y le impidió concentrarse en el trabajo o en los libros de leyes que tenía abiertos sobre su mesa.

Su vida estaba hecha un desastre. Le había roto el corazón al pobre y sincero Simon. No sabía si iba o no a tener un hijo con el hombre que le había hecho el amor a cientos de preciosas y dispuestas mujeres de pechos grandes. Y sus padres creían que debía casarse con el seductor extraño que supuestamente la había dejado encinta.

Y cuando no estaba pensando en la despreciable situación en la que se encontraba, se perdía en dulces y sensuales ensoñaciones en las que Finn y ella hacían las mismas cosas que la habían llevado a ese preciso problema.

Recordó que estaban desnudos en el claro, el uno junto al otro, y que ella le tenía una pierna echada sobre su esbelta cadera. En ese momento él había estado dentro de ella, pero sin moverse.

Bueno, salvo sus manos y sus bocas. Y allí permanecieron unidos, besándose sin parar. Ella le pasaba los dedos por los sedosos cabellos, y él la acariciaba con suaves y prolongadas caricias los hombros, el brazo, la cintura, la curva de la cadera, el muslo...

Y entonces él le había deslizado los dedos entre las piernas para acariciarle precisamente el triángulo cubierto de vello rubio oscuro. Cuando ella había empezado a gemir, él la había acariciado con más firmeza, buscando el centro de su femineidad entre los pliegues calientes de su sexo, y...

–¿Estás bien? –le preguntó una de las oficinistas.

Ella pestañeó y se puso derecha.

–Estoy muy bien.

–Me había parecido que estabas rara. Pareces aturdida, así con la boca abierta y la mirada perdida.

En la fuente de agua potable, dos de las secretarías que habían estado cuchicheando animadamente se quedaron calladas cuando ella se acercó. Y al llegar a la sala de estar del personal, vio que había un ejemplar de *The World Tattler*.

Era horroroso. Pensó que aquel día no se acabaría nunca. Jamás en su vida se había sentido tan contenta de que dieran las cinco de la tarde.

***

El timbre sonó a las siete en punto. Bajó las escaleras y abrió la puerta.

Finn, que llevaba una camisa gris claro de seda de manga corta y pantalones negros, tenía un aspecto de estar dispuesto a todo.

¿Acaso algún hombre tenía derecho a ser tan sexy?

—Bueno —dijo con amargura— pero si es el príncipe playboy.

—No me digas más. Has estado leyendo *The World Tattler*. Querida Liv, sé que tienes mejores cosas en las que ocupar tu tiempo.

—He tenido —le anunció— un día muy malo.

Él entró y cerró la puerta.

—¿Por qué no pasas? —le dijo ella enfadada.

—Gracias —paseó la mirada por el moderno vestíbulo—. Te van a salir arrugas de tanto fruncir el ceño.

—Mi vida no va como yo había planeado.

Sabía que se estaba mostrando arrogante y caprichosa, pero en ese momento no le importaba.

Bajó la vista. Él lo había vuelto a hacer. Sin que se diera cuenta de nada, le había tomado la mano. Le gustaba sentir su mano cálida y fuerte. Grande y segura.

Sin embargo, levantó la vista y lo miró con cara de pocos amigos.

—¿Acaso te he dado yo la mano?

Él sonrió pausadamente.

—Te la he agarrado yo.

Sabía que debería retirar la mano o pedir que él la soltara. ¿Pero de qué le serviría? Él volvería a agarrársela. Y continuaría haciéndolo hasta que ella finalmente se diera por vencida y le dejara hacer.

Lo mejor sería ahorrar tiempo y dejar que se la agarrara en ese momento.

—Necesitas tomarte algo —dijo él.

—Jamás volveré a beber. ¿Además, y si estuviera embarazada? No sería bueno para el bebé.

—Ah, tal vez tengas razón. ¿Pero, tienes whisky?

—Sí. En el aparador del comedor.

—¿Puedo tomarme uno?

—Bueno, supongo que sí —refunfuñó ella.

—¿Por dónde?

—Suéltame la mano y te lo diré.

—Nunca. Guíame tú.

De modo que lo llevó por el salón hasta el comedor y le señaló la botella. Finn se sirvió dos dedos de whisky en un vaso con la mano que tenía libre.

—Por mi princesa favorita —dio un sorbo y entonces se llevó la mano a los labios y se la besó, provocando el cosquilleo habitual—. Ven, sentémonos un momento —la condujo hacia el sofá que había en el salón, se sentó y la sentó a ella a su lado—. Bien —le soltó la mano y se recostó—. Cuéntamelo todo. ¿Por qué estás gruñendo y con mala cara?

—No creo que quieras saberlo.

—Liv, cariño, créeme. Si no quisiera saberlo, no te lo preguntaría.

—Dos empleadas estaban cuchicheando sobre mí en la oficina —murmuró.

—Supongo que te refieres a la oficina del procurador general donde trabajas, ¿no?

—Exactamente.

—Ah. ¿Y nunca habían hablado de ti así anteriormente?

—Pues claro que sí. Pero solo por extensión.

Él frunció el ceño.

—¿Por extensión?

—Bueno, quiero decir, soy una princesa. Y mi madre es la reina huida de Gullandria. Pero nunca han hablado de mí antes por...

No sabía cómo decirlo.

Él parecía que sí.

–¿Por algo que hicieras tú?

–Pero yo no he hecho nada.

Él se limitó a mirarla.

–De acuerdo, sí que hice... algo que no debería haber hecho. Pero nadie sabe eso; quiero decir, aparte de tú, yo, mi padre y el príncipe Medwyn –emitió un sonido de impaciencia–. De acuerdo. Mi madre y mi hermana y una criada de Gullandria muy fisgona también... Como lo sabe «tanta» gente, no me extrañaría nada que hubiera más. Pero lo que hicimos la Víspera del Solsticio de Verano no ha llegado a los periódicos. Nuestro supuesto compromiso sí. Sé que mi padre contó esa historia, que envió a todos esos periodistas al aeropuerto para que nos esperaran a la llegada del avión el domingo por la noche. Detesto leer mentiras sobre mi persona, y el saber que ha sido mi padre quien las ha propagado me fastidia todavía más.

–¿Y por qué iba él a hacer eso? –preguntó Finn–. ¿Qué iba a conseguir con ello?

–No lo sé. Tal vez lo haya hecho por odio.

–Llevo casi toda mi vida sirviendo a tu padre. Su majestad no hace nada por odio. Es capaz de ir muy lejos, es cierto, para conseguir lo que quiere. Ha dejado muy claro que desea que te cases conmigo. ¿La cuestión es cómo sería posible que sus mentiras a la prensa le ayudaran a conseguir su objetivo? Lo que yo veo es que solo ha conseguido enfadarte y que se te quiten las ganas de hacerlo; y ahora tengo que derribar más barreras.

–Tal vez él no se supondría eso cuando filtró la historia.

–Liv. Él no es ningún tonto. Ha pasado suficiente tiempo contigo como para saber que no eres una

mujer que te quedes quieta y callada cuando te en-
fadas.

Liv pensó en eso un momento, y entonces lo reconoció.

–De acuerdo. Tal vez tengas algo de razón.

–¿Qué escuchan mis oídos? ¿Una concesión?

–No esperes escuchar muchas... Y tal vez lo hiciera para... ahuyentar a alguien.

Finn se puso de pie para servirse otro whisky.
No dijo nada hasta que volvió a sentarse a su lado.

–¿A alguien como quién?

–Como Simon Graves. Creo que te lo he mencionado ya, ¿no? Es un estudiante de derecho de Stanford. De tercer año. Hemos estado juntos dieciocho
meses.

–Y crees que tu padre...

–Tal vez quería borrar a Simon del mapa. A lo
mejor pensó que un montón de fotos de nosotros
juntos publicadas en la primera página de uno de
los periódicos de más tirada de la prensa rosa y
campanadas de boda rematarían la faena.

–¿Y ha funcionado? ¿Ha borrado a Simon del
mapa?

Ella se dio cuenta entonces de adónde quería
llegar.

–Fuiste «tú», ¿verdad? Tú difundiste la historia.

Él se encogió de hombros.

–Bueno, sí. Fui yo.

–Para borrar del mapa a Simon.

–Me declaro culpable... ¿Y ha funcionado?

Ella se dijo que no estaba tan enfadada como
debería haberlo estado. Cortar con Simon era algo
que tendría que haber hecho hacía ya tiempo. La
mentira de Finn a los periódicos solo la había obligado a hacerlo un poco antes.

–Sí –confesó–. Ha funcionado.

Él esperó, sin dejar de mirarla.

–¿Qué? –dijo ella con exasperación.

–Cuéntame más.

–¿Como qué?

Él se encogió de hombros de nuevo.

–¿Era tu amante Simon Graves?

–Quiero a Simon. Mucho.

–¿Y fue tu amante?

Liv tuvo ganas de agarrar la bebida que se estaba tomando y tirársela a la cara. Se controló y habló en tono mesurado.

–¿Por qué no hablamos de unas cuantas de tus antiguas novias? ¿De esa actriz danesa? ¿O de la dama con quien te vi bailando esa noche en el palacio de mi padre? Escoge tú. Sé que has tenido a muchas.

Finn no respondió inmediatamente. Se miraron con intensidad, y finalmente él asintió.

–Ahora no hay nadie, salvo tú.

–Será desde el domingo.

Él sonrió.

–Eso es.

–Simon vino a verme anoche a casa. Había leído el artículo de *The Tattler*. Estaba disgustado. Le dijo que no nos veríamos más. Y le pedí que se marchara.

Una expresión intensa asomó a los increíbles ojos de Finn.

–Entonces, sí que crees que estás embarazada.

–No, no lo creo. Mis síntomas de la otra noche bien podrían ser una reacción psicosomática basada en una superstición familiar.

–¿Una reacción psicosomática que experimentaste porque...?

–Porque estaba muy descontenta conmigo misma.

–¿Quieres decir, por haber hecho el amor conmigo?

Ella hizo una mueca, y Finn se echó a reír.

–¿Si no crees que puedas estar embarazada, entonces por qué has roto con Simon?

–Porque lo que hice contigo la otra noche me ha hecho darme cuenta de que ni Simon es el hombre para mí ni yo la mujer para él.

Siguió un momento de silencio muy bello. Él la miraba fijamente, con dulzura. Y ella no apartó la mirada de él.

Entonces retiró el vaso de la mesa y lo alzó hacia ella de nuevo.

–Bien dicho.

–Y dado que no crees que estés embarazada, ¿por qué entonces estoy sentado en tu salón?

–Porque estoy dispuesta a reconocer que tal vez lo esté. Y si lo estuviera, soy consciente de que tal vez tenga que tener trato contigo.

–Desde luego que sí.

–No seas autoritario. Ya he dicho que lo haré.

–Solo busco la claridad, mi amor.

–Bien. ¿Y desde cuando soy tu amor?

–Desde que te vi por primera vez.

–Si crees que me voy a tragar eso, estás equivocado.

Él sonrió y se llevó su mano a los labios, provocándole aquel delicioso cosquilleo de siempre.

–Podrías casarte ahora conmigo...

–Podría escalar el Everest. Hacer esquí acuático o tirarme del Empire State.

–¿Y eso qué quiere decir?

–Que solo porque pueda hacer algo, no quiere decir que vaya a hacerlo.

***

Caminaron hasta un restaurante que no estaba lejos de la casa, compartieron una cena tranquila y después regresaron paseando.

No habrían dado ni diez pasos en la acera cuando Finn le tomó la mano. Liv no trató de retirarla.

Se había hecho de noche. Las farolas bañaban las aceras con su cálida luz amarillenta y los sicamores y los arces susurraban mecidos por la dulce brisa. El verano en Sacramento era suave, y sus noches balsámicas.

Subieron la amplia escalera de piedra hasta el bonito porche de madera donde un columpio, suspendido de los aleros, se mecía suavemente, como si un ocupante invisible acabara de saltar para saludarlos.

Se sentaron y se balancearon suavemente.

–Mira hacia allí.

Señaló el rosal que subía por la baranda de piedra del porche. Ella trató de ver, y entonces él le echó el brazo al hombro.

Ella se volvió hacia él.

–Muy bueno.

Él la abrazó.

–Supongo que sabes qué viene ahora.

Ella aspiró su aroma. Era muy tentador. ¿Y qué tendría de malo darse un beso? O tal vez dos...

–Enséñamelo tú.

Liv echó la cabeza hacia atrás para ofrecerle sus labios. Y él no perdió el tiempo.

Se quedaron en el columpio más de una hora, balanceándose y besándose, susurrando palabras dulces y emocionantes. Él le contó que no había ido a ningún colegio hasta que no había sido joven y había ido a la universidad en Oslo.

–Vivía en Balmarran. Teníamos excelentes tutores allí.

–¿Cuántos años tenías cuando falleció tu madre?

–Doce.

–¿Y trece cuando perdiste a tu padre?

Él asintió.

–Qué duro, ¿no?

–Sí, mucho, pero tenía a mi hermana pequeña para hacerme compañía. Se pasó dos años llorando sin parar, o al menos eso me pareció a mí.

–Tú la adoras.

–Mi abuelo sigue estando fuerte y sano a sus setenta y ocho años. Pero Eveline lo llevará a la tumba. Últimamente, desde que parece que ya no tiene tanto interés por Cauley, el hijo del guardés, habla de marcharse a los páramos tras los Black Mountains para convertirse en una *kvina soldar*.

–¿*Kvina soldar*? Eso es una mujer guerrera, ¿verdad?

–Muy bien. Haré de ti una nativa de Gullandria.

–Jamás. Soy americana hasta la médula.

–Eso ya lo veremos.

–No podré ser gobernadora de California si voy a vivir en Gullandria.

–Ah. Estás dispuesta entonces a discutir dónde viviremos.

–¿Qué hay que discutir? Yo voy a vivir aquí. Tú allí.

–Apenas se acerca a mi idea del matrimonio.

–Pero Finn, yo no voy a...

–Chist...

Él le puso el dedo en la boca. Entonces se lo deslizó por la mejilla y le metió los dedos por el pelo. Sostuvo con las manos la parte de atrás de la cabeza y acercó sus labios a los suyos...

¿Cómo podía resistirse a esas cosas? Le ofreció su boca y él le dio otro de sus maravillosos y ardientes besos.

Pasado un rato, ella apoyó la cabeza en el hombro de él y le susurró:

–Cuando mis hermanas y yo éramos pequeñas, en noches como esta, nos llevábamos los sacos de dormir al jardín trasero, los tendíamos en la hierba y pasábamos la noche bajo las estrellas. Señalábamos las constelaciones y nos contábamos historias de miedo. Incluso a los siete u ocho años, Brit era capaz de contar ya historias de miedo como el mejor. En más de una ocasión, me hacía pasar tanto miedo que en ese momento habría dado cualquier cosa por salir del saco de dormir y volver a casa corriendo.

Él la besó en la cabeza.

–Pero claro, no podías.

Ella se retiró un poco para mirarlo.

–¿Cómo sabes que no podía?

–No querrías que nadie, ni siquiera tus hermanas, vieran tu miedo. Porque a lo mejor iban a pensar que eras débil. Desprecias la debilidad en ti misma, aunque supongo que estarías dispuesta a tolerarla, al menos hasta cierto punto, en aquellos que amas.

Él había dado en el clavo. Ella le sonrió en la oscuridad del porche. Entonces suspiró mientras apoyaba de nuevo la cabeza sobre su hombro.

–Tengo que entrar –dijo ella pasado un buen rato.

Él le agarró el mentón y le rozó de nuevo los labios.

–Voy contigo...

–Es una tentación muy grande...

–¿Entonces por qué te vas a resistir?

Él tenía razón.

Ambos eran adultos y no iban a hacer nada que no hubieran hecho antes.

De todos modos, ella lo rechazó con ternura y también con cierto pesar.

Al día siguiente, Finn estaba sentado en la habitación que hacía las veces de despacho en casa de Ingrid, comprobando el movimiento de sus acciones y hablando con un corredor de bolsa de Londres con el que trabajaba a menudo. De pronto vio que parpadeaba la luz de la otra línea.

Miró la pantalla y reconoció el número.

–Ahora te llamo –le dijo al corredor antes de presionar el botón de la segunda línea–. Su majestad –dijo Finn–. Me honra con su llamada.

–¿Qué tal va todo?

Finn se recostó en su asiento y miró sin ver las columnas de figuras que adornaban la pantalla de su ordenador. Pensó en la noche anterior, en todos los besos pausados que le habían vuelto loco. En cómo, al final, Liv lo había despedido.

–Es una mujer impresionante, su hija.

–Todavía tiene que decir que sí.

–Exactamente. Mis fuentes me dicen que mi hija se está ablandando...

–Ablandando –Finn repitió la palabra en tono pensativo–. Sí, señor. Creo que podemos decir con bastante seguridad que eso es así.

–¿Entonces tenemos motivos para mostrarnos optimistas?

–Sí, su majestad. Eso creo.

Esa noche Liv y Finn fueron al cine. La noche después de esa, pidieron que les llevaran la cena a casa. El viernes fueron a ver una obra de teatro en un parque. Y el sábado subieron al monte.

A Liv, Nevada City le pareció tan encantadora como siempre, con sus adorables casas victorianas en filas muy pegadas, las laderas de las colinas cubiertas de altos árboles de hoja perenne, de robles y arces cargados de hojas. Pasearon por las calles del casco viejo, mirando escaparates o entrando en alguna tienda cuando había algo que les interesaba. Después compartieron un almuerzo campestre en Pioneer Park.

Se había hecho de noche cuando regresaron a la casa de Thirteen Street. Vieron una película sentados en el sofá con un cuenco de palomitas colocado entre los dos, perdieron veinte veces el hilo de la historia porque a cada rato se inclinaban sobre el cuenco para darse besitos salados.

No era fácil decirle a Finn que se marchara, no acostarse con él. Tenía habilidad cuando se trataba de tentarla.

El lunes, vio el ejemplar de *The World Tattler* en la mesa del cuarto donde tomaban café. No pudo resistirse y empezó a ojearlo. Finn y ella tenían unas cuantas fotos bajo un titular que rezaba: «Jóvenes de la realeza enamorados». Había una foto de ellos dos caminando por Commercial Streeet en Nevada City, agarrados de la mano, cada uno vuelto a mirar al otro y ambos sonriendo. Y otra de ellos sentados muy cerca el uno del otro en el anfiteatro de Land Park, con los ojos fijos en la obra que se desarrollaba en el escenario.

No era tan malo, la verdad.

En su despacho, Finn contestó al teléfono.

—Su majestad, confío en que se encuentre bien.

—No he llamado para hablar de mi salud. Mis fuentes me han dicho que estás todo el día con mi hija.

–Sus fuentes no se equivocan.

–¿Y bien? –dijo el rey.

–*Milord*, el progreso es más lento de lo que yo desearía.

–Me han dicho que siempre sales de su casa por la noche.

–Vuestros hombres son de lo más observadores.

–Llévatela a la cama. Una mujer siempre es más fácil de convencer después de haberle dado placer.

–Excelente consejo, *milord*.

–¿Te la has llevado ya a la cama?

–Su majestad, no estaríamos en este lío de no haberlo hecho.

–No bromees conmigo, Finn.

–Mi señor, hay algunas cosas que un hombre vacila a la hora de discutirlas, incluso con su rey.

–Tal vez tengas razón –cedió finalmente el rey–. Quiero enterarme inmediatamente cuando diga que sí.

–Y así será.

–Recuerda las palabras de Odin: «Los corazones de las mujeres se crearon en una rueca». Las del sexo débil son por naturaleza caprichosas. No permitas que siga decidiéndose. Le llevará una eternidad... y luego exigirá un día más.

–Cásate conmigo –le dijo Finn esa misma noche, cuando estaban sentados en el porche, columpiándose y besándose.

–Oh, Finn.

Él le agarró del mentón con suavidad.

–Dime que eso significa que sí.

Ella le agarró la muñeca y no la soltó. Se miraron con el canto de los grillos y el sonido lejano de una sirena de fondo.

–Cuando sepas que estás embarazada, ¿te casarás conmigo?

–Yo... no lo sé, Finn.

Él la soltó. Ella creyó por un momento que estaba enfadado.

–Hace una semana, habría sido un no rotundo –dijo él.

–Solo sé una cosa...

Él le tomó la mano y se la puso en el pecho.

–Dímela.

–Bueno, es que no veo cómo... podría funcionar. Pase lo que pase, no voy a irme contigo a vivir a tu castillo de Gullandria. Me quedó aquí. Voy a terminar Derecho y...

Él le puso de nuevo el dedo sobre los labios.

–Creo que: «no lo sé» es suficiente por esta noche.

A la noche siguiente se presentó en su puerta con una prueba de embarazo en la mano y leyendo ya la hoja de instrucciones.

–Mira, mi amor, aquí dice: «noventa y nueve por ciento de eficacia desde el primer día...».

Ella le agarró del brazo y entraron en la casa.

–¿Dónde lo has comprado?

–En un supermercado. Los dependientes me ayudaron muchísimo. No me has dejado terminar. Dice: «desde el primer día de la primera falta».

–Ah, es bueno saberlo.

Él le sonrió con cariño.

–¿Y cuándo te tocaría la regla? ¿Liv?

–¿Qué? –respondió ella en tono hostil.

Él dobló la hoja de instrucciones, se volvió hacia ella y se cruzó de brazos con las piernas separadas, como preparándose para un fuerte viento.

Tras unos segundos de obstinado silencio, Liv cedió.

–Tendría que mirar el calendario.

–¿Y dónde lo tienes?

Al verle la cara supo que no podría eludir aquello y también que no había razón para querer eludirlo. Después de todo, la cuestión principal era averiguar si estaba o no embarazada.

Él la miró con el ceño ligeramente fruncido.

–Cariño. Por favor, ve a por el calendario.

Se miraron intensamente durante un buen rato.

–Bueno –Liv fue la primera en pestañear–, supongo que estás dispuesto a seguir ahí toda la noche si hiciera falta, negándote a moverte, hasta que consigas lo que quieres.

Como respuesta, él se limitó a curvar la comisura del labio; aparte de eso, no se movió.

–Bien, de acuerdo –murmuró–. Espera aquí.

En su dormitorio, fue directamente al calendario de mesa y retrocedió al mes anterior. Estaba segura de que la última regla le había venido una semana antes de marcharse a Gullandria. Había sido un viernes, ¿verdad?

Sin embargo, parecía que se había olvidado de marcarlo en el calendario. Vaya, vaya, qué lástima.

Iba a dejar el calendario cuando pensó en Finn. Era sin duda el hombre más persistente que había conocido. Lo mejor sería llevárselo para que él mismo viera que se había olvidado de marcar el día de su regla.

Él estaba esperándola al pie de la escalera.

–Lo siento, parece que, fuera cuando fuera, se me olvidó apuntarlo el mes pasado.

–Pero te acuerdas de cuándo te vino, ¿no? –la miró con gesto de acusación.

–Fue una locura de mes. Aparte de los exámenes finales, tuve que mudarme a esta casa y coincidió también con el nuevo trabajo. Y después me marché a Gullandria, y allí la... semana tan intensa contigo.

Él volvió la página hasta mayo. Señaló la pequeña estrella con la que ella le había dicho que marcaba el primer día de su menstruación en el recuadro del día once.

–De acuerdo. Vamos a contar cuatro semanas a partir de aquí.

–Caramba. Un experto en los ciclos de la mujer.

Él la miró a los ojos, pero no sonreía.

–Este es un juego de lo más tonto –dijo Finn.

–No soy yo la que insistió en jugar.

–¿Hay alguna razón por la que no quieras que lo sepa? ¿Algo por lo que quieras que no nos enteremos... ni tú ni yo?

La pregunta se afianzó en su mente, y empezó a concienciarse de lo que significaba todo aquello.

Finn tenía razón: no quería saberlo. En cuanto lo supiera... en cuanto Finn lo supiera tendrían que empezar a tomar decisiones. El corazón le gritaba que aún no, que no quería decidir todavía.

Qué extraño que ella pensara en su corazón. Por norma no lo hacía. Salía con hombres como el querido y dulce Simon. Se decían que se querían, y así era. Trabajaban duro por destacar. Pasaban las tardes estudiando o yendo al rally para relacionarse con otras personas o discutiendo sobre política.

Pero en nada se parecía a aquella magia, al embrujo que sentía con Finn. Sí, había hecho el amor antes de aquella inolvidable noche con él, pero hasta que no lo había conocido no había sabido lo que era gemir de placer.

Pero no podía esperar de Finn que se quedara en California eternamente para asegurarse de que Liv Thorson se lo pasaba bien. No tenía derecho a darle falsas esperanzas ni un día más después de que se enteraran del resultado de la prueba. Era justo y correcto que cumpliera lo prometido.

Liv le arrebató el calendario y lo lanzó hacia atrás. Chocó contra la puerta antes de caer al suelo.

Él parecía confuso.

–No tienes por qué empezar a lanzar cosas.

–Me toca la regla el viernes. Si no me viene, me haré la prueba el sábado por la mañana.

7

Finn estiró la mano y le deslizó los dedos por el cuello.

Presionó, pero con suavidad. Ella se precipitó contra él con un suspiro. Él inclinó la cabeza y le rozó los labios.

–¿Tanto te ha costado?

–Sí.

–¿Por qué?

–Acabo de darme cuenta de que no me va a gustar nada despedirme de ti.

Él la besó apasionadamente.

–No tienes por qué. Vas a venir conmigo.

–No puedo hacer eso, Finn. No puedo meterme en política en California si vivo en Gullandria.

–¿Tanto deseas dirigir un día este estado tuyo? –le preguntó él con ternura.

–Oh, Finn. Sí que lo deseo. Quiero... quiero dejar huella, hacer cosas importantes en el mundo.

–Hay otras formas de hacerlo sin ser senadora o gobernadora.

–Tienes razón, las hay.

Él se echó a reír.

–Repítelo, anda. Eso de que tengo razón.

Ella lo miró y arrugó la nariz.

–De acuerdo. Tienes razón. Hay otras formas. Pero esas formas no son las mías.

–Tal vez quieras reconsiderar la historia. Tal vez... ¿Cómo lo dirías? Cambiar tus prioridades.

–A lo mejor te puedes venir tú a vivir a América.

–Soy de Gullandria –dijo con cara seria.

Ella tampoco sonreía.

–Y yo soy americana.

–Tenemos entonces un problema.

–Lo tenemos... o podríamos tenerlo. Después de todo, tal vez ni siquiera esté embarazada.

Finn volvió a mirarla con la misma vehemencia, y ella sintió de nuevo como si él penetrara en su alma.

–¿Estás diciendo que todo podría resolverse si no estuvieras embarazada?

–No –le confesó ella con un susurro–. No se resolvería todo. Si no estoy embarazada, te marcharás. Tal vez no vuelva a verte. Y te echaré de menos, muchísimo.

Él alzó una mano y trazó el nacimiento de su cabello en la sien.

–Solo quedan cuatro días hasta el sábado...

Ella sintió una punzada de tristeza, tan intensa y tan dulce a la vez.

–Es poco tiempo.

–Cierto –la miró con ojos brillantes.

Sentía cada glorioso centímetro de su cuerpo masculino apretado contra el suyo; y lo único que deseaba era tenerlo aún más cerca.

Ella alzó la cabeza y le rozó los labios.

–No perdamos ni un momento más.

–Qué interés de pronto –susurró él, como si le doliera decirlo en voz alta.

Ella lo besó en la barbilla, donde tenía un hoyuelo.

–No tan repentino. Los dos sabemos que llevas ya muchos días asediándome.

–¿Asediándote? –repitió él con los ojos entrecerrados.

–Ah, ya sabes que sí. Con tus besos sensuales e interminables, tomándome la mano todo el tiempo; y con tu manera de escucharme, como si mi voz fuera la única voz que quieres escuchar –se echó a reír–. Pero sé que todas esas mujeres deben decirte lo mismo.

–¿Cómo voy a escucharlas, si la tuya es la única voz que oigo?

–Mmm. Esa es una pregunta que no creo que debamos tratar de responder.

–Bien dicho.

Cuando le puso el dedo en los labios, sintió la calidez de su aliento sobre la palma de su mano. Entonces él le tomó la mano y le besó la punta de los dedos.

–Qué suavidad –murmuró antes de empezar a besarla otra vez y de estrecharla contra su cuerpo.

–Y no deberíamos perder ni un momento más, ni una fracción de segundo...

Él le deslizó la mano por la espalda, y ella sintió la fuerza de su erección sobre su vientre. Sin perder ni un instante, Finn empezó a besarla con mimo y suavidad en el cuello y en la cara, en la oreja y en la mejilla.

–¿Qué quieres, cariño mío? –dijo mientras le mordisqueaba el lóbulo de la oreja.

–Ah –ella alzó las caderas y las apretó sin timidez contra él–. Todo...

–¿Todo?

–Ah, sí, Finn...

Le agarró la cara con las dos manos y empezó a besarla ardientemente, mordisqueándole los labios, provocándola con su lengua juguetona, trazando la silueta de su labio inferior hasta que ella gimió de nuevo.

–Ábrete a mí.

Ella le obedeció con un gemido de rendición.

Pasados unos momentos, en los que Liv pensó que se derretiría, él se apartó lo suficiente para tomarla en brazos y subir la escalera con ella hasta el descansillo.

Liv no supo cómo, pero él consiguió darle la vuelta, de modo que ella le abrazó la cintura con sus piernas. Ella se sacudió las sandalias hasta que se le cayeron de los pies y así se los enganchó a la espalda. Entonces lo besó ardientemente.

Él ya le había subido hasta la cintura el vestido de verano abotonado delante. Sujetaba sus muslos con sus brazos fuertes y musculosos, y con sus manos increíblemente fuertes le agarraba del trasero, mientras con suma habilidad deslizaba los dedos bajo la cinturilla de sus braguitas para acariciarla, para abrirle las piernas y deslizarlos por su sexo, totalmente empapado e hinchado ya. Liv se retorció, gimió y continuó besándolo.

Sus dedos la provocaban y excitaban, mientras su miembro viril la apretaba con insistencia, apuntando con fiereza bajo su ropa. Podría haberse quedado allí a la puerta del dormitorio eternamente, abrazándolo con sus piernas, besándolo sin parar, moviéndose, latiendo de deseo entre sus fuertes brazos.

Pero él tenía otros planes. Sin dejar de besarla, la dejó en el suelo.

Ella se deslizó por su cuerpo con un gemido de deseo.

Entonces, Finn le tiró suavemente del cabello hacia atrás hasta que sus bocas se separaron.

–Liv... –susurró Finn–. Ah, Liv...

Le arañó la barbilla con los dientes mientras le soltaba el cabello. Ella echó la cabeza hacia atrás, con los ojos cerrados, y aspiró hondo una vez, y luego otra.

Liv pudo abrir los ojos y levantar la cabeza.

Al verlo se emocionó. Finn tenía una expresión ardiente en sus ojos, los labios tan hinchados como ella, hinchados y ardientes, como si la misma carne le pidiera a gritos un beso más.

Él le puso la mano entre los pechos, en el escote del vestido, y ligeros como una pluma sus dedos empezaron a trabajar con diligencia. Le desabrochó un botón, y luego otro...

–Qué pechos tan preciosos... –susurró mientras empezaba a acariciarle un pezón.

Ella gimió de deseo, y Finn le abrió el vestido un poco más y le bajó los finos tirantes. El vestido cayó al suelo y ella se quedó delante de él solo en braguitas. Él se arrodilló y le retiró también la fina prenda de seda y encaje.

Ella lo miró, ligeramente sorprendida. Jamás había visto su mirada tan suave, tan caliente; como el fuego, como un fuego ambarino.

En cuanto le quitó las braguitas, Finn le deslizó las manos por las piernas. Liv tuvo que apoyarse en sus hombros para no caerse.

La ligera caricia se tornó íntima y ardiente, las palmas de sus manos se deslizaron por su vientre, sus dedos se hundían y reaparecían entre los pliegues mojados de su sexo, adelante y atrás, adelante y atrás...

Liv gimió. No podía mantener los ojos abiertos.

Él se acercó más a ella, y Liv sintió el calor de su

aliento y después sus labios acariciando su sexo. Gimió descontroladamente. Él le abrazó las caderas y la apretó contra su boca, abriéndola con su boca caliente y experta, introduciéndole su lengua hábil y experimentada.

Dio con el centro de su placer, con la pequeña baya escondida entre los pliegues, y empezó a succionarla.

Ella se agarró a sus hombros y gimió; no podía soportarlo, no podía...

Las palabras se disiparon cuando el mundo empezó a girar hacia la luz crepuscular, hacia una intensa emoción. Vio los prados verdes, le llegó el olor del brezo y el perfume de los cedros, sintió el olor acre de la madera quemada en la garganta. Había fuego. Un fuego infinito, rojo intenso, que se elevaba hacia el cielo iluminado por el sol de medianoche.

Pronunció su nombre. Él la sostuvo mientras las contracciones se apoderaban de ella; y todo el tiempo, su boca tierna y exigente no dejó de agasajarla.

Terminó con un gemido y se desplomó sobre el hombro de Finn, débil y extenuada.

Emitió otro intenso gemido de sorpresa cuando él se levantó y la tomó en sus brazos como si fuera el botín de un reñido asalto.

–Aquí estamos por fin –le susurró él cuando llegaron a la cama.

Con cuidado, como si fuera el regalo más preciado, la depositó sobre el mullido colchón. Entonces, se puso de pie y la miró de nuevo.

Permaneció allí bajo su mirada, como su madre la trajo al mundo, con las piernas y los brazos extendidos, sintiéndose toda ella pesada y caliente, sorprendida y satisfecha. No tenía prisa por cubrirse ni por moverse.

Él la miró, y su mirada pareció quemarla; y Liv se sintió reclamada por él, suya de un modo intenso e irrevocable.

Había sentido aquella sensación de pura posesión la Víspera del Solsticio de Verano en Gullandria. Y en cuanto había amanecido había resuelto escapar de aquella sensación, de él también.

No había funcionado como ella había planeado. Pero en realidad no había funcionado. Él había ganado aquella batalla; porque al final, ella se había rendido a él con gusto.

Suspiró suavemente mientras levantaba los brazos.

Él se desnudó del todo sin dejar de mirarla. Solo se distrajo un momento para sacar del bolsillo unos cuantos condones, los que se había olvidado de utilizar la primera noche.

Liv sonrió al verlo.

–Esta vez vienes preparado, ¿eh?

Él no le respondió. Ella lo miró. Era tan alto, tan fuerte y esbelto, sus músculos tan definidos y largos. El vello castaño del pecho descendía por su estómago plano y moría en el nido entre sus muslos fuertes. Su virilidad destacaba, mostrando su intención. Ella se fijó en su miembro erecto, y lo miró a los ojos. Su sonrisa vaciló. Todo su cuerpo parecía latir de puro deseo.

Tiró la última prenda a un lado y se juntó con ella en la cama, donde se colocó entre sus muslos y se levantó un momento, lo suficiente para ponerse el condón. Entonces ella bajó la mano y le agarró el miembro con dulzura para conducirlo al lugar donde debía estar. Él la embistió con fuerza, la llenó del todo. Ella se estremeció con deleite y se agarró a sus hombros. Finn empezó a moverse con un ritmo suave, balanceándose, penetrándola más y más. Entonces apoyó los brazos por encima de ella y la miró a los ojos. Parecía como si de nuevo fuera la Víspera del Solsticio de Verano. Estaban unidos, pero no se movían.

–Qué dulce –murmuró él–. Ah, sí, qué dulce...

Ella suspiró y consiguió asentir.

El tiempo dejó de existir, suspendido en la quietud y las sensaciones. No sabría decir el momento exacto en el que empezaron a moverse. Su cuerpo empezó a responder de una manera pausada, y juntos cabalgaron sobre las olas del placer, meciéndose como las aguas de un mar a ratos embravecido, a ratos en calma. Ella se dejó llevar, cedió ante él, al tiempo que el ritmo de sus cuerpos era cada vez más frenético.

Liv lo abrazó con los brazos y las piernas, anclándose a él y apretándolo contra su cuerpo.

El ritmo se hizo de nuevo más lento, y cada embestida era más larga, más caliente y profunda. Entonces, gimiendo de deseo, él empezó a moverse dentro de ella más deprisa, y ella también con él.

Con los ojos cerrados vio una explosión de luz brillante que pareció tragarse el universo.

Sintió como si cayera por un abismo; como si se abriera. Percibió el aroma de los lirios, de las rosas, la caricia del agua... todo ello inmerso en un intenso calor.

Liv oyó un grito de pura dicha erótica. Varios e interminables momentos después se dio cuenta de que el grito había salido de su garganta.

–Vente conmigo a casa –le susurró–. Nos casaremos a la usanza vikinga.

–Oh, Finn. Estoy en casa.

Él la miró un buen rato. Finalmente la besó apasionadamente, haciéndole olvidarse de todo. Ella no se resistió. Le echó los brazos al cuello y lo besó con las mismas ganas. Muy despacio, el beso se volvió más ligero. Y de ahí se volvió de nuevo ardiente y exigente. Esa noche no hablaron más de matrimonio. Se levantaron mucho tiempo después, se ducharon y salieron a cenar. Después, él se quedó con ella hasta la mañana siguiente.

Finn regresó a casa de Ingrid después de las nueve. Hildy salió al porche trasero cuando él iba hacia allí. La mujer lo observó con cara de pocos amigos.

–Muy buenos días –dijo Finn alegremente.

La mujer le respondió entre dientes.

–¿Se ha marchado ya Ingrid? –le preguntó mientras entraba con ella en la casa.

Otro murmullo entre dientes. Finn asumió que sería un sí.

–¿Hay algo que quiera decirme?

–Su majestad llamó preguntando por usted hace diez minutos. Preguntó si había regresado ya, y le dije que... seguía fuera. Me pidió que le dijera que lo llamara en cuanto regresara.

–De acuerdo. ¿Está molesta porque ha llamado su majestad?

–Yo no soy más que una sirvienta –dijo la mujer con agresiva humildad.

Finn sabía que cuando las buenas sirvientas se ponían groseras, lo mejor era insistirles hasta que contaran lo que les molestaba.

–Vamos, desahóguese conmigo –dijo Finn con una sonrisa.

–Demasiadas intrigas últimamente por aquí –murmuró el ama de llaves–. El rey sabe dónde ha estado. Y también la reina. Incluso yo lo sé.

–¿Y?

La mujer sacudió la canosa cabeza.

–No me gusta, eso es todo. No estoy tan ciega como algunos, ni me ciego con la idea de un nieto. Conozco a Liv y sé lo que quiere de la vida. Y veo que no es lo que usted ha planeado para ella. Sé cómo se hacen las cosas en Gullandria. Sé que conseguirá que al final se case con usted; y que hará lo que sea para que eso ocurra.

–¿Sabe entonces por qué estoy aquí?

Hildy lo sabía. Los sirvientes siempre lo sabían todo.

–Liv ha mostrado los síntomas de las mujeres de la familia Freyesdahl; lleva un hijo en su seno.

–¿Y usted ha nacido en Gullandria? –le preguntó, aunque sabía que era así.

–Sí –reconoció la mujer.

–Entonces debería entender por qué el matrimonio es imperativo.

–Entiendo más de lo que cree –dijo Hildy–. Liv no es como Elli. No es una mujer que pueda seguir a un hombre vaya este donde vaya. Cree que podrá reducirla según su voluntad, pero se equivoca.

Finn fijó sus ojos en los ojos penetrantes de esa mujer. Se preguntó si tal vez se hubiera criado entre los místicos. Ese pensamiento le hizo estremecerse. ¿Y por qué demonios estaba allí explicándose con la sirvienta?

–Gracias por el consejo, Hildy.

Hildy entendió que el tema estaba cerrado. Se llevó el puño al pecho al estilo de Gullandria como saludo de respeto.

–¿Quiere desayunar, señor?

–Voy a subir a hacer esa llamada. Bajaré a comer dentro de una hora, si le parece bien.

–Por supuesto. Le tendré todo preparado.

***

–¿Y bien? –dijo el rey.

–Señor.

–Sé que has pasado la noche con mi chica. ¿Ha entrado en razón?

–Si se refiere a si ha accedido a casarse, entonces no, no lo ha hecho.

–¿Tienes la intención de quedarte en América para siempre, atendiendo a todos sus deseos?

Finn decidió que el silencio era la mejor respuesta a esa pregunta.

El rey suspiró.

–Al final, tendrás que llevártela.

Finn estaba pensando que Osrik Thorson, dado su estado civil, era la última persona de quien debería aceptar un consejo relacionado con lo que uno debía hacer con una mujer.

Pero no le recordó eso al rey.

–Haré lo que deba hacer, *milord*.

–¿Ha reconocido al menos que hay un bebé en camino?

–No, *milord*. Pero se acerca el momento.

–¿Cuándo?

–Muy pronto.

Liv tuvo el viernes libre en la oficina.

Liv y Finn, que llevaba ya tres noches quedándose con ella a dormir, se levantaron tarde ese día. Cuando se despertaron hicieron el amor sin prisas.

Más tarde fueron a la parte antigua de la ciudad. Pasearon por las aceras de madera y dieron una vuelta por el Delta King, que estaba amarrado permanentemente al muelle. Cuando Ingrid cerró su tienda a las seis, la invitaron a cenar en un restaurante.

Cuando regresaron a Thirteen Street a las ocho y

media, se abrazaron de nuevo los dos en la cama de Liv. Entonces hicieron el amor dos veces seguidas.

A las dos de la mañana, Liv se despertó y miró el reloj. Pensó en la prueba que había accedido a hacerse a la mañana siguiente. Lo cierto era que no se había olvidado de la prueba desde que Finn se la había llevado.

La regla no le había venido, ni había tenido ninguno de los síntomas habituales previos a la menstruación.

Volvió la cabeza y miró a Finn, que dormía a su lado, y tuvo que dominar las ganas continuas de acariciarle el pelo, de tocarle la nariz y de trazar la silueta de sus labios.

Positivo o negativo...

De un modo u otro, probablemente, al día siguiente perdería a Finn. A no ser que ella quisiera volver a Gullandria y ser su esposa. Temía la elección final. Renunciar a él, o renunciar a sus sueños; esa era la cuestión.

Sintió una presión en la garganta. Ridículo. Ella era Liv Thorson, la primera de la clase, con una mente aguda. Iba a meterse en política y en política no se podía llorar. Tragó saliva para deshacerse de la traidora sensación de angustia.

Finn se movió y abrió los ojos. Finn la miró con interés al verla tan pensativa.

–No lo pienses. Ya lo harás cuando llegue el día.

Entonces ella lo acarició. Le puso las manos en las mejillas, ásperas ya por la barba que le estaba saliendo.

–Parece como si acabáramos de empezar a conocernos.

–Ven conmigo a casa y cásate conmigo.

¿Qué podía decir? No dijo nada, sino que se acurrucó junto a él y empezó a besarlo.

***

El día llegó, con su suave luz dorada filtrándose entre las cortinas. Finn estaba tumbado con los ojos cerrados cuando notó que se movía el colchón.

La oyó que andaba descalza por el suelo. La puerta del cuarto de baño apenas chirrió cuando se cerró a sus espaldas. Se volvió para ver la hora en el reloj. Esperó.

Cuando llegó el momento, se levantó de la cama; sabía que ella no habría echado el pestillo del baño.

Efectivamente. Giró el pomo y empujó la puerta suavemente. Y allí estaba ella, con un albornoz blanco de felpa, sentada en el borde de la bañera, inclinada sobre la varilla de la prueba de embarazo. Su melena lisa y dorada le caía, algo revuelta, por los hombros.

Sintió algo por dentro en ese momento, mientras observaba desnudo desde la puerta la vulnerable coronilla de la cabeza de Liv. Algo se desgarró en su interior.

Ella levantó la cabeza. Estaba muy pálida y tenía el rostro desencajado.

Hasta ese momento, había podido centrarse en el premio; y el premio era que la madre de su futuro hijo volviera con él a Gullandria y se casaran. Había sido un juego delicioso, un juego que él había querido ganar.

Pero de pronto ya no le parecía un juego. Algo le amargó la boca en el momento en que se dio cuenta de que había llegado su derrota.

–¿Y bien? –dijo en tono grave y gutural.

–Estoy embarazada –susurró ella.

Finn no se sorprendió. Sabía que llevaba a su hijo en su seno desde el domingo después de la fiesta. No era el embarazo de Liv lo que le había dejado sin respiración, sino el entender de pronto que la amaba. La amaba profundamente. La amaba como no había podido amar a nadie en su vida; como su padre había amado a su madre, de ese modo que borraba a todas las demás y le dejaba deseoso solo de ella.

El seductor había sido seducido.

Se fijó en esos ojos azules de expresión sorprendida y vio sus dudas, su rechazo. Sabía exactamente lo que ella estaba pensando.

—No habías pensado en ningún momento que estuvieras embarazada, ¿verdad?

Ella aspiró temblorosamente y negó con la cabeza.

—Y aunque ya lo sabes, sigues pensando en no casarte conmigo, ¿verdad?

Con un hilo de voz, Liv empezó a darle excusas.

—Es que... es tan difícil. Quiero decir, me cuesta tanto creérmelo. Yo, claro, tendré que aceptarlo. Va a ser... un desafío para mí, pero no uno imposible.

Sabía lo que la gente decía de él; que era un playboy, un hombre que cambiaba de amante como de camisa.

Y era cierto. Quería dar y recibir placer. Jamás había sido su intención amar a nadie demasiado ni demasiado tiempo. Había visto lo que el amor podía hacerle a un hombre.

Sin embargo, en el fondo, era de Gullandria, y le habían inculcado desde la cuna que sus hijos solo podían nacer de su esposa.

Qué idiota y vanidoso había sido. Debería haberle hecho caso a su rey y haberla secuestrado esa mañana cuando ella lo había rechazado por primera vez.

Pero de haber hecho eso, ella seguramente habría acabado divorciándose de él. ¿Pero qué habría importado? Le habría dado su nombre a su hijo, y habría conseguido su objetivo.

Sí, Liv lo habría odiado, pero a él no le habría importado. No tanto. Después de todo, casi no la conocía.

Pero sabía que no podría haberlo hecho como le había sugerido su rey. Lo había hecho a su manera, con tacto y suavidad.

Y toda vez que en ese momento, Liv le decía con la mirada que no se casaría con él, él se decía también que le sería imposible secuestrarla y llevársela a Balmarran. La amaba, y por lo tanto su felicidad era lo más importante para él, incluso más que el derecho de su hijo a que naciera legítimo.

–Por amor de Dios, dímelo –le pidió en voz baja–. Dímelo ya, de una vez por todas. ¿Te casarás conmigo?

–Oh, Finn. Sabes que no puedo... Yo... tengo cosas que yo... lo que quiero decir es que... no creo que...

Antes de que terminara su negativa, él se dio la vuelta y la dejó ahí.

–¡Finn!

Liv se levantó de un salto y lo siguió a la habitación. Entonces su paso vaciló. La varilla que aún tenía en la mano le decía que estaba encinta. La miró, negó con la cabeza y se sentó de nuevo en el borde de la bañera.

Finn no se había equivocado; ella jamás se lo había creído... hasta ese momento.

Oyó sus movimientos en la habitación de al lado. No entendía su extraña y repentina reacción. De los dos, él siempre era el que se mostraba razonable, el sensato. Todo se lo tomaba con calma, con un guiño y una sonrisa, con un comentario inteligente.

Debería salir y hablar con él, pero en ese momento no estaba en condiciones de averiguar nada. Todavía no había asimilado la noticia... ¡Un bebé!

Era cierto que llevaba dos semanas diciéndose que tal vez estuviera embarazada; que tal vez tuviera que enfrentarse a ello.

Pero todas esas improbabilidades estaban ya muy lejos de las dos rayas azules que coloreaban el ventanuco de la varilla.

Era real e iba a pasar. Tendría un bebé.

Tiró la varilla a la basura y se sentó de nuevo en el mismo sitio, con la vista fija en la alfombrilla del suelo.

Al oír que se cerraba la puerta de la casa, Liv se irguió. Finn debía de haberse marchado.

Suspiró y dejó caer de nuevo los hombros hacia delante. En un rato lo llamaría por teléfono y le pediría que volviera a su casa. Lo hablarían, hablarían de...

Bueno, no estaba muy segura de qué. En ese momento estaba agobiada.

Volvió a la habitación. Se metió en la cama y se tapó, diciéndose que en un rato se sentiría mucho mejor.

El timbre del teléfono la despertó. Estuvo a punto de no contestar, pero de pronto pensó que podría ser Finn.

–¿Liv, estás dormida? –era su madre en tono de acusación–. Pareces dormida.

Liv se sentó y se pasó la mano por la cara.

–¿Mamá, qué ocurre...?

–Finn ha vuelto a Gullandria. Hizo las maletas y se marchó, sin más. No lo entiendo –gritó Ingrid–. ¿Os habéis peleado, se trata de eso? Yo que creía que estabais tan bien los dos...

–Y estábamos bien. Lo estamos.

–¿Bueno, entonces, qué es lo que ha ido mal?

–¿Quieres, por favor, decirme qué ha pasado?

–Bueno, entró y subió a su cuarto. Unos veinte minutos después, llegó a la cocina cargado con sus maletas. Me dio las gracias por mi hospitalidad. Dijo que era hora de regresar al lugar donde pertenecía.

Liv no lo comprendía. ¿Cómo podía haberse ido a Gullandria sin decirle ni adiós?

–Lo seguí hasta su coche –continuó Ingrid–, con el pretexto de despedirlo. Entonces le pregunté si había algún problema, si había pasado algo entre vosotros.

–¿Y? –Liv se echó a temblar.

–Me dijo que no me preocupara. Que todo estaba bien. Y después me dio las gracias otra vez y dijo que tenía que marcharse –Ingrid suspiró–. Cariño, por favor. Puedes decírmelo. ¿Os habéis peleado?

–No. No nos hemos peleado. De verdad.

–¿Entonces qué ha podido pasar?

Liv no lo sabía. Y si su madre no dejaba de preguntarle, iba a ponerse a gritar.

–Mamá, ahora mismo no puedo hablar de ello.

–¿Estás bien?

–Bien. De verdad. Pero te tengo que dejar.

Tras otra descarga de frenéticas protestas y suplicantes preguntas, Ingrid se dio finalmente por vencida y se despidió de ella.

Liv colgó el teléfono y se tapó la cabeza con la sábana. Dormiría todo el día y toda la noche. Mientras durmiera no tendría que pensar.

Pero el sueño no llegó.

Finalmente se levantó y preparó el desayuno. Se sentó a la mesa de la cocina y deseó que Finn estuviera allí. Ya lo echaba de menos. También quería poder gritarle por haberla dejado allí plantada.

Tal vez debería haberle dado una buena razón para salir corriendo.

Cuando le había pedido que se casara con él en el baño esa mañana, debería haberle mirado a los ojos y haber aceptado.

Pero no pudo.

Un matrimonio entre ellos nunca funcionaría. Ella tenía que terminar su formación en América, y después de eso tardaría años en cumplir sus objetivos. Y él tenía su castillo, su hermana problemática, su paciente abuelo y legiones y legiones de admiradoras en Gullandria. Y los dos nunca volverían a encontrarse.

Tal vez fuera mejor que se hubiera marchado. Necesitaba empezar a habituarse a la idea de que de todos modos, él no estaría con ella para siempre.

Un par de horas después llamó a su madre y le dijo que sí, que ya estaba segura de que estaba embarazada. Y quería que Ingrid aceptara que no iba a casarse con Finn, bajo ninguna circunstancia. El mismo Finn lo había dicho: había vuelto al lugar donde pertenecía. Liv le deseaba lo mejor.

Desde ese mismo momento, planeaba continuar con su vida.

Finn volvió a Gullandria en el avión de su majestad que lo había llevado a América. Eran las tres y veinte de la madrugada cuando el aparato aterrizó en la semioscuridad nebulosa de Gullandria. Cuando Finn estaba bajando del avión, Hauk Wyborn salió a recibirlo.

–Su majestad quiere hablar con usted, príncipe Danelaw. Venga por aquí.

No era buena señal que un guerrero del rey apareciera para acompañar a un hombre ante el monarca. Pero Finn no puso objeción alguna. Sabía que aquella reunión con el rey, por muy desagradable que resultara, era inevitable.

Una vez dentro del coche, Finn se volvió hacia el gigantón que iba a su lado.

–Tienes buen aspecto, Hauk. Parece que el matrimonio te ha sentado bien.

–Sí. Sin duda soy un hombre afortunado.

Finn hizo una mueca de pesar.

–Te felicito.

–Gracias.

El guerrero fijó la vista al frente, y Finn hizo lo mismo. Mientras, el coche avanzaba por la noche de niebla y sin viento.

Osrik lo esperaba en sus dependencias, resplandeciente incluso a las cuatro de la madrugada. Medwyn estaba de pie cerca de él.

–Su majestad –saludó Finn.

–Nos sorprendes –dijo el rey–. Tu regreso ha sido muy brusco; sin previo aviso. Y sin mi hija.

–Sí, su majestad –dijo Finn, porque sentía la necesidad de responder algo, aunque en realidad no tenía nada que decir.

–¿Qué noticias nos traes?

–Ninguna, señor. Ya era hora de volver a casa, eso es todo. En cuanto amanezca, me marcharé a Balmarran. Quiero ver qué hace mi hermana, asegurarme de que no ha conseguido volver loco a mi pobre abuelo.

El rey, con una expresión que distaba mucho de ser benigna, estudió a Finn durante varios interminables segundos.

–Mi hija. ¿Está de acuerdo en casarse contigo entonces?

–No, *milord*. No está de acuerdo. Ha dicho que no repetidamente.

–¿No accede a casarse contigo...?

–Eso es, señor.

El rey frunció el ceño.

–¿Me estás diciendo que los síntomas Freyasdahl no eran los de un embarazo en el caso de Liv?

–No, su majestad. Su hija está embarazada.

–Y no quiere casarse contigo. Se niega. ¿Estás seguro de esto?

–Lo estoy.

–Entonces es lo que te dije al principio; tendrás que secuestrarla.

El rey hizo una pausa, esperando a que Finn mostrara su acuerdo.

Finn no dijo nada. El rey lo miró muy enfadado y continuó hablando.

–Será más difícil toda vez que ya está de vuelta en América. Deberías haberme hecho caso, Finn. Ahora la tendrías ya en Balmarran.

–No tengo intención de llevarla a la fuerza.

El rey se quedó de piedra.

–¿Cómo has dicho? –la voz le temblaba de la rabia apenas contenida.

–He dicho, señor, que ella ha elegido no casarse conmigo. Quiere quedarse en América y criar sola al niño. Creo que será buena madre. Su esposa, la reina, se asegurará de que no le falte de nada. Liv y su hijo serán felices.

Un rugido de rabia brotó de la garganta del rey.

–Dejarás que tu propio hijo sea un *fitz*.

Finn no movió ni un músculo de la cara.

–Es América. El niño allí no sufrirá ninguna vergüenza. Y me niego a reclamar a Liv como esposa en contra de su voluntad.

Siguió un momento de silencio.

El rey lo miraba como si hubiera perdido la cabeza; y tal vez fuera así.

–Irás a por ella. Te la traerás, y la encerrarás hasta que te cases con ella y haya nacido el niño.

–Lo siento, su majestad, pero no. No lo haré.

El teléfono de Liv sonó en mitad de la noche. Se sentó en la cama de un salto.

–¡Finn! –gritó, antes de despertarse del todo.

Descolgó al tercer timbrazo.

–¿Sí?

–No me digas que te he despertado –era Brit.

–Aquí son las dos de la madrugada, ¿lo sabías?

–Bueno, sí, reconozco que lo sabía. Sabes, me he hecho con mis propias fuentes.

Liv no entendía nada.

–¿Tus fuentes?

–De acuerdo, iré al grano. Mis espías. Tengo espías propios. Créeme, por aquí los necesito... y Elli también está aquí.

–¿Y dices que tienes espías?

–Eso es.

–¿Entonces eso quiere decir que tienes alguna noticia para mí, de estos espías tuyos?

–Sí. Y Elli me la confirma.

–¿Confirmar el qué?

–Que padre ha metido a Finn Danelaw en Tarngalla.

En Tarngalla. Liv no daba crédito.

Liv recordó la primera vez que había visto el fuerte de piedra, a unos quince kilómetros de Lysgard, en una llanura sin árboles. El edificio en sí tenía un aspecto impenetrable, sobre todo por la altísima alambrada eléctrica que lo rodeaba.

La noticia terminó de despertarla.

–¿Papá ha metido a Finn en la cárcel?

–¿Pero no acabo de decírtelo?

–¿Pero por qué?

–Todavía no lo sabemos. Elli y yo estamos intentando enterarnos...

–¿Le habéis preguntado a papá?

–Ha ocurrido esta mañana temprano, por lo que hemos podido enterarnos hasta ahora. Papá no ha estado disponible desde entonces.

–No me lo puedo creer. Finn en la cárcel. ¿Estáis seguras?

–Me he enterado por distintas fuentes antes de intentar hablar con papá. Elli se ha enterado por Hauk; ahora mismo te lo va a explicar. Imaginamos que te interesaría, teniendo en cuenta que nos han llegado noticias de que estáis enamorados, prometidos y que os vais a casar de un momento a otro.

–No creas todo lo que lees en *The World Tattler*.

–Pero él ha estado allí, ¿verdad? Quiero decir, en casa de mamá, saliendo contigo a diario, ¿no?

–Sí.

–Y yo... –Brit se calló–. De acuerdo, de acuerdo –su voz se oía menos clara, parecía como si estuviera hablando con Elli–. Espera, Liv –volvió a decirle.

–¿Liv? –era la voz de Elli–. ¿Estás bien? Brit dice que... esperas un bebé.

Liv sintió la tensión en la garganta.

Tal vez fuera el embarazo, pero de pronto le daba la sensación de que se iba a echar a llorar si no se dominaba.

–Estoy bien. Y sí, estoy embarazada.

–Oh, Livvy... –dijo su hermana con una mezcla de alegría, inquietud y tal vez un poco de envidia.

–¿Y tú, cómo estás tú?

–De maravilla. De verdad que sí. Soy la mujer más feliz del planeta.

Incluso por teléfono, Liv notó la alegría de su hermana.

–Me alegro por ti.

–Gracias... y en cuanto a Finn –Elli se puso seria–. Deja que te cuente lo que sé. Enviaron a Hauk al aeropuerto a recogerlo con órdenes de acompañarlo hasta los aposentos privados de papá. Evidentemente la entrevista no fue del todo bien. Volvieron a llamar a Hauk, y a dos guardias más esa segunda vez, para llevar a Finn a Tarngalla.

–¿Pero por qué?

–Livvy, no lo sabemos; con seguridad, no.

–¿Y qué es lo que sabéis?

–Que Finn disgustó al rey. Mucho. Creo que tuvo que ver contigo. Hauk recogió a Finn en el aeropuerto. ¿Por qué iba papá a llamarlo así, a las tres de la madrugada, sino para preguntarle por ti y el bebé y si os vais a casar? Lo cual me recuerda que...

Elli vaciló, y Liv emitió un gruñido de impaciencia.

–Adelante, sigue hablando. Pregúntame lo que quieras.

–¿Te vas a casar con él?

–No.

–¿Pero por qué no?

–Elli, tú eres tan romántica. Él vive allí, y yo aquí. Hasta que no se enteró de que me había quedado embarazada, ambos sabíamos que no volveríamos a vernos. Hicimos una estupidez y ahora hay un bebé, y un bebé no es la razón para que se casen dos personas que no tienen nada en común y que de otro modo se hubieran ido cada una por su camino. ¿Es suficiente con eso?

–¿Lo amas?

–Eso no importa.

–Oh, Livvy. El amor siempre es importante. El amor lo cambia todo.

–Tal vez para ti.

–Y hay un bebé en camino.

–Hoy en día muchas mujeres tienen los hijos solas. ¿Y en mi situación, con dinero de sobra y mamá, Hildy y la abuela y las tías aquí para echarme una mano? Vamos. Sabéis que el bebé estará de maravilla.

Elli suspiró con fuerza.

–Bueno, a lo mejor tienes razón.

–Por supuesto que tengo razón.

–Entonces, el único que tiene que sufrir es Finn.

–Quieres decir que está en Tarngalla por culpa mía.

–¿Qué otra razón puede haber? Finn te siguió hasta América para convencerte para que te casaras con él. Fracasó. Así que viene a casa y paga el pato.

–¡Ah, por favor! Me niego a casarme con Finn y a él lo meten en la cárcel. ¿Qué sentido tiene eso?

–No tiene ningún sentido. Pero esto es Gullandria. Y en Gullandria, cuando un hombre no se casa con la mujer que lleva a su hijo en su seno, tiene que pagar por ello. Y tiene que pagar por ello a base de bien. Está metido en un buen lío.

–Pues qué barbaridad. Es increíble. Totalmente inaceptable.

–Llámalo como quieras. Lo importante es que Finn está en la cárcel. Y tú no.

A Liv no le gustó eso.

–Espera un momento. ¿Acaso me estás acusando?

–Pues claro que no. Solo digo lo que hay... Espera un momento, Brit te quiere decir algo.

Brit se puso al aparato.

–¿Te has enterado entonces?

–Claramente.

–¿Cuándo vas a venir?

–No dejo de repetirme cómo puede estar pasando esto; ni cómo me he metido en esta situación tan imposible, tan loca y tan ridícula... –Liv soltó una palabrota.

–¿Cuándo vienes?

–Maldita sea, en cuanto encuentre un vuelo.

8

Liv podría haber llamado a su padre y haberle pedido que le enviara un avión al aeropuerto. Pero no tenía ninguna gana de hablar con él; al menos hasta que estuvieran cara a cara y pudiera echarle la regañina que merecía. De modo que compró un billete a Londres, desde donde tomaría otro avión que la llevaría a Gullandria.

Cuando terminó de hacer las maletas ya eran casi las cuatro de la madrugada. A las ocho de la mañana, llamó a la oficina del procurador general y explicó que había un asunto de emergencia en su familia y que tenía que marcharse. Una vez hecho eso, metió sus bolsas en el maletero del coche y fue a decirle a su madre que se marchaba de nuevo.

Cuando Liv entró en casa apresuradamente por la puerta de servicio, Ingrid y Hildy estaban todavía desayunando.

–Cariño –exclamó Ingrid–. ¿Qué ha pasado? Pareces preocupadísima.

–Lo estoy –Liv sacó una de las sillas de la cocina y se sentó–. Quiero un café, pero no es bueno para el bebé, ¿no es cierto?

–No, cariño; me temo que no.

–¿Un zumo de naranja? –le ofreció Hildy.

–No, gracias. Creo que voy a matar a mi padre. Es un monstruo y le odio. Ha metido a Finn en Tarngalla, ¿lo sabías?

–No, no lo sabía –dijo su madre–. Pero no puedo decir que me sorprenda.

Liv miró a su madre con rabia.

–¿Cómo puedes quedarte tan tranquila?

–Cariño...

–¿Podrías dejar de llamarme así...?

Ingrid pestañeó.

–Siempre te he llamado cariño.

–Bueno, pues ahora me recuerda a Finn. Y eso... me disgusta.

–Ah –Ingrid y Hildy se miraron–. Lo siento, cielo. ¿Entonces, te marchas a Gullandria?

–¿Cómo lo sabes?

–¿Bueno, y qué más puedes hacer?

Ingrid y Hildy se miraron de nuevo. Lo hacían todo el rato, era a veces su manera de comunicarse. En algunas ocasiones, como en esa, a Liv le parecía de lo más molesto.

–Tu padre es... quien es.

–Hablas igual que Brit. Ahora me dirás que os estáis reconciliando.

Ingrid negó con la cabeza.

–No. Solo te estoy diciendo que nada de lo que hagas o digas hará cambiar a Osrik Thorson. Y, créeme, sé de lo que hablo –dejó la taza en la mesa y se acercó un poco más a ella–. Livvy, perdí tanto. Renuncié a mis hijos para quedarme con mis hijas, a vosotras, para educaros aquí en América; para asegurarme de que mis hijas estarían lejos de ese lugar, de tantas intrigas y maniobras que se llevan a cabo en los círculos donde está el poder. ¿Y qué ha ocurrido? Hay un viejo dicho nórdico: «La duración de mi vida y el día de mi muerte fueron escritos hace tiempo...».

–¿Y qué significa exactamente?

–¿Qué he conseguido yo enfrentándome a mi destino? Mis hijos están muertos. A lo mejor era su destino, pero al menos habría vivido con ellos los años que vivieron –Ingrid se volvió un momento para recuperar la compostura; aspiró hondo y se volvió de nuevo hacia Liv–. ¿Y mis hijas? ¿Dónde están ahora mis hijas? ¿Las hijas que yo quise alejar de todas las cosas de Gullandria? Una se ha casado con uno de allí; otra se va de visita y se niega a volver a casa. Y la tercera va a volver a Gullandria en cuanto me diga adiós.

Liv le tomó la mano a su madre.

–Lo siento, mamá.

Ingrid sonrió.

–No hay manera de enfrentarse al destino. Tus hermanas y tú tenéis cada una que recorrer un camino. Tal vez yo os haya retirado de ese camino temporalmente, pero ahora, sin miedo a equivocarnos, podemos decir que cada una de vosotras parece haberlo retomado.

Liv no pudo evitar hacerle otra vez la misma pregunta que sus hermanas y ella le habían hecho tantas veces, pero que Ingrid nunca había contestado con total sinceridad.

–¿Qué pasó? ¿Por qué lo dejaste? ¿Qué te hizo?

Ingrid le soltó la mano a Liv y se sentó en la silla de nuevo.

–Ahora no es el momento.

–Mamá. Es que nunca es el momento.

Hildy se aclaró la voz. Ingrid miró a su amiga de toda la vida y las mujeres se miraron otra vez de ese modo tan enigmático y tan especial. Esa vez, Liv no se molestó. Le daba la impresión de que Hildy estaba de parte suya. Hildy quería que Ingrid revelara al menos un poco de lo que le había pasado todos esos años atrás, aquello tan horrible que había roto la familia.

Finalmente, Ingrid miró a Liv de frente.

–¿Recuerdas que te conté que yo tenía un hermano pequeño que se murió antes de nacer vosotras?

–Sí, claro. Se llamaba Brian.

–Sí. Brian. Todas lo adorábamos, Nanna, Kirsten y yo.

Su madre y sus hermanas también habían sido trillizas, lo mismo que Liv y sus hermanas.

–Brian estaba obsesionado con todas las cosas de Gullandria. Cuando se graduó en el instituto fue a Gullandria a quedarse con nosotros; con tu padre y conmigo y nuestros dos hijos en Isenhalla. Osrik acababa de ser coronado entonces. Kylan era un bebé y Valbrand solo tenía tres años. Brian iba a empezar a estudiar en Yale...

–¿Y no quería volver?

–Eso es –Ingrid hizo un gesto con la mano–. Ah, es una larga y triste historia.

–Cuéntamela.

–Brian quería ser el hombre más leal a Gullandria, que Osrik y el resto de la corte lo aceptaran como parte de la nobleza, como uno de los jefes. Él no dejaba de presionar a Osrik. Como rey, Osrik tenía poder para hacerle un *jarl*. También estaba el hecho de que el apellido nuestro, Freyesdahl, es un apellido de abolengo en Gullandria; de modo que nadie se habría opuesto al derecho de Brian a ocupar su lugar en la nobleza.

–Pero papá no quería darle su ciudadanía, ¿no?

–No. La abuela Birget y tu abuelo no querían.

Querían tener a su hijo en casa, en América. Querían que terminara sus estudios y que hiciera aquí una vida de verdad. Osrik, naturalmente, deseaba complacer a los padres de su esposa. Y Brian... estaba mimado. Era rebelde y tenía mucho genio. Hubo un par de incidentes. Sedujo y abandonó a una sirvienta. Cuando la chica dijo que estaba embarazada, Osrik le arregló un matrimonio con un granjero serio y trabajador. Brian pegó también a uno de los mozos de cuadra hasta dejarlo casi muerto por guardar mojado a su caballo favorito. Entonces, Osrik quiso enviarlo a los místicos, que son los hombres sabios que viven más allá de las Black Mountains. En Gullandria, a los jóvenes rebeldes se les envía a veces con los místicos, y ellos les enseñan un poco de disciplina y a que entiendan el error de sus modales. Brian se negó a ir, por supuesto. Y yo intercedí por él, para asegurarme de que no lo enviaban allí. Brian era... un busca líos. Ahora que han pasado los años y que lo veo con otros ojos me doy cuenta de que era así.

–¿Y entonces no te dabas cuenta?

Ingrid se encogió de hombros.

–Estaba acostumbrada a amarlo incondicionalmente. Él era el pequeño de la familia. Yo no veía más que por él. Quería que consiguiera lo que él tanto deseaba: la ciudadanía y el título de príncipe. Y Osrik no dejaba de posponerlo. Yo me debatía, creo, entre mi querido hermano pequeño por un lado, y mis padres y mi marido por el otro. Finalmente, Brian exigió el derecho a ganarse su lugar como príncipe de Gullandria si Osrik no se lo quería dar. Sabes, en Gullandria...

Liv sonrió.

–Sí, mamá, ya lo sé.

Ingrid se lo había explicado todo hacía años,

cuando a sus hijas les contaba historias de Gullandria.

–¿Por qué entonces Brian no se buscó a una chica de Gullandria y se casó con ella? ¿Qué pasó con la sirvienta que...?

Ingrid emitió un sonido de protesta.

–¿Mi hermano, casarse con una sirvienta, con una mera plebeya? Jamás. ¿No te he dicho que era un esnob tremendo?

–¿Y por qué no se buscó a otra de su alcurnia? Él era el heredero de todos los millones de Freyesdahl, ¿no? Y también era el cuñado del rey. Aunque fuera más feo que un gnomo y un imbécil de remate, esas cosas le habrían dado el atractivo suficiente para llevarse a alguna ambiciosa dama de alta cuna.

–Brian no quería hacerlo así. Según iba pasando el tiempo, se obsesionó con la idea de ganarse la ciudadanía de Gullandria como si fuera una misión especial. Normalmente, durante el último siglo, cuando el rey apoyaba una misión, era algo bastante mundano; como por ejemplo pintar un edificio público o limpiar una carretera. Eso, y el curso de nacionalidad rutinario, además de que se demostrara que la persona tenía medios suficientes, era lo único que hacía falta. Pero Brian quería hacer algo peligroso, algo emocionante. Y ciega a sus defectos como lo estaba yo, me pareció algo noble, una prueba que demostraría que él era mejor hombre de lo que nadie creía.

Liv sabía qué iba después.

–Así que papá le dio finalmente a tu hermano lo que deseaba.

Ingrid asintió.

–Fue una misión secreta a las Black Mountains y a Vildelund, para traer de vuelta a cierta dama de la nobleza que había huido para unirse a los *kvina soldars*. La dama nunca regresó. Supongo que se habría convertido en una estupenda guerrera. Mi hermano fue hallado muerto a los pies de las colinas, descabezado y con la cabeza exhibida en lo alto de un palo unos kilómetros más allá; y un poco más allá todavía encontraron sus partes masculinas colgando de las ramas de un árbol.

Liv hizo una mueca.

–¡Qué horror!

–Sí, lo fue.

–Y tú le echaste la culpa a mi padre.

–Al principio no. Al principio le pedí que reuniera a todas sus fuerzas y las enviara a Vildelund, para vengarse de la muerte de Brian. Él se negó. Dijo que Brian era odiado por muchos y que no había modo de estar seguro de quién, o el qué, lo había matado. También estaba el hecho de que su cuerpo hubiera sido encontrado de esa manera. En Gullandria hacen ese tipo de cosas con los violadores o con los pederastas. Osrik dijo que Brian debía de haber hecho algo para merecer lo que recibió. Me dijo entonces que no le iba a declarar la guerra a sus gentes para vengar la muerte de un imbécil, malcriado; y después de eso sí que lo odié. Vosotros habíais nacido ya, y yo no regresé a mi lecho nupcial. Insistí en dejarlo. Al principio me dijo que jamás me dejaría marchar. Pero entonces juré que me divorciaría de él. Era, después de todo, mi derecho como mujer de Gullandria. Me tuvo presa en Tarngalla durante un tiempo. Al final, cuando ya no pudo soportar la vergüenza de ser el rey que tenía a su esposa cautiva para que ella no lo abandonara, hicimos un trato. Yo me quedaba con vosotras y con la libertad de regresar a América. Él se quedaba con nuestros hijos para prepararlos para el trono cuando llegara el momento.

Liv estiró la mano y su madre se la agarró de nuevo.

–En ese momento, yo estaba muerta de dolor; ahora me doy cuenta de que a lo mejor también me sentía culpable. Incluso pensaba que Osrik quería que Brian desapareciera; y que al enviarlo a aquella misión tan poco viable era como si lo hubiera enviado directamente a su trágico final. Cuando por fin me permitió que me viniera con vosotras tres a California, juré que no volvería a poner el pie en Gullandria.

–¿Y ahora?

Ingrid se levantó sin soltarle la mano a Liv.

–Ahora, me gustaría una vez más, aunque sea brevemente, abrazar a mi hija mayor.

–Ay, mamá... –Liv se levantó para abrazarla.

Mientras lo hacía, sonrió a Hildy con sonrisa trémula.

–Ahora, siendo la madre de tres preciosas y orgullosas jóvenes, le pido a los tres dioses del destino que guíen a cada una de mis hijas por su sinuoso camino.

El avión que tomó en Heathrow llegó a Gullandria a las tres de la tarde del día siguiente. A su llegada, la esperaba en el aeropuerto un coche negro que le había enviado su padre. No le preguntó a Kaarin Karlsmon, a quien le habían asignado el trabajo de recogerla en el aeropuerto, cómo había sabido su padre que ella llegaba.

En el palacio, Kaarin condujo a Liv hasta los mismos aposentos que había compartido con Brit durante su visita anterior. Brit estaba allí esperándola y la recibió con los brazos abiertos. Liv se refrescó un poco y se puso su traje gris perla de seda favorito.

Brit la abrazó otra vez.

–Déjalo K.O. –le susurró al oído.

–Ah, no sabes cuánto me gustaría.

Kaarin estaba esperándola en el salón formal de la suite.

–Por aquí, majestad –dijo mientras se volvía hacia la puerta para salir al pasillo.

Su padre estaba solo, sentado tras la enorme mesa de marquetería. Al verla entrar, levantó la vista.

–Bueno, ya era hora.

Liv había planeado echársele encima, mostrar su furia de un modo elocuente; doblegarlo con la sola fuerza de sus argumentos. Pero en lugar de eso se dio cuenta de que no tenía nada que decirle aparte de:

–Me gustaría hablar con Finn, por favor. ¿Puedes llamar a alguien para que me lleve donde está él?

Un arco en la pared perpendicular a la entrada daría a lo que Liv supuso que sería la alcoba. Estaba bastante oscuro, y tan solo una luz tras una rejilla metálica en el techo iluminaba débilmente una mesa donde había unos cuantos libros, un lápiz y un cuaderno.

–Majestad, avíseme por aquí cuando quiera salir –el guardia señaló la pequeña abertura enrejada en la parte superior de la pesada puerta.

–Gracias –Liv sintió un escalofrío..

El hombre se retiró tras una reverencia y cerró la puerta al salir.

Liv se dio la vuelta hacia la alcoba cuando oyó que giraba la llave en la puerta.

Entonces, de la alcoba en sombras, surgió la voz ronca de Finn.

–No deberías haber venido.

Liv sintió un ahogo en el pecho y el corazón empezó a latirle más deprisa.

–Yo también me alegro mucho de verte... Bueno, eso cuando pueda verte.

Finn salió en ese momento de la alcoba. Al verlo, a Liv se le encogió el corazón. Estaba sin afeitar, llevaba la camisa arrugada y medio abotonada y los pantalones sin planchar. Tenía la mirada perdida y triste, y estaba ojeroso.

Deseó correr a él, abrazarlo y besarlo. Pero algo en su expresión se lo impidió. La miró de un modo que la frenó.

–¿Por qué? –preguntó ella sin más.

Él se limitó a encogerse de hombros.

–Por favor, Finn. Dímelo. ¿Por qué te ha enviado aquí mi padre?

Él ladeó la cabeza.

–¿No has hablado con él?

–Lo he visto solo un minuto o dos, y solo le he dicho que me trajera hasta donde estabas.

Finn se acercó a ella, y Liv sintió que se le hinchaba el corazón en el pecho. Pero Finn no la abrazó ni la tocó. Sacó una de las sillas y se sentó con gesto cansino.

–Vuelve a casa. Olvídate de mí. Tu padre es un buen hombre, en el fondo un hombre responsable. Con el tiempo verá que tenerme aquí es inútil. Me soltará, y me recuperaré.

Ella avanzó un paso.

–No has contestado a mi pregunta. ¿Por qué estás aquí?

–Vete a casa.

–Tiene algo que ver conmigo, ¿no?

Apoyó una mano en la mesa, abrió un libro distraídamente y lo cerró de nuevo.

–Vete a casa.

Ella se acercó a la mesa, sacó la otra silla y se sentó frente a él.

–No tiene sentido que te niegues a contármelo. Solo me obligarás a pedírselo a él. Y me da la impresión de que no se va a mostrar demasiado dispuesto a contarme precisamente por qué te ha metido aquí.

Finn agarró el libro y lo lanzó con rabia; el libro chocó contra la base de la chimenea de piedra.

Liv lo miró un buen rato. Entonces se puso de pie, recogió el libro y lo dejó de nuevo en la mesa, donde lo colocó encima del montón.

–Háblame. Por favor.

Se miraron, solo que esa vez se había dado la vuelta a la tortilla; porque en ese momento era él quien estaba ceñudo y enfadado y ella quien lo miraba con calma y una sonrisa agradable en el rostro.

–Por favor –dijo por fin con ternura.

–Vete a casa.

Él se puso de pie. Y entonces se dio la vuelta, desapareció en la alcoba, dejándola allí plantada.

Su padre se levantó de la silla cuando Liv volvió a su despacho. El príncipe Medwyn, el consejero real, estaba también allí, de pie a la derecha de su padre.

–¿Y bien? –preguntó Osrik–. ¿Has disfrutado de una cálida y tierna reunión con el padre de mi nieto?

–No quiere contarme por qué le has enviado a Tarngalla.

–Su cabezonería me sorprende. Hasta muy recientemente, el príncipe Finn ha sido un hombre muy razonable.

–Entonces supongo que me lo vas a contar. ¿Por qué lo enviaste allí?

Su padre se acomodó en la silla y se puso a mirar detenidamente el enorme rubí que tenía en la mano derecha. Alzó su orgullosa cabeza canosa y miró a Liv una vez más.

–Me dice que tú te niegas a casarte con él.

Liv frenó sus deseos de explicarse. Por el contrario, se irguió con orgullo.

–Eso es –respondió.

Una sonrisa pausada asomó al rostro aún apuesto de Osrik.

–Bueno. Tú puedes asegurar su inmediata puesta en libertad.

Ella aspiró hondo.

–Casándome con él.

–Ah. Una chica muy lista.

Liv empezaba a enfadarse. Se había esforzado en hablar con tranquilidad.

–No me lo creo. Has metido a un hombre en la cárcel porque no ha podido convencerme para que me case con él.

Su padre hizo un gesto elocuente.

–Bueno, sí. Más o menos.

Estaba claro que allí había más de lo que sabía.

–¿Qué más? –preguntó con angustia.

–No importa.

–Tal vez a ti no –dijo Liv.

–El hecho es que te negaste a casarte con él, a pesar de todos sus esfuerzos por seducirte y divertirte. Sus encantos son legendarios, sin embargo falló con tu obstinado empeño por tener a tu hijo de este modo. Yo... me sentí decepcionado con él. Extremadamente. Le envié a Tarngalla para que él pudiera reflexionar sobre mis sentimientos.

–Esa no es toda la historia, padre. Sé que hay más.

Osrik suspiró.

–Ahora estás aquí, ¿no? Has dejado el empleo del verano que tanto valorabas y has venido hasta aquí para ayudar a Finn. De esto deduzco que el padre de tu hijo debe significar algo para ti.

–Por supuesto que sí.

Más de lo que se había dado cuenta hasta que lo había visto en aquella celda oscura, tan apenado, tan abandonado. Le importaba más de lo que quería darle a entender a su padre. Y no tenía ni idea de qué hacer con sus sentimientos hacia Finn.

Un brillo de pesar iluminó los ojos oscuros del rey.

–Medwyn y yo hemos estado hablando –dijo–. Largamente. No veo qué tiene de malo contarte que en un tiempo pensamos en que o bien Elli, o bien Brit o tú os casarais con el hijo de Medwyn, Eric. Eric es un hombre estupendo, muy querido por la gente, un buen candidato para la corona cuando llegue el momento de elegir un nuevo rey. Como tus hermanos ya no viven, me he atrevido a soñar que algún día mi nieto, por lo menos, reclamará el trono. Sin embargo, las cosas no están saliendo como planeamos. Elli se ha casado con un guerrero mío. Eric ha desaparecido en Vildelund y se niega, al menos de momento, a regresar. Tú estás embarazada de Finn. Y tras muchos debates entendemos que... debemos ser más abiertos con esta situación –continuó Osrik–. Siendo un Danelaw, Finn es muy apto para convertirse en rey. Podría prepararse para ello. Si tú te casaras con él, serías reina. Y parece un hombre abierto en el fondo, un hombre que aceptaría las sugerencias de una esposa brillante. Podrías ser, sin mentir, el poder tras la corona.

Liv se quedó boquiabierta.

–Cierra la boca, hija –dijo Osrik–. Y dinos qué te parece nuestra idea.

–Padre, no lo entiendes. Nunca me conformaría con ser el poder en la sombra de nada ni de nadie.

Su padre casi sonrió.

–Ah. Qué ambición, hija mía.

–Eso es. Soy ambiciosa y me enorgullezco de ello.

–¿Pero tienes esperanzas de hacer realidad alguna vez tu ambición?

–Sí. Creo que sí. Seré senadora, o tal vez gobernadora.

Osrik protestó.

–Sé que son... progresistas en América. ¿Pero acaso no es la norma que las mujeres se casen primero y tengan hijos?

Liv se irguió cuan alta era.

–Los tiempos cambian.

El padre y la hija se miraron frente a frente.

–Cásate con Finn. Dale la libertad, y un nombre a tu bebé.

–¿Y si no lo hago?

–Puedes considerarte responsable de su prolongado encarcelamiento.

Las tres princesas se reunieron en el salón privado de la suite asignada a Liv y a Brit. Brit les aseguró que podían hablar con libertad. Se había hecho amiga de uno de los agentes del NIB, el FBI de Gullandria. El agente se había pasado por allí el día anterior y había buscado los micrófonos ocultos en las habitaciones. Y Brit había enviado a la cocinera y a la criada a hacer varios recados que les llevarían un par de horas por lo menos.

–Yo creo que fue así –dijo Brit–. Papá quería que Finn te convenciera para casarse contigo; y que lo consiguiera de cualquier modo. Finn le puso freno, y por eso lo han enviado a Tarngalla.

Elli asentía.

–Eso me lo creo. Después de todo, cuando papá decidió que me quería aquí en Gullandria, envió a Hauk a que me secuestrara.

Liv miró a su hermana mediana con incredulidad.

–Eso no lo sabía yo.

–Al final todo funcionó, ¿no? Y la parte del secuestro solo duró unas horas. Entonces me di cuenta de que yo quería venir.

–Entonces, ¿queréis decir que papá quería que Finn me secuestrara para que me casara con él?

Sus dos hermanas asentían.

–Vamos. Eso ya no se hace –dijo Liv–. Es una barbaridad.

–Para nosotras, tal vez –dijo Elli–. Pero para uno de Gullandria, que te niegues a casarte con el padre de tu hijo es cruel en extremo; una crueldad mucho mayor a un secuestro.

Liv miraba a Elli con asombro.

–Lo dices como si tú también pensaras lo mismo.

En los ojos azules de Elli había una expresión triste.

–Si supieras lo que vivió Hauk de niño; lo que sufrió con los demás niños y la gente, con los nombres tan horribles que le llamaban. Y todo porque su madre se negó a casarse con su padre –Liv se quedó horrorizada–. Lo peor para él era el saber que nunca sería igual a los niños de padres casados. Él era un *fitz*, y como *fitz*, estaba por debajo de cualquier otro ser humano.

–Qué cosa más horrible –comentó Liv.

–Sí –asintió Elli–, lo es.

Brit y Elli miraban a su hermana con expectación, y Liv miró a una y luego a la otra.

–Las dos pensáis que debo hacerlo, ¿verdad? Que debo casarme con Finn.

Brit ni siquiera lo dudó.

–Dadas las circunstancias, sin duda alguna. Aunque no sepas si el matrimonio va a funcionar, estás loca por ese tío –continuó Brit–. Se te nota en la cara cada vez que dices su nombre. Si estuvieras enamorada de otra persona, sería distinto. Y si no funciona, bueno, sigues casada al menos hasta que nazca el bebé, y luego cada uno por su lado. El divorcio no es agradable para nadie. Pero en vuestra situación, yo diría que la posibilidad de divorciarse no es tan horrible como dejar que Finn se pudra en Tarngalla.

–Y tú desciendes de este país. Tu padre es rey aquí.

–Y tu hermana vive aquí –añadió Brit, refiriéndose a Elli.

Lo más inquietante de todo fue que Liv se dio cuenta de que estaba de acuerdo con sus hermanas.

–Lo decís como si no tuviera otra elección.

–Bueno –dijo Brit–, si ves otra opción que no se nos haya ocurrido, por favor, cuéntanosla.

Liv no tenía nada que decir. Estaba entre la espada y la pared. La única salida era ser la esposa de Finn.

Liv habló con su padre a primera hora de la mañana. Una hora después, fue a visitar a Finn.

Cuando el guardia los dejó solos y se sentó a la mesa frente a él, empezaron a sudarle las manos de nerviosismo. Lo deseaba tanto. Había estado reflexionando toda la noche, apenas había dormido, y se había dado cuenta de lo mucho que le había echado de menos desde que él se había marchado de California. Deseaba abrazarlo y que fuera con ella como lo había sido antes: encantador, ocurrente, coqueto y seductor. Quería ver de nuevo el brillo en esos ojos ámbar, el viejo brillo de humor y de deseo.

Se acercó y vio que la expresión de su mirada era peligrosa... salvaje. Esos ojos la ahuyentaban; al contrario que su deseo, que la empujaba a continuar.

–Bueno... –empezó Liv en tono tan alegre que resultó incluso un poco chillón–. Tienes mucho mejor aspecto que ayer...

–Sí –él se encogió de hombros–. No hace ni una hora que me han llevado a la ducha y me han dado ropa limpia. Y ahora aquí estoy, todo arreglado para recibir a su alteza real –dijo con cierto retintín.

–¿Por qué estás tan enfadado conmigo? He venido hasta Gullandria, estoy aquí. Haré todo lo que esté en mi mano por ti.

–Lo que puedes hacer por mí es marcharte a casa. Creo que te lo dejé claro ayer.

–He hablado con mi padre. No quiere retroceder. Cásate conmigo y serás un hombre libre. De otro modo, a lo mejor no volverás a ver la luz.

Él hizo un ademán pausado.

–Cambiará de opinión. En cuanto vuelvas a América, tendrá que reconocer que no consigue nada teniéndome aquí dentro.

–Creo que te equivocas esta vez.

–Lo que pienses tú no importa.

–Sí que importa. Te apuesto lo que quieras a que si no me caso contigo, pasarás aquí una eternidad.

Finn esbozó una sonrisa de resignación y señaló el montón de libros que había en la mesa.

–Así me pongo al día con la lectura atrasada. Y, además, no tengo nada tan importante que hacer.

–¿Y qué hay de tus inversiones? ¿Es que no tienes que ocuparte de eso? –él se limitó a encogerse de hombros–. ¿Y tu hermana y tu abuelo? –continuó Liv–. Deben de estar muy preocupados por ti.

–Se las arreglarán. Siempre se las arreglan.

–Por favor... ¿Te quieres casar conmigo?

–No.

Liv cerró los ojos y contó hasta diez.

Entonces lo intentó de nuevo

–Finn. Lo he pensado bien. He visto que estaba equivocada antes. Y tú tenías razón. El matrimonio es lo mejor para nosotros y para nuestro bebé. Me arrepiento de haberte dicho que no tantas veces. Espero que puedas perdonarme por ello. Pero ahora quiero casarme contigo. De verdad.

Él se echó a reír sin sentimiento.

–Muy conmovedor. Pero también una mentira.

–Lo he hablado mucho con mi fastidioso padre y mis hermanas. Yo... he reflexionado sobre la situación.

–¿Ah, sí? –dijo él con frialdad.

–Oh, Finn. ¿Por qué no quieres reconocerlo? Digas lo que digas en contra, tú y yo sabemos que no vas a salir de aquí si no te casas conmigo.

–Pues que así sea.

Ella lo miró enfadada unos segundos; pero no tuvo ningún efecto. Finn la miró tranquilamente, con una expresión indescifrable en el rostro. No le fue fácil, pero de algún modo consiguió no gritarle.

–¿Cómo voy a conseguir convencerte?

–No me vas a convencer. Vete a casa.

No podía soportarlo más. Echó la cabeza hacia atrás y gritó de frustración.

–¡Esto es ridículo! –se puso de pie de un salto y se acercó a él–. Aunque hayas decidido por no sé qué razón hacerte el noble y pudrirte aquí durante años, lo que menos podías hacer es pensar en el bebé. Si no nos casamos cuando nazca, será un marginado en la tierra de su padre. No puedo hacerle eso a mi bebé, a nuestro bebé. No es justo.

–Pensaba que habías dicho que no importaba, que sería americano, y que en América los niños se crían...

Ella no le dejó terminar.

–Sé lo que dije. Y ahora me doy cuenta de lo equivocada que estaba.

–No –él negó con la cabeza despacio, sin levantar la vista del suelo–. Tenías razón. Estoy seguro de que el bebé no tendrá problemas en América si sus padres no están casados.

Ella se inclinó hacia delante, y deseó que él levantara la cabeza para mirarla.

–Oh, Finn, si no nos casamos, no será posible... que el bebé venga aquí. ¿De verdad quieres eso? ¿Quieres que tu hijo no conozca tu precioso castillo de Balmarran? ¿Que no vea nunca la tierra de su padre?

Finalmente, él levantó la cabeza y la taladró con la mirada.

–Nunca quise eso. Pero has sido tan... dura. Estabas tan empeñada en que el niño naciera en América, en que su estatus jamás importaría aquí en Gullandria, como si él o ella nunca fueran a venir aquí.

–Estaba equivocada. Ahora me doy cuenta, lo sé. ¿Qué más puedo decirte salvo: por favor? ¿Te casarás conmigo? ¿Le darás a nuestro hijo tu nombre?

Él se quedó mirándola un buen rato.

–¿Estás segura de que es eso lo que quieres?

–Lo estoy. Es lo que quiero.

–Casarte conmigo.

Ella asintió.

–¿Y entonces?

Ella desvió la mirada, y él entendió su respuesta y lo dijo por ella.

–Volverás a América –dijo él.

–Tú podrías... venir conmigo.

Él la miró a los ojos.

–Tú podrías quedarte aquí, un tiempo al menos; venir conmigo, ver Balmarran.

Ella negó con la cabeza.

–Finn, lo siento. Tengo que terminar mis prácticas. No puedo estar tanto tiempo fuera, o perderé los créditos. Y después viene el semestre de otoño...

Por primera vez su mirada se enterneció.

–No pasa nada, lo entiendo. Tú tienes tus ambiciones. Y yo quiero que las hagas realidad.

A Liv se le partió un poco el corazón al oírle decir eso, porque sabía que lo decía de corazón. Él no quería arrebatarle sus sueños.

–¿Cuándo? –dijo él entonces.

–El viernes –dijo ella.

Finn asintió.

–Está bien. Que sea el viernes.

9

La boda fue una ceremonia sencilla, donde los invitados podían contarse con los dedos de la mano: las hermanas de la novia y el rey; Hauk y Medwyn; y Eveline y Balder Danelaw.

Tal y como establecían las costumbres vikingas, Finn y Liv intercambiaron las espadas y los anillos; y como toda ceremonia vikinga, un ministro luterano presidio el intercambio de los votos matrimoniales. Después de eso el pequeño séquito nupcial se trasladó al palacio, donde se celebró una fiesta a la que se unieron más invitados.

A medida que iba trascurriendo la velada, Liv sacó unos momentos para estar primero con el abuelo de Finn y luego con su hermana. La conversación con Balder fue bastante bien. Era un hombre grandote y amable que la abrazó con calor y le susurró con emoción:

—Bienvenida a nuestra familia.

Pero Eveline era otra historia; una belleza de largo cabello negro, deslumbrantes ojos azules y expresión rebelde.

—El abuelo es un iluso y un blandengue —anunció la hermana de Finn cuando Liv se acercó a ella para tratar de presentarse–. Pero yo no. Sé que su majestad lo envió a Tarngalla, y que fue culpa tuya. Y que en cuanto te cases con él te largarás a América. ¿Qué clase de boda es esa, si tú vives allí y él aquí?

Liv no sabía por dónde empezar.

–Eveline, siento que estés disgustada, pero de verdad, lo que Finn y yo hagamos con nuestras vidas es algo entre nosotros.

–¿Lo sientes? –la chica emitió un quejido de disgusto–. No lo creo. Tú te largas, y él se queda, y eso no tiene ningún sentido. Él hace como si no le importara, pero yo conozco a mi hermano muy bien. No es feliz, y él era feliz antes. ¿Qué es lo que le has hecho?

Eso sorprendió a Liv.

–Nada. Yo no...

–Ah, no tienes que mentirme. Te veo claramente, y no me gusta lo que veo. Pronto partiré a entrenarme con los *kvina soldars*. Tal vez algún día vaya en busca tuya a América.

Para entonces, Liv se había recuperado un poco.

–¿Por qué me da la impresión de que me estás amenazando? –dijo con tranquilidad.

–Porque cuando te encuentre, te sacaré el corazón y me lo comeré crudo.

Finn cruzaba la sala hacia ellas.

–Aquí viene tu hermano. A lo mejor quieres contarle los horribles planes que tienes para mí.

Eveline alzó la cabeza y se irguió.

–Díselo tú.

Liv se inclinó hacia la chica y le habló al oído para que nadie más la oyera.

–Creo que no. Este es el día de su boda, y una hermana cariñosa no se lo estropearía montando una escena desagradable.

Eveline apretó los labios.

–No pienso decir ni palabra.

Se dio la vuelta y sonrió a su hermano, que se acercaba a ellas sonriente.

–Mis dos mujeres favoritas –le echó el brazo a su hermana–. ¿Te diviertes, Evie?

–Muchísimo –le echó una mirada hosca.

Él miró a Liv con pesar.

–Encantadora, ¿verdad?

–Desde luego.

Finn le dio un apretón a su hermana en el hombro y se acercó a su esposa.

–Ven. Baila conmigo.

Liv así lo hizo, pensando todo el tiempo con una mezcla de alegría y pesar en lo bien que se sentía entre sus brazos.

Pronto, demasiado pronto, estaría muy lejos de allí; muy lejos de él.

A medianoche, Elli, Brit y algunas jóvenes damas llevaron a Liv a la enorme y bella suite nupcial donde la habían instalado ese mismo día.

Las mujeres la ayudaron a ponerse un camisón de seda blanco y la metieron en la cama. Los hombres subieron a Finn poco después.

Luego, los hombres y las mujeres se retiraron, dejando a Finn totalmente vestido junto a la puerta. En la quietud de la suite, el novio y la novia se miraron. A Liv se le aceleró el pulso y sintió un intenso calor.

Finn frunció el ceño al verla.

–¿Estás enferma?

Ella negó con la cabeza.

–Es una locura, pero es que estoy tan nerviosa. Cualquiera diría que es la primera vez que hacemos esto.

Finn esbozó una sonrisa pausada y sensual; casi

como la sonrisa que tanto le caracterizaba. Solo que en ese momento tenía un toque de tristeza.

Liv pensó en las palabras de Eveline.

–¿Oh, Finn, te encuentras bien?

Él le hizo un guiño.

–Totalmente.

A su lado había una silla de respaldo alto. Finn se sentó y se quitó las botas. Entonces se puso de pie otra vez y se quitó el abrigo de terciopelo, y luego la camisa.

Liv se quedó sin aliento mientras lo miraba. Era sin duda un hombre bellísimo, tan esbelto y fuerte, tan bien formado.

–¿Por qué sonríes? –dijo él.

–Porque eres tan bello...

Él la miró.

–Como tú, aunque con la manta no se ve bien.

Liv se destapó y se volvió a tumbar sobre los mullidos almohadones.

–El camisón es precioso, y ciñe tu silueta de la manera más provocativa.

Había tanto ardor en sus ojos, ternura y humor.

Esa noche era su primera noche como marido y mujer, y también, esencialmente, su última noche.

Al día siguiente se marcharía a América. Tal vez en el futuro volverían a estar juntos; ella lo deseaba cada vez más, y a él parecía pasarle lo mismo. Tal pasión no podía desvanecerse rápidamente. El fuego que ardía entre ellos podría seguir así muchos años, reavivado cada vez que se encontraran, lo cual, dado que estaba embarazada, sería algo que ocurriría de tanto en cuanto.

Ella lo miró a los ojos y pensó de nuevo en ese fuego... Para que entre ellos creciera un amor verdadero necesitarían tiempo. Necesitarían esforzarse diariamente hacia metas compartidas. Viviendo en distintos continentes, lo que podría haber sido ni ocurriría ni podría crecer. Y al final, desatendida, la pasión entre ellos se apagaría.

—¿Dónde has escondido tu sonrisa? —le preguntó él en voz baja.

A Liv se le hizo un nudo en la garganta. Al menos tenían esa noche para los dos, así que la disfrutaría al máximo.

—¿Por qué no te acercas...? —le tendió los brazos—. Ven aquí...

Él no se movió, pero lo decía todo con la mirada.

—Quítate el camisón —dijo en voz baja y sensual.

Ella se miró el camisón y luego a él.

—Sí, ese —dijo Finn echándose a reír.

Liv deslizó las manos por sus caderas y agarró la tela con cada mano. Entonces empezó a subírsela despacio.

—Ya vale —susurró él cuando se había subido el camisón hasta las caderas y empezaba a dejar al descubierto el triángulo de suave vello entre las piernas.

Entonces Finn fue hacia ella, y Liv soltó el camisón para recibirlo con los brazos abiertos.

Su vuelo salió a las doce y cuarto del mediodía. Finn, recién duchado y vestido, se sentó en la silla de respaldo alto y la observó mientras ella recogía sus cosas.

—No tienes por qué apresurarte.

Liv terminó de guardar la camisa que tenía en la mano en la maleta.

—Lo tengo todo preparado ya. Prefiero seguir adelante con lo planeado.

Sus planes eran marcharse inmediatamente. Debería haber estado preparada hacía horas ya;

pero Finn era demasiado tentador y se habían levantado muy tarde. Ya no tenía tiempo de ver a su padre ni de despedirse de sus hermanas. Tendría que llamarlas más tarde.

Finn no parecía tener más que decir. El silencio imperaba en la enorme suite mientras Liv terminaba de hacer la maleta.

–Ya está –dijo cuando terminó de cerrar las cremalleras de las dos maletas y puso la combinación.

Él se puso de pie.

–Muy bien.

–No tienes por qué...

Él levantó una mano. Tomó las dos maletas.

–Vayámonos.

En el aeropuerto, Finn le pidió al conductor que llevara el coche hasta la pista. La seguridad del aeropuerto les dio paso para que continuaran hasta el pequeño avión de pasajeros que esperaba para que subieran los pasajeros.

Finn le agarró del brazo cuando ella fue a abrir la puerta del coche.

–Tenemos un momento. El conductor se ocupará de tus maletas.

El chófer se bajó y fue a sacar el equipaje del maletero.

Finn la abrazó y acercó sus labios a los de ella; le acarició la cara con su aliento dulce y caliente.

–La tradición vikinga exige un regalo por la mañana: el marido le da a su esposa las llaves de todas sus casas y patrimonio. Una mujer vikinga necesitará las llaves. Es más habitual que los hombres vikingos se vayan remando en sus barcos con proa de dragón y no vuelvan en varios meses.

Ella sintió una punzada de dolor solo de pensar que iba a separarse de él.

–Bésame y nada más, por favor...

Él hizo lo que ella le pedía; al principio apasionadamente, y al momento con más ternura y suavidad, jugando con la lengua en su boca.

El beso terminó demasiado pronto.

–Supongo que no tiene sentido darte las llaves
de un castillo que nunca verás.

Ella lo miró a los ojos, le miró los labios, la bonita silueta de su mentón.

–Oh, Finn...

–Quédate –le dijo él sin aliento.

–No puedo. Vente conmigo.

Él la miró un buen rato; entonces negó con la
cabeza.

Sacó una caja blanca y cuadrada. La caja estaba
atada con un lazo azul marino de raso.

–Toma. No había encontrado el momento para
darte esto –le puso la caja en la mano–. Ábrela más
tarde, cuando estés en casa. Y ahora, bésame una
vez más.

Ella levantó la cabeza y durante un resplandeciente momento sintió que se fundía con él.

Entonces él estiró el brazo y le abrió la puerta.

–Vete. Ahora.

Ella se volvió rápidamente y salió; le temblaban
las piernas. Soplaba una suave brisa perfumada
con el salitre del mar. Se dio la vuelta hacia el avión
y no volvió la cabeza, a pesar del grupo de periodistas que la llamaban por su nombre. No podía darse
la vuelta.

Si lo hacía, sabía que tiraría por la borda todo con
lo que había soñado para quedarse en Gullandria.

Hubo un retraso importante en la escala de Londres debido a una dificultad mecánica. La tarde dio
paso a la noche.

Finalmente, Liv se enteró de que habían cancelado el vuelo. Se sentó junto a la puerta de la sala de embarque y esperó, observando a los demás pasajeros.

Una mujer tenía un bebé en brazos. Pensó que en nueve meses estaría como esa mujer, acunando a su bebé entre sus brazos, arrullando a su pequeño y absurdamente enamorada, tal y como le pasaba a todas las madres, de su recién nacido.

Entonces pensó en el nacimiento, en dar a luz. Se llevó la mano al vientre plano y se preguntó cómo iban a salir de aquello su bebé y ella.

Todo saldría bien, por supuesto que sí. Los dos iban a estar bien.

¿Y Finn? Sabía que no tenían la clase de matrimonio que tenían la mayor parte de las personas. Pero, pensándolo bien, quería por encima de todo que Finn estuviera allí con ella en el parto. Él tenía derecho por ser el padre; y además no podía soportar la idea de pasar por algo tan doloroso y dificultoso sin él.

Metió la mano en el bolso, en busca de su móvil. Finn le había dado unos números, el de su móvil y el de Balmarran, por si acaso necesitaba llamarlo algún día.

¿Y qué podía haber más importante que la presencia de un padre el día del nacimiento de su hijo? Nada. Nada en absoluto. Encontró el teléfono y se puso a marcar el número. Pero cuando había marcado la mitad de los números, cerró el teléfono y lo dejó.

Se estaba comportando de un modo ridículo, y lo sabía. No había necesidad de llamar a Finn en ese momento para hablarle de algo que no iba a ocurrir en muchos meses.

Lo que le pasaba era que solo llevaba unas horas

separada de él y ya quería volver a ver su cara y oír su voz, y también sentir sus caricias.

Ah, qué horror. Le había dado fuerte, muy fuerte.

Guardó otra vez el móvil en el bolso y sacó la cajita que él le había dado. Finn le había dicho que la abriera al llegar, y se dijo que tal vez debería seguir sus instrucciones. Cuando abrió la caja no se encontró con una joya. Lo que vio fueron sus braguitas azules, las que había llevado el primer día. ¿Y qué clase de romántico regalo era ese?

En ese mismo momento, empezaron a llamar a los pasajeros para embarcar. Liv guardó otra vez las braguitas en la caja. Veinte minutos después, Liv oyó su nombre y no se movió. Llamaron a más personas, pero Liv siguió allí sin moverse.

Finalmente, la azafata cerró la puerta de la sala de embarque.

Al rato, Liv vio por unas ventanas el avión que empezaba a moverse por la pista.

Cuando el aparato desapareció, volvió al mostrador, donde reservó un billete para el siguiente vuelo a Gullandria. Saldría al día siguiente a las diez menos cuarto de la mañana.

—Paso a paso —se dijo a la mañana siguiente—. Voy a ir a verlo a su castillo. Y a partir de ahí veremos cómo van las cosas...

Lo llamó al móvil, pero él no contestó. Le dejó un mensaje, y seguidamente marcó el número de Balmarran. Contestó el ama de llaves, que le dijo que el príncipe Finn no recibía llamadas.

—¿Pero está ahí?

La mujer se lo confirmó.

—¿Entonces quiere por favor decirle que le llama su esposa?

El ama de llaves le pidió que esperara un momento. Pero la voz que oyó al rato al teléfono no era la que más le apetecía oír.

–¿Qué quieres? –le preguntó Eveline en tono seco.

Liv ahogó un suspiro.

–Hablar con mi esposo.

–Él no quiere que se le moleste.

Eveline cortó la llamada.

Liv soltó unas cuantas palabrotas entre dientes. ¡Qué chica más estúpida!

Decidió olvidarse de llamarlo e ir directamente a verlo. Al final, conseguiría hablar con él cara a cara.

Pero primero tenía que averiguar dónde estaba Balmarran. Seguramente su padre lo sabría.

Osrik se había alegrado de la decisión de Liv y le había puesto un coche a su disposición para que la llevara a Balmarran. La finca estaba situada más allá del pequeño pueblo de Skolvar, al pie de una pequeña sierra llamada Midlings, y a unos ciento treinta kilómetros de Lysgard. Sentada detrás del conductor, Liv observaba los ondulados pastos, los campos de grano que de vez en cuando se intercalaban con los prados llenos de ovejas, y trató de imaginarse el humor del que estaría Finn cuando llegara.

Ensayó lo que había pensado decirle. Sería sincera y directa y le diría que había estado pensando mucho; y que había decidido que quería intentar tener un matrimonio de verdad con él. A ver qué pasaba.

Llegaron enseguida al Skolvar, donde las casas eran pequeñas y estrechas, con tejados oscuros a dos aguas, y las casas pintadas cada una de un color bonito y alegre, azul, rojo o verde, con las ventanas y las contraventanas blancas. Las gentes se paraban en las calles empedradas y agitaban la mano al paso del Mercedes negro, como si supieran que era propiedad del rey y reconocieran a la princesa Liv.

A unos dos o tres kilómetros del pueblo, el conductor tomó una curva con rapidez y en la distancia apareció un precioso castillo. Le preguntó al conductor, quien le confirmó que se trataba de Balmarran. Recortado sobre un cielo lleno de nubes, era una larga e imponente serie de estructuras unidas con una torre rematada por una cúpula en medio y más torres a ambos extremos.

–Granito de Skolvar, su alteza –dijo el conductor de mala gana cuando ella le preguntó de qué material estaba hecho.

Era ciertamente precioso, elevándose de los terrenos boscosos más abajo. Su estilo parecía más georgiano que medieval, más el de una elegante casa solariega que el de una fortaleza. Las ventanas rematadas en arco recorrían el largo de los dos edificios principales. Liv pensó que dejarían entrar mucha luz durante los largos y fríos inviernos de Gullandria. Parecía... elegante y acogedor, la verdad.

Con Finn a su lado, estaba segura de que podría vivir casi en cualquier sitio.

Después de cruzar una zona de árboles, dejaron la carretera principal y un poco más allá llegaron a una verja de hierro forjado. El conductor tocó el claxon, pero ningún portero ni jardinero apareció a abrir. Con un suspiro que Liv oyó desde el asiento de atrás, el conductor se bajó y se acercó a la verja. Probó a abrirla, pero parecía que estaba bien cerrada.

–Lo siento, su alteza. La verja está cerrada.

Liv sacó el teléfono y llamó al castillo, pero al final se vio obligada a dejar un mensaje diciendo que estaba allí fuera. Llamó a Finn al móvil, y como no contestó le dejó un mensaje similar al otro.

–¿Y ahora qué? –dijo el hombre–. ¿Su alteza? –añadió con respeto.

–Ahora esperamos –respondió Liv.

Pero el conductor no estaba dispuesto a esperar. A los cinco minutos anunció que no pensaba que la verja diera la vuelta a toda la finca; y que si no le importaba, encontraría el modo de entrar.

–Su alteza, no me importa confesar que me oriento muy bien y corro como un gamo –la miró como si fuera a volverse loco si tenía que quedarse allí a esperar sin hacer nada.

–De acuerdo. Deja las llaves.

–Sí, alteza. Gracias, alteza.

Y se marchó. Desapareció entre los árboles que había a la derecha de la carretera en el mismo momento en que cayó el primer rayo. Al momento resonó el trueno y gruesas gotas de lluvia empezaron a caer sobre el parabrisas. A los pocos segundos, llovía a mares. Liv se figuró que el impaciente del conductor se lo pensaría mejor y regresaría.

Pero no lo hizo. Y entonces, al mirar hacia la verja, vio a un hombre que aparecía al otro lado. Llevaba unos pantalones negros empapados y un chubasquero con capucha también negro. Liv no lo había visto venir, y como tenía la capucha muy calada ni siquiera le veía la cara. Mediría tal vez un metro ochenta, y era muy delgado.

Lo bueno de todo era que tenía una llave y abrió el candado de la verja. Cuando al momento le abrió las puertas, le indicó que pasara. Liv se sentó delante y arrancó el coche.

Cuando estuvo a la altura de él, bajó el cristal de la ventanilla y se asomó para hablar con él, aunque la lluvia empezó a mojarle el borde del asiento, mojando el cuero y también a Liv.

–Muchísimas gracias.

Él asintió. Ella ya le veía la cara. Tenía un rostro apuesto pero demacrado, y muy joven, de unos diecinueve o veinte años seguramente. Liv se dijo que no debería estar allí fuera.

–¿Tienes algún refugio cerca?

Él se limitó a mirarla. ¿Sería mudo, o sordo tal vez? Pero se dijo que no podía marcharse y dejarlo allí. Así que abrió la puerta y le hizo un gesto para que se montara.

–Vamos, entra.

El chico vaciló un momento antes de aceptar y sentarse a su lado. Olía a la goma del chubasquero, y también a tierra mojada, un tanto almizclado; no sucio, pero tampoco demasiado limpio.

–Un momento –Liv puso la calefacción.

–No hace falta –dijo él–. No tengo frío, *milady*.

–Bueno, supongo que si sigo esta carretera llegaré directamente al castillo. ¿No?

Él emitió un sonido gutural que ella decidió tomarse como un sí.

–¿Y te llamas...?

–Cauley –murmuró sin levantar la cabeza.

Cauley... Sí, claro, el chico salvaje, el hijo adoptado del encargado de la finca; el muchacho a quien Eveline le había roto el corazón.

Sintió pena por él.

–Soy la esposa del príncipe Danelaw.

Él se puso tenso, se volvió a poner la capucha, miró al frente y no se movió.

–La esposa del príncipe Finn... –dijo en un tono desagradable.

–Sí. Llámame Liv –dijo tendiéndole la mano.

Él no se la agarró.

—Eveline la odia.

—Bueno, siento mucho que sea así porque...

De pronto sacó su puño huesudo y le dio un golpe en la mandíbula, de modo que se golpeó la cabeza contra la ventanilla que tenía detrás.

Se recuperó, o al menos unos segundos. Se sentó muy erguida y miró al joven de ojos enloquecidos en el asiento de al lado.

—Pero qué...

No pudo continuar. La cabeza empezó a darle vueltas y de pronto todo se desvaneció a su alrededor.

10

Finn estaba sentado en su despacho, observando la lluvia que golpeaba los cristales. A pesar de su mal humor, no podía menos que admirar la agreste belleza del relámpago cada vez que surgía de las nubes de tormenta.

Sí. Sabía que no podía quedarse allí para siempre sentado delante de la ventana. Tendría que moverse, hacer algo. Porque sin ella no podía vivir.

Ella no le había dicho que lo amara, pero le había pedido que se marchara con ella. Tendría que bastarle. Al día siguiente se tragaría su orgullo y se montaría en un avión rumbo a California.

Sería capaz de vivir allí mientras ella estuviera a su lado.

Se oyeron unos golpes discretos a la puerta.

—¡Pase!

La señora Balewood, el ama de llaves, asomó la cabeza.

—Siento interrumpirle, señor.

—¿Qué pasa?

—Hay un hombre a la puerta que dice que es el conductor de la princesa Liv, y que ella está esperando junto a la verja. Dice que llamó aquí a casa pero que nadie le contestó; yo estaba en la lavandería. El hombre dice que lo llamó a usted también al móvil.

–¿Has escuchado a ver si ha dejado un mensaje?

–Sí, hay un mensaje; de su esposa, señor. Está en la verja, como me acaba de decir el hombre.

Finn no daba crédito a lo que le estaban contando. Ella estaba allí. Había ido a él. Y esa vez solo se le ocurría que podía ser porque allí era donde quería estar.

Inmediatamente sonrió.

–¿Y no debería haberle abierto ya la puerta Dag?

El ayudante del encargado llevaba un bíper en el cinturón. El dispositivo sonaba cada vez que un vehículo se detenía a la verja.

–Sí, señor. Dag debería haber llegado ya.

Balder apareció a la puerta, detrás de la señora Balewood.

–¿Qué ocurre? –preguntó el abuelo.

–Liv está a la verja –dijo todo contento.

–Estupendo –su abuelo sonrió también.

Pero la señora Balewood se estaba mordiendo el labio.

–Señor. Hay algo que creo que debería saber...

Él la miró con el ceño fruncido, impaciente por salir.

–¿Y no puede esperar?

–Señor, su esposa llamó ayer. Le dije que había dado órdenes de que no se le molestara. Ella insistió para que lo avisara. Venía a hablar con usted, para ver si...

–No me dijo nada –dijo Finn, que no daba crédito a lo que decía la mujer.

–Sí, y lo siento muchísimo, señor. Verá, fue la señorita. Me oyó hablando con la princesa. Tomó la llamada y le dijo a su esposa que usted no quería hablar con ella. Entonces a mí me dijo que le dejara en paz.

–Eveline –murmuró Finn–. ¿Por qué no me sorprende?

–Que los dioses del destino maldigan a esa chica –declaró el abuelo–. Le voy a arrancar la piel a tiras.

–Bien. Y cuando termines con ella, yo también le arrancaré un poco más –se volvió hacia el ama de llaves–. Rápido. Tráigame ese coche.

Liv gimió. Le dolían la cabeza, la mandíbula y el cuello. Estaba empapada y tiritando. Además, no podía mover las piernas ni los brazos. Abrió los ojos despacio, pero no vio nada. Todo estaba oscuro. Le olía a tierra, a tierra húmeda. ¿Estaría en una cueva?

¿Pero qué hacía ella en una cueva? Tenía las manos y las piernas atadas y estaba amordazada.

De pronto se acordó del chico, del joven perturbado. Cauley, el que amaba a Eveline.

Movió la mandíbula y sintió un dolor. Liv cerró y abrió los ojos de nuevo, pero seguía sin ver nada.

Aquel chico tenía la mirada perdida, la mirada de un loco...

Deseó que la cabeza dejara de dolerle, así tal vez podría pensar con claridad. Cauley debía de haberla llevado allí, aunque no sabía ni dónde la había llevado. Se preguntó dónde estaría él, y cómo iba a salir ella de allí.

Empezó a moverse con cuidado, probando los límites. Sí, estaba en una cama estrecha, arrimada a una pared de tierra a un lado. Al menos ya sabía algo más.

Se preguntó cuánto tiempo llevaría inconsciente, y si su conductor habría llegado ya al castillo. ¿Sabría ya Finn que ella había ido a Balmarran?

Trató de aflojar los nudos de las muñecas, pero estaba tumbada sobre un brazo y el peso se lo impedía. Poco a poco, con mucho esfuerzo, se arrastró como un gusano hasta lograr sentarse, con la espalda apoyada en la pared de tierra. Forcejeó un poco más, y entonces vio la luz. Provenía de un vano del tamaño de una puerta a su derecha, más allá de los pies de la cama.

El resplandor dorado se hizo más claro, permitiéndole ver dónde estaba: un cuarto de paredes y suelo de tierra, con una mesa tosca junto a la cama y una silla pegada a la pared. Otro túnel negro arrancaba a medio metro de la silla. En el rincón, Liv vio una estufa de gas, una cuerda y un rollo de cinta aislante; también había una pala y un rastrillo.

La luz se acercaba. Liv se quedó muy quieta. Entonces vio a Cauley que entraba en la habitación con una lámpara de aceite en la mano. Todavía llevaba aquel chubasquero negro con la capucha puesta. Se paró a los pies de la cama y la miró.

–Te has despertado –parecía vagamente confuso, como si hubiera creído que no recuperaría el conocimiento.

Ella se quedó muy quieta. El corazón le latía en los oídos, y lo miró sin pestañear. Le costó no decir nada, pero en ese momento solo le quedaba la dignidad, y no podía perderla.

Él la miró con reproche, como si fuera culpa suya que le hubiera dado un golpe y la hubiera llevado hasta allí.

–Todos te están buscando –dijo por fin–. Y a mí, estoy seguro. Dag ha debido de decirles que me envió a que te abriera la verja.

Dejó la lámpara sobre la mesa.

–No sé qué hacer ahora. Me pareció que hacía lo correcto, por Eveline. Darte un puñetazo. Está enfadada contigo porque has entristecido a su hermano. Eveline...

Liv pensó que el muchacho se iba a echar a llorar.

Bajó la vista y la fijó en el suelo de tierra.

–No me quiere ya. Pensé que me querría si yo me aseguraba de hacerte desaparecer para siempre –levantó la cabeza y miró a Liv–. ¿Y qué voy a hacer ahora? No puedo volver. Tendré que huir, tal vez a los Midlings. O más lejos... a las Black Mountains. A lo mejor me aceptan los místicos; o me atraparán los *kvina soldars*. Me sacarán el hígado y dejaran mi cuerpo a la intemperie para que los cuervos me saquen los ojos –se puso de pie–. Ay, no sé...

Se dio un puñetazo en la mano. Liv hizo un esfuerzo para no encogerse cuando él se acercó a la mesa para retirar la lámpara.

–Voy a ver qué hacen. Luego vuelvo –se dio la vuelta y se dirigió hacia el pasadizo–. Lo siento, pero Eveline conoce este sitio. La traje aquí una vez. Se lo sacarán, que yo haya podido traerte aquí. Y eso significa que te encontrarán, y que les contarás lo que he hecho.

Ella negó con la cabeza con gesto breve y frenético.

Pero él se limitó a sonreír con aquella sonrisa confusa, de niño.

–Oh, no mientas. Sabes que lo harás. Solo hay un modo de evitarlo, y es matándote y enterrándote. Y una vez que haya hecho eso, me marcharé, muy lejos.

Seguía lloviendo a mares, pero Finn tenía fuera a todos sus hombres, peinando la finca palmo a palmo. Había enviado inmediatamente a alguien a buscar a Dag, pero este le había dicho que como había estado ayudando a un mozo de cuadra, había enviado a Cauley a abrir la verja.

Cauley no estaba por ningún sitio. Y Liv...

La cuestión era por qué había bajado ella del coche. Claro que, de haber salido voluntariamente, habría cerrado las puertas. Habían encontrado el coche con las dos puertas abiertas.

Sentado en el lado del conductor, se inclinó hacia el otro asiento y vio barro en el suelo del lado del pasajero. Alguien se había montado en ese lado.

Cauley.

Sí. Seguramente ella le había pedido que subiera al coche para no mojarse. Liv era así.

¿Sería posible que la hubiera arrastrado de coche? ¿Pero por qué iba a hacer eso?

Fuera cual fuera el porqué, Cauley era la pieza que faltaba en aquel rompecabezas. Si encontraba a Cauley, encontraría a Liv. Ya había interrogado a Dag y a los padres del chico; y ninguno de los tres sabía nada. Finn los creía. Los padres de Cauley estaban muy preocupados, y Dag sencillamente perplejo.

Finn fue hacia el coche que había conducido hasta allí. Había llegado el momento de tener una conversación con Eveline.

Cuando uno estaba solo en un sitio oscuro, no tenía la misma noción del tiempo. Liv no tenía idea de cuánto había trascurrido desde que Cauley se había marchado.

Cerró los ojos y continuó forcejeando. Tenía las muñecas abiertas y notaba la sangre que le goteaba en las palmas de las manos; pero esas heridas no eran nada comparadas con la posibilidad de perder la vida y la del hijo que llevaba en su vientre.

Ignorando el dolor que le quemaba las muñecas, Liv continuó tirando frenéticamente.

Y finalmente ocurrió, y pudo soltarse una mano.

Miró furtivamente hacia el sitio por donde Cauley se había marchado, pero no vio ninguna luz. Se llevó las manos a la boca para retirarse la cinta aislante... pero decidió que se desataría primero los tobillos.

Alzó los pies y se puso a desatarse los nudos. Fue entonces cuando vio la luz.

–Eveline, quiero saberlo. ¿Dónde iría Cauley si tuviera que esconderse?

Ella desvió la mirada.

Entonces Finn la agarró por los hombros.

–Mírame. Dímelo. Veo en tu cara que lo sabes.

–Suéltame, Finn –gritó ella–. Me estás haciendo daño.

–Y te haré más daño. ¡Vas a decírmelo!

Eveline lo miró con rabia.

–¿Pero por qué estás tan preocupado por ella? Deberías estar contento si se ha ido para siempre. Te olvidarás de ella, y volverás a ser feliz.

Finn quería golpearla con fuerza. Pero consiguió contenerse, y se contentó con zarandearla.

–No voy a estar contento. La amo. Si algo le pasa, será mi fin.

Eveline gimió.

–No, eso es imposible...

–Ya sabes lo que le pasó a papá cuando mamá murió. ¿Es eso lo que quieres? ¿Quieres que yo muera de pena?

Eveline abrió mucho los ojos, los mismos ojos de su madre.

–No, no, Finn. No quiero que te pase nada de eso.

Él la soltó con rabia.

–Juro por nuestra madre que no quiero que le pase nada malo a Liv. Pero no quiero que estés tan triste.

–Entonces debes decírmelo –Finn trató de serenarse–. ¿Adónde iría Cauley?

Ella estaba llorando a lágrima viva.

–Estoy segura de que no le haría daño a nadie, de que solo se está escondiendo...

–Por amor de Dios, Eveline. ¿Dónde?

Ella se puso derecha y aspiró hondo.

–En los árboles cerca de la verja. Encontró un túnel bajo una roca. Un túnel que conduce hasta una pequeña cueva. Hay un camastro viejo y una mesa allí dentro...

Finn lo recordó de pronto. Había varios de esos túneles colocados estratégicamente por toda la finca; sitios donde esconderse en caso de emergencia. Su bisabuelo los había abierto en la época de la ocupación nazi.

Agarró a su hermana de la mano.

–Llévame hasta allí.

La luz del túnel se hizo más intensa. ¡Demasiado pronto regresaba! No le había dado tiempo a desatarse los pies. Se fijó en la pala del rincón... pero no le daría tiempo a ir a por ella. ¿Y la vela?

¿Pero qué clase de arma era una vela?

Se llevó las manos a la cara y se retiró la cinta aislante.

Cauley salió del túnel, con la lámpara en una mano y un cuchillo en la otra. Era un cuchillo largo y con sierra, un arma mortífera. La señaló con el cuchillo con gesto de acusación al darse cuenta de que había estado a punto de terminar de soltarse las cuerdas.

–No te muevas. No digas ni una palabra.

La apuntaba con el cuchillo al tiempo que avanzaba hacia ella.

Liv asintió e intentó mantener la calma. Tenía que rechazarlo, pero debía encontrar la mejor manera de hacerlo.

–No has hecho nada de lo que tengas que arrepentirte. Todavía no.

–Silencio.

–No. Escucha. Sabes que tengo razón.

–Tengo que hacerlo –dijo él, tratando de disimular su nerviosismo.

–No tienes por qué hacerlo. Puedes dejarlo, ahora mismo.

–Es demasiado tarde.

De pronto el chico estaba temblando.

–No, Cauley, no lo es...

Levantó el cuchillo, que le temblaba en la mano; todo él temblaba.

Ella vio la agonía en sus ojos y estuvo totalmente segura de que no sería capaz de hacerlo.

–Deja el cuchillo, Cauley. No eres un asesino, los dos lo sabemos.

Él estaba llorando.

–No sé qué hacer. Tienes que entenderlo, no tengo otra elección...

Liv recordó algo que su madre le había dicho hacía unos días. Y recordó lo que el mismo Cauley le había dicho un rato antes.

–Sí que la tienes. Todo esto puede acabar bien. Piénsalo.

Él sollozó.

–¿Bien? –gritó–. ¿Pero cómo va a acabar bien?

–Puede haber una oportunidad para ti; la oportunidad de una vida mejor.

Él sollozó un poco más, se limpió la nariz con la mano libre. Entonces, gracias a Dios, bajó el cuchillo.

–¿Una oportunidad?

Ella asintió, sin dejar de mirarlo a los ojos.

–Llévame a Finn, ahora, ilesa. Irás a las montañas con los místicos. Soy la hija de tu rey y me encargaré de que sea así. Te doy mi palabra. Los sabios te enseñarán a encontrar la paz, a vivir y a relacionarte con el mundo. No será fácil, pero al final tendrás una vida digna, una buena vida.

Él miraba al suelo, con el cuchillo en la mano. Seguía llorando, y Liv entendió que ya lo había desarmado.

–No soy nadie. El hijo de un jardinero. Un estúpido.

–Cauley. Mírame.

Lentamente, él levantó su llorosa cara.

–Dame el cuchillo. Ahora.

Tras unos segundos interminables, Cauley le entregó finalmente el cuchillo.

En ese momento se vio el resplandor de otra luz que salía del pasadizo. Los dos se quedaron inmóviles.

Cauley se volvió hacia la otra entrada.

–No –le dijo Liv–. Quédate. Enfréntate a ellos. Yo te apoyaré. Todo irá bien.

Pero el chico ya se había marchado.

Finn irrumpió en el oscuro espacio, seguido por sus hombres. Al ver el cuadro ante sus ojos, se quedó sobrecogido.

Liv estaba de rodillas sobre un colchón sucio, con un moretón enorme en su delicada mandíbula, un trozo de cinta aislante colgándole del cuello, los tobillos atados, una cuerda atada a la muñeca que le sangraba, sucia y desaliñada.

Y con un cuchillo en la mano.

–Oh, mi amor –susurró él.

Con un grito de alegría, ella tiró el cuchillo al suelo y se abrazaron.

–Ya pasó todo, ya pasó todo... –Finn la acunaba entre sus brazos y le acariciaba el pelo.

–Lo sé. Ay, Finn, te quiero tanto.

Era lo único que deseaba oír. Finn la besó en la cabeza.

–Igual que yo a ti. Con toda mi alma.

–Yo... venía a decírtelo, que quiero que estemos juntos, como tú quieras...

–Liv, ya hablaremos de esto enseguida... Pero ahora –le levantó la cabeza para mirarla–. Necesito saber quién ha hecho esto.

Ella desvió la mirada.

A Finn le pareció que no tenía ganas de hablar de ello; pero de todos modos le volvió la cara con suavidad y la miró a los ojos.

–Debo saberlo.

–Finn, no es más que un chiquillo. Un chiquillo confuso.

Sus sospechas quedaban confirmadas.

–Cauley.

–Es joven, está dolido y muy rebelde, y no pensó lo que hacía. Sencillamente lo hizo, me dio un golpe, me ató y me trajo aquí. Pero al final, no fue capaz de hacerme daño.

Él le agarró la cara con las dos manos.

–Mírate, llena de golpes y sangrando. ¿Cómo puedes decir que no te ha hecho daño?

–Es su manera de pedir ayuda... Oh, Finn, por favor. Quiero que lo envíes con los místicos. Quiero...

–Pagará por esto.

–No. No le hagas daño. Prométemelo.

–¿Dónde está?

–Finn. Te lo digo en serio.

Él la abrazó de nuevo y habló en voz baja.

–Te ha hecho daño y lo mataré. Le cortaré la cabeza y se la colgaré de un poste.

–No, por favor. Prométemelo. No le hagas daño. Cuando lo miraba así, ¿qué otra cosa podía hacer?

–Capturadlo –le dijo a sus hombres–. No le hagáis daño. Traédmelo vivo –se volvió hacia su preciosa esposa–. ¿Y bien, por dónde ha ido?

Ella señaló el otro pasadizo.

–Por allí. Echó a correr al oíros venir –se abrazó a él–. Oh, Finn, te he echado tanto de menos. Y ahora que te tengo, jamás te abandonaré.

Acercó sus labios a los de él, y Finn la besó dulcemente.

–No podemos quedarnos en este agujero para siempre, sabes –dijo él varios minutos después.

Ella lo abrazó muy feliz.

–¿Por qué? Mientras estés conmigo...

–Qué dulce eres, mi amor.

–Es porque te amo.

–Tengo que decirte que mi hermana está esperando fuera.

Ella arrugó la nariz.

–Razón de más para quedarnos aquí.

Él la besó en la frente.

–Te lo prometo, Eveline está muy arrepentida. Quiere disculparse contigo.

–¡Qué raro! ¿Acaso está enferma?

–No, solo un poco avergonzada por su comportamiento.

–Es normal.

–No la odies demasiado. Sí que me ocultó que habías llamado; pero no tuvo nada que ver con esto.

–Lo sé –respondió Liv en voz baja.

–Será mejor que te desate –Finn tomó el cuchillo y cortó las cuerdas.

–Ah, qué alivio –dijo Liv.

Tenía los tobillos en carne viva. Al verlo, Finn se arrodilló en el suelo y le besó los tobillos, donde las cuerdas le habían herido.

–Ah –repitió ella–. Ya me siento mucho mejor...

Él la miró a los ojos.

–Por todos los dioses, Liv Danelaw, qué felices vamos a ser...

Ella sonrió de felicidad.

–Oh, Finn, lo sé. Estoy segura. Ahora lo entiendo. Esto es el comienzo. Tuyo y mío. Construiremos juntos el futuro, Finn.

Él no tenía nada que añadir a eso. Liv había dicho exactamente lo mismo que él pensaba. Agarró su linterna y apagó la lámpara.

–Vamos.

Recorrieron el túnel agarrados de la mano hacia la luz del día.

EPÍLOGO

Los hombres de Finn no pudieron atrapar a Cauley. Pero dos días después, el muchacho se entregó.

Finn mantuvo su promesa y lo envió al norte, más allá de las Black Mountains, donde Cauley había jurado someterse al tutelaje de los místicos.

Poco después de eso, Finn, Liv y Eveline se habían marchado a América. Habían decidido irse a vivir allí.

Después de todo, Finn podía atender sus inversiones desde cualquier sitio. Y podrían ir con frecuencia a Gullandria. Y Liv tenía sus sueños; sueños que Finn le iba a ayudar a cumplir. Volvería a Stanford en otoño.

Encontraron una casa bastante cerca de la universidad. No iba a ser fácil con la llegada del bebé, pero se las apañarían. Tenían dinero de sobra, a su madre, sus tías y su abuela cerca para ayudarlos si lo necesitaban. Y sobre todo, se tenían el uno al otro y se amaban.

Eveline se fue a vivir con Ingrid, que era experta en chicas obstinadas. En poco tiempo, la actitud y los modales de Eveline mejoraron. Adoraba a Ingrid. Y toleraba a Hildy, que era dura y recta y a veces parecía verlo todo.

A finales de agosto, Ingrid dio una fiesta en el jardín de su casa. Anunció que era un banquete de bodas para celebrar los casamientos de dos de sus hijas, por haberse perdido un momento que una madre no debería haberse perdido.

Osrik apareció justo antes de que las dos novias cortaran sendas tartas nupciales. A él le habría gustado que Liv y Finn se quedaran a vivir en Gullandria. Pero estaba bastante contento con el curso de los acontecimientos. Al menos estaban casadas ya. Le habían prometido visitarlo a menudo y llevarle a su nieto.

Esa tarde, Elli lo llevó a un aparte y le susurró al oído que se había sentido muy revuelta esa mañana; había vomitado y luego había perdido el conocimiento. Y después le había salido el sarpullido correspondiente.

Osrik se puso muy contento. Había perdido mucho, pero la vida se renovaba continuamente. Miró hacia donde estaba su bella esposa y deseó que... Pero Ingrid se mostraba fría con él; fría y como mucho cortés.

Bueno, cortés era al menos algo; era un buen comienzo después de tantos años de odio. Tal vez su herida se hubiera empezado a curar.

Su única hija soltera estaba a su lado. La miró y le guiñó un ojo.

Brit saludó a su padre alzando su copa de champán. Estaba feliz por sus hermanas. Pero su pensamiento estaba lejos. Estaba pensando en un hombre que no conocía aún: en el misterioso príncipe Eric Greyfell, el hombre que, básicamente, había iniciado todo aquello; el hombre que su padre había elegido para casarse con una de sus hijas.

Brit había estado investigando, averiguando todo lo posible acerca de sus hermanos fallecidos. Greyfell había sido el mejor amigo de Valbrand, hermanos de sangre. Y en Gullandria, los hermanos de sangre se profesaban el uno al otro lealtad hasta la muerte.

Siempre había quedado claro que algún día Valbrand heredaría el trono y Eric Greyfell ocuparía el puesto de su padre y sería el consejero real.

Cuando Valbrand había desaparecido en el mar, Eric se había empeñado en averiguar la verdad sobre lo que en realidad le había ocurrido a su amigo. ¿De qué se habría enterado Eric?

Su padre decía que el príncipe estaba en Vildelund con los místicos, sencillos montañeses que vivían, principalmente, fieles a las costumbres de los antiguos nórdicos. Sus fuentes se lo habían confirmado. Entre los místicos, Greyfell estaba como en casa. Al fin y al cabo, su padre había nacido entre ellos.

Brit dejó su copa de champán en la mesa de la tarta. Había llegado el momento de regresar a Gullandria; y una vez allí, de ponerse en camino a Vildelund. Había llegado el momento de encontrar al escurridizo príncipe Greyfell y averiguar exactamente lo que sabía.

UNIDOS POR EL DESTINO

CHRISTINE RIMMER

1

Al abrir los ojos, la princesa Brit Thorson se encontró con un disco plateado colgando frente a su rostro. Detrás del disco podía ver el panel de control de su Cessna Skyhawk.

Pestañeó. El disco de metal se balanceaba frente a su nariz, bloqueándole la visión. Tras el parabrisas hecho trizas podía ver el terreno rocoso y, más lejos, las montañas abruptas tapizadas de verde, contra el cielo azul.

Hacía frío y el silencio invadía el ambiente. Solo se oía el susurrar del viento y el crujir del bosque.

Le dolía la cabeza y parecía que todo daba vueltas.

Estaba cabeza abajo, sentada en el asiento del piloto y sujeta por el arnés de pecho. ¿El disco plateado? Era el medallón de plata que le había entregado Medwyn Greyfell al salir del palacio hacia el aeropuerto.

–Para protegerte de todos los males –le había dicho el consejero de su padre.

Teniendo en cuenta la situación en la que se encontraba, el medallón podía haber tenido más efecto.

Pero a pesar de que no había llegado hasta la pradera que había más allá, donde el aterrizaje habría sido menos aparatoso, estaba viva...

Brit cerró los ojos y recordó lo sucedido. Había despegado en el aeropuerto de Lysgard. Había ascendido suavemente hasta los seis mil quinientos pies de altura. Se había dirigido al noroeste, siguiendo la costa de Gullandria. Y a la altura del fiordo Drakveden, había girado noventa grados.

Y entonces...

Realizó el control rutinario del aceite y vio que marcaba cero. No podía creerlo y repasó el protocolo de actuación en caso de emergencia. Se colocó el cinturón y activó la frecuencia de la emisora para transmitir su petición de socorro.

Y en ningún momento dejó de buscar un pedazo de tierra donde poder aterrizar con su Cessna sin estrellarse. En el último momento, vio un pequeño pedazo de tierra que le pareció adecuado.

Aterrizó con brusquedad y, cuando una de las ruedas se enganchó en una piedra, perdió el control. Recordaba que había dado un bandazo y que el ala derecha se había levantado demasiado.

De pronto, todo se había vuelto negro...

Brit se soltó el cinturón y se golpeó contra el techo. Hizo un esfuerzo y consiguió sentarse de nuevo. Miró el panel de control y trató de pensar en lo sucedido.

El Skyhawk era una increíble pieza de ingeniería. No era posible que hubiera perdido todo el aceite de pronto, sin ayuda.

Lo que había sucedido no había sido un accidente. Alguien había intentado matarla. Y había estado a punto de conseguirlo.

Con cuidado, se tocó el chichón que le había salido en la cabeza. Era muy doloroso pero, aparte de eso, una vez que había conseguido superar la desorientación, se encontraba bien. Estaba tensa y tenía moratones por todo el cuerpo. Pero bien. Cuando Rutland y ella salieran de allí, ella continuaría con el viaje mientras su guía...

«Rutland». Antes de despegar Rutland se había puesto pálido.

–No me gusta mucho volar, alteza –le había dicho él–. Si no le importa, me sentaré en la parte de atrás.

Después de aquella experiencia, Rutland no volvería a subirse a un avión.

Brit se estremeció. La calefacción no funcionaba y la cabina se enfriaba por momentos. En el exterior, el viento soplaba con fuerza.

–¿Rutland? –lo llamó en voz alta–. ¿Estás bien?

Se volvió y vio que el guía tenía las rodillas y la cabeza contra el techo, en una postura imposible. Sus ojos la miraban sin ver.

Era cierto. Rutland Gottshield no volvería a subir a un avión, excepto para que lo llevaran a enterrar a algún sitio.

Brit se cubrió la boca con la mano. Tomó aire por la nariz y lo soltó despacio. Varias veces.

Quería gritar. Vomitar. Dejarse llevar por el pánico, la lástima y el sentimiento de culpa que se apoderaba de ella.

–No. No pierdas el control –se ordenó entre dientes.

Tratando de ignorar la mirada de su guía fallecido, miró a su alrededor. Tanto la puerta de la izquierda como la de la derecha estaban cerradas. Ella trató de mover las manijas y de empujarlas, pero no consiguió nada.

Tenía que salir de allí. Y se llevaría consigo la bolsa, el abrigo y el arma que había colocado en la red que había detrás de los asientos traseros.

Brit tragó saliva, respiró hondo y se deslizó entre los asientos delanteros. Rutland estaba en medio, y cuando trató de pasar a su lado, su cuerpo se derrumbó sobre ella.

«Un peso muerto», pensó con humor negro.

Respiró hondo y empujó el cuerpo, todavía caliente, contra la ventana lateral.

Reclinó el asiento trasero del lado derecho y sacó sus cosas de la red. Después, regresó a la zona del piloto.

–El arma –murmuró jadeando. Se encontraba en una zona salvaje. Y debía recordar que no se había estrellado por accidente.

Sabía disparar. Su tío Cam le había enseñado hacía muchos años y ella había estado practicando en un campo de tiro de San Fernando Valley. Cuando se vivía y trabajaba en una de las zonas más peligrosas de Los Ángeles, era bueno poder protegerse, tanto en casa como en el trabajo. Y Brit trabajaba sirviendo mesas en una pizzería para poder llegar a fin de mes.

¿La dolorosa realidad? Aunque Brit era capaz de manejar un arma y de pilotar un avión, había abandonado los estudios en UCLA y no conseguía vivir con lo que ingresaba del fondo fiduciario. Siempre tenía muchas cosas que pagar: las clases de vuelo, las clases de autodefensa, los viajes de mochilera, las tasas del campo de tiro. Y, además, cuando una amiga le pedía un préstamo no era capaz de decirle que no.

Así que la pizzería Pizza Pitstop se había convertido en parte de su vida.

Brit se colgó el arma del hombro y la colocó bajo su brazo izquierdo. Después, se puso la chaqueta. Era septiembre y hacía frío en Vildelund, la parte norte del país natal de su padre.

Con el arma encima y el abrigo puesto, estaba lista para marcharse.

Tocó el bolsillo de su abrigo y descubrió que todavía tenía la bolsa de M&Ms que había guardado. La sacó y se comió una bolita de chocolate.

Deseaba estar en su casa de East Hollywood, a punto de salir hacia su trabajo...

–¡No! –se dijo en voz baja–. No pienses en eso. Querías hacer esto. Un hombre ha fallecido porque tú querías hacer esto.

Había llegado el momento de continuar con su camino.

Apoyándose contra el asiento, Brit dio una patada al parabrisas trizado y consiguió hacerle un agujero. Metió la bolsa a través del mismo y después intentó salir ella.

Una vez en el exterior, se contuvo para no llorar y gritar aterrorizada.

Estaba viva, y eso era importante.

Si Rutland hubiera podido salir con ella...

Temblando, se acuclilló en el suelo y miró hacia el agujero por el que acababa de salir.

¿Debía regresar para intentar sacar al guía y darle un entierro digno?

Se estremeció y negó con la cabeza. Enterrar al guía requeriría mucho tiempo y esfuerzo, y de todos modos, Rutland no se iba a enterar.

Estiró las piernas y permaneció un instante cabeza abajo. Notó que la cabeza le daba vueltas. Durante unos segundos, respiró hondo y miró al suelo, consciente de que un halcón chillaba en los alrededores, del sonido del agua del fiordo contra la orilla, del susurro del viento, del frío, del olor de la vegetación y del crujido de la avioneta accidentada. En algún momento, se había cortado la mano y la sangre corría por sus dedos. Ella giró la mano y se miró la palma. La sangre húmeda comenzaba a coagularse.

Dobló la mano. «Estoy bien», pensó. Se enderezó y se sacudió la tierra de la ropa.

«Puedo hacerlo», se aseguró.

Aparte de algunos cortes superficiales, de algunos moratones y del chichón de la cabeza, estaba ilesa. Llevaba una brújula y un mapa con las instrucciones para llegar adonde se dirigía. El mapa se lo había dado Medwyn, quien había nacido en Vildelund. Tenía comida para varios días. Y sabía cómo hacer fuego. Bajo la chaqueta llevaba un jersey de lana y una camiseta térmica. También llevaba puesta unas botas y unos calcetines de lana de alpaca. Tenía un arma y sabía cómo utilizarla en caso de necesidad.

Quizá no hubiera terminado la universidad, quizá tuviera problemas para encontrar un trabajo, pero era capaz de asumir la vida y la muerte.

Podría hacerlo. Había viajado por muchos sitios y sería capaz de encontrar el camino hasta el pueblo de los Mystics, donde se suponía que vivía Eric Greyfell, el hijo de Medwyn y el hombre que le contaría la verdad acerca de cómo había fallecido su hermano Valbrand.

Encontraría a Greyfell y hablaría con él. Y cuando regresara a la civilización, descubriría quién había saboteado la avioneta y asesinado al pobre Rutland. Se ocuparía de que el culpable fuera castigado y de que los hombres de su padre recogieran el cadáver para ofrecerle el entierro que merecía.

«Míralo de esa manera», se dijo mientras contemplaba el terreno escarpado que se extendía delante de ella. «El accidente de avión y la muerte de Rutland era lo peor que podía haber sucedido. Y ha sucedido».

Lo peor había terminado, y ella seguía viva.

En ese momento, algo pasó silbando junto a su oreja.

Quizá, lo peor no había terminado.

Brit llevó la mano a su pistola mientras caía sobre una rodilla. Estaba a punto de sacar el arma cuando oyó otro silbido y sintió un golpe seco en el hombro izquierdo.

¡Una flecha! La miró con incredulidad y se fijó en que tenía la punta clavada en el hombro. La sangre le había manchado la chaqueta y notaba su calor húmedo bajo el jersey.

No sentía dolor. A pesar del shock, la herida estaba como adormecida.

Y además, todavía no había muerto.

Recorrió la zona con la mirada en busca de su atacante. Saliendo de detrás de una roca vio a un chico joven, de unos diecisiete o dieciocho años como mucho. Tenía el cabello rubio y largo. Iba vestido de cuero y llevaba una ballesta con la que la apuntaba. Pero ella ya había sacado la pistola. Su mano izquierda no respondía muy bien, pero consiguió quitar el seguro del arma. Era extraño, era como si se le hubiera quedado dormida. Pero podría disparar con una sola mano. De pronto, sintió que la mano derecha tampoco respondía. Le pesaba mucho y no podía mantenerla extendida. Se le cayó a un lado, con el cañón apuntando hacia el suelo.

Estaba muerta.

Antes de que le lanzaran otra flecha, justo cuando su cuerpo se derrumbaba sobre el suelo, oyó un disparo. Su posible asesino gruñó y se retiró hacia atrás. La flecha que iba dirigida a atravesarle el corazón cambió el rumbo.

Y Brit se desplomó en el suelo, drogada. ¿Por la flecha que tenía en el hombro? Seguramente. No había muerto, sino que estaba sumida en un estado de letargo.

Oyó unos pasos. Un hombre se inclinó sobre ella. Su rostro era anguloso y sus ojos verdes deslumbrantes. Ella lo recordaba de las fotos que le había mostrado Medwyn.

Era el hijo de Medwyn, Eric Greyfell, el hombre al que había ido a ver.

Y allí, junto a Greyfell, había otro hombre vestido de negro. Con el rostro oculto tras una máscara de cuero.

Aquello debía ser lo que uno ve antes de morir.

No pudo mantener los ojos abiertos.

Silencio.

Paz.

Inconsciencia.

Durante un tiempo solo hubo silencio y oscuridad.

Después, llegó el delirio. Le ardía el cuerpo y estaba empapada en sudor.

Y soñaba.

En los sueños, recibía visitas. Primero Elli. Elli era su hermana mediana. Eran tres mellizas y habían nacido con horas de diferencia. Liv, Elli y Brit.

–Oh, Brit –Elli lucía su vestido de boda vikingo. También la espada de boda apuntando hacia abajo, con joyas incrustadas en la empuñadura–. ¿En qué te has metido ahora?

–Ell, estás preciosa.

–Tú no.

–Bueno, es que... Tengo mucho calor. Estoy ardiendo.

–Deberías haber terminado los estudios, ¿no crees? O, al menos, una de esas novelas que empiezas, antes de salir para que te matasen.

–No estoy muerta. Todavía...

–¿No te lo advertí? –esa era Liv. Estaba inclinada sobre Brit, mirándola con el ceño fruncido–. Nuestro querido padre, el rey, tiene todo el palacio vigilado. Hay espías por todos sitios. ¿Cómo puedes llamarlo papá? Era tan bueno que nos abandonó, a las hijas que no necesitaba... hasta que perdió a todos sus hijos.

–Él es como es...

–Deberías haber mantenido la promesa que le hiciste a mamá y haber regresado a casa conmigo. Así no estarías aquí. Sudando y delirando. Muriéndote.

–Hace calor... –Brit cerró los ojos.

Y cuando los abrió de nuevo, vio a su padre. Él estaba de pie detrás de su escritorio, en la sala privada del palacio real. Pero también estaba con ella. Mirándola.

–Brit. Tienes que ser fuerte.

–Hace calor...

–Lucha. Llevas sangre de reyes en las venas. Tengo planes para ti. No se te ocurra morir y decepcionarme.

–No, papá. No moriré. Prometo que no...

Pero su padre negó con la cabeza y desapareció. Su madre ocupó su sitio.

–¿Qué haces, Brit? ¿En qué estabas pensando?

–Mamá –dijo ella, y trató de acariciarla, pero le dolió el hombro–. Oh, mami, lo siento mucho... –pero su madre también se desvaneció.

Alguien la ayudó a tumbarse de nuevo sobre las pieles. Una mujer se acercó a ella y le susurró al oído:

–Está bien. Descansa. Aquí estás a salvo.

También había otras voces que decían que solo podían esperar y tratar de que estuviera lo más tranquila y cómoda posible. Le hablaban con suavidad y le secaban el sudor con paños mojados.

Y después, apareció el hermano que había fallecido y a quien nunca había conocido.

Valbrand.

Una ola de felicidad le recorrió el cuerpo. ¡No había muerto!

Ella lo sabía, pero nunca se había atrevido a admitirlo.

Nadie la creía cuando ella decía que descubriría la verdad acerca de lo que le había sucedido a su hermano. Bueno, su padre la creía un poco. Y Medwyn. Después de todo, ellos la habían enviado allí para descubrir lo que pudiera.

Pero nadie más tenía esperanzas. Ni su madre, ni sus hermanas. Ni siquiera Jorund Sorenson, el aliado que había encontrado en la National Investigative Bureau.

Todos le decían que ya conocían la verdad, que Valbrand había muerto en el mar.

Ella les dijo que probablemente tenían razón, pero que buscaría a Eric Greyfell para comprender mejor la muerte de su hermano.

Pero sabía que no era cierto.

Y tenía razón.

Trató de pronunciar su nombre, pero las palabras no salían de su boca.

Valbrand. Alto, fuerte y vivo. De pie junto a ella. Iba vestido de negro, como el hombre enmascarado que había visto en el fiordo cuando se había desplomado. Valbrand miraba a Eric Greyfell, quien estaba a su lado.

Eric le advirtió:

–Ella te está viendo. Te conoce. No deberías estar aquí sin llevar la máscara.

Una de las mujeres que la cuidaban susurró:

–Ella no sabe nada. Está atrapada en el mundo de los delirios...

Su hermano sonrió sin dejar de mirar a Greyfell.

–La pequeña de mis hermanitas... Tu prometida –dijo él.

«Tu prometida, tu prometida, tu prometida...», sus palabras retumbaron en la cabeza de Brit.

–Si sobrevive –dijo Greyfell con rostro inexpresivo.

–Sobrevivirá –dijo Valbrand–. Thor y Freyja la protegen por igual. Suyo es el trueno, suyo es el amor –se rio–. Y la guerra...

Tras esas palabras, la miró. Ella se percató de que algo terrible le había sucedido en el lado izquierdo de su rostro. Lo tenía cosido y se veía el tejido blanco de la cicatriz. La carne del centro tenía un color entre rojizo y morado. ¿Qué podía provocar algo así?

¿Ácido? ¿Un soplete?

Gritó con lástima y desesperación.

La agarraron con suavidad y la tumbaron de nuevo, tranquilizándola:

–Descanse, está a salvo...

2

Poco a poco, el calor desapareció y cesaron los sueños.

Brit despertó débil y agotada. Estaba en una habitación de madera. Las ventanas eran pequeñas y estaban en lo alto de la pared. La luz del día se adentraba por ellas. Con mucho cuidado, volvió la cabeza.

Vio que había una estufa redonda en el centro de la habitación. También una mesa de madera con un banco a cada lado y lámparas de aceite en los apliques de la pared.

Ella estaba tumbada en un camastro de obra que había contra la pared. Alguien le había puesto un camisón blanco de algodón y la había cubierto con pieles.

Había una mujer delgada y de pelo blanco. Estaba sentada en un taburete en el otro extremo de la habitación y trabajaba en algo que parecía ser un telar antiguo.

Brit se humedeció los labios. ¿Aquello era real o era otro de sus interminables sueños?

Al sentarse sintió dolor en el hombro, un vuelco

en el estómago y que la cabeza le daba vueltas, pero no volvió a tumbarse.

–¿Valbrand? –pronunció–. ¿Eric Greyfell?

La mujer se levantó y se acercó a ella.

–Ya, ya. Está bien. Estás a salvo.

Ella recordaba su rostro arrugado y la ternura de su mirada.

–Te conozco. Has cuidado de mí.

–Ha estado muy enferma –dijo la mujer, mientras la tumbaba de nuevo y la cubría con las pieles–. Teníamos miedo de perderla. Pero es fuerte. Se recuperará.

Entonces, lo recordó todo. La avioneta, el aterrizaje, la muerte de su guía.

–Rutland... Mi guía... –a lo mejor también había sido un sueño.

–Hemos hecho lo que hemos podido –dijo la mujer.

–Pero yo...

La mujer ya se había dado la vuelta. Se acercó a la estufa y, con una taza de madera, sacó un líquido caliente de una olla de hierro. Con la taza en la mano, regresó junto a Brit.

–Enviamos el cuerpo del guía a su familia. Viven en el valle contiguo a este.

Así que aquello había sido real. Las lágrimas corrieron por sus mejillas.

–Fue culpa mía...

–No. Lo que marca el destino ningún mortal puede alterarlo.

–No fue el destino, fue mi arrogancia. Estaba segura de que podría...

–Tome –le llevó la taza a los labios–. Beba. Esto la tranquilizará.

–Pero yo...

–Beba.

Brit no tenía energías para discutir. Bebió un sorbo. El líquido caliente se le deslizó lentamente por la garganta.

–Muy bien –dijo la mujer, y dejó la taza vacía sobre el suelo–. Ahora descanse –se volvió para marcharse.

–Espera... –la llamó–. Mi hermano. Quiero verlo.

La mujer negó con la cabeza.

–Princesa, usted sabe que sus hermanos fallecieron.

–Kylan, sí –había fallecido cuando era un niño–. Pero Valbrand no. Lo he visto. En esta habitación, mientras estaba enferma. El lado izquierdo de su rostro... Tenía muchas cicatrices...

Se hizo un silencio. El fuego chisporroteaba en la estufa.

–Ha sido un sueño. Por culpa de la fiebre –dijo la mujer.

–No, él estaba aquí. Él...

–El príncipe Valbrand está muerto, alteza. Se fue. El mar se lo llevó en julio del año pasado –dijo la mujer con ternura.

Brit abrió la boca para discutir, pero la mujer se acercó a ella otra vez. Llevaba un medallón plateado colgado del cuello. Brit no pudo resistirse y lo tocó.

Al moverlo, el fuego se reflejó en él, y Brit no pudo evitar sonreír.

La mujer también sonrió.

–Es el medallón de mi matrimonio –aclaró con la sonrisa aún en los labios.

–Yo también tengo uno –dijo Brit, y se tocó el lugar donde lo llevaba colgado, bajo el camisón–. Medwyn me lo dio, el consejero de mi padre. Pero el mío solo es para darme suerte.

–Ah –dijo la mujer–. Ahora, duérmase.

Brit estaba cansada, pero tenía muchas preguntas por hacer.

–¿Dónde estoy?

–Está donde quería estar, entre los Mystics.

–¿Cuánto tiempo he estado enferma?

–Este es el cuarto día.

Su avión se había estrellado un lunes.

–¿Es jueves?

–Sí.

–¿Cómo...?

–Eric la encontró y la trajo aquí.

–Greyfell me encontró... ¿En el fiordo Drakveden?

–Así es.

–Pero entonces, debe ser cierto. Lo vi... Vi a Eric Greyfell cuando la avioneta se estrelló. Valbrand estaba con él, lo prometo. Llevaba una máscara negra. Y había un chico con una ballesta... –se llevó la mano al hombro vendado–. Alguien disparó antes de que él pudiera...

–Shh –la mujer le acarició la frente–. No haga más preguntas. Duerma.

–Mi padre. Mi madre y mis hermanas... Estarán preocupados...

–Hemos anunciado al rey que está a salvo con nosotros.

Brit apenas podía mantener los ojos abiertos.

–Duerma –susurró la mujer.

–Por favor... ¿Cómo te llamas?

–Asta. Soy la hermana de Medwyn. La tía de Eric.

–Asta. Es un nombre bonito.

–Gracias, alteza. Ahora, duérmase.

–Sí. De acuerdo. Lo haré.

***

Brit oyó las risas de una criatura y abrió los ojos. Al instante vio una melena rubia y rizada que se escondía y aparecía de nuevo.

–Te veo –dijo con una sonrisa.

Risas. La criatura apareció de nuevo y se señaló el pecho con el dedo pulgar.

–Mist.

–Hola, Mist. Yo soy Brit.

–Brit –sonrió la niña–. Princesa Brit.

–Con Brit bastará.

–Brit. Brit, Brit...

–Mist –Asta la llamó desde la estufa, donde estaba sentada con otras dos mujeres y más niños–. Deja que la princesa duerma.

–Está bien –dijo Brit, y se sentó guiñándole un ojo a la pequeña.

Al sentir dolor en el hombro, hizo una mueca. Necesitaba darse una ducha. Y comer. Pero, sobre todo, beber agua.

–¿Podrías darme un poco de agua?

–Por supuesto –Asta se acercó al grifo que había en un lateral de la habitación y llenó una taza con agua para llevársela a Brit.

Ella se la bebió encantada.

Desde el suelo, Mist se rio otra vez.

–Brit tenía sed –dijo.

–Mucha. Gracias –le devolvió a Asta la taza vacía. Las mujeres que estaban junto al fuego la estaban mirando–. Me acuerdo de que vosotras estabais aquí cuando estaba enferma.

–Me había olvidado –dijo Asta–. Alteza, mis nueras, Sif y Sigrid. Mist, a quien ya ha conocido, es la hija pequeña de Sif –también le presentó al resto de los niños.

–Me alegro de conoceros –se volvió hacia Asta–. ¿Qué hay para cenar?

Asta sonrió.

–Su salud ha mejorado mucho.

–Sopa –dijo Mist.

–Pensaba más en un filete con huevos.

–Su estómago no está preparado para tomar só-lidos todavía –dijo Asta.

Brit suspiró.

–La sopa bastará –sonrió–. ¿Puedes ir y decirle a mi hermano que me gustaría verlo ahora mismo, por favor?

Durante un instante, la habitación quedó en silencio.

–Ya hemos hablado de esto antes –dijo Asta–. Quizá lo haya olvidado. Su hermano está…

–No importa. Ya me acuerdo. Bueno, pues si mi hermano no está disponible, ¿podrías llamar a tu sobrino Eric? Tengo que hablar con él.

Sif y Sigrid se miraron.

Asta le sugirió:

–Coma primero. A ver cómo se siente después.

Asta sirvió un cuenco de sopa de cebada y cortó un pedazo de pan. Después, se lo llevó a Brit en una bandeja de madera.

Después de comerse la mitad de la sopa y un poco de pan, Brit no quería más.

–Creo que no calculé bien cuánto podía comer –estaba cansada–. Gracias –le entregó el cuenco a Asta.

–De nada, alteza.

–Me pregunto si no podríamos prescindir de lo de alteza.

–Será un honor.

–Entonces, llámame Brit, ¿de acuerdo?

–Sí. Brit. Está bien.

–Ahora, si pudieras traerme mi ropa y…

Asta la ayudó a tumbarse.

–Todo eso puede esperar. Ahora descansa. No estás lista para salir de la cama.

Brit descubrió que estaba de acuerdo con Asta. Se encontraba muy cansada. No tenía energía para vestirse, ni para enfrentarse a Eric Greyfell. Miró a Asta y sonrió.

–Lo siento, pero hay algo que sí que no puede esperar.

Asta le acercó un par de zuecos y le cubrió los hombros con un chal. A Brit le costó mucho trabajo incorporarse y llegar hasta la puerta apoyándose en Asta. El sol de la tarde le cegó la vista después de varios días en el interior. Brit miró a su alrededor y vio un grupo de casas de madera. Detrás de las casas había pastos y, más allá, el bosque y las montañas.

–Aquí vivimos al estilo tradicional escandinavo. En casas alargadas con una sola habitación donde comemos, dormimos, trabajamos y nos reunimos con los familiares y amigos.

En cada casa había un pequeño jardín y un cobertizo adosado. En la parte superior de la puerta había una luna de plata grabada. «Igual que antiguamente en los Estados Unidos», pensó Brit. ¿Sería el símbolo internacional para los baños exteriores?

Al ver que sonreía, Asta le preguntó:

–¿Algo divertido?

–Nada importante. Y no voy a preguntarte cómo solucionabais este tema cuando yo estaba enferma.

–Nos las arreglábamos –contestó con una sonrisa–. Estaré aquí cuando termines.

Brit entró y cerró la puerta. Cuando salió, Asta la estaba esperando, tal y como le había prometido.

–Eres mi heroína, Asta, quiero que lo sepas.

–Me alegra serte útil.

-Tengo que preguntártelo, aunque sé que voy a parecer la típica estadounidense maleducada... ¿Nunca habéis pensado en poner un baño de verdad y en meter electricidad?

Asta se encogió de hombros.

-Aquí vivimos de manera sencilla. Es una vida dura, sí. Pero es nuestra manera de vivir. Creemos que la vida dura crea un carácter más fuerte y una mente despejada... Vamos. Hay que llevarte a la cama otra vez -le ofreció el hombro para que se apoyara.

Despacio, regresaron hasta el interior de la casa y Asta le ofreció un poco de agua templada y un paño para que se lavara las manos y la cara.

Brit estaba medio dormida cuando se percató de que Asta estaba revisándole el vendaje.

-¿Asta?

-¿Hmm?

-Acerca de mi hermano...

-Shh. Duerme.

Brit cedió y obedeció.

Cuando despertó, Eric Greyfell estaba sentado en una silla junto al camastro de pieles.

Ella pestañeó y murmuró.

-Ya era hora de que aparecieras.

Él asintió.

-Mi tía me informó de que querías hablar conmigo.

-¿Dónde está Asta?

-Mi tía, como habrás observado ya, es una especie de curandera. Esta noche necesitaban sus conocimientos en otro lugar.

Brit recordó que todavía no había visto al marido de Asta.

–¿Y tu tío?

–Murió hace varios años.

–Lo siento.

–Nacemos y morimos. Así es la vida. Hace tiempo que dejamos de llorar la muerte de mi tío.

–Ya. Por lo menos, el dolor acaba desapareciendo.

Greyfell no dijo nada. Brit lo miró, preguntándose cuál sería la mejor manera de hacerle admitir que su hermano Valbrand estaba vivo y de convencerlo para que la dejara verlo.

–¿Por qué me miras así? –preguntó al ver que él la miraba fijamente.

–¿Cómo?

–No importa –deseó no habérselo preguntado.

Él se puso en pie y se inclinó sobre ella. Brit lo miró y deseó que no se hubiera acercado tanto. Se sentía vulnerable, débil y temblorosa.

Ella se sentó y notó dolor en el brazo.

–Escucha.

–¿Sí?

El cabello le llegaba por los hombros y olía a fresco. Ella no quería ni imaginar a qué olería, después de tantos días enferma. Se cubrió un poco más con las pieles, como si pudiera así protegerse de su profunda mirada.

–Solo quería hablar contigo sobre mi hermano... –esperó.

Quizá él le dijera la verdad que todo el mundo le negaba. Quizá pudiera ver en su mirada que necesitaba que alguien le confirmara que Valbrand seguía vivo.

Quizá él se daría cuenta de que podía confiar en ella.

Pero no fue así. Él no dijo nada.

Brit gruñó con frustración.

–¿Podemos dejarnos de evasivas y mentiras? ¿Podrías dejar que hable con mi hermano?

Él la miró. Sus ojos brillaban con compasión.

–Has de aceptar que tu hermano está muerto.

–No.

–Sí.

Brit se agarró con fuerza a las pieles y deseó no estar tan cansada. Quería conseguir que él admitiera lo que ambos sabían que era verdad. Pero ¿cómo lograrlo?

Se sentía torpe y no podía pensar con claridad. Tarde o temprano, tendría que ceder y dormirse otra vez.

–Lo vi. En el fiordo. Contigo. Estoy segura, aunque ese día llevaba una máscara, pero después, aquí, mientras yo estaba enferma, vi su rostro. Por favor, deja de mentir. Deja de insinuar que estaba demasiado enferma y confundida como para saber lo que vi. Por favor, admite que...

–No puedo admitir algo que nunca ha sucedido –dijo él en un tono que parecía sincero.

Ella casi empezaba a creer que él decía la verdad. Y a dudar de lo que había visto.

–Estaba aquí. Lo sé.

Él negó con la cabeza.

Ella tragó saliva. Tenía la boca seca.

–¿Podrías darme un poco de agua?

–Será un placer.

Se acercó al fregadero y regresó con un vaso de agua.

–¿Necesitas ayuda?

–Gracias. Puedo arreglármelas –estiró la mano para que le diera el vaso. Se bebió toda el agua y suspiró.

–¿Estaba buena?

–Deliciosa.

–¿Quieres más?

–Te lo agradezco –le dio la taza.

Sus dedos se rozaron cuando él la retiró de su mano. Por algún motivo, le pareció que era un contacto demasiado íntimo. Él se acercó al fregadero y ella lo observó marchar. Tenía un trasero estupendo y se movía con seguridad, como el rey en el que la gente creía que se convertiría, ya que Valbrand había fallecido.

En Gullandria, la sucesión nunca estaba asegurada.

Todos los nobles eran príncipes. Y cualquier príncipe podía presentarse como candidato a rey y entonces la Gran Asamblea se reunía para la ceremonia de elección.

Desde la infancia, Eric había sido educado para ocupar el puesto de su padre como consejero mayor. Y todo el mundo estaba convencido de que Valbrand sería quien ocuparía el trono. El rey Osrik era un gobernador muy respetado. El país había prosperado mucho durante su reinado. Y la gente apreciaba a Valbrand. Por lo tanto, era una elección lógica.

Pero Valbrand se fue al mar y no regresó. Y Osrik y Medwyn se centraron en Eric para que ocupara el trono cuando llegara el momento. Ambos habían decidido que Eric debía casarse con una de las hijas de Osrik...

El futuro rey estaba junto al fregadero, de espaldas a ella.

Brit sonrió.

Los planes de Medwyn y de su padre habían fracasado. Elli se había enamorado del hombre que habían enviado para secuestrarla. Y la noche de la boda de Elli, Liv había coqueteado con el príncipe Finn Danelaw. Y como consecuencia, se había quedado embarazada. ¿Y Eric? Después de pasar varios meses en busca de la verdad sobre la muerte de Valbrand, Eric se había ido a Vildelund a pesar de que su padre le había pedido que regresara al palacio para comenzar a prepararse como futuro rey.

Sí, Brit sabía que Medwyn y su padre querían convertirla en la novia de Eric. Pero ella les había dejado bien claro que no tenía tiempo para el amor.

Iba en busca de la verdad acerca de Valbrand.

–¿Brit?

Ella pestañeó. Eric estaba de pie con el vaso en la mano.

–Ah, lo siento. Pensaba en las musarañas –al ver que él la miraba de forma extraña, añadió–: Es una expresión. Significa...

–Pensar sin querer –explicó él–. Estar absorto.

–Muy bien.

–¿Y a qué conclusión has llegado pensando en las musarañas?

Ella agarró el vaso y bebió un poco.

–Nada importante.

–No sé por qué, pero no te creo.

–Entonces, estamos empatados –terminó de beber y le dio el vaso–. ¿Sabes qué? Estoy muy cansada. Te agradezco que hayas venido para hablar conmigo –se tumbó–. No es necesario que te quedes hasta que regrese tu tía. Estaré bien, lo prometo –se acurrucó y cerró los ojos.

El sueño se apoderó de ella enseguida.

Eric contempló a la hermana pequeña de Valbrand mientras se adentraba en el país de los sueños. Era muy valiente. Había ido a buscarlo hasta su tierra natal, con solo un acompañante para mostrarle el camino. Había sobrevivido al accidente en el que se había matado su guía y estaba dispuesta a enfrentarse con su arma a todo lo que pudiera sucederle. Además, pocas personas sobrevivían a una flecha envenenada. Y a él le gustaba su agilidad mental.

Tenía ojeras. Y un mechón de pelo caía sobre su mejilla. Él se lo retiró con delicadeza, para no hacerle daño en el chichón que tenía en la sien.

Ella suspiró y esbozó una sonrisa. Al verla, él sonrió de manera instintiva.

Tenía que admitirlo, su padre había hecho una buena elección.

3

Brit despertó mucho más tarde. Las lámparas estaban apagadas y era de noche. El fuego estaba casi consumido y las brasas daban cierto resplandor a la habitación.

Se sentó y se sorprendió al ver que no le dolía el hombro ni le daba vueltas la cabeza.

Se fijó en que había otros tres camastros parecidos al que ella ocupaba. Uno de ellos estaba ocupado, y no por la mujer que había cuidado de ella durante días.

Eric yacía con las pieles hasta la cintura, los ojos cerrados y el rostro mirando hacia el centro de la habitación.

¿Habría dormido allí las noches anteriores? Ella no se había dado cuenta y le costaba pensar si habría sido así.

La luz de la luna iluminaba su rostro y remarcaba sus facciones, su torso desnudo y sus brazos musculosos.

El chico era muy atractivo.

Y ella necesitaba ir al baño.

Suponía que a esas alturas ya estaría lo bastante

fuerte como para poder ir sola. Retiró las pieles y se sentó en el borde del camastro. Los zuecos estaban en el suelo, junto a la cama.

Se los puso y se levantó despacio. Agarró una de las pieles y se cubrió el cuerpo con ella. Después, se dirigió a la puerta.

–¿Qué haces levantada? –preguntó Eric.

Ella suspiró.

–Lo siento. No quería despertarte. Tengo que ir afuera –añadió sin mirarlo. Tenía la sensación de que se había acostado desnudo y de que iba a querer ayudarla. Si todo su cuerpo era igual que lo que ella había visto...

«Ni lo pienses», se amonestó.

–Iré contigo –dijo él.

–Date prisa, ¿de acuerdo? Es cada vez más urgente.

Al momento, él estaba agarrándola del codo. Al ver su torso desnudo, Brit comentó:

–Debe de hacer mucho frío ahí fuera.

Él se encogió de hombros, abrió la puerta y salió junto a ella al frío de la noche.

–Te esperaré aquí –le dijo cuando llegaron al servicio.

Cuando ella abrió la puerta para salir del baño, él la estaba esperando con los brazos cruzados y la piel de gallina.

–¿Estás lista? –le ofreció el brazo.

–Creo que puedo ir sola.

Él se encogió de hombros y la siguió.

Una vez dentro de la casa, Brit se acercó al fregadero. Él la siguió.

–Espera –accionó la bomba.

Brit se lavó las manos y se mojó la cara. Cuando terminó, él le tendió una toalla. Mientras ella se secaba, Eric se agachó para recoger la piel que se había caído al suelo cuando ella se lavaba la cara. Señaló hacia el camastro y dijo:

–Vuelve a la cama.

Ella obedeció y se tumbó de nuevo. Él la cubrió con la piel.

–Ahora, duérmete.

–Tu tía siempre me dice lo mismo –sonrió.

–Es un buen consejo. Has estado muy enferma.

–¿Sigue en casa del vecino?

Él asintió.

–No tiene buena pinta. Parece un ataque al corazón. El hombre es joven. Apenas tiene cuarenta años.

–¿No debería estar en el hospital?

–Es un verdadero Mystic. No cree en los hospitales.

–Pero si muere...

–Vivir aquí es una elección. Con pocas ventajas. No hay teléfono, ni centro de urgencias. La mayoría de los que viven aquí aceptan la realidad de este lugar.

–¿Por qué?

–Aquí encuentran tranquilidad. Y el verdadero significado de sus vidas.

Ella sonrió pensando en lo que Asta le había dicho acerca de aquel lugar.

–Me he sorprendido al ver que dormías aquí.

–Vivo en la casa de mi tía cuando me quedo en el pueblo.

–¿Y dónde vive mi hermano?

Él no contestó enseguida. Ella tenía la sensación de que algún día le contaría la verdad. Y lo perseguiría hasta que aceptara llevarla al lugar donde se encontraba Valbrand.

–Tu hermano dormirá para siempre en el fondo del mar.

Ella se mordió el labio inferior para evitar que temblara.

—Eso es muy cruel.

—La verdad es cruel muchas veces.

—Pero no es la verdad. Es mentira. Yo lo vi. Y lo sabes. Estabas a su lado. Dijiste: «Ella te está viendo. Te conoce».

—Soñabas.

—No fue un sueño.

Se dio la vuelta.

—Buenas noches, Brit.

Ella lo oyó acomodarse entre las pieles.

—¿Eric?

—¿Sí?

—¿Tienes alguna manera de ponerte en contacto con mi padre y con el tuyo?

—Sí, por radio. No siempre funciona, pero al final se consigue.

—¿Así es como le contaste a mi padre lo que me pasó?

—Eso es.

—¿Y por qué él no envió un helicóptero para sacarme de aquí y llevarme al hospital?

Eric permaneció en silencio unos segundos.

—¿Eric?

—¿Es eso lo que hubieses pedido si hubieras podido tomar la decisión tú misma?

—No.

—Entonces, hicieron lo que tú habrías pedido.

—Pero ¿quién decidió que me quedara aquí, en el pueblo de tu tía, en lugar de llevarme al hospital? ¿Mi hermano?

—Eso habría sido muy difícil, puesto que está muerto.

—Esa radio... ¿Dónde está?

—Aquí, en el pueblo.

–Entonces, me trajisteis aquí y contactasteis con mi padre...

–Sí.

–¿Y mi padre decidió que me quedara?

–Tu padre. Y el mío. Tu padre te conoce mejor de lo que crees.

–¿Y tu padre?

–Algunos dicen que tiene poderes para ver los secretos que otras personas guardan en su corazón. Él sabía que tú te habías encaminado hacia aquí y que, si te llevaban a otro sitio, regresarías.

–Pero si hubiera muerto...

–Mi padre también estaba seguro de que sobrevivirías. Y de que volverías a ser fuerte. Hay un viejo refrán que dice...

–Que la duración de mi vida y el día de mi muerte están fijados desde hace mucho tiempo –al ver que él se reía, añadió–: ¿Y tú qué sentiste al tener que traer a una mujer moribunda desde el fiordo Drakveden hasta el pueblo de tu tía?

–Fue un viaje duro por una zona difícil. Me llevó todo un día y parte de la noche. Durante un tiempo, estuve convencido de que no sobrevivirías.

–¿Y cuando mi padre y el tuyo decidieron que me quedara?

–Dudaba de que fuera la decisión acertada, pero aquí estás. Viva. Recuperándote. Me doy cuenta de que me equivoqué al dudar.

–Desde luego. Y, ¿Eric?

–¿Sí?

–Tu padre tenía razón. Mi camino está marcado. No me marcharé hasta que no me encuentre cara a cara con mi hermano.

Se hizo un silencio.

A Brit le pareció bien. No había nada más que decir.

***

Cuando Brit despertó era de día y Eric se había marchado. Asta estaba acostada bajo las pieles en el camastro de la entrada.

Sin hacer ruido, Brit se acercó al fregadero para beber un poco de agua. Después regresó a la cama para dormir un rato más.

Pero su estómago rugía sin cesar y necesitaba darse un baño. Sin embargo, no sabía cómo conseguir comida ni dónde podía lavarse. Necesitaba la ayuda de Asta.

Durante un buen rato, trató de dormirse otra vez. De pronto, se abrió la puerta. Era Eric. Tenía el pelo mojado y estaba recién afeitado. Llevaba algo de ropa en la mano y un neceser de cuero. Se acercó a la cama y lo guardó todo debajo de ella.

Brit se sentó. Él la miró y ella hizo un gesto para que se acercara.

–Sé que te has dado un baño. ¿A quién tengo que matar para poder darme uno?

Él se agachó para sacar su bolsa de debajo de la cama.

–Saca lo que necesites –le dijo en voz baja, y sacó su chaqueta también.

Ella se fijó en que habían cosido el agujero de la flecha y habían lavado la mancha de sangre.

–Vamos –dijo él–. Te mostraré el camino.

La casa de baños estaba dividida en dos. Una parte para hombres y otra para mujeres. Eric le había contado que había un calentador de agua y toallas en una estantería.

Brit se quitó el abrigo y el camisón. Decidió ducharse con el vendaje puesto y pensó que ya se lo cambiaría cuando llegara a la casa. Se lavó el cabello y se cepilló los dientes. Se vistió con ropa limpia y salió para descubrir que Eric la estaba esperando.

–No hacía falta que te quedaras. Puedo regresar sola.

–Dame –dijo él, y le quitó el camisón de las manos–. Y eso también –señaló su bolsa de aseo.

–No, está bien. De veras. Puedo...

Él insistió hasta que le dio la bolsa y después le ofreció el brazo.

Ella lo aceptó y continuaron caminando. Deseaba llegar a la casa para secarse el pelo junto al fuego y cambiarse el vendaje. Pero sobre todo para encontrar la manera de que él le dijera la verdad.

Era evidente que no la llevaría junto a su hermano, quizá porque Valbrand quería que fuera así.

Pero no solo se sentía molesta porque él la mintiera.

También porque él fuera tan... atractivo. Tenía la sensación de que él coqueteaba con ella de manera sutil, y era lo que menos necesitaba en ese momento de su vida.

No se fiaba de él y debía de tener cuidado.

Sin embargo, había sido todo un detalle que la esperara, y el calor de su cuerpo le resultaba agradable.

De camino, pasaron junto a varias personas. Un hombre que llevaba leña. Una mujer con un bebé a la espalda... Todos saludaban al verlos pasar y sonreían a Brit.

Cuando llegaron a la casa, Asta seguía dormida.

Brit le preguntó a Eric:

–¿Y el hombre al que estaba cuidando?

–Al parecer ha sobrevivido.

Ella sonrió, se quitó el abrigo y lo colgó en un perchero que había junto a la puerta. Después, se acercó al camastro para guardar sus cosas. Cuando se volvió hacia el centro de la habitación, Eric la estaba mirando. El vendaje mojado le había empapado la blusa. Ella se preguntaba en qué más se estaba fijando. No se había puesto sujetador porque le causaría mucho dolor y, además, pensaba acostarse en cuanto hubiera comido algo, se hubiera secado el pelo y se hubiera cambiado el vendaje.

–Deja que te cambie la venda –dijo él con suavidad.

Se miraron. Ella pestañeó y comenzó a decirle que no.

Pero necesitaba cambiarse la venda. Asta estaba dormida. Ella no podía hacerlo sola, y su camiseta térmica tenía una cremallera, de forma que podría mantener cubiertas sus partes íntimas.

–De acuerdo, te lo agradezco... pero espera un minuto –se volvió para sacar la bolsa de debajo de la cama.

En uno de los bolsillos tenía tres bolsas de M&Ms. Sacó una y la abrió. Tras comerse una bolita de chocolate, le ofreció la bolsa a Eric.

Asombrado, él negó con la cabeza.

Brit guardó la bolsa y se acercó a la mesa.

–¿Qué es eso? –preguntó él.

–M&M. Cacahuetes con chocolate. Me encantan.

–¿Y tenías que comerte uno ahora?

–Me tranquilizan... Y no te preocupes, no es ninguna droga ni nada por el estilo. Solo chocolate y cacahuetes. ¿Podemos continuar? –se metió otra bolita en la boca.

–Como quieras –hizo un gesto para que se sentara a la mesa y se volvió hacia el fregadero para lavarse las manos.

Brit se desabrochó la cremallera de espaldas a él y se quitó la manga del lado izquierdo.

Cuando él se acercó de nuevo, ella trataba de abrocharse de nuevo la cremallera.

–Espera –le dijo.

–No hay prisa.

Le dolía el brazo y se sentía ridícula tratando de abrocharse la camiseta mal puesta. Cuando lo consiguió, se volvió hacia él y se percató de que Eric estaba mirándole el pecho. Después, la miró a los ojos y ella lo comprendió todo.

Había estado mirando su medallón.

Ella podía haberle dicho que se lo había regalado su padre, pero no lo hizo. Por algún motivo, le parecía peligroso sacar el tema.

–De acuerdo. Ya puedes cambiarme la venda.

Eric dejó unas tijeras, una venda y un tubo de crema sobre la mesa. Después regresó al fregadero, agarró un paño limpio y llenó un cuenco con agua. Se acercó al fuego y vertió el agua caliente que había en una tetera en el cuenco, mezclándola con el agua fría que había puesto antes. Regresó a la mesa y mojó el paño en el cuenco.

Comenzó a trabajar. Una vez más, al tenerlo tan cerca, ella percibió su aroma. Se movía con tanta delicadeza que ella no pudo evitar preguntarse cuántas heridas habría curado.

–Es mejor que lo tengas mojado –susurró él–. Así no se pega a la herida.

Cuando le quitó el vendaje, ella vio que la herida todavía estaba colorada y supuraba un poco. Era evidente que iba a quedarle una cicatriz.

–Supongo que no podré ir a las fiestas en vestido de tirantes.

Él le limpió la herida con cuidado.

–Hay que llevar las cicatrices con orgullo. Muestran a qué nos hemos enfrentado y a qué hemos sobrevivido.

Ella lo miró y se fijó en su boca. Estaban muy cerca y con el mínimo movimiento podrían besarse.

¿Y cómo se le ocurría pensar en besos? Desvió la mirada.

Él continuó tratándole la herida, le puso crema y la vendó de nuevo.

–Ya está –dijo, y dio un paso atrás.

El estómago de Brit hizo un ruido fuerte.

Él sonrió.

–¿Te apetecen cereales?

–Por favor.

Mientras él preparaba el desayuno, ella sirvió la mesa con cuidado de no hacer ruido. Además de los cereales, tenían leche, miel y un té de canela.

Cuando terminaron de desayunar, ella se encontraba cansada otra vez. Después de recoger, él agarró una escopeta que había colgada encima de la puerta y una bolsa de debajo de su camastro y se marchó.

Asta no se había despertado en ningún momento. Brit se metió bajo las pieles y se desperezó. Estaba limpia y tenía el estómago lleno.

Al cabo de unos minutos, se quedó dormida.

Brit se despertó por la tarde. Asta estaba levantada y sus nueras y sus nietos estaban con ella cerca del fuego. Sif se percató de que se había despertado y sonrió.

Brit saludó con una sonrisa y se levantó. Se puso las botas, sacó un sujetador de la bolsa y se excusó para ir al servicio. Cuando regresó, se lavó las manos en el fregadero y bebió un poco de agua. Al ver que sobre la mesa había dos montones de plumas, preguntó:

–¿Qué es esto?

–Las ha traído Eric –dijo Asta–. Son perdices. ¿A que son preciosas?

–Desde luego –no pudo evitar preguntar–. ¿Ha regresado ya? Eric, quiero decir.

Sif y Sigrid se miraron. Asta asintió.

–Regresará para la cena.

Brit dejó la taza sobre la encimera.

–¿Y qué tal si hago algo útil y desplumo esas aves?

Asta trató de convencerla de que no hacía falta. Pero Brit insistió y al final se lo permitieron.

Cuando terminó, Brit comentó:

–Imagino que tendréis una especie de cobertizo.

Asta la miró y contestó:

–Así es. En la parte de atrás.

Brit sacó las perdices y las colgó detrás de la casa para que se curara la carne. Cuando regresó, Sif estaba a punto de llevarse la ropa sucia de Asta al lavadero comunitario.

Brit metió el camisón y otras prendas en la bolsa de red.

–Me pregunto si puedo acompañarte.

Sif la miró dubitativa.

–¿Estás segura de que te encuentras bien?

–Sí.

–Es muy decidida –dijo Asta–. Llévala contigo. El aire fresco hará que recupere el color de las mejillas.

–Yo también voy –anunció la pequeña Mist, y agarró su muñeca de trapo.

–Está bien –dijo la madre–. Puedes venir.

–No te excedas –le dijo Asta a Brit–. Si te cansas, regresa inmediatamente.

–Seguro –Brit agarró el abrigo y siguió a Sif y a Mist hasta el exterior.

El lavadero estaba cerca de los servicios. Dentro había agua caliente y seis pilas de cemento colocadas de dos en dos. Una para enjabonar y la otra para aclarar. En los de enjabonar había una tabla de lavar. Había rodillos manuales para escurrir la ropa y cuerdas de tender. También había una mesa para doblar la ropa seca.

Sif le explicó que cada familia tenía su hora de lavar.

Brit no estaba acostumbrada a lavar de esa manera y, puesto que todavía le dolía el hombro, se dedicó a meter la ropa en los rodillos para que Sif accionara la manivela.

Mientras trabajaban, Brit le preguntó a Sif cuánto tiempo llevaba casada y si había nacido en el pueblo.

–Gunnolf y yo llevamos ocho años casados... Y no, no nací aquí. Soy de un pueblo del este, cercano al fiordo Solgang.

Brit le contó cosas sobre sus hermanas y sobre sus maridos y, después, preguntó con delicadeza:

–¿Por qué ni Asta ni Eric quieren hablar de mi hermano?

Al cabo de un instante, Sif contestó con cautela:

–Creo que como has insistido tanto en que querías verlo, ellos no sabían qué decirte, excepto que no puedes verlo porque está muerto.

No era cierto. Su hermano estaba vivo y ella lo sabía.

–¿Conociste a mi hermano? –sacudió una camisa mojada y se la dio a Sif.

Sif tardó tanto en contestar que Brit pensó que no lo haría. Al final, comentó:

–Durante nuestra luna de miel, Eric nos llevó a Gunnolf y a mí para que conociéramos Lysgard. Pasamos siete noches en Isenhalla. Gunnolf ya conocía a tu hermano, puesto que cuando era pequeño, su alteza había visitado su pueblo varias veces. Pero yo nunca había tenido el honor –Sif colgó la camisa en la cuerda.

Brit sacudió una falda y al mirar a Sif vio que ella estaba sonriendo.

–Fue una época maravillosa para nosotros. Recién casados. Felices. Dispuestos a compartir la vida en el pueblo de Gunnolf. Y era un honor poder visitar la capital del país como invitados de la familia real.

Brit le entregó la falda.

–¿Conociste a Valbrand durante ese viaje?

–Sí. Era muy atractivo. Y amable. Para ser tan joven, apenas tenía veinte años, era muy atento. En más de una ocasión se detuvo para hablar con nosotros. Nos preguntaba si estábamos disfrutando de nuestra visita a Isenhalla. Incluso nos aconsejó lo que debíamos ver en Lysgard.

–Sí, estoy segura de que era así –dijo Brit con los ojos humedecidos–. El príncipe Valbrand era un buen hombre. Habría sido un rey estupendo.

–Dark Raider –dijo la pequeña Mist desde el otro lado del lavadero.

–¿Qué? –preguntó Brit, y recordó que su madre le había contado aquella historia.

Ingrid había insistido en que sus hijas debían conocer los mitos y costumbres del país donde habían nacido.

–Eso es una leyenda, ¿no es así? Un héroe enmascarado, vestido de negro y montado en un caballo de Gullandria.

–Así es –dijo Sif–. Una leyenda. Se dice que Dark Raider aparece cuando la gente está en problemas para salvarlos de los hombres corruptos y de los tiranos.

«Vestido de negro», pensó Brit. Las dos veces que ella había visto a su hermano, él había ido vestido de negro. Y la primera vez, incluso llevaba una máscara.

–¿Y qué relación hay entre mi hermano y ese personaje legendario?

Sif se rio.

–Que yo sepa, ninguna. Aparte de la que haga mi hija de dos años.

Brit se rio y miró a Sif de reojo.

–Cuéntame, ¿se ha visto a Dark Raider por el pueblo, últimamente?

Sif pestañeó.

–He de confesar que se han oído historias...

–Cuéntamelas.

–Solo son rumores. Un hombre de tres valles más allá fue atacado por los ladrones en el bosque. Dice que Dark Raider lo rescató. Y también se han producido varios incidentes relacionados con los renegados... ¿Has oído hablar de ellos? –al ver la expresión de Brit, continuó–: Te habrán contado que en Gullandria a los jóvenes problemáticos se los envía al norte, a las comunidades de los Mystics...

–Sí.

–A veces, esos chicos rebeldes huyen de nosotros. Viven en el bosque y crean problemas cuando se encuentran con otras personas. Los llamamos los renegados.

Brit se llevó la mano al hombro herido. Recordaba al chico con la ballesta que la había disparado en el fiordo Drakveden.

–Sí. El chico que te disparó era un renegado. Se cuentan historias acerca de que los renegados roban a los locales, o que vienen en grupos desde el bosque para causar problemas en el pueblo. En un valle cercano, un grupo de renegados ha provocado terror amenazando a gente inocente, matando ganado y entrando en las casas cuando no había nadie.

–¿Y Dark Raider los detiene?

–Sí. La historia cuenta que él los atrapa uno por uno y que los lleva donde no puedan causar daño.

–¿Y eso dónde es?

–Al pueblo de los Mystic, que está más al norte de todos. Allí se envía a los más problemáticos para forzarlos a que aprendan otras costumbres

–El chico que me disparó... ¿Eric lo llevó allí?

–Creo que sí.

–Y Dark Raider... Si es cierto que ha regresado, ¿dónde vive?

Algo sucedió en el rostro de Sif. Era como si se hubiera dado cuenta de que había hablado demasiado.

–Será Eric quien te hable de esto –se agachó a por otra prenda de ropa–. Debemos terminar la colada.

Brit no quiso presionarla más. Pensaba que Sif ya no le daría más información. Y la que tenía se correspondía con lo que ella había visto. Un hombre enmascarado en el fiordo, junto a Eric, y en la casa con la misma ropa.

Y Eric le había advertido:

–Ella te está viendo. Te conoce. No deberías estar aquí, sin la máscara...

Y Sif le había contado una vieja leyenda convertida en realidad.

¿Era una locura imaginar que su hermano se había disfrazado del mítico Dark Raider? No, desde el punto de vista de Brit.

¿Qué mejor manera de ocultar a sus enemigos que seguía con vida que llevando una máscara?

4

Pasó un día más. Y otro.

Brit estaba cada vez más impaciente. Había ido hasta allí por un motivo y, desde la conversación que había mantenido con Sif en el lavadero, no había avanzado ni una pizca hacia su objetivo.

El nombre de Valbrand provocaba largos silencios y miradas sospechosas. Y cuando preguntaba, le decían que ya sabía todo lo que ellos sabían sobre el tema.

Ella había tratado de obtener información de los más pequeños. Era bochornoso, pero estaba desesperada. Los niños le habían dicho que habían visto a Valbrand. Que a veces iba a visitarlos, y que por la noche se convertía en Dark Raider. Claro que también le contaron que habían visto a Thor en el cielo, lanzando su martillo y a Freyja cabalgando por las nubes en su carroza tirada por gatos.

Eso por preguntarles a los niños.

Finalmente, el martes, una semana y un día después de que se estrellara la avioneta, estaba desayunando con Eric y con Asta y decidió que ya estaba harta. Miró a Eric y le dijo:

–Me gustaría hablar contigo a solas. Después de desayunar, si te parece bien.

Él asintió.

–Como quieras –contestó.

Y Asta sonrió.

–Bueno –dijo la mujer–. Por fin –Asta se levantó de la mesa, recogió enseguida y dijo–: Estaré en casa de Sigrid.

Brit la miró sorprendida y se despidió de ella con la mano.

Cuando se cerró la puerta, Brit y Eric permanecieron mirándose el uno al otro durante unos instantes.

–Bueno... ¿Qué tienes que decirme? –preguntó él.

Brit cruzó las manos sobre la mesa y se inclinó hacia Eric.

–Todo el mundo de por aquí dice que mi hermano está muerto, que yo no lo he visto. Ni aquí, ni en el fiordo... Supongamos que me decís la verdad...

Él asintió.

–De acuerdo, entonces, remontémonos al pasado.

–Al pasado –parecía asombrado.

–Sí. Si no vas a admitir que mi hermano está vivo, ¿por qué no me cuentas qué es lo que sabes? Cuéntame qué descubriste cuando él desapareció.

–Nada. Excepto que estaba muerto.

–Ya. Pero ¿cómo murió?

–Estoy seguro de que tu padre te lo habrá contado.

–Sí. Pero quiero que me lo cuentes tú, por favor.

Él la miró un instante y contestó:

–La verdad sobre Valbrand es lo que tu padre te ha contado. Valbrand se hizo vikingo, en el sentido moderno de la palabra. Todos los príncipes que quieren presentarse como candidatos a la corona deben realizar ese viaje. Es tradición. Una reliquia del pasado, donde los reyes eran vikingos. Así que Valbrand partió con una tripulación de confianza en una reconstrucción de un navío vikingo desde el puerto de Lysgard hasta las islas Shetland y a las Feroes. Desde allí, se dirigieron a Islandia. En algún lugar del Atlántico Norte les pilló una gran tormenta y tu hermano cayó por la borda. Nunca más lo volvieron a ver.

–¿Y cómo sabes que eso es verdad?

–Busqué a los supervivientes del temporal y hablé con ellos en persona. Me contaron lo que todo el mundo sabe. He escuchado sus historias y todas coincidían con la anterior. Como ya te he dicho más de una vez, no tengo dudas acerca de que la muerte de Valbrand tuvo lugar durante una tormenta en el mar –se acercó a ella–. ¿Satisfecha?

–Nunca.

–¿Cuándo abandonarás la estúpida esperanza de encontrar vivo a un hombre muerto?

Brit se acercó más aún. Sus narices estaban casi rozándose.

–Te diré que tu propio padre y el mío me han enviado aquí para descubrir lo que le pasó a mi hermano en realidad.

–¿Eso es lo que te dijeron?

–¿Qué quieres decir? Si no, ¿por qué iba a estar aquí? Y por si lo has olvidado, mi avión sufrió un sabotaje. Y después apareció ese delincuente juvenil con una ballesta. Sif lo llamó un renegado. ¿Estás seguro de eso? ¿Estás seguro de que no era alguien enviado por la persona que saboteó mi avión para que me rematara en caso de que consiguiera salir viva?

–El chico era un renegado. Uno de los pocos rufianes que vagan por Vildelund haciendo maldades siempre que pueden.

–¿Quieres decir que fue casualidad? Si crees que voy a creerlo...

–El chico es un renegado. Hablé con él antes de enviarlo al pueblo del norte donde recibirá la disciplina necesaria.

–¿Cómo lo conseguiste?

–¿El qué?

–Tuviste que sacarme a mí y al chico herido. Me pregunto cómo un hombre solo puede hacer todo eso.

–No estaba solo. Había otros hombres conmigo. Hombres del pueblo. Ellos lo llevaron al norte.

–No vi a ningún otro hombre... Excepto a mi hermano, vestido de negro y con una máscara.

–Tu hermano está muerto. No estaba allí.

–Sí estaba. Tú, él y nadie más.

–Había otros hombres, aunque tú no los vieras. Y fue una desgracia que tu avión se estrellara. Pero no significa que te hubieran hecho un sabotaje.

–La avioneta estaba en perfecto estado. No hay forma de que el nivel del aceite bajara a cero sin más.

–Quizá el indicador del aceite estaba estropeado... y en cuanto al motivo por el que mi padre te haya enviado aquí, ambos sabemos el motivo. Solo tienes que mirar el medallón que llevas en el cuello para saber cuál es la intención de tu padre y del mío.

Brit se quedó de piedra. Buscó la cadena que llevaba alrededor del cuello y sacó el medallón.

–¿De qué estás hablando? Tu padre me lo dio para que me diera suerte, dijo que era para mantenerme a salvo de todos los males.

Eric la miró con el ceño fruncido y la cabeza ladeada.

–Es cierto que no lo sabes, ¿no es así?

–¿Qué? –preguntó ella–. ¿Qué?

–El medallón es mío. Mi padre te lo dio para que yo te conociera. Eres la mujer que he elegido como esposa.

5

-Veo que te han engañado –dijo él.

Brit agarraba el medallón con fuerza y miraba a Eric.

-Nosotros, los Mystics, nos aferramos más a las costumbres antiguas que la gente del sur. Para nosotros, el matrimonio es una alianza entre familias. En el último milenio, la costumbre ha sido que el padre del novio le regale a la futura esposa de su hijo un medallón de plata que se creó a los pocos meses del nacimiento del chico. Cada medallón es diferente, porque está hecho específicamente para una criatura –la miró–. El que tú llevas ha estado colgado sobre mis mantas cuando yo era pequeño. De niño, lo llevaba contra la piel. Cuando cumplí dieciocho se lo di a mi padre y solo lo volvería a ver en el cuello de la mujer con la que fuera a casarme. Tú.

-Deja que me aclare –dijo ella, tratando de controlar su tono de voz–. ¿Medwyn y mi padre me han enviado para casarme contigo? Casi me mato en un avión, mi guía ha muerto, me han disparado una flecha y... ¿me estás diciendo que todo esto es por una posible boda?

–Es muy importante con quien te cases. El destino de nuestro país puede depender de esa elección.

–No he venido para encontrar un marido.

–Pero un marido es lo que has de tener.

–No puedes obligarme a casarme contigo.

–No tendré que obligarte.

Brit se levantó de golpe y tiró el banco en el que estaba sentada.

–Escucha. Te lo diré despacio. No va a suceder.

Él frunció el ceño otra vez.

–Estás enfadada.

–Tienes razón.

–Con el tiempo llegarás a aceptar...

Ella levantó la mano.

–Ni se te ocurra decirme qué es lo que aceptaré.

Eric permaneció en su sitio, mirándola con paciencia.

–Quizá deberías descansar.

–Como si pudiera descansar ahora.

Él se levantó despacio.

–Me temo que si me quedo habrá gritos y recriminaciones.

–No bromeo... No se te ocurra marcharte.

Eric ya estaba cerca de la puerta.

Brit corrió a su lado.

–No vas a salir de aquí. Ahora no. No hasta que te diga lo que tengo que decir –le agarró el brazo.

Gran error. Él se detuvo y la miró a los ojos.

De pronto, Brit sintió una fuerte conexión. Algo deliciosamente peligroso.

«Olvídalo», se dijo. Tiró de su brazo y lo miró a los ojos.

–Mi hermano está vivo. Lo sé. Lo he visto. Estaba aquí, en esta misma habitación. Se acercó a mi cama y me llamó tu prometida. ¿Cómo iba a haberlo soñado si no sabía nada de eso hasta ahora?

Eric ni siquiera pestañeó.

—Hay cosas que el corazón sabe antes que la mente.

—No me cuentes tonterías de los Mystics. Valbrand está vivo. Admítelo.

—Te engañas a ti misma.

—Tiene el lado izquierdo de su rostro lleno de cicatrices. ¿Qué le ha pasado?

—Piensa en lo que nos importa ahora.

—Mi hermano. Él es quien me importa. Y he venido a buscarlo.

—Tu hermano está muerto. Acéptalo. Estás aquí porque eres mía, igual que yo soy tuyo. El destino lo ha decidido.

—¿Tuya? Ni siquiera te conozco.

—Lo harás. Con el tiempo.

—No.

—Eres valiente y fuerte. Inteligente, aunque, a veces, te precipitas, cuando lo inteligente sería esperar y observar. Te he visto con los niños. Te gustan, tienes un buen corazón. Me gusta mirarte. Tienes la edad adecuada para tener hijos, aunque un poco más joven habría sido mejor.

—¿Tener hijos? ¿Estoy en buena edad para tener hijos?

—Estoy contento con la elección que ha hecho mi padre... Y me doy cuenta de que se te acelera la respiración cuando estás cerca de mí, así que no te resulto repelente.

—Esto es una locura.

—No. Es lo que tiene que ser. Nuestro destino es estar unidos, como marido y mujer.

Ella le soltó el brazo y dio un paso atrás.

—Escucha, mi destino no es estar unida a alguien. Necesito mi espacio. Para mí, emparejarme es algo secundario. Cuando sea mayor. Y despacio.

Para entonces, no estaré en edad de tener hijos ¿no es así? Entonces, para ti, ¿qué tendré de bueno?

Él sonrió.

–Tienes razón. He sido muy brusco. Es lo que pasa cuando un hombre pasa meses en el bosque. Y puede ser que no tengamos hijos como resultado de nuestra unión. Porque con el tiempo, nos casaremos. Lo sé –dejó de sonreír–. Y tengo la sensación de que he hablado demasiado y muy pronto. No estás preparada para escuchar la verdad.

Brit respiró hondo y soltó el aire despacio.

–¿Lo has oído? Ha sido un suspiro. Significa que lo nuestro nunca tendrá lugar. Nunca.

–Sí.

–No.

Él se acercó a ella despacio y le agarró la mano. Después, se la llevó a los labios.

Ella se lo permitió y, al sentir sus labios contra la piel, se estremeció.

–¡No! –retiró la mano–. No. De ninguna manera.

Eric no trató de agarrarle la mano otra vez.

Deseaba besarla, pero tenía muchos días por delante para observar, aprender y aceptar que aquella mujer estaba hecha para él. Ella acababa de enterarse de cuál sería su futuro, y eso hacía que no estuviera preparada para que la besaran. Por el momento, él ya le había dicho lo que le tenía que decir... Y más.

Era suficiente. Se dirigió a la puerta, se puso la chaqueta y agarró el rifle, que estaba colgado junto a su escopeta.

–Espera –dijo ella.

Él se volvió despacio, apuntando al suelo con el rifle.

Ella se estaba quitando la cadena de plata.

–No voy a casarme contigo, Eric –estiró la mano

con el medallón–. Quiero que aceptes esto y se lo des a la mujer adecuada, cuando la encuentres.

Él se contuvo para no sonreír.

–La mujer adecuada está aquí.

Ella se sonrojó.

–Eric...

Él decidió que no necesitaba oír más y se marchó.

Brit se quedó sola en la casa, con el medallón colgando de su mano.

«No pasa nada», pensó ella, y cerró la mano sobre el colgante. «No lo quiere. No importa. Lo recuperará de todas maneras».

Se acercó al camastro de Eric y metió el medallón entre las pieles. Regresó junto al banco que había tirado al suelo y lo enderezó. Después, se sentó en él para ponerse las botas. Agarró el abrigo. Necesitaba dar un paseo, un poco de aire fresco.

Necesitaba estar sola, y puesto que pensaba alejarse del pueblo, era mejor que fuera armada. Al parecer, los renegados causaban problemas por allí. Y por lo que le habían dicho, también había osos y lobos.

Sacó el arma de su bolsa, la cargó y se la colgó bajo el brazo. Después. Se puso el abrigo y se dirigió a la puerta. En un bolsillo llevaba una bolsa de M&Ms, en otro una gorra de lana y unos guantes.

Rodeó la casa y llegó hasta la valla que había en la parte de atrás. La saltó con cuidado y sintió que la musculatura de alrededor de su hombro se resentía.

Se alegraba de estar en el exterior, sola, con el aire frío adentrándose en sus pulmones y la hierba congelada bajo las botas.

Se detuvo para pulsar el botón de la brújula que llevaba en el reloj. Los árboles que tenía delante quedaban al norte. La casa de Asta al sur. Podría adentrarse en el bosque siempre y cuando no se desorientara y tuviera cuidado con los depredadores.

Caminó entre los árboles y notó que la temperatura bajaba bruscamente. Al respirar, salía vaho de su boca.

Se sentía bien sola. Llevaba mucho tiempo acompañada. Y Eric era demasiado sexy y tentador, y esa idea de que estaban hechos el uno para el otro... Y Asta y sus nueras, que la miraban con esperanza cada vez que mencionaban el nombre de Eric.

–¡Quítatela, mi amor!

Brit se detuvo de golpe en el camino al oír una voz masculina desconocida. Una voz llena de maldad.

–No soy tu amor, idiota –dijo una mujer. Enfadada. Con orgullo.

Alguien se rio. Y después, se oyó otra voz de hombre.

–Te tenemos. Ríndete.

–Jamás.

Un silencio. Y después, el sonido de un puño golpeando un cuerpo. Un gruñido. Una pelea.

–Sujétala, Trigo...

–Es resbaladiza.

La pelea continuó. A Brit no le gustaba disparar con los guantes puestos, pero no tenía tiempo de quitárselos. Sacó la pistola y retiró el seguro. Con cuidado, se dirigió hacia donde venía el ruido. En la siguiente curva, se encontró con ellos. Dos chicos... Sin duda, renegados.

Y una mujer joven que vestía como ellos, con cuero y botas de cordones. La mujer se enfrentaba a uno de los chicos mientras el otro le arrancaba la ropa.

¿Una violación? Parecía que así era.

Se colocó frente a ellos y les apuntó sujetando el arma con ambas manos.

–¡Quietos! –ordenó.

Los chicos se detuvieron en el acto.

–¿Quién diablos eres tú?

Brit movió la pistola.

–Manos arriba. ¡Ahora!

Los chicos obedecieron.

–Al suelo. Bocabajo –gritó Brit–. Separad los brazos y las piernas.

La mujer, a quien se le había deshecho la trenza que llevaba y cuyo cabello le cubría la cara, miró a Brit un instante y dijo:

–Los ataré.

–Buena idea –dijo Brit.

La mujer se dirigió hacia un paquete de cordel de cuero que estaba en el suelo. Se acuclilló y sacó varias tiras de cordel. Brit continuó apuntando a los chicos mientras ella los ataba de pies y manos.

Cuando terminó, se colocó entre ambos chicos y dijo:

–Ya está. Así no se moverán –se retiró el cabello del rostro y miró a Brit por primera vez.

–Cielos –comentó ella.

La mujer tenía un corte en el labio inferior, un arañazo en la mejilla y un moratón en la mandíbula. Pero no eran sus heridas lo que hacía que Brit la mirara boquiabierta.

Aquella mujer era la viva imagen de su madre. Era Ingrid Freyasdahl Thorson, tal y como aparecía en las fotos del álbum familiar que tenía en casa. Veintitantos años antes.

¿Cómo podía ser?

–¿Princesa Brit? –la mujer sonrió.

Era la madre de Brit la que sonreía, con unos veintitantos años, un corte en el labio y un fuerte brillo en sus ojos azules.

–No contestes, prima –dijo–. No hace falta. Te conozco por tu aspecto. ¿Y no te parece una historia para contar al calor de una hoguera? Los dioses estarán orgullosos de nosotras. Te han enviado para que nos encontremos.

«¿Nosotras?», pensó Brit.

Entonces, justo detrás de Brit, habló otra mujer:

–Tire el arma, alteza. O me veré obligada a dispararle una flecha directa al corazón.

6

Con una mano levantada, Brit se arrodilló y dejó el arma en el suelo.

Sin dejar de sonreír, la mujer que se parecía a su madre, se acercó para recogerla.

La apuntó hacia Brit.

—La tengo, Grid.

La otra mujer se colocó frente a ella, pero con la flecha apuntando hacia el suelo. Era mucho mayor que la primera mujer.

—Por los lobos de Odin, Rinda, no puedo dejarte sola ni un momento.

Rinda se encogió de hombros.

—No me han hecho daño. Y mira quién ha venido a rescatarme.

—De eso —dijo Grid— no puedo quejarme.

Brit se aclaró la garganta.

—Mira, estoy de vuestro lado. No hace falta que os quedéis mi...

—Silencio —ordenó Grid.

—Pero yo solo...

Eso fue todo lo que pudo decir. Para entonces, Grid ya había movido la mano para darle una bofetada en la mejilla. Brit salió despedida y cayó en el suelo.

–Levanta –ordenó Grid–. Y no vuelvas a hablar a menos que te hablemos nosotras.

Brit notaba adormecido el lado derecho del rostro. Apoyó las manos en el suelo para ponerse de rodillas y se tocó unas bolitas duras. Los M&Ms se le habían caído del bolsillo. Consiguió recogerlos y guardarlos en el puño antes de ponerse en pie. Ninguna de las dos mujeres se dio cuenta. Bien. Los necesitaba. No había nada como unos M&Ms cuando una chica estaba en situación de estrés...

Eric comprobó las trampas que había colocado en el bosque y encontró un zorro enfadado. Lo soltó y se amonestó a sí mismo por tener un corazón débil.

Después, regresó a casa de su tía confiando en que su futura prometida estuviera más calmada.

Las mujeres estaban cosiendo junto al fuego y los niños jugaban alrededor. Faltaba una mujer.

La más importante.

Las otras lo miraron al entrar.

Se hizo un silencio.

Al cabo de un rato, Asta preguntó:

–¿Dónde está Brit?

–Brit –dijo la pequeña Mist, quien estaba sentada en el suelo cerca del camastro donde dormía Eric–. Ido. Ido.

Eric frunció el ceño.

–Estaba aquí cuando me marché.

Las mujeres se miraron. Sif comentó:

–Y nosotras suponíamos que estaría contigo.

Eric miró hacia el perchero y vio que el abrigo de Brit no estaba. Tampoco sus botas.

Mist se puso en pie junto al camastro. Agarró algo de entre las pieles y les mostró una cadena de plata.

–Bonito. Bonito.

Eric se acercó a la niña y se arrodilló frente a ella.

–Mist. Eso es mío.

La niña frunció el ceño, pero le dio la cadena.

–Toma.

Él se colgó la cadena al cuello y guardó el medallón bajo la camisa de cuero. Cuando Brit lo quisiera recuperar, estaría esperándola, caliente y cargado con toda la energía que su corazón podía dar.

En aquel momento, tenía que descubrir dónde se había marchado Brit.

Asta y las esposas de sus primos, lo miraban.

–Asta –dijo él–. Quédate con los niños. Sif. Sigrid. Venid para ayudarme a buscar a mi prometida.

Eric y las esposas de sus primos recorrieron el pueblo llamando a todas las puertas. Entraron en los servicios, en el lavadero y en los establos. Después de revisar cada lugar, regresaron a casa de su tía, donde se encontraron con los niños mayores jugando en el escalón de la entrada.

Asta lo hizo pasar solo.

–Ya sabemos.

Mist estaba sentada bajo la mesa jugando con su muñeca.

–Dark Raider –dijo con una risita.

Asta continuó:

–En el bosque, al norte del pasto, encontrarás a un par de renegados. Están atados de pies y manos... y tienen una historia que contar.

***

Las dos mujeres tenían caballos y montaban a pelo. Brit, con las manos atadas delante del cuerpo, montó con Rinda. Grid hizo de guía.

No le dieron ninguna explicación. Le dijeron que la llevaban a su campamento. Se había corrido la voz de que Brit había llegado a Vildelund y habían enviado a las dos mujeres a buscarla.

Las mujeres pertenecían al grupo de soldadas nómadas llamadas *kvina soldars*. Eran grandes luchadoras que nunca se ataban a un hombre. De pequeña, a Brit le encantaba escuchar las historias que su madre le contaba antes de dormir y soñaba con viajar a la tierra natal de su padre y conocer a alguna.

Llevaban más de una hora de camino. Brit permanecía en silencio, tal y como le habían dicho. Escuchaba el sonido del viento y sentía el calor de la mujer que tenía detrás.

No estaba preocupada. En los ojos de Rinda y de Grid no se veía crueldad. Eran mujeres recias, que vivían de su ingenio, su fuerza y su capacidad de lucha. Para ellas, la violación era un delito castigado con la muerte. Y no solo eso. Después de matar a un violador, las soldadas, a menudo, mutilaban el cuerpo del hombre cortándole la cabeza y las partes pudendas.

Según eso, Grid y Rinda tenían derecho a matar a la pareja de renegados. Pero no lo habían hecho. Habían decidido dejarlos a merced del destino. A Brit le parecía algo razonable.

Lo que no comprendía era por qué se la llevaban a ella, si simplemente había ayudado a una de ellas.

Le habían dicho que su líder quería verla y que no tenían más remedio que llevársela.

Pensó en Eric y en cómo reaccionaría al ver que ella no estaba. Se sentiría culpable. Eric Greyfell era un hombre muy responsable. Consideraba que su deber era mantenerla a salvo y se torturaría a sí mismo por haber fracasado.

Era un hombre irritante. Pero Brit no deseaba que se sintiera mal.

Por supuesto, habría salido a buscarla, y lo ayudaría a encontrarla. Decidió dejar un rastro de bolitas de chocolate por el camino. Uno en el claro del que acababan de salir. Otro veinte minutos más tarde, y otro un poco después. Era todo lo que podía hacer.

Por primera vez desde que recibió la bofetada, se atrevió a hablar.

—Lo siento, pero necesito bajar un momento para aliviarme.

Ninguna de las dos mujeres respondió. Los caballos continuaron caminando durante unos cinco minutos y, finalmente, Grid los hizo parar.

—Aquí —Grid señaló un grupo de arbustos—. Haz lo que tengas que hacer. No hagas ningún movimiento brusco. Te estaremos observando.

Brit se metió entre los arbustos y se esforzó para bajarse los pantalones con las manos atadas. Momentos después, estaba de nuevo sobre el caballo.

Veinte minutos más tarde llegaron a la cima de una colina y comenzaron a bajar por un camino de curvas que las llevaría al otro lado.

Una vez abajo, cruzaron un arroyo y comenzaron a subir de nuevo. Y así, durante horas.

Por fin, a media tarde, bajaron otra colina y se dirigieron hacia el este por un sendero rodeado de árboles.

Unos diez minutos más tarde, apareció una mujer entre los arbustos.

Se colocó frente a ellas con las manos en las caderas y dijo:

–Saludos, hermanas.

Grid se llevó la punta de los dedos a la frente y dijo:

–Freyja guía el brazo que maneja la espada, Fulla protege tu hogar.

–La tenéis –dijo la mujer.

–Así es.

–Vamos. Ragnild os espera.

La guerrera se volvió y desapareció entre los arbustos. Grid, Rinda y Brit la siguieron.

Tuvieron que agacharse para no golpearse con las ramas de los árboles. Al cabo de un rato, los árboles dieron paso a un claro donde se encontraba el campamento de las *kvina soldars*.

Brit vio varias tiendas estilo tipi colocadas en círculo y con humo saliendo por la parte superior. Además del fuego que ardía en el interior, había una hoguera delante de cada tienda. Mujeres de todas las edades se movían por el lugar. Unas eran negras, otras asiáticas y otras de Oriente Medio. También había niños y perros.

Grid desmontó del caballo.

–Baja –le dijo Rinda desde detrás.

Brit bajó al suelo despacio. Rinda bajó después. La mujer que había salido a su encuentro se llevó los caballos.

–Por aquí –dijo Grid.

Brit la siguió y Rinda se colocó detrás de ella. Grid las guio hasta una tienda que estaba en el lado este del círculo.

En el interior, una mujer las esperaba junto al fuego central. Llevaba una bata de cuero blanco sobre la ropa y estaba sentada con las piernas cruzadas sobre un montón de pieles.

–Soltadla –ordenó la mujer.

Grid se volvió hacia Brit con un cuchillo en la mano y le cortó las tiras de cuero. Brit se quitó los guantes y los guardó en un bolsillo de su abrigo.

La mujer de la bata se dirigió a Grid y a Rinda.

–Gracias. Podéis dejarla aquí conmigo.

–Pero... –empezó a decir Rinda.

–Disciplina, hija mía. El primer pilar de una vida de poder.

Rinda no dijo nada más y salió de la tienda con Grid.

–¿Tienes sed? –preguntó la mujer–. ¿Tienes que hacer tus necesidades?

Brit estaba cansada. Le dolían las piernas y tenía el hombro resentido.

–¿Puedo hablar ahora?

La mujer frunció el ceño.

–¿Estás enfadada?

–Sí. Supongo que sí. Iba caminando por el bosque y me encuentro con una posible violación. Me entrometo, evito la violación y me secuestran –se tocó la mejilla–. Además, Grid me dio una bofetada por preguntar qué estaba sucediendo. Y no, no tengo que hacer mis necesidades y hemos parado a beber en un arroyo.

La mujer señaló el montón de pieles.

–Por favor, siéntate. Te pido disculpas por el comportamiento de mis mujeres. Les pedí que te trajeran ante mí. Solo obedecían órdenes.

–¿Estás diciendo que eres la culpable?

La mujer sonrió.

–Sí. Soy Ragnild, la líder de este campamento. Y soy la culpable de todo. Ahora, ¿quieres sentarte?

–Supongo –Brit se acercó a ella y se sentó sobre las pieles–. De acuerdo, Ragnild. ¿Qué ocurre?

La mujer levantó una mano.

–Por favor, quédate quieta. Mírame a los ojos.

Brit obedeció. Se sentó y miró a Ragnild directamente a los ojos.

–Sí –dijo Ragnild al cabo de un momento–. Es como había visto en sueños. Serás una reina magnífica, la primera en la historia de nuestra nación que gobernará con el rey.

7

Brit abrió la boca para discutir, pero decidió no hacerlo. Lo que Ragnild predecía podría suceder o no. Y el futuro no era lo importante en esos momentos.

Tenía muchas preguntas por hacer:

–Rinda me ha llamado prima...

–Porque lo sois. Yo soy su madre.

–¿Pero qué parentesco tenemos?

–Tu madre tenía un hermano llamado Brian. ¿Te han hablado de él?

–Más de lo que me gustaría, si te soy sincera –su madre le había contado a Liv hacía unas semanas por qué había abandonado a su padre, por qué había dividido a la familia en dos, por un lado sus hijas mellizas con Ingrid y sus hijos con Osrik. Brian Freyasdahl había resultado ser el causante del problema. Frunció el ceño–. ¿Estás diciendo que el cretino de mi tío Brian era el padre de Rinda?

Ragnild suspiró.

Brit lo comprendió todo.

–Fuiste tú, ¿no es así? La que lo mató, la que le cortó la cabeza y sus...

–Eso fue hace mucho tiempo.

–Pero entonces... Te violó, ¿no es así?

–Sí. Y por eso hice lo que cualquier *kvina soldar* hará con un hombre que se atreva a tomar de una mujer lo que ella entregaría a quien ella eligiera. Unos meses más tarde me percaté de que iba a tener un hijo suyo.

–Eso significa que tu hija Rinda es ilegítima.

Ragnild asintió.

–Fitz –dijo Ragnild. Así era como se llamaba en Gullandria a los hijos ilegítimos, y se consideraban lo peor de lo peor–. Entre nosotras, entre las mujeres soldado, no hay prejuicios contra los niños que nacen fuera del matrimonio. Ninguna *kivna soldar* puede casarse y permanecer con nosotras. A veces, por cualquier motivo, una violación, el deseo de la carne, la llamada del amor, nos encontramos con una criatura. Cuando eso sucede, elegimos tenerlo, amarlo y criarlo para que crezca fuerte, capaz y orgulloso de ser quien es –se alisó la bata–. Con las niñas suele ser fácil, puesto que la mayoría eligen quedarse con nosotras. La vida de los niños es más difícil. Se los envía fuera de aquí a los ocho años y sufren la crueldad del mundo exterior.

Brit pensó en su cuñado, Hauk Wyborn, el guerrero del rey. Su padre había legitimado a Hauk hacía poco, pero hasta entonces, el apellido de Hauk había sido Fitz Wyborn.

–La madre de mi cuñado era una *kivna soldar*.

Ragnild sonrió.

–Valda Booth. La conocía. Era una estupenda guerrera.

Pero Brit tenía cosas más importantes de las que hablar.

–¿Qué sabes de mi hermano Valbrand?

–Falleció en el mar.

–¿Eso crees?

–¿No debía creerlo?

–Yo no lo creo. Pienso que alguien intentó matarlo. Y mi corazón me dice que ese alguien fracasó.

–A menudo, el corazón es más sabio que la mente.

–¿Estás diciendo que crees que tengo razón?

–Estoy diciendo que debes hacer lo que debes hacer.

–Sabes, eres como mucha gente de Gullandria. Sueñas con lo que será el futuro pero no eres muy útil en cuanto al presente se refiere.

Ragnild se rio.

–Me temo que tienes razón.

Brit miró a la madre de su prima de reojo.

–¿Y qué hay de Dark Raider? ¿Has oído algo de que haya aparecido en Vildelund últimamente?

–Se rumorea que está entre nosotros otra vez... Que rescató a un hombre a quien le atacaron los ladrones, y que se ocupó de un grupo de renegados que aterrorizaban a una de las comunidades de Mystics.

«Nada nuevo», pensó Brit.

–Otra pregunta.

–¿Sí?

–¿Cuándo me van a permitir regresar al pueblo donde estaba?

–¿Mañana te parece bien? Te quedarás con nosotras esta noche, cenarás con nostras, conocerás a tu prima un poco mejor. Rinda y Grid te llevarán por la mañana.

–Entonces... ¿Eso es todo? ¿Me has traído para mirarme a los ojos y asegurarte de que tus sueños se volverán realidad?

Ragnild soltó una carcajada.

–Me temo que tienes toda la razón. Mirar a los

ojos de nuestra futura reina, forjar un nuevo lazo entre nosotras, por el bien del futuro de nuestras mujeres. Y para conocer la sangre de la prima de mi hija. Estoy muy satisfecha.

–Rinda se llevó mi pistola. Es un arma que me gusta mucho.

–Te la devolveré inmediatamente.

–Bien. Pero recuperar mi pistola no es mi único problema. Hay gente que, a estas alturas, estará muy preocupada por mí.

–Regresarás con ellos mañana, pase lo que pase.

Brit hizo un tour por el campamento y después comió en la tienda de Ragnild con Rinda, Grid y otras mujeres. Más tarde, Rinda la invitó a las aguas termales que había cerca del campamento.

Brit aceptó encantada. Deseaba calmar los dolores que sentía después del largo viaje. Rinda llevó una venda nueva y le cambió el vendaje después de un largo baño.

Cuando regresaron al campamento, Brit se sentía mucho mejor. Y al día siguiente regresaría al campamento de Asta.

Y dos días después, iría al fiordo Drakveden. Había llegado el momento de ver los restos de la avioneta para descubrir quién había saboteado el aparato.

Al llegar a las tiendas vieron que algo sucedía en el centro del círculo.

Rinda sonrió.

–Parece que han atrapado a un hombre.

Brit apresuró el paso y se detuvo de golpe al ver lo que pasaba.

Habían atrapado a Eric. Estaba atado a un palo en el centro del círculo. Los niños del campamento corrían a su alrededor, y de vez en cuando lo golpeaban con palos y piedras.

Brit salió corriendo hacia él.

–¡Basta! –gesticuló con las manos–. ¡Parad, diablillos! Fuera, fuera. ¡Dejadlo en paz!

Los niños se retiraron, aunque algunos le sacaron la lengua.

Brit se volvió hacia Eric.

–¿Estás bien?

–Sí –contestó él–. Sobre todo ahora que mi compañera está aquí.

–Ya, claro.

En ese momento, Ragnild salió de la tienda.

–Aquí estás. Estábamos esperándote. Este hombre ha mencionado tu nombre confiando en que lo reclamaras.

–Este hombre es mi... amigo. Solo ha venido a rescatarme. Desatadlo. Ahora.

–Me temo que no puedo hacer eso todavía.

–¿Por qué no?

–Este hombre entró sin permiso en el centro de nuestro campamento. Ningún hombre tiene permitido actuar con tanta libertad. Y ni siquiera puede decir que no lo sabía. Lo conozco. Es el hijo del gran consejero, conoce nuestras costumbres.

Brit se volvió hacia Eric. Una gota de sangre le corría por el cuello, donde algún niño lo había golpeado.

–¿De qué está hablando?

En lugar de contestar, arqueó una ceja y se quedó pensativa.

–Me temo que no entiendo nada. ¿Por qué está atado? ¿Qué ha hecho?

Ragnild frunció el ceño.

–Ya te lo he explicado. No pertenece a ninguna mujer, sin embargo se atrevió a entrar en nuestro campamento sin permiso. Ese comportamiento no podemos permitirlo.

Rinda dio un paso adelante.

–Tienes que reclamarlo –le dijo a Brit, mirando a Eric de arriba abajo–. Mmm –se humedeció los labios–. Quizá debería reclamarlo yo, quiero decir, si tú lo rechazas, prima.

–¿Cómo reclamarlo? ¿Eso cómo se hace?

–Has de decir: yo reclamo a este hombre.

–De acuerdo. ¿Y después?

–Después lo desatamos. Te lo llevas a tu tienda... Grid y yo te dejaremos la nuestra.

–De acuerdo. Lo llevo a mi tienda...

–Y después –Rinda sonrió–, después te ocupas de él.

–¿Me ocupo de él?

–Ya me has entendido. Lo veo en tu mirada.

Brit suspiró.

–¿Y después de ocuparme de él?

–Entonces puedes quedártelo durante siete noches, aunque creo que en tu caso solo será una, puesto que mañana te vas. Si te complace su actuación, la costumbre es dejarlo marchar. Si no, puedes ofrecérnoslo a otra de nosotras. O matarlo sin más por ser un mal amante.

–¿Y qué pasará si no lo reclamo?

–Entonces, si ninguna de nosotras lo quiere, lo mataremos ahora mismo.

–No hablas en serio.

Nadie dijo nada más.

Ragnild parecía decidida. Rinda parecía entretenida.

Los niños las miraban sedientos de sangre. Y Eric esperaba pacientemente, como si no le importara que ella lo reclamara o que las guerreras lo apuñalaran en el corazón.

Finalmente, Ragnild preguntó muy seria.

–¿Reclamarás a este hombre, prima de mi única hija?

Brit no tenía elección.

–Está bien. Reclamo a este hombre.

8

–¿Estás loco? –preguntó Brit–. Creo que te habrían matado de verdad –estaban a solas en la tienda que les habían cedido para su noche de disfrute sexual.

Eric estaba de pie junto al fuego, calentándose las manos.

–No me han hecho daño porque me has salvado.

–Tienes sangre en el cuello.

–Y tú tienes un moratón nuevo en la mejilla.

Ella se tocó el lugar donde Grid la había golpeado.

–Hablé cuando no debía.

–Menos mal que no recibes una bofetada cada vez que lo haces.

–Ríe, ríe.

Él sacó un pañuelo de su bolsillo y se secó la sangre.

–¿Mejor?

–No mucho. ¿Cómo puedes sonreír en un momento así? Lo que hiciste fue una tontería. Esas mujeres creen firmemente en sus principios.

–Tenía fe en ti.

–¿Y si no hubiera estado aquí, y si no hubiera regresado al campamento por algún motivo? ¿Y si no te hubiera reclamado?

–Pero estabas aquí. Y me reclamaste –la miró fijamente.

Ella se estremeció.

–Deja de hacer eso.

–¿El qué?

–Ya lo sabes. Esa mirada. Cuando me miras así...

–¿Qué pasa?

–No lo hagas, ¿de acuerdo?

–No...

–No me mires con ojos de cama. No te hagas... líos.

–¿Ojos de cama? Los estadounidenses habláis de forma curiosa –se quitó la chaqueta y la dejó sobre el camastro que había a un lado de la tienda.

Llevaba puesta la misma camisa de piel que llevaba por la mañana. Y se veía que llevaba una cadena colgada del cuello.

–Veo que has encontrado el medallón.

–¿Lo quieres recuperar ahora?

–No.

Él se acercó a ella y la miró a los ojos.

–Dame la mano.

–He dicho que no quiero el medallón.

–Tengo otra cosa para ti.

–¿El qué?

Él esperó en silencio.

–De acuerdo –ella tendió la mano.

Eric se la agarró.

El problema era que a ella le gustaba cuando él la tocaba.

Con cuidado, él dejó un puñado de M&Ms sobre su palma.

Ella los miró y después lo miró a él. Estaba sonriendo otra vez.

–Muy bien, ¿no?

–Eres una mujer con grandes recursos.

–Cierto.

–Te habría encontrado aunque no hubieras dejado un reguero de colores por el bosque. Te encontraría en cualquier lugar.

–No lo dudo.

Se miraron.

–Me he comido uno. Sentía curiosidad.

–¿Te ha gustado?

–Estaba riquísimo. La cobertura de chocolate y el cacahuete crujiente...

–A mí me gusta chuparlos. Despacio.

Él susurró:

–Muéstramelo.

Ella frunció el ceño.

–Por favor, han estado en el suelo.

–Qué fastidio...

–Sí...

Eric había ladeado la cabeza. Ella levantó la suya una pizca, hasta que sus labios se encontraron.

Era cierto. Estaba besando a Eric, aunque sabía que no debía hacerlo.

Sus labios eran tan suaves como había imaginado.

–Por fin, mi sueño se convierte en realidad –dijo él.

–No te hagas ilusiones. Solo ha sido un...

Él la hizo callar besándola de nuevo. Ella se lo permitió.

«Solo un beso», se prometió. «Es solo un beso, delicado, dulce, tierno...».

Eric le cubrió toda la boca con los labios y ella la abrió una pizca. Lo justo para sentir el delicioso calor húmedo de su respiración.

Tras un suave gemido, le rodeó el cuello con los

brazos y presionó el cuerpo contra el de él. En el vientre notó su miembro erecto, lleno de deseo. Al instante, sintió que se le humedecía la entrepierna...

Abrió la mano y soltó las bolitas de chocolate. Al oír que chocaban contra el suelo, él se rio.

–Sabes que no deberíamos hacer esto –dijo ella.

Él le cubrió la boca con un dedo.

–No. Te equivocas. Debemos hacerlo. Debo complacerte, o tendrás que matarme.

Ella sacó la lengua y le lamió el dedo. Su sabor era salado, pero delicioso.

No. No se casaría con él por mucho que lo marcara el destino. Pero aquello...

¿Cómo podía rechazar aquello?

Él le acarició el rostro y la miró.

–Me has reclamado. Debes poseerme.

–Tengo una idea –dijo ella.

–Cuéntamela.

–¿Qué tal si no lo hacemos? Pero decimos que sí.

Él negó con la cabeza.

«Qué locura», pensó ella.

Eric llevaba el cabello sujeto por una tira de cuero. Ella no pudo resistirse y se la quitó, dejando que su melena cayera sobre sus hombros. Le acarició el cabello.

–No necesitas el abrigo –dijo él.

Ella no discutió y permitió que se lo quitara.

Eric la abrazó de nuevo y la besó introduciendo la lengua en su boca, jugueteando.

Le levantó el jersey y ella alzó los brazos. Al hacerlo, gimió de dolor.

–¿Tu herida...?

–No. Nada. Es...

Eric tiró el jersey al camastro y se agachó para besarla en el hombro, donde el vendaje le cubría la herida.

Ella le acarició el cabello.

–Oh, Eric...

Él la agarró de los brazos y la miró a los ojos.

–Esto no significa que... –comenzó a decir ella.

–Shh –le cubrió los labios con el dedo–. Las explicaciones son para los desconocidos. Nosotros no somos desconocidos. Nunca lo fuimos. No tengas miedo.

La deseaba, y ella lo deseaba a él. Quería sentir su cuerpo musculoso contra el suyo, sus brazos fuertes alrededor del cuerpo. Durante toda la noche, en la tienda de su prima, en el campamento de las *kvina soldars*.

Era extraño. Por un lado, él era su adversario y le ocultaba lo que ella ansiaba saber. Por otro, también eran camaradas. Él lucharía a su lado si fuera necesario. Y daría su vida por ella.

Y Brit sabía que haría lo mismo por él.

Tenían un poderoso lazo de unión. Pasara lo que pasara, disfrutar de aquella noche con él, sería un gesto sincero.

Ella sonrió.

Él susurró su nombre.

–Brit...

Ella le agarró la camisa y se la quitó, rozándole los costados con los dedos. Su torso desnudo brillaba en la oscuridad. Y el medallón...

Al ver la serpiente enroscada, las caras de cuatro animales místicos y el trébol en el centro, Brit sintió que se arruinaba el momento y volvió la cabeza.

Él la sujetó por la barbilla.

–Mira. Ahora. Está aquí, para cuando lo quieras.

Ella lo empujó, apoyando las manos en su torso.

Él dejó caer las manos a ambos lados del cuerpo.

Se miraron. Ambos respiraban de forma acelerada.

–No puedo hacerlo –dijo ella–. No estaría bien.

Él arqueó una ceja.

–Entonces, cuando las guerreras vean que no te he complacido, moriré.

–Por favor. Sabes que eso no va a suceder.

–Pero debo...

–¿Complacerme? Es cierto. Y ya lo has hecho. Profundamente. Fin de la historia.

–Me gustaría continuar –dijo él.

Ella se encogió de hombros.

–Sobrevivirás.

–Qué bravucona. Es curioso lo bien que te quedan ese tipo de frases.

–Soy así. Intento, por todos los medios, que te enteres.

–Y te he oído. Nada de placer. Esta noche.

–Ni esta, ni nunca.

–Ah –dijo él, como si comprendiera. Pero no lo hacía. Estaba seguro de que aquella noche solo había sido el principio del placer que compartirían. No creía que ella hablara en serio.

Brit señaló hacia el camastro donde habían dejado las cosas.

–Puedes dormir ahí. Yo dormiré en el otro.

–Lo que tú digas.

–Entonces, vete a la cama.

–Como desees.

El halcón cayó del cielo.

Sus ojos eran rojos, como los de un dragón. Y salía fuego de su pico. Ella se cubrió el rostro con los brazos y gritó.

Brit despertó de golpe. Estaba sentada y con los brazos sobre la cara.

El fuego se había apagado y solo quedaban bra-

sas. Su camastro estaba hecho un desastre, con todas las pieles arrugadas.

Y Eric estaba despierto, tumbado de lado sobre
el codo y mirándola. El medallón colgaba hacia un
lado. Su torso al descubierto, las pieles por la cintura. Ella no pudo evitar pensar si...

Si las pieles se deslizaran una pizca hacia abajo,
¿podría ver lo que había sentido sobre su vientre
unas horas antes?

–¿Has tenido una pesadilla?

Ella gruñó y estiró las pieles. Al principio, trató
de hacerlo sin levantarse, pero empeoró las cosas.

–Permíteme que te ayude.

–No, gracias –dijo ella. Al menos se había acostado vestida. Se puso en pie y arregló el camastro.

Estaba a punto de acostarse otra vez cuando él
comentó:

–Siempre has sido una dormilona malhumorada.

Ella lo miró. Era evidente que él la había observado dormir en la casa de Asta.

–Malhumorada, no. Inquieta –se acostó y se cubrió con las pieles–. Buenas noches.

–¿Brit?

–¿Qué?

–La guerrera rubia que se llama Rinda...

–¿Qué pasa?

–Te llamó prima.

–Porque lo soy.

–Se parece a ti.

Brit miró por el agujero por donde se escapaba
el humo.

–Es la viva imagen de cuando mi madre tenía
veinticinco años o así.

–Ya entiendo. Brian, el Blackhearted...

–¿Llamaban así a mi tío?

–Sí. ¿Y era el padre de Rinda?

–Sí. Violó a Ragnild.

–Ah –dijo él–. Y Ragnild quería conocerte.

–Eso es –«cree que algún día me convertiré en reina», pensó sin comentarlo.

Mucha gente pensaba que Eric sería el rey. Si ella iba a ser la reina, eso significaba que...

No. Ni pensarlo. Además, puesto que Valbrand estaba vivo, él sería el rey. Y no podía casarse con su hermana pequeña. ¿Y qué estaría haciendo Valbrand en aquellos momentos?

–¿Eric? ¿Cuántos años tenías cuando conociste a mi hermano?

–Muy pocos. Ni siquiera recuerdo la época en que no lo conocía. Yo tenía dos años cuando él nació. Y parece que siempre ha estado ahí. Jugamos juntos desde que él empezó a gatear. Y después, durante un tiempo, siempre estábamos los tres.

–¿Kylan también?

–Sí. Y después Kylan nos dejó. Nos quedamos tu hermano y yo. Tuvimos los mismos profesores. Nos hicimos hermanos de sangre cuando yo tenía doce y él tenía diez años. ¿Sabes lo que es eso?

–Compartir tu sangre con otro bajo un juramento de fidelidad y compromiso. Es un juramento que convierte a dos personas en hermanos, en el verdadero sentido de la palabra.

–Así es.

–Me pregunto...

–Pregunta.

–¿Valbrand hablaba alguna vez de sus hermanas y de su madre?

Se hizo un silencio.

–¿Eric?

–Fue malo para Valbrand, cuando tu madre se marchó, vosotras tres erais bebés. Él no os conocía, así que podía soportar vuestra pérdida. Pero la de

422 - CHRISTINE RIMMER

su madre... La pérdida de una madre deja una herida que nunca se cierra. Y poco después perdió a tu hermano Kylan, y bueno... –Eric se calló, como si no tuviera palabras para explicar lo terrible que había sido–. Yo tenía catorce años cuando mi madre murió. Valbrand me ayudó a superarlo, porque él sabía. Él comprendía... No he contestado a tu pregunta, ¿verdad?

Para entonces la pregunta le parecía insignificante. Estaba pensando en lo mal que lo había pasado Valbrand. Y Eric.

–Está bien. Comprendo porqué no pensaba mucho en sus hermanitas.

–Lo cierto es que sí que lo hacía. Y hablaba de vosotras. Más y más a medida que se hacía mayor. Decía que sabía que algún día tú y tus hermanas os aventuraríais a cruzar el océano para visitar vuestra tierra natal. Y sobre ir a visitaros a Estados Unidos. Pero nunca llegó a hacerlo. A lo mejor estaba un poco resentido con tu madre, por haberlo dejado, y por no regresar.

–Resentido.

–Solo un poco –aseguró Eric–. Nada que no pudiera curarse con el tiempo. No era un hombre rencoroso. Era un gran hombre.

«Era».

Con qué facilidad hablaba de su hermano en tiempo pasado. ¿Lo hacía a propósito para mantener la mentira?

¿O era la triste verdad?

–No.

Ella no lo creía. Había visto a su hermano. Valbrand estaba vivo.

Se tumbó sobre el lado derecho y contempló las brasas hasta que el sueño se apoderó de ella otra vez.

***

Al día siguiente fueron a desayunar a la tienda de Ragnild.

Eric tuvo que permanecer fuera mientras Ragnild interrogaba a Brit acerca de cómo se había comportado la noche anterior.

–¿Te ha complacido? –preguntó Ragnild.

–Es un gran amante. Estoy muy satisfecha.

Contenta con la respuesta, la líder del campamento permitió que Eric entrara en la tienda. Ragnild incluso le dio permiso para que se sentara con el resto de las mujeres y compartiera la comida con ellas, como si fuera algo más que un hombre hecho para proporcionar placer sexual y engendrar niños.

Después del desayuno, Ragnild pidió que le llevaran una yegua blanca.

–Para ti, la prima de mi hija –dijo la líder–. Permite que te lleve sin tropezar al encuentro con tu destino.

Un caballo era un gran regalo, y Brit lo aceptó encantada. Además, el animal le sería útil durante su estancia en Vildelund. Y teniendo su propio caballo no tendría que montar con Eric para regresar al poblado.

Irían más rápido y, además, podría evitar sentir su cuerpo cerca de su espalda durante horas, recordándole lo que se había prometido que no haría con él.

–Gracias, Ragnild. ¿Y tiene nombre este bonito caballo?

–Svald.

–¿Qué significa?

–Lo que tú quieras que signifique.

Brit agarró las riendas.

Rinda le dio tres manzanas.

–Toma, prima. Unas manzanas siempre suavizan la relación entre el caballo y su nueva dueña.

Brit le ofreció las manzanas a Svald. La yegua se las comió mientras Brit le acariciaba el cuello.

Eric le dijo que la ayudaría a montar.

–No, gracias. Puedo hacerlo sola –Brit se agarró a la crin y se montó sobre el lomo del animal.

Brit prometió que volvería a visitarlas y, después, Eric y ella se alejaron entre los árboles.

Cuando llegaron a la cima de la primera colina se detuvieron para contemplar la vista.

–Tendrás problemas para encontrar a esas mujeres otra vez –dijo Eric.

–Conozco el camino.

Él sonrió.

–Ahora cambiarán el campamento. Probablemente ya estén empaquetando las cosas.

–¿Por qué?

–Son libres. No pueden permitir que los extraños puedan encontrarlas.

–Pueden confiar en nosotros. Nunca las traicionaremos.

–¿Nosotros? ¡Qué halago! –sonrió.

–Nunca he desconfiado de ti. Sé que eres un hombre honrado... bueno, excepto por esa mentira que me cuentas sobre Valbrand –levantó la mano–. No lo digas. No necesito oírlo otra vez. Y ¿me estás diciendo que he encontrado a Ragnild y a mi prima solo para perderlas otra vez?

–Las verás en el futuro. Apostaría por ello mi mejor rifle de caza.

–Pero dijiste...

–Que tendrás problemas para encontrarlas otra vez. No he dicho nada acerca de que ellas te encuentren a ti. Estoy seguro de que lo harán, cuando vuelvan a sentir la necesidad de verte.

***

Llegaron al poblado poco después de las tres de la tarde. Asta se acercó corriendo, seguida de sus nueras y de los niños. Los recibieron con gritos de alegría y abrazos.

Mist abrazó a Brit a la altura de las rodillas.

–Brit, te echaba de menos. Mucho.

Brit la tomó en brazos.

–Dame un gran abrazo ¿quieres? Ya estoy aquí. ¡Qué fuerte estás!

La pequeña se retorció para bajar al suelo y Brit se lo permitió. Se percató de que Eric la estaba mirando, pensando en lo buena esposa y madre que sería.

Asta la agarró del brazo.

–Eric, ocúpate de los caballos. Brit entra inmediatamente. Debo revisar tu vendaje y después has de comer bien. Más tarde, irás a la casa de baños. Y después, descansarás durante toda la noche.

–Suena de maravilla –dijo Brit–. Buena comida, un baño y descanso –era mejor que lo dijera cuanto antes–. Necesitaré todo eso para estar fresca mañana, durante el gran día.

Asta la miró con los ojos entornados. Eric tenía una expresión seria.

–Oh –dijo Brit–. Lo siento. Quería decírtelo. Mañana voy a ir al fiordo Drakveden. Quiero echar un vistazo a lo que queda de mi avioneta.

9

Asta comenzó a objetar enseguida.

–Brit, no hagas eso. No es seguro que vayas vagando por todo Vildelund.

–Mi seguridad no es lo importante aquí. Me voy.

–Por supuesto que tu seguridad es importante. Eres la hija de nuestro rey, y tu vida es más valiosa que todo lo demás.

–Asta. No tiene sentido discutir sobre esto. Mañana me iré a primera hora.

–Eric, habla con ella.

–Llévala dentro –ordenó él–. Dale de comer. Iré a guardar los caballos. Después, ella y yo daremos un paseo.

Una hora más tarde, Eric decidió que no quería discutir con ella en la calle del poblado, así que les pidió a todos que se fueran y se quedó con Brit a solas, en casa de Asta.

–¿Qué sentido tiene todo esto? –le preguntó desde el otro lado de la mesa–. Vas a ponerte en peligro por nada.

–No, no es eso. Y ya que lo preguntas, tiene sentido. Quiero ir a ver la avioneta.

–¿Con qué propósito?

–Quiero ver qué le han hecho para que el nivel del aceite bajara sin más.

–Ah. Así que no solo eres piloto, sino mecánica también.

–Solo quiero echarle un vistazo, ¿de acuerdo? Solo quiero ver si puedo...

–No. No estoy de acuerdo.

–Muy bien. Pero voy a ir de todos modos, así que vete haciendo a la idea.

–No descubrirás nada. Y puede que te maten –dijo él.

–Puedo correr el riesgo. Siempre será mejor que quedarme aquí sin hacer nada, viendo cómo me ignoráis cada vez que me atrevo a preguntar por mi hermano –se inclinó hacia delante–. A menos que...

–¿Sí?

–Estaría dispuesta a cambiar de opinión si por fin te decidieras a confiar en mí. Si aceptaras llevarme hasta donde está mi hermano...

–¿Cómo puedo hacer tal cosa? Tu hermano está muerto.

–Siempre dices lo mismo. ¿Por qué no me lo creo?

–No quieres creerlo.

–Es cierto. No. Porque no es verdad.

Se miraron fijamente. Brit se puso en pie y se acercó a la estufa.

–Estoy harta. Se acabó. No voy a descubrir nada más si me quedo aquí.

–Tu herida...

–Está mejor. Cada día está mejor. Sí, todavía está reciente, pero no va a detenerme. Ayer evité una violación. Una *kivna soldar* me tiró al suelo de una bofetada. He montado a pelo durante horas. Y mi hombro no ha empeorado. Ni se te ocurra emplearlo como excusa para mantenerme aquí. No tengo nada más que hacer. He hecho montones de preguntas y he obtenido muy pocas respuestas. Tengo que buscar en otro sitio. Si no, ¿qué puedo hacer más que regresar al palacio de mi padre sin nada que mostrar, excepto el sentimiento de culpabilidad que tengo por la muerte de mi guía y una horrible cicatriz producto de una flecha envenenada?

–Podría haber algo más. Podría...

–Sé por dónde vas –negó con la cabeza–. No –el hecho de que no pudiera dejar de imaginar cómo sería retozar con él en el camastro de pieles, no significaba que estuviera preparada para llevar el medallón y criar a sus hijos.

Cuando se comprometiera con un hombre, ese hombre la respetaría como a un igual. Y siempre podría confiarle la verdad.

Eric se acercó hacia donde estaba ella y se detuvo a poca distancia.

–¿Por qué siempre me quedo esperando cuando vienes a por mí?

Él levantó la mano y le acarició el mentón.

–Quizá te gusta cuando estoy cerca de ti.

–Puede. Puede que desee...

–No te calles –dijo él.

Ella le retiró la mano y dio un paso atrás.

–Olvídalo. Lo que tienes que asumir es que mañana iré a ver mi avioneta. A no ser que me encierres y tires la llave, no conseguirás detenerme.

–Está a más de treinta kilómetros de aquí, por un terreno complicado. Los peligros son infinitos. No solo tendrás que preocuparte por los renegados y otras bandas de *kivna soldars*. También hay animales carnívoros con dientes grandes y garras enormes.

–Por si no te has dado cuenta, me he pasado la

vida yendo a lugares donde el terreno es malo, los animales depredadores y la gente local conflictiva. Y aquí estoy, sana y salva. Y lista para marchar.

—No hay nada que te detenga, ¿verdad?

—Por fin. Lo has comprendido.

—Si te vas, iré contigo.

Ella sonrió.

—Así que... ¿Ese era tu plan?

—Bueno...

—¿Qué?

—He de admitir que la idea me asusta un poco. Sabes lo que hay entre nosotros... No necesito distracciones. Sin embargo, tú conoces el camino y yo no. Me vendría bien un buen guía, por no decir...

—¿Qué?

—Eres rápido y fuerte. Estoy segura de que sabes emplear un arma. Eres un buen hombre para tener al lado si tuviera que enfrentarme a una situación delicada.

—Confiemos en que haga buen tiempo y en que no tengamos que enfrentarnos a situaciones delicadas...

—Esperemos lo mejor y preparémonos para lo peor. Es la única manera de hacerlo.

Salieron a las seis de la mañana, antes de que el sol asomara por las montañas. Asta le había prestado una silla de montar a Brit.

—Viene mal tiempo —les advirtió mientras se subían a los caballos—. Podríais salir mañana.

—Oh, Asta. No hay ni una nube en el cielo.

Eric, montado en su caballo, señaló el barómetro que estaba junto a la puerta.

—Desciende con rapidez. Pero parece que la tormenta no nos detendrá. Nos vamos hoy.

Asta frunció el ceño y no dijo nada más. Permaneció en la calle viéndolos marchar.

Cabalgaron con el sol a la espalda hasta que llegaron al bosque que rodeaba el poblado. Al cabo de un rato, el camino se dividía en tres y Eric dirigió al caballo hacia el desvío de la derecha, el que se dirigía hacia el norte. Brit lo siguió. Poco a poco, el camino se hizo más empinado y estrecho. El cielo comenzó a nublarse y el viento soplaba con más fuerza.

Al cabo de un rato, Eric detuvo el caballo y levantó la mano. En silencio, bajó al suelo. Brit lo imitó. Él señaló un grupo de rocas que había entre los árboles y guio hasta allí al caballo. Brit lo siguió.

Cuando llegaron a las rocas, Eric hizo un gesto para que se acercara a él. Sujetando el bocado de los caballos, esperaron en silencio.

Eric señaló un agujero que había en la parte alta de las rocas. Ella se asomó y vio a cuatro jóvenes. Tres iban armados con ballestas y puñales. El otro llevaba un rifle.

–¿Renegados? –preguntó ella moviendo los labios sin pronunciar sonido.

–Puede –contestó él.

Ella lo comprendió enseguida. No pretendían averiguarlo. Era mejor que permanecieran escondidos hasta que pasara el peligro.

El viento era cada vez más fuerte y Svald estaba inquieta. Brit le susurró al oído:

–Tranquila, preciosa.

Esperaron un poco más. Vieron un relámpago y escucharon un trueno. Comenzó a llover. Por fin, cuando los cuatro chicos se alejaron, Eric la guio de nuevo hasta el camino.

–¿Cómo sabías que estaban ahí? –preguntó ella.

Él negó con la cabeza. Seguía tronando.

–Más tarde. Ahora debemos continuar.

Se montaron de nuevo y se dirigieron en sentido opuesto al de los jóvenes.

Empezó a llover con fuerza y, al poco rato, el camino estaba lleno de barro y agua.

–Debemos dejar el camino. Dentro de poco se convertirá en un riachuelo –gritó Eric para que lo oyera a pesar del viento.

Brit lo siguió entre los árboles, con la cabeza agachada para evitar las ramas y el agua. Al cabo de un rato, vieron una cueva formada por dos rocas apoyadas entre sí. Eric desmontó y continuó subiendo el camino a pie. La cueva era lo bastante grande como para que entraran todos.

Ella se bajó del caballo y se acercó a él.

–Quédate aquí –le dijo Eric. Le entregó las riendas del caballo y se adentró en la oscuridad.

Ella lo dejó marchar sin protestar. Estaba empapada, tiritando de frío y descontenta consigo misma por no haber escuchado a Asta.

Pero siempre había sido así. Cuando estaba lista para marchar, no había nada que la detuviera.

Los caballos sacudieron la cabeza para secarse la crin. La lluvia se estaba convirtiendo en aguanieve.

«Perfecto», pensó ella. «Maravilloso». ¿Terminarían atrapados en una gran nevada?

–Por aquí –dijo Eric desde detrás. Estaba dentro de la cueva y llevaba una antorcha en la mano.

–¿De dónde has sacado eso?

–Siempre está bien dejar preparados los sitios seguros para ocasiones como esta. Somos afortunados. Nadie ha estado aquí desde la última vez que vine yo. Entra.

Ella guio a los caballos en la oscuridad hacia el hombre alto y orgulloso que sostenía la antorcha.

10

La cueva era un túnel que se abría en una cámara amplia. Eric se acercó a un círculo de piedras que había en el centro. Una pila de astillas estaba preparada para prender.

Él acercó la antorcha y prendió el fuego. El humo ascendió para escapar por un agujero que había en lo alto.

Brit se quitó la gorra y se pasó los dedos por el cabello.

Eric apoyó la antorcha en el suelo y la rodó para apagarla. Después la dejó junto a las piedras.

Brit miró a su alrededor y vio un pequeño charco.

–¿Hay una fuente? –preguntó.

–El agua está limpia, y muy fría, pero es buena para beber –le quitó las riendas de su caballo–. Hemos de cuidar a los animales.

Junto a una pared había unas mantas, una bolsa de cereales, un cubo...

Eric sacó un cepillo de la alforja.

–Deja la pistola a un lado.

Ella obedeció, se quitó el abrigo y sacó la pistola para dejarla cerca del fuego. Estaba tiritando, así que se puso el abrigo otra vez.

Cepillaron a los caballos y les desenredaron las crines para que se secaran cuanto antes. Tardaron un tiempo, puesto que solo tenían un cepillo. Al cabo de un rato, ella se quitó el abrigo y lo dejó cerca del fuego para que se secara.

–Daré de comer a los caballos –dijo él cuando terminaron–. Quítate la ropa mojada y ponla a secar –le dio una manta para que se envolviera en ella.

Brit tenía secos los calcetines, gracias a las botas. Sus pantalones estaban empapados, pero el abrigo había evitado que se mojara el tronco. El agua se le había metido por el cuello, pero no demasiado.

La venda estaba seca.

Se retiró a una esquina y comenzó a desvestirse. Se enrolló la manta a la cintura, se puso las botas otra vez y se acercó al fuego con los pantalones en la mano. Los puso sobre una roca para que se secaran y buscó un cepillo en las alforjas. Comenzó a desenredarse el cabello.

Cuando Eric terminó con los caballos, se retiró a una esquina para quitarse la ropa mojada. Al cabo de un momento, apareció con una manta en la cintura y el torso desnudo.

Brit lo miró. No podía dejar de fijarse en su pecho musculoso.

Pestañeó, bajó la mirada y continuó desenredándose el cabello.

Él se rio.

–¿Tienes algo que decir? –le preguntó.

–No. Nada.

En realidad, le estaba agradecida. Si hubiera estado sola, no habría evitado a los cuatro jóvenes y, de haberlo hecho, la habría atrapado la tormenta.

En esos momentos estaría fuera, empapada, preguntándose qué hacer.

–Bueno –dijo con cautela–, supongo que no estás muy enfadado conmigo.

Él comenzó a dejar la ropa sobre las rocas para que se echara. La miró.

Ella se percató de que, una vez más, se estaba fijando en su cuerpo. Bajó la vista.

–Tienes un buen par de botas –dijo él.

Ella no pudo evitar sonreír.

–Me gustan –levantó la vista–. Entonces, ¿estamos bien? ¿No estás furioso conmigo por habernos metido en este lío?

–Confieso que estaba enfadado. Pero mientras mirabas tus botas, se me ocurrió que era mejor enfadarme con la lluvia por caer y no contigo por querer ir donde crees que tienes que ir.

–No solo creo que tengo que ir –al ver que él la miraba, sonrió–. Estás dispuesto a evitar una discusión, ¿no es así?

–Lo intento con todas mis fuerzas.

–Ya lo veo. Y he de decir que estás haciendo un trabajo estupendo.

En las alforjas llevaban cecina, manzanas secas y barritas de cereales con miel. Estiraron las mantas en el suelo y emplearon las sillas de montar como respaldo para comer.

–¿Puedes contarme cómo sabías que esos hombres estaban allí? –preguntó ella.

–Lo cierto es que no sé cómo me di cuenta. Debieron de hacer un ruido y yo lo oí sin querer. O quizá fue el tipo de silencio. Fue el instinto. Se desarrolla con el tiempo. Cuando pasamos por el bosque, los animales pequeños se callan por miedo. Aunque nosotros hagamos ruido, estamos rodeados de silencio. Cuando esos hombres llegaron cerca, noté el silencio que los rodeaba a ellos.

–Ah. Eso lo explica todo –dijo ella.

–¿No lo comprendes?

Ella lo miró a los ojos.

–Sí. Al menos, en cierto modo...

Él partió un poco de cecina y se la comió. Ella hizo lo mismo.

–Así que, ¿durante los años has pasado mucho tiempo en Vildelund?

–Así es.

–¿Te trajo tu padre?

Él negó con la cabeza.

–Mi padre tenía su trabajo al lado del rey, y no tenía muchas ocasiones para viajar con la familia. Pero a mi madre le encantaba la vida de los Mystic. Solía venir a menudo a Vildelund. Muchas veces yo venía con ella.

–¿Y Valbrand? ¿Venía también? –al ver que él la miraba, preguntó–. ¿Qué? ¿Ni siquiera puedo preguntarte por él? La otra noche hablamos de él.

–Así es.

–Solo quiero saber más cosas sobre mi hermano. Por favor. Significa mucho para mí... Saber qué sentía sobre ciertas cosas, y cómo era. ¿Solía venir contigo a Vildelund?

–Sí. Muchas veces.

–¿Le gustaba?

–Sí.

–¿Por qué?

–Le gustaba que fuera una tierra salvaje. Creo que también la paz que se encuentra viviendo de manera sencilla.

–Lo mismo que a ti.

–Sí.

–No le gustaba mucho la vida en la corte ¿no?

–Sí. Sí le gustaba.

–Bueno. Era fácil de complacer, ¿no es así?

–Podría decirse que sí. Supongo. Valbrand tenía la cualidad de vivir el momento. Siempre disfrutaba de las funciones de estado. Por muy largas que fueran, siempre sonreía encantado –Eric miró al fuego–. Ese era tu hermano. Siempre interesado. Y viendo lo bueno de cada persona.

–¿Y tú? ¿Te gustaba la vida en Isenhalla?

–No tanto como a Valbrand. Pero la encuentro estimulante. Después de todo, el rey y mi padre son los responsables del bienestar de los habitantes de Gullandria. Su trabajo es importante. Crecí siendo consciente de que llegaría el momento en que tendría que asumir el deber de ayudar a mi rey, tu hermano, a gobernar el país. Eso me gustaba. Estaba comprometido a prepararme para el futuro que sabía me aguardaba.

–¿Y ahora?

–Ahora puedo decir que ya no veo el futuro como si fuera un camino claro. Tiene muchas curvas y escondites que no veo.

–¿Te refieres a desde que mi hermano se perdió en el mar?

Él la miró un instante con los ojos entornados. Después le mostró el brazo derecho, con la muñeca hacia arriba.

–Valbrand tenía una cicatriz como esta.

–¿De cuando os hicisteis hermanos de sangre?

Él asintió.

–Durante la ceremonia, ambos sangramos sobre el mismo cuenco. Después, cuando nuestras heridas todavía estaban abiertas, bebimos la mezcla de nuestra sangre, por turnos, hasta que no quedó ni una gota. Así que bebí la sangre de tu hermano, y él bebió la mía. Cuando él murió, no solo perdí a mi mejor amigo y a mi hermano de sangre, sino también al compañero con el que trabajaría gobernando el país. Fue un duro golpe. Como si me hubieran arrebatado la mitad de mi ser.

Ella no sabía qué decir, así que permaneció en silencio. Estiró la mano y le acarició el brazo, como para consolarlo por la pérdida. Aunque estaba convencida de que Valbrand había regresado, no tenía duda acerca de que Eric había creído que había muerto y que eso lo había hecho cambiar de manera drástica.

Eric la agarró de la mano y se la apretó un instante.

Después la soltó sin más.

Ella sintió que una ola de calor recorría su cuerpo. Algo que nada tenía que ver con el deseo. Era lo que había sentido en la tienda de Rinda dos noches atrás.

La cercanía de dos compañeros...

Eric se puso en pie para agarrar un tronco de los que había apilados contra la pared. Después, regresó a la manta y se acomodó contra la silla de montar.

–Y tú, mujer intrépida, ¿a quién estás atada?

–No, no soy tan intrépida.

–Pero nunca permites que te gobierne el miedo.

–Eso es cierto. Eh, habla con mi madre. Ella dice que salgo en busca de lo que me asusta.

–Y eso lo haces por...

–Mi madre diría que lo hago por la emoción de enfrentarme a mi propio miedo.

–¿Y tu madre tiene razón?

–Puede. A veces. Siempre me he sentido fuera de lugar. Como si buscara algo y nunca lo encontrara –tragó saliva.

–¿Qué cosas te asustan de verdad?

–La muerte. Muy original, ¿verdad? Supongo que, como la mayoría de la gente, no estoy preparada para ella.

–Pero podrías enfrentarte a ella. Lo has hecho. Hace poco.

Ella se llevó la mano al hombro. Él asintió y ella hizo lo mismo.

–Te enfrentarás a la muerte otra vez, no hay forma de escapar.

–Sí. Pero preferiría no tener que hacerlo pronto.

–Tu madre a lo mejor opina lo contrario.

–Sin duda.

–Las madres son muy pesadas, pero a menudo tienen razón.

–Por desgracia.

–A todos nosotros nos llegará el momento en que la muerte gane al día. Nuestros antepasados lo comprendían bien. Solo pedían la oportunidad de morir luchando. La muerte es una constante, algo a lo que todos nos rendimos, aunque pasemos la vida negando que la muerte se nos llevará al final.

Ella no dijo nada. Al cabo de un momento, él preguntó.

–Bueno, ¿y a quién estás atada?

–A mi familia. Mi madre, mis hermanas. A mi padre. Es extraño. He estado años sin conocerlo, pero en el momento en que lo vi, sentí que lo conocía de toda la vida –miró hacia otro lado. Pensaba lo mismo del hombre que tenía a su lado, pero no quería decírselo.

–¿Y a quién más?

–A mi hermano –dijo con actitud desafiante.

Él no picó el anzuelo.

–¿Y a...?

–A una amiga. Vive en Los Ángeles. Se llama

Dulcie Samples. La conocí en un taller de escritura. Es pelirroja, tiene los ojos color miel y el corazón más grande de California.

–Una verdadera amiga.

–Eso es.

–¿Y la conociste en un taller de escritura?

–Sí.

–¿Eres escritora?

–Me gustaría serlo. He comenzado diez novelas. No he terminado ninguna.

–¿Por qué?

–Tampoco terminé la universidad. Algunas personas dicen que parece ser un patrón conductual.

–¿Y tu amiga?

–Ella ha escrito tres. No ha vendido ninguna, pero creo que llegará su día.

–¿Y para ti no?

–He de serte sincera. No soporto estar tanto tiempo sentada.

–Una mujer de acción.

–Sí, supongo que sí –Svald relinchó y ella comentó–: Lo ves, no me respeta ni mi caballo.

–Yo te respeto –la miró–. ¿Y qué hay de los hombres? Aparte de tu padre... Y de tu hermano. ¿No te sientes atada a ninguno?

–No... Por el momento.

–¿Pero habrá algunos por los que te hayas sentido atraída?

–Algunos. Pero nunca funcionó.

–Bien –dijo él.

–¿Y tú?

–Un par de devaneos. Nada más. Hace mucho. Desde hace siete años te estoy esperando.

–Eric. Vamos...

Él sonrió.

–Guíame.

–Por favor. Siete años es casi una década... ¿Cuántos años tienes?

–Treinta.

–Eso es una locura.

–No. Es la verdad.

–Cuando dices que estabas esperándome, ¿no te refieres a mí, concretamente?

–Sí. A ti. Concretamente.

–Vete a la playa.

–Puesto que no estamos en la playa, supongo que es una de tus expresiones estadounidenses.

–Así es. En serio. A los veintitrés decidiste: voy a esperar a Brit... ¿Eso es lo que quieres decir?

–Ah. Ahora te entiendo. Lo cierto es que estaba esperándote. Pero no sabía cómo serías hasta que llegaste a Vildelund en mi busca. Hasta que vi que llevabas mi medallón.

Ella se fijó en el medallón que él llevaba colgado del pecho.

Sus sillas de montar estaban pegadas. Él estiró el brazo y le acarició la nuca.

–Vuelve a tu sitio.

–No pareces muy convencida.

¿Cómo iba a decirlo convencida cuando sus cuerpos se rozaban y el aroma de Eric invadía el ambiente?

–Eso no es justo...

–Lo es. Es justo y está bien. Tal y como debe ser –le acarició el cabello.

–Cuando te acercas tanto...

–¿Sí?

–No puedo...

–¿Qué?

–Maldito seas, será mejor que me beses.

–Como quieras –dijo él, y se colocó sobre ella.

Brit sentía el medallón sobre su pecho, a través de la blusa.

La noche que habían pasado en la tienda de Rinda, aquel medallón había provocado que se rompiera la magia que había entre ambos.

Pero esa noche no.

Esa noche, sentir su peso sobre el pecho le parecía bien.

¿El único problema? Que la boca de Eric estaba lejos de sus labios.

Brit le rodeó el cuello con los brazos, tiró de él y, por fin, sus labios se encontraron.

11

Un beso.

Su beso.

Eric la besaba como si nunca fuera a besar a
otra. Como si aquel fuera el único beso de su vida.

Y durante el beso, ella parecía convencida de
que estaban hechos el uno para el otro. Y juntos por
fin. Después de todos los años que habían pasado
esperando ese momento.

Cuando él la besaba, ella casi se olvidaba de que
quería encontrar a su hermano, y estaba a punto de
aceptar la mentira de que Valbrand estaba muerto.
Cuando él la besaba oía violines y veía fuegos arti-
ficiales. Cuando él la besaba, estaba segura de que
podría permanecer para siempre con aquel hombre...

Eric levantó la cabeza una pizca para mirarla.

Sus ojos.

Nadie tenía unos ojos como él. Eran del color
del abeto. O del jade. Unos ojos que la miraban profundamente.

–Vuelve, por favor –susurró ella–. Bésame más.

Él acercó la boca a sus labios otra vez.

Brit llevó la mano a su pecho y acarició el medallón. Y su torso, para sentir el fuerte latido de su corazón.

Podía sentir que él la deseaba por cómo la había acariciado y por el miembro erecto que sentía contra el muslo.

Eric se retiró de nuevo.

–No hagas eso.

–¿El qué?

–No te retires.

Él se acercó un instante y la besó en los labios con rapidez. Después, se separó otra vez y negó con la cabeza.

–Me temo que no es el momento.

–Antes de anoche no decías lo mismo. Pensabas que era el momento adecuado.

Él se acomodó sobre su silla de montar.

–¿Qué pasa? ¿Qué he hecho?

–Nada. Podría besarte siempre...

–Bueno. Eso me lo aclara todo.

Él encontró una astilla en la manta y la tiró al fuego.

–La otra noche, sabía que no me poseerías –dijo Eric–. Sabía que no estabas preparada. Pero que me besarías y me abrazarías. Era muy consciente de que al final me rechazarías, estaba seguro. Esta noche... No quiero que hagas nada de lo que puedas arrepentirte.

Ella sabía que Eric tenía razón.

No estaba preparada para acostarse con él.

Y quizá nunca lo estuviera. Seguramente no lo estaría hasta que él no le dijera la verdad acerca de lo que era lo más importante para ella.

Se acomodó sobre su silla de montar y le preguntó:

–¿Cuánto tiempo crees que vamos a tener que quedarnos aquí?

–Hasta que pase la tormenta. Mañana, lo más temprano.

Ella miró el reloj. Apenas era mediodía.

–¿Tienes una baraja de cartas?

–Me temo que no.

–Entonces, ¿de qué podemos hablar?

–¿Es necesario que hablemos?

–Para nada –pero el silencio se le hacía incómodo en esos momentos–. ¿Has leído un buen libro últimamente?

–Algunos. Acabo de terminar uno de Hawking que se llama *A Brief History of Time.*

–¿En serio? No conozco a nadie que se lo haya leído.

–Es fascinante. Trata sobre agujeros negros.

–Ya, supongo. ¿Y de música?

Él levantó la mano.

–Te toca.

–Está bien. Eminem.

–¿Eso no es un caramelo?

–No. Es un rapero.

–Ah. Ya, esos que hablan al ritmo de la música. Ya sé. Pero ese cantante se pronuncia Eminem, pero en realidad es M y M, por su nombre, Marshall Mathers.

–Sabes mucho.

–Y es un poco controvertido. He oído que en sus canciones es irrespetuoso con las mujeres, sin embargo ¿es tu favorito?

–Tiene problemas con su madre. Digamos que se lo paso por alto –agarró la bolsa de M&Ms que llevaba consigo–. ¿M&M?

–Sí, gracias.

–Adelante, toma cinco o seis.

–Veo que estás muy generosa.

–Sí.

Él la miró.

–Me gusta tomármelos de uno en uno –sonrió, y se metió una bolita en la boca.

Ella se comió otra. Ambos contemplaron el fuego. Chupando despacio.

El ruido fue muy suave. Como una piedra pequeña lanzada contra una roca. Eric reconoció la señal.

En silencio, retiró la manta y se levantó. La ropa se había secado enseguida y ambos se habían vestido para no tener demasiada tentación.

Se puso las botas y se ató los cordones.

El fuego estaba casi apagado, así que echó más leña sobre las brasas. A su lado, oía movimiento, y un suspiro. Después un gruñido. Él se volvió para mirar a su mujer.

Ella estaba tumbada boca arriba con el ceño fruncido. Dormía inquieta. Igual que hacía todo lo demás. Con entusiasmo.

Esperó para ver si despertaba y, a pesar de que no paraba de moverse y de suspirar, al cabo de un rato se convenció de que estaba profundamente dormida.

Entonces, agarró el abrigo y se dirigió al túnel de la cueva.

No necesitaba luz. Conocía el camino. El túnel se adentraba en la montaña y después, torcía a la derecha.

Al poco tiempo llegó a una cornisa parecida a la que había por donde habían entrado.

La tormenta había terminado y la noche era fría. La lluvia se había convertido en nieve y había un pequeño manto blanco en el suelo. No duraría mucho tiempo. Si al día siguiente salía el sol, se derretiría enseguida.

En el silencio, se oía el crujir de los árboles. Él esperó, agudizando todos los sentidos.

Entonces, oyó un pequeño movimiento hacia su izquierda. Podría ser el sonido de una ardilla, pero Eric sabía que no era así.

Eric se volvió. Y lo vio.

En la sombra, entre los abetos, vio unas botas de color negro.

Eric colocó las manos alrededor de su boca y sopló. Era una especie de silbido, era la llamada que utilizaban desde que eran niños.

Significaba que había vía libre, que no hacía falta ocultarse.

Al oír la señal, Valbrand salió de entre los árboles y, caminando con seguridad, llegó hasta donde se encontraba Eric.

12

Asta había cosido la máscara de cuero negro. Las costuras eran casi invisibles y se amoldaba al rostro de Valbrand como una segunda piel.

–¿Estás seguro de que no se despertará? –le preguntó a Eric.

–Todo lo seguro que se puede estar de algo que concierne a tu hermana pequeña.

–Creo que estás seguro de una cosa... Estás seguro de que es para ti.

Eric no tenía ganas de sonreír.

–Sabe la verdad. Aunque le cuento tu mentira a cada momento, ella está convencida de que te ha visto en el accidente y en casa de mi tía. Nada la hará cambiar de opinión.

Valbrand dio un paso atrás.

–¿Has de mirarme así? Sí, tendría que haber hecho caso de tu advertencia y haberme puesto la máscara cuando ella estaba enferma. Pero estaba convencido de que no recordaría lo que veía.

–¿Y por qué correr el riesgo? A menos que, en el fondo de tu corazón, quisieras que ella te viera para que supiera que sigues vivo.

–La respuesta es no.

–¿Te lo he preguntado?

–Estabas a punto de hacerlo.

Negarlo no tenía sentido. Se conocían demasiado bien.

–Sí. Estoy impaciente. ¿Puedes culparme por ello?

–¿Culparte? Nunca.

–Entonces, ¿cuándo te vas a presentar ante ella?

–No puedo decirte.

La misma respuesta de siempre. Eric llevaba esperando desde hacía mucho tiempo a que su amigo se recuperara del daño que le habían hecho.

Pero ya no tenía casi esperanza. Habían pasado seis meses desde que había encontrado a Valbrand viviendo en una cueva en una pequeña isla de la costa de Islandia.

Al principio, Valbrand no salía de la cueva para hablar con él. Despacio, al cabo de varias semanas y a base de obsequiarlo con comida y mantas, Eric consiguió que Valbrand permitiera que se acercara de nuevo a él.

Tardó mucho tiempo en conseguir que volviera a confiar en él, y en convencerlo para que regresara a casa. Eric tuvo que prometerle que permanecería a su lado y que guardaría el secreto de que estaba vivo. Hasta que Valbrand no estuviera preparado, solo algunos Mystics sabrían que había sobrevivido.

Eric había regresado a Isenhalla después de convencer a su amigo de que estaría a salvo con Asta. Allí, en el palacio de los reyes de Gullandria, Eric había mentido a su padre y al rey. Les dijo que había dejado de buscar, que tenía que aceptar que Valbrand había muerto. La mentira nunca le había gustado, pero jamás le había molestado tanto como en aquellos momentos en los que se interponía como una barrera entre él y la mujer que le correspondía.

Valbrand rompió el silencio.

–He regresado al lugar donde se estrelló la avioneta –la noche anterior habían acordado que Valbrand iría.

–¿Y?

–Seis hombres siguen vigilándola –habían ido mientras Brit estaba enferma y habían visto desembarcar a unos guardias cerca del fiordo–. El barco permanece amarrado a tres kilómetros al oeste de allí. Cuando yo fui, había dos hombres en el barco y cuatro en el lugar del accidente. Después, los dos del barco salieron a reemplazar a dos de los que estaban en la avioneta.

–¿Estás seguro de que son de los NIB?

Valbrand asintió.

–Me metí en el barco cuando se quedó vacío y eché un vistazo.

–¿Son los hombres del rey?

–Al menos, en apariencia.

–No te fías.

–No me fío de nadie, solo de ti. Ya lo sabes. Seguramente mi padre envió un mecánico para revisar el accidente. ¿Y cuál fue el informe del mecánico?

No sabrían la respuesta a menos que se lo preguntaran directamente al rey. Y Eric no podía preguntárselo, puesto que el rey Osrik sospecharía, ya que Eric había manifestado que estaba convencido de que el hecho de que la avioneta se estrellara había sido un accidente.

Cualquier sospecha por parte del rey Osrik podía ser peligrosa hasta que Valbrand estuviera preparado para quitarse la máscara.

–¿Qué planes tenéis para mañana? –preguntó Valbrand.

–Vamos a ir a ver la avioneta.

–¿Estás loco? No permitirán que se acerque.

–A tu hermana no le importa que se lo permitan o no. No hay quien la detenga.

–Creí que tu plan era...

–Tiene una brújula y sabe utilizarla. También tiene un mapa detallado que le dio mi padre. Si la guío hacia otro sitio, se dará cuenta.

–Entonces, has de convencerla de que es muy peligroso. Debe regresar.

–Eres tú el que no quiere comprender. Está decidida. No regresará al poblado hasta que no haya visto el lugar del accidente con sus propios ojos.

–No ganará nada con ello. Incluso si los hombres que vigilan el lugar le permiten el acceso, no encontrará nada que le sirva.

–¿Por qué estamos discutiendo sobre esto? Intentas convencerme de lo que ya sé. A lo mejor, ¿te gustaría intentar convencerla a ella?

–¿Sarcasmo, amigo?

–Producto de la frustración. Hay que decirle que estás vivo. Nuestros padres también deben saberlo.

–Todavía no. No puedo.

–Sí puedes, pero eliges no hacerlo –Eric se acercó a él y habló más bajito–. No pienses que creo que será algo fácil. Sé que para ti presentarte con el rostro descubierto frente a tu padre, el rey, y el resto de la corte, será una proeza mayor que sobrevivir al horror al que te han sometido. He sido muy paciente. He esperado a tu lado, como te prometí, a que estuvieras preparado. Pero hay mucho que hacer. Traidores que desenmascarar. Errores que corregir. Nada de eso se hará mientras tú te escondas tras esa máscara.

Valbrand miró a otro lado.

–Esta máscara me ha sido muy útil. Y a nuestra gente también. Con ella he salvado vidas.

Eric sabía que era verdad. Pero confiaba en que Valbrand dejara de disfrazarse como un héroe de leyenda y se reuniera con su padre para reclamar su puesto de sucesor al trono.

–He cumplido la promesa de permanecer a tu lado. He mentido por ti. Pero me niego a ayudarte a mentirte a ti mismo. Los peores males te aguardan en el sur. Deberías cortar de raíz y enfrentarte a ellos sin la máscara de Dark Raider.

–Cuando esté preparado –dijo tajante.

–Entonces, me temo que ahora no hay nada más que decir –Eric se volvió hacia el túnel.

–Mañana permaneceré cerca vuestro, por si hay problemas.

–Lo sé –Eric se detuvo un instante, pero no se volvió.

–Será mejor que la convenzas de que no vaya.

–No podré hacerlo.

Valbrand tenía que darse cuenta de que él era el único que podría hacer que Brit cambiara de opinión, mostrándole que estaba vivo.

Y aun así, era probable que ella quisiera descubrir quién había saboteado su avioneta.

Y él la había dejado sola demasiado tiempo. Podía despertarse. Y si lo hacía, ¿quién sabía qué tipo de travesura podía estar haciendo?

Eric continuó por el túnel sin volverse para mirar a su amigo.

Quizá había hablado demasiado.

Y sabía que Valbrand ya se había marchado.

Brit se despertó de golpe, con las mantas enredadas alrededor del cuerpo. Había estado soñando otra vez. Durante un instante, permaneció mirando al techo de la cueva, iluminado por el fuego.

Después, volvió la cabeza hacia donde Eric debía estar durmiendo. No estaba.

Se sentó y vio movimiento en el túnel. Se disponía a agarrar la pistola cuando se percató de que era Eric.

Dejó la pistola sobre la roca y preguntó:

–¿Qué pasa?

–Necesidades fisiológicas –contestó él.

Se acercó a ella y Brit sintió un nudo en el estómago.

–Está muy oscuro. Deberías haberte llevado algo de luz.

–Conozco esta cueva con los ojos cerrados.

–Qué bien.

–Has hecho un caos con las mantas.

–Como siempre, he tenido ese sueño increíble. Monto un caballo negro sobre el margen de un precipicio.

–¿Tenías miedo?

–Solo al final. Cuando me caigo.

–Hay gente que piensa que los sueños nos enseñan cosas.

–Puede. Pero vaya manera de enseñar.

–Me sorprendes.

–Eso es bueno, ¿no es así?

Él le acarició la mejilla y ella se estremeció.

Lo miró a los ojos y él comenzó a acariciarle el cabello. Brit tuvo que contenerse para no besarle la mano.

–Tan valiente –susurró él–. Y tan ingenua.

Ella se retiró y él bajó la mano.

–Me pregunto por qué cuando un hombre hace lo que tiene que hacer, todo está bien. Pero cuando una mujer hace lo mismo, se la considera tonta.

–No te he llamado tonta.

–Casi.

–¿Estamos discutiendo?

–Puede ser.

–¿Debemos continuar?

–Tienes razón. Durmamos un rato más.

Él se levantó y se sentó sobre sus mantas. Mientras se quitaba las botas, la miró:

–¿Vas a quedarte toda la noche mirándome? –le preguntó.

–Lo siento –murmuró ella. Se levantó y comenzó a estirar su cama.

Se despertaron antes del amanecer, dieron de comer a los caballos y desayunaron. Después, prepararon la cueva para la próxima vez que alguien necesitara refugiarse en ella. Eric no había hablado casi durante todo ese tiempo y, justo antes de marchar, le dijo:

–Tengo que hablar contigo.

–Empezaba a creer que nunca lo harías.

Él dejó las riendas del caballo y se sentó sobre una roca cerca del fuego. Ella se colgó la pistola, se puso el abrigo y se acomodó cerca de él.

–De acuerdo. Cuéntame.

–Esperaba que quisieras regresar antes de llegar al lugar donde se estrelló tu avioneta.

–Mensaje recibido. Alto y claro. Llevas diciéndome que debemos regresar todo el camino.

–No solo confiaba en mis palabras para hacerte cambiar de opinión. También en los hombres que vimos en el camino, en la tormenta, en la dificultad del terreno...

–Demasiadas esperanzas.

–He de confesar que incluso tenía planes de llevarte en otra dirección.

Ella lo miró.

–Sé más o menos hacia dónde tenemos que ir. Si me hubieras llevado en otra dirección...

–Lo sé. Al final he aceptado que nada te hará cambiar de opinión. Pero hay cosas que debes saber.

–¿Como qué?

–Igual que tú, creo que tu avioneta sufrió un sabotaje.

–Por fin –dijo ella, y se puso en pie–: ¿Podemos ir a verla ya?

–No.

Brit se sentó de nuevo.

–¿Por...?

–Hay vigilantes. No es seguro.

–¿Quién los ha enviado?

–Tu padre.

–¿Y eso es un problema?

–Son NIB –dijo él.

–Entonces, están de nuestro lado.

Él la miró con frialdad.

–En principio sí.

–¿Pero pueden ser traidores? ¿Eso es lo que quieres decir?

–No sé, no estoy seguro. Piénsalo. ¿Qué mejor manera hay de enfrentarse al trono que infiltrarse en una organización gubernamental? Es perfecto. Tenemos que contar con que puede suceder.

–Cuando dices tenemos, incluyes a mi hermano, ¿no es así?

–De momento, no estoy hablando de tu hermano.

–No. Pero yo sí –contestó ella–. Está bien. Por ahora, dejemos a mi hermano al margen –se inclinó hacia Eric–. Escucha. ¿Qué te preocupa? Los vigilantes los ha enviado mi padre. Estarán buscando lo mismo que nosotros, pistas para ver por qué cayó la avioneta.

–Puede ser.

–¿Y? ¿Qué quieres decir?

–El problema es que esos hombres podrían estar trabajando bajo unas órdenes que no sean las que ha dado el rey. Podrían ser infiltrados, hombres que trabajan con tu padre pero que no están de su lado.

–¿Cómo sabes todo esto?

–No lo sé con seguridad. Pero todo indica en esa dirección.

–¿El qué lo indica?

Él la miró como diciéndole: si te lo cuento tendría que matarte.

–Está bien –se puso en pie–. Vamos. Quiero ver a esos hombres con mis propios ojos.

–Desde luego eres la mujer más cabezota de esta tierra. ¿Por qué siempre tienes que comprobarlo todo con tus propios ojos?

–Compláceme, por favor. Y no me mires así –su petición no sirvió de nada. Él continuó mirándola y ella volvió a sentarse sobre la roca–. He de decir que, llegado este punto, no sé qué creer. Durante días me has dicho que estabas convencido de que todo había sido un accidente. Ahora me dices que quizá fuera un sabotaje y que hay vigilantes en el lugar del accidente. Que son de los nuestros, pero que pueden ser infiltrados. No me cuentas cómo sabes todo esto, y pretendes que me lo crea. ¿Por qué iba a hacerlo? Los agentes del NIB me han ayudado más que tú a la hora de descubrir lo que tengo que descubrir.

–¿Cómo?

–¿Perdón?

–¿Cómo te ha ayudado el NIB?

–¿Qué? ¿Es tan sorprendente que alguien me ayude a intentar averiguar dónde está mi hermano?

–¿Quién es ese alguien?

–¿Sabes qué? No entiendo nada.

–Quiero que me digas...

–Te equivocas. No –lo miró y esperó. Al ver que no decía nada, preguntó–: ¿Me estás escuchando?

Él asintió.

–Bien. Porque tengo varias cosas que decirte y quiero que me prestes atención.

–Adelante.

–Anoche dijiste que era sorprendente. Te diré que el sorprendente eres tú. Y no en el buen sentido. Esto es una locura. Durante un tiempo pensé que mi hermano y tú, y nuestros padres, tramabais algo juntos. Ahora no. Ahora creo que mi padre no tiene ni idea. Que mi padre y Medwyn aceptaron que viniera a buscar a mi hermano porque eso significaba que vendría aquí y me encontraría contigo, algo que terminaría en boda y en la unión de nuestras familias. ¿Y mi hermano y tú? Por algún motivo, eso no está a mi alcance, los dos estáis jugando aquí en la montaña. Mi hermano hace creer que está muerto mientras cabalga en un caballo negro jugando a ser un superhéroe. He de decir que no lo comprendo, que no tiene sentido. Si alguien trató de matarme, y supongo que también trataron de matar a Valbrand, deduzco que hay alguien más en esto que unos pocos renegados. Deberíamos trabajar juntos para enfrentarnos al problema, ¿no crees? Nuestros padres han de saber no solo que mi hermano está vivo, sino que han intentado asesinarnos.

Se calló para tomar aire y confió en que él le contara alguna novedad.

Pero Eric no pronunció ni una palabra. Ella lo miró y supo que él no iba a decirle nada. Y por primera vez desde que despertó de su enfermedad y

Asta le contó que su guía había muerto, sintió que las lágrimas afloraban a sus ojos.

–Oh, Eric. ¿Cuándo vas a ser sincero conmigo? ¿Cuándo vas a confiar en mí? ¿Cuándo vas a contarme todo lo que sabes para que podamos trabajar juntos en esto?

13

Eric deseaba decirle que tenía razón. Pero había prometido mantener el silencio. También confiaba en que, con el tiempo, Valbrand volviera a ser el de antes y se presentara ante todos aquellos que lo daban por muerto.

Si Eric admitía ante Brit que su hermano estaba vivo, traicionaría a su amigo. Y quizá Valbrand no se lo perdonaría jamás. Además, temía el daño que podía causarle a su amigo. Lo había visto vivir como una criatura semisalvaje. Había conseguido sacarlo de su cueva y había conseguido convencerlo de que volviera a caminar derecho, como un hombre. El voto de silencio que Eric había hecho era lo que había provocado que Valbrand regresara a Gullandria. No estaba preparado para echarlo todo por tierra.

Brit se levantó y caminó de un lado a otro.

—Está bien, deja que te cuente lo que pienso hacer. Voy a ir a ver la avioneta. Y después, regresaré a Isenhalla. Creo que ya he averiguado todo lo que puedo averiguar por aquí.

—Harás lo que debas hacer.

–En eso tienes razón. Vamos.

–Todavía no. No hasta que me digas quién te ayudó en el NIB.

–Deja que te aclare una cosa: pretendes que te cuente todo cuando, a mí, me haces permanecer en la ignorancia.

Eric no contestó. Tarde o temprano, Brit se daría cuenta de que no tenía sentido ocultarle esa información.

–Sigo preguntándome por qué confío en ti. No respondes a mis preguntas, me mientes acerca de mi hermano...

–Mis actos han sido dignos de confianza. Las acciones valen más que las palabras.

–Sí. Por supuesto. Gracias por explicármelo.

–Respecto a esa persona del NIB...

–Eres inagotable.

–Se puede decir lo mismo de ti.

Brit miró al fuego.

–Está bien... –volvió la cabeza para mirar a Eric–. Tengo un... ¿Un qué? Supongo que podría llamarlo aliado. Alguien a quien empiezo a considerar un amigo.

–¿Un hombre?

–He dicho un amigo. Nada que implique una relación con él, y tampoco tendrías derecho a enfadarte si fuera así.

Eric no discutió, pero ella podía ver en sus ojos que sí le habría importado si hubiera habido otro hombre en su vida.

–Háblame de él.

–Se llama Jorund Sorenson. Lo conocí dos semanas después de llegar a Gullandria, en julio.

–¿Y cómo lo conociste?

–Jorund no propició el encuentro, si es a lo que te refieres.

–Dime cómo sucedió.

–Yo hacía preguntas sobre lo que le había pasado a Valbrand. Y bueno, ya sabes cómo es mi padre. Se puso nervioso pensando en que iba a meterme en un lío.

–¿De dónde iba a sacar el rey una idea como esa?

–No lo sé. ¿Puedo continuar?

–Por favor.

–Entonces, mi padre habló con Hauk, mi cuñado.

–Conozco a Hauk.

–Bueno, mi padre habla con Hauk para que pusiera a algunos de sus hombres a vigilarme –Hauk Wyborn era el guerrero del rey–. Los hombres de Hauk son buenos luchadores. Y pueden ser muy discretos. Aun así, yo reconocí a uno de ellos y hablé con mi padre. Papá me prometió que no tendría más guardaespaldas. Así que, después, llamó al NIB pensando que yo no podría reconocer a ninguno de esos hombres. No lo hice. Pero al cabo de cuatro o cinco días me di cuenta de que alguien me seguía a todos lados. Me harté y abordé a uno de ellos. Me escondí en uno de los pasillos del National Museum of Norse History, y cuando él se acercó, preocupado, tratando de descubrir dónde me había ido, salí a su encuentro y grité: ¡buu!

–Encantador.

–Lo creas o no, lo sorprendí. Mientras él farfullaba indignado, le exigí que me dijera quién era su superior. Mencionó a Jorund. Yo busqué a Jorund en las oficinas. Al principio, no quiso colaborar conmigo. Pero hablé con mi padre y enseguida tenía al agente Sorenson revisando las habitaciones del palacio en busca de micrófonos, aunque los micrófonos los había mandado poner mi padre. Jorund me contó lo que él sabía acerca de la desaparición de Valbrand.

–¿Y qué sabía?

–No mucho. Solo lo que tú dijiste la otra mañana. Que Valbrand fue a hacer la ruta de los vikingos y murió en una tormenta. Nada que yo no supiera. Pero Jorund y yo pusimos en común los datos que teníamos y tratamos de sacar alguna conclusión.

–Intento comprender por qué un agente especial del NIB decide ser tu aliado.

–¿Sabes qué? Yo también. Aunque no me has dicho nada que demuestre que haya traidores dentro del NIB –aun así, Eric había sembrado la semilla de la duda.

–¿Qué más averiguaste de ese amigo tuyo?

–Hablamos sobre ti. Jorund dijo que tendría problemas para sacarte información. Le damos un tanto por esa observación –añadió.

–¿Se ofreció a acompañarte hasta aquí?

–Hablamos de ello. Y decidimos que si aparecía con un agente del NIB solo dificultaría más que tú me contaras algo.

–¿Quién razonó de esa manera?

–No me acuerdo.

–¿Es posible que él no quisiera ir en la avioneta contigo, o que no quisiera estar cerca de ti cuando sufrieras un accidente?

–Todo es posible... ¿Podemos irnos?

Él la miró fijamente. Ella estaba convencida de que tenía algo más que decirle. Pero al final, se puso en pie.

–Como quieras. Deja que apague el fuego.

Salieron de la cueva y vieron que estaba amaneciendo. La nieve comenzó a derretirse en cuanto empezó a calentar el sol. Llegaron al borde del fiordo Drakveden pasadas las diez y se detuvieron un instante para contemplar la vista.

—¿Por dónde bajamos? —le preguntó Brit a Eric.

Había grandes paredes de roca y la niebla ocultaba parte de ellas.

—Seguiremos por el borde durante un par de kilómetros. Después, el camino comienza a descender poco a poco.

—Estamos cerca.

Él asintió y guio al caballo hasta el camino.

Enseguida llegaron al lugar donde el camino comenzaba a descender. Durante una hora avanzaron bajando y subiendo desniveles, sin perder de vista el agua del fiordo.

Por fin, Eric guio al caballo fuera del camino y avanzaron entre árboles hasta llegar a un claro.

Eric desmontó del caballo y agarró el rifle y los prismáticos.

—Ata al caballo. Bajaremos al lugar del accidente. El camino se estrecha mucho a partir de aquí, es más seguro ir a pie.

—¿Crees que es seguro dejar a los caballos aquí solos?

—Más seguro que intentar montarlos hasta allí. Haremos menos ruido a pie. Y sí, podrían robárnoslos, o sufrir el ataque de algún animal, si eso es lo que me estás preguntando.

—Sí, eso era lo que imaginaba.

—Tenemos que correr el riesgo, a menos que prefieras darte la vuelta.

—Buen intento —desmontó del caballo—. Vamos.

Regresaron hasta el camino y se dirigieron hacia el oeste. Al cabo de media milla más o menos, llegaron a un lugar desde donde se veía el desfiladero y el fiordo debajo.

—Agáchate —dijo Eric, y se puso en cuclillas. Se acercaron al borde, donde unas rocas les bloqueaban la vista.

–¿Y ahora qué?

–Primero, mira entre las dos rocas. Allí. ¿Lo ves?

Ella vio el pedazo de tierra donde había aterrizado con la avioneta. Los restos del fuselaje estaban junto a los árboles.

–Mi avioneta –dijo ella–. O lo que queda de ella. ¿Y ahora?

–Esperaremos.

–¿A qué?

Él dejó el rifle a un lado y agarró los prismáticos. Después, señaló a una nube gris que había cerca del sol.

–La nube cubrirá al sol y disminuirá la probabilidad de que el sol se refleje en las lentes de los prismáticos, y por tanto de que alguien nos vea desde abajo.

–Esperar. Estupendo. No es mi actividad favorita.

–Ya me he dado cuenta.

Cinco minutos más tarde, el sol se ocultó tras la nube. Eric miró con los prismáticos entre las rocas.

–Allí –susurró–. Y allí –le dejó los prismáticos a Brit–. Míralo tú misma. Desde aquí se ven tres. Primero mira justo enfrente, después baja un poco...

Ella vio a un hombre armado en la montaña de enfrente.

–Lo veo.

–Baja un poco más. Y hacia el oeste... a tu izquierda.

–Ya van dos.

–El tercero es más difícil de encontrar, está en el camino, donde todavía hay árboles pero cerca del campo abierto –le movió los prismáticos una pizca–. Allí. ¿Los ves?

Brit encontró al hombre. Iba vestido como los demás, con ropa de camuflaje, botas oscuras y un rifle en la mano. Estaba de espaldas a ella pero, al cabo de un momento, se volvió y pudo verle la cara.

Bajó los prismáticos.

–Lo conozco. Quiero decir, lo he visto antes.

–¿Dónde?

–El primer día que fui a las oficinas del NIB. Él salía del despacho de Jorund cuando yo entraba.

–¿Es un subordinado de tu supuesto amigo?

–Supongo que podría ser... Y no me gusta el tono con el que has dicho «supuesto».

–¿Pero estás dispuesta a admitir que esos hombres son del NIB?

–Puesto que conozco a uno de ellos y lo he visto allí, sí. No es un gran avance. Pero, ¿sabes qué? Es una paranoia pensar que esos hombres son traidores.

–Llevan varios días vigilando esta zona. Y hay un cuarto hombre, probablemente en la parte baja de esta colina, y no podamos verlo desde aquí. Y no solo están esos cuatro, hay dos más en el barco que emplearon para llegar aquí. Hacen guardias para vigilar la avioneta. No sabemos cuándo cambiarán de turno, o si ahora hay cinco, o incluso seis hombres en los alrededores.

–¿Cómo sabes todo esto?

Él la miró y no respondió a su pregunta.

–La avioneta no puede recuperarse. Tu padre cree que tuviste un accidente, eso es todo. Le han dicho que has sobrevivido al accidente y al ataque de unos renegados, y que estás a salvo en el poblado de mi familia. Esos hombres han tenido mucho tiempo para mirarlo todo y para retirar cualquier equipo que el rey quisiera salvar. Deberían haberse ido hace días. Sin embargo, siguen aquí. ¿Por qué iban a quedarse? A no ser que crean que existe la posibilidad de que tú regreses y puedan terminar lo que comenzaron.

–Eric, no sabes lo que mi padre piensa. Apenas

tienes contacto con él. Le mandas mensajes de radio, sí, diciéndole ¿qué? ¿Tu versión de lo sucedido? Y él te contesta con amabilidad.

–Así es.

–A lo mejor, él sospecha lo que tú y yo sospechamos. Que alguien saboteó mi avioneta. Quizá ha enviado a esos hombres para vigilarla por si apareciera alguno de los verdaderos asesinos.

–Tu razonamiento tiene un fallo.

–¿Cuál?

–Conoces al rey. Si él creyera que has sobrevivido a un intento de asesinato, habría ordenado que regresaras a Isenhalla. Querría que estuvieras junto a él, donde pudiera asegurarse de que estuvieras a salvo. Y querría interrogarte para encontrar y castigar a los que se atrevieron a hacer tal cosa.

Su argumento tenía sentido. Mucho sentido.

–No pienso asumir que esos hombres son traidores porque sí. No voy a...

–Basta. Ya los has visto. No podemos arriesgarnos a que nos vean y no estamos seguros de cuántos son. Ahora regresaremos al poblado de mi tía.

–Ni pensarlo.

–¿Qué más podemos hacer?

–Tenemos que descubrir si están del lado de mi padre o no.

–No hay manera de averiguarlo sin correr el riesgo de...

–Tengo un plan.

–No me gusta.

–Ni siquiera lo has oído.

–Por tu mirada, sé que no me va a gustar.

–Escucha. Deja que te lo explique.

–¿Tengo elección?

–No. Oh, Eric. Tenemos montones de sospechas que no significan nada sin una prueba.

–Lo veo en tus ojos. Conseguir esa prueba puede significar la muerte.

–No si tenemos cuidado... Y puede que, después de todo, descubramos que esos hombres son de los nuestros.

–No. Es demasiado peligroso –dejó los prismáticos y la agarró de los brazos–. Escucha. Deja que te lleve al campamento. Reuniré a varios hombres. Regresaremos aquí. Capturaremos a los vigilantes y los interrogaremos. Descubriremos...

–No –se soltó–. Te dirán que son agentes del NIB y que están vigilando la avioneta.

–Si son traidores, lo descubriremos.

–¿Mediante torturas? No, gracias, no es mi estilo. Mi estrategia es mucho más directa y nadie resultará herido.

–No me gusta.

–Ni siquiera me has escuchado. Por favor, escucha un momento. Bajaremos con cuidado, asegurándonos de que los chicos de la otra colina no nos vean. Rodearemos al que yo conozco, con cuidado de que no avise a los demás. Tú te colocarás detrás de él. Yo apareceré de la nada y le diré hola.

–Hola. Le dirás... Hola.

–Eso es. Si lo han enviado para matarme, lo intentará. Entonces, tendremos la oportunidad de reducirlo. Y descubriremos que mi amigo del NIB no era tan amigo.

–Es una locura.

–No es una locura. Peligroso, puede. Pero vamos a conseguir que funcione. Y nadie resultará herido.

–Te engañas a ti misma. Podrían matarte. Si los tres Norns del destino nos sonríen, puede que sobrevivas. Pero en cualquier caso, si el vigilante de ahí abajo te apunta con el rifle, morirá. Yo me ocuparé de ello.

–No. Ese no es el plan.

–Morirá.

–Eric. No me has escuchado.

–Porque hablas de tonterías peligrosas.

–No quiero que nadie resulte herido. En serio. Ya se ha derramado bastante sangre. Si él me apunta con el rifle, puedes abalanzarte sobre él. Le dispararemos si es absolutamente necesario, pero la idea es que todo esto termine sin un disparo. Disparar solo servirá para llamar la atención de los otros.

–Es una locura.

–No dejas de decir eso.

–No formaré parte del plan.

–¿Ah, no? Entonces, ¿qué?

–Voy a regresar al poblado. Ahora. Y tú vendrás conmigo.

–No. No voy. Regresa tú si crees que es lo que debes hacer...

Él levantó una mano. Se hizo un silencio.

–¿Qué diablos ha de hacer un hombre contigo?

–Eric.

Él no contestó, pero blasfemó en voz baja.

–Es la única manera –dijo ella.

–No lo es. Ya sé. Te quedarás aquí y bajaré yo...

–No. Tiene que verme a mí. Puede que a ti te ataque, o puede que no. Pero si trata de dispararme a mí, comprobaremos que Jorund Sorenson forma parte del plan para deshacerse de mí.

Algo pasó en los ojos de Eric.

–No –dijo ella.

Él permaneció inmóvil.

–En serio, Eric. Si tratas de detenerme, solo retrasarás lo que es inevitable. Voy a ir. Y si me retienes por la fuerza, terminaré yendo sola, en cuanto consiga liberarme.

Su mirada era aterradora. Al cabo de un instan-

te, él negó con la cabeza de manera casi impercepti-
ble. Ella no se atrevió a darse la vuelta, tenía miedo
de que él tratara de reducirla. Pero estaba convencida de que había alguien detrás de ella, y de que Eric
le había hecho un gesto de negación con la cabeza.

De pronto, lo comprendió todo.

–¿Valbrand? –le preguntó a Eric.

Él continuó mirándola, controlando la furia de
sus ojos.

Sin volverse, ella preguntó:

–Valbrand. Eres tú, ¿verdad?

14

Nadie contestó hasta que Eric comentó:

–Te equivocas. No hay nadie detrás de ti.

Era cierto. Ya no había nadie detrás de ella. Fuera quien fuera, se había ocultado entre los árboles. Ella se volvió y vio lo que esperaba ver. Nada.

–Entonces, tenemos apoyo... Y supongo que será Dark Raider –le dijo a Eric.

–Te he dicho que no había nadie –contestó enfadado.

–Sí. Es cierto. Pero el hecho de que tú lo digas no significa que sea verdad.

Él colocó los prismáticos en su cinturón y agarró el rifle.

–Si estás decidida a hacerlo, vamos.

Estaba furioso, y Brit tenía la sensación de que no la perdonaría jamás. Sin pensarlo, lo agarró del brazo.

–¿Tienes que estar tan enfadado?

Él se quedó de piedra. Tenía la mano en el rifle. Ella lo había agarrado del antebrazo. Él le miró la mano como si odiara que lo tocara.

–Por mucho que desee tus caricias, ahora no es el momento.

Ella supo que tenía razón. No debería haberlo tocado. Él la miró a los ojos y ella descubrió algo que preferiría no haber descubierto.

Deseaba ceder ante su propuesta. Permitir que él la llevara de regreso al poblado de su tía. Permitir que cuidara de ella para el resto de sus días...

Pero no podía hacerlo.

–¿No te das cuenta, Eric? Tenemos que hacerlo.

Él no contestó. Sin dejar de mirarla solo pronunció:

–Vamos.

Descendieron con mucho cuidado y tratando de hacer el mínimo ruido posible. El camino era estrecho y los árboles permitían que se ocultaran de los vigilantes. Brit estaba nerviosa y sudaba sin parar. Sabía que algo malo iba a suceder. Continuaron bajando y cuando ya estaban casi abajo del todo, Brit pisó una roca y, al hacerlo, la roca se deslizó colina abajo. Pero la fortuna les sonrió de nuevo. La roca se enganchó en la raíz de un árbol antes de rodar hasta abajo.

Silencio. Continuaron caminando.

Al final, llegaron a la base del desfiladero. Los árboles quedaban por delante y, después, el claro donde se encontraba la avioneta. Más allá, el agua cristalina del fiordo.

Tenían que encontrar al socio de Jorund antes de que él los encontrara a ellos. Eric hizo un gesto para que ella lo siguiera. Se movieron entre los árboles con cuidado.

Eric se detuvo. Se agachó y gesticuló para que ella se agachara también. Señaló.

Ella vio unas botas de combate a poca distancia. Se le aceleró el corazón. Las botas comenzaron a moverse, girándose despacio, como si el hombre que las llevaba puestas hubiera oído algo extraño.

Brit contuvo la respiración. Las botas apuntaban en su dirección, como si el agente supiera que estaba allí escondida.

Al instante, el hombre se movió de nuevo y les dio la espalda.

Eric tocó a Brit en el hombro para llamar su atención. Ella lo miró y él hizo un gesto con la mano, indicando que haría un movimiento circular alrededor del hombre para llegar al otro lado.

Brit era consciente de que un movimiento en falso era lo que bastaba para que el vigilante disparara de forma indiscriminada.

«Eric podría morir haciendo esto». «Eric puede morir».

Y ella, ¿podría soportarlo?

Se miraron. Brit supo que él sabía que ella estaba a punto de decirle que no lo hiciera. Que regresaran al poblado.

Pero ella no dijo nada. Lo miró un instante y asintió.

Él comenzó a moverse despacio. Enseguida, lo perdió de vista.

Brit permaneció agachada, observando las botas del vigilante con el corazón acelerado. Se percató de que no tenía ni idea de cuándo debía aparecer ante el hombre.

Era un plan muy malo. Eric podía morir. ¿Por qué no lo había escuchado? ¿Por qué había insistido en hacerlo a su manera?

Tragó saliva. Y después, metió la mano bajo la chaqueta y agarró la pistola.

No. No podía sacarla antes de hablar con el agente. Él no debía sentirse amenazado. Sin duda, Eric ya tenía que haber llegado a su puesto de vigilancia. El hombre de las botas comenzó a moverse despacio, alejándose una pizca del lugar.

Era el momento de actuar.

Tratando de no hacer ruido, caminó agachada. El hombre estaba de espaldas a ella, con el rifle en la mano. Había oído algo. Miraba entre los árboles.

Era el momento de hacerlo.

Brit se puso en pie y avanzó hacia delante.

–Ejem.

El vigilante se volvió y, al verla, se asombró.

Brit forzó una sonrisa.

–Hola, me alegro de verlo.

–¿Alteza?

–Así es.

El agente levantó el rifle.

«Vaya amigo que tenía en el NIB», pensó ella. Y después, todo sucedió deprisa.

Ella se agachó y Eric apareció por detrás del agente, golpeándolo en la cabeza con la culata del rifle antes de que él llegara a disparar.

El hombre cayó al suelo sin soltar el rifle.

Despacio, ella se acercó y vio que respiraba. ¡Estaba vivo! Su ridículo plan había funcionado estupendamente. Habían averiguado lo que querían y nadie había muerto.

Eric se agachó, dejó el rifle a un lado y sacó un puñal de su bota.

Brit lo miró incrédula. Eric agarró al hombre, inconsciente, por la barbilla y le movió la cabeza para dejar su cuello al descubierto.

–¡No! –se acercó a Eric y lo agarró del brazo antes de que pudiera cortarle el cuello al vigilante–. Nadie morirá.

–Es la segunda vez que me agarras sin motivo – dijo él, enfadado.

–Eric, te lo suplico. No lo mates.

–Él te habría matado.

–Pero no lo ha hecho. Eric, por favor.

Eric la miró y gruñó enojado. Después, guardó el puñal y soltó la barbilla del hombre. Tenía sangre en los pantalones porque había rozado la cabeza herida del vigilante. Brit se preguntaba si sobreviviría.

Eric agarró su rifle, le quitó la pistola al vigilante y le quitó la funda. Lanzó el arma en una dirección y la funda en otra. Después, recogió el rifle y se lo entregó a Brit. Ella lo aceptó.

–Será mejor que no nos entretengamos –murmuró–. Los otros vendrán a por nosotros –se volvió sin decir nada más y se dirigió al camino.

Ella accionó el seguro del rifle y lo siguió.

El hombre inconsciente se quejó al despertar.

Valbrand, oculto tras su máscara, estaba junto a sus botas. Tenía dos tiras de cuero y una mordaza en el suelo. Con la pistola del traidor cargada, apuntaba al hombre en el corazón. Habían pasado quince minutos desde que su hermanita y su amigo enfadado se habían marchado por el camino. Lo más probable era que ya estuvieran a salvo, junto a los caballos.

El traidor abrió los ojos. Valbrand se puso en pie sin dejar de apuntarlo.

–Tu nombre, traidor.

El hombre gruñó.

–Dime tu nombre –movió la pistola.

El hombre levantó la cabeza.

–Agente... Hans Borger.

–¿Y para quién trabajas, Hans Borger?

–Para el rey.

–Mientes. Debería matarte ahora mismo –movió la pistola otra vez–. Date la vuelta. Boca abajo, ¡perro!

El agente se giró y Valbrand agarró los cordeles y lo ató de pies y manos. Por último, le puso la mordaza.

–Cuando te encuentren, diles que la princesa Brit y el príncipe Eric Greyfell te desarmaron con facilidad. Y que te perdonaron la vida, como yo, Dark Raider. El juego que tú y tus compañeros creíais que estaba terminando, no ha hecho más que empezar. Y terminará con la muerte de todos aquellos que soñaban con derrotar la Casa de Thor.

El hombre masculló algo contra la mordaza y se movió para tratar de desatarse.

Valbrand guardó la pistola.

–Si tuviera más tiempo, hablaríamos seriamente. Te mostraría las diferentes maneras que conozco para emplear un puñal afilado. Pero me temo que los perros que te acompañan vendrán a buscarte pronto. Así que he de dejarte a merced de los traidores que te poseen. Ellos te castigarán por haber cometido un fallo, y se reirán cuando les digas que la princesa a la que se suponía que debías matar se ha burlado de ti y de que permitieras que Eric Greyfell te desarmara empleando únicamente la culata de su rifle –hizo una pausa y añadió–: Quizá ni siquiera deberías mencionar la conversación que has tenido conmigo. Muchos creen que soy un mito, una leyenda que se les cuenta a los niños antes de acostarse. Así que si les dices que has hablado conmigo... hmm. Si yo fuera tu superior, pensaría que estás loco.

El agente Borges no tenía mucho que decir. Gruñó y se revolvió para liberarse. Una pena.

Valbrand había dicho todo lo que tenía que decir. Sonriendo tras su máscara, se volvió y desapareció entre los árboles.

15

Durante el trayecto de regreso, Eric solo habló con Brit lo estrictamente necesario. Avanzaron deprisa y no se encontraron con ningún peligro por el camino.

Al llegar al poblado de Asta, el hijo mayor de Sigrid salió a recibirlos.

—Mi abuela, Asta, me ha pedido que os esperara —dijo el niño de once años con una gran sonrisa. Les contó que Asta estaba atendiendo a una mujer del poblado—. Esta noche va a nacer un bebé —sonrió otra vez—. He dejado el fuego encendido. Se me dan bien los caballos. ¿Me permitís que me ocupe de los vuestros?

Por primera vez desde que habían discutido en el lugar del accidente, Eric sonrió:

—Nos complace dejar a nuestros caballos en tus manos.

Desmontaron y el chico agarró las riendas de los animales.

Eric se volvió hacia Brit.

—Toma el rifle del traidor y todo lo que necesites de las alforjas.

Ella obedeció. Estaba cansada y dolida.

Brokk, el niño, comentó:

–Hay pastel de carne en el horno. Iré a guardar los caballos y le diré a mi abuela que habéis regresado sanos y salvos. Se alegrará.

El niño se alejó hacia los establos. Eric se dirigió a la casa y Brit lo siguió.

Una vez dentro, Brit dejó las cosas sobre el camastro y se quedó sosteniendo el rifle.

–Dámelo –masculló Eric.

Ella se lo entregó y él lo colocó sobre la puerta junto a los otros.

Se lavaron las manos y la cara y cenaron en silencio, sin mirarse.

Ella deseaba decir algo...

Pero ¿el qué?

Lo miró enfadada y él la miró también.

Terminaron de cenar, recogieron la mesa y ella anunció:

–Voy a darme un baño. Regresaré dentro de una hora o así.

–Iré contigo.

–No. Quiero ir sola. No necesito que...

–A mí también me gustaría darme un baño –dijo él.

–Bien. Como quieras. Es un país libre, más o menos.

Recogieron lo que necesitaban y salieron a la oscuridad de la noche.

En la casa de baños, Brit se quitó la ropa y el vendaje y se dio una larga ducha de agua caliente. Después se colocó la venda de nuevo y se vistió.

Salió confiando en que Eric hubiera terminado antes y se hubiera marchado. Pero no. Él la estaba esperando, con expresión seria. Al verla, se volvió sin decir palabra y se dirigió hacia la casa.

Ella caminó despacio, confiando en que él acelerara el paso y la dejara sola unos instantes.

No fue así. Al percatarse de que ella no lo seguía, se detuvo para mirarla.

–¿Vienes o qué?

Ella apretó los labios para no contestar y aceleró el paso.

Una vez en la casa, no cambió nada. Silencio total y ni un solo cruce de miradas.

El día había sido largo y la noche no parecía que fuera a resultar agradable. Al día siguiente, Brit tendría que buscar la manera de salir de Vildelund y regresar a Isenhalla. Quizá Eric pudiera contactar con su padre para que enviara una avioneta a recogerla.

En cualquier caso, se marcharía de allí. Jorund tenía que ser castigado. Y ella quería tener una larga conversación con su padre. Ya era hora de que alguien le contara al rey lo que sucedía.

Brit se cepilló los dientes y se acostó. Estaba cansada y las pieles eran tan suaves...

Eric esperó hasta asegurarse de que estaba dormida. Entonces, se puso las botas y el abrigo y salió de la casa.

Valbrand lo esperaba entre los árboles.

–¿Y el traidor? –preguntó Eric.

–Está vivo. Lo dejé atado y amordazado, esperando a que los demás le ajustaran las cuentas.

–¿Y el que estaba en lo alto de la colina?

–Hice lo mismo con él.

–Sacaste algo de información de alguno de ellos.

–No tuve oportunidad de hacerle preguntas al de la colina. Le quité el rifle y la pistola.

–¿Y al otro?

–Su nombre. Se llama Hans Borges. No tuve tiempo de averiguar más.

–Al menos, sabemos que nuestras sospechas acerca de que eran infiltrados son ciertas.

–Gracias a mi indomable hermanita.

A Eric no le gustó el tono con el que Valbrand se había referido a su hermana.

–¿No te das cuenta de que esa mujer se enfrenta a su muerte en cada ocasión? Es una suicida inconsciente.

–Ella parecía muy saludable cuando os marchasteis.

–Sí, ha salido ilesa. Por esta vez –Eric cerró los puños en los bolsillos de su abrigo–. Mañana marchará hacia el sur.

–¿Tú decisión o la suya?

–Ella ha dicho que se marchará. Es probable que, en estos momentos, sea en lo único que estamos de acuerdo.

–¿Y qué pasa con vuestro matrimonio?

–¿Qué? Me rechaza a cada momento.

–¿Quizá le das un motivo para hacerlo?

–Solo quiero mantenerla a salvo.

–Incluso yo me he dado cuenta de que no es una mujer que busca seguridad. Quizá, si de verdad quieres poseerla, deberías aceptarla tal y como es.

Eric lo miró fijamente a los ojos.

–¿Vas a echarme la charla, amigo?

–Yo solo quería darte una visión objetiva.

–No estoy de humor para aceptar lo que me ofreces.

–Como quieras –el caballo de Valbrand relin-

chó–: Tranquilo, Starkavin –dijo él–. Todo va bien
–se volvió hacia Eric–. ¿Por qué camino regresará al
palacio?

–Todavía tenemos que hablar de eso.

–En cualquier caso, correrá peligro.

–¿Tienes que recordármelo?

–Cuando el peligro es inevitable... ¿por qué no
aprovecharlo?

Eric lo miró y preguntó:

–¿Qué quieres decir?

Valbrand se acercó a él y susurró:

–¿Por qué no provocamos que nuestros enemigos nos ataquen según nuestras condiciones?

Brit estaba sentada junto a la mesa de la casa de
Asta cuando Eric regresó.

Ella estaba convencida de que había salido para
ver a Valbrand, pero no estaba dispuesta a preguntárselo.

–¿Qué haces levantada? –preguntó él.

–Me desperté. Estaba sola. Por primera vez desde esta mañana no había nadie que me gruñera o
me mirara –miró a Eric–. Me pareció tan agradable que decidí levantarme y disfrutar de la paz y la
tranquilidad.

Eric se encogió de hombros y colgó la chaqueta.

–Entonces, buenas noches –le dijo a Brit.

–Eric...

Él se detuvo un momento.

–¿Y ahora qué?

–Mira, ¿no podemos olvidarnos de todo esto?
Mañana me marcho. Hemos sido amigos, ¿no es
así? Los amigos no deben separarse enfadados.

Él la miró con sus ojos de color verde grisáceo.

–Somos mucho más que amigos. Y lo sabes. ¿Por

qué tratas de menospreciar la relación que hay entre nosotros?

Ella deseaba gritarle, pero se contuvo. Deseaba tocarlo, pero sabía que a él no le iba a gustar.

Se puso en pie y se acercó a la estufa para mirar el fuego.

Al cabo de un momento, se volvió hacia él.

–No menosprecio lo que hay entre nosotros. Prometo que no. Creo que eres mi amigo y que es muy importante ser amiga de un hombre que me importa tanto.

Él continuó mirándola con furia. Ella sabía que él deseaba gritarle, y hacerle el tipo de cosas sexuales que un hombre como Eric nunca le haría a una mujer que solo fuera su amiga.

¿Y ella? Sí, ella quería que le hiciera ese tipo de cosas. Lo deseaba de todo corazón.

Pero primero tenía que decirle lo que pensaba.

–Mira. Dímelo de una vez, ¿quieres? Dime lo que tengas que decirme. Suéltalo.

–¿Lo dices en serio?

–Tan en serio como una bala directa al corazón.

–No te gustará.

–No espero que me guste. Solo creo que es lo que tú opinas y yo tengo que escucharlo.

Él la miró y se decidió a hablar.

–Temo por ti. Tengo miedo de que te tomes este problema como un juego tentador. Empiezo a pensar que solo hay una cosa que sabes hacer con cuidado, y es comerte las chocolatinas que tanto te gustan. Cierro los ojos y te veo muerta, con el cuello cortado a causa de alguna oportunidad que no podías rechazar. Nunca eres precavida. Siempre esperas para ponerte a prueba. No puedo cuidar de ti para siempre y, sin embargo, me aterroriza dejarte sola. ¿Quién sabe en qué problema te meterás después? No quiero saberlo, no quiero estar presente cuando tu inconsciencia se cobre tu vida.

«Calma», pensó ella cuando él se calló. «Calma, razonamiento y sinceridad».

–Eric, siento haberte asustado. En estos momentos casi me arrepiento de ser quien soy, y de que llegue el momento en el que te asuste otra vez. Pero Eric, lo que hice hoy y que tanto odiabas... funcionó. Y había que hacerlo. Y lo volvería hacer, en las mismas circunstancias.

Eric blasfemó en voz baja y se dio la vuelta. Ella pensaba que iba a marcharse, que agarraría el abrigo y las botas y saldría de allí.

Pero no lo hizo. Se detuvo a mitad de camino y se volvió hacia ella otra vez.

–No te das cuenta, te niegas a comprender la magnitud del problema que tenemos ante nosotros. El peligro no ha hecho más que empezar. El traidor al que hoy le hemos perdonado la vida, puede ser quien te mate al final.

–Sí –dijo ella–, podría ser.

–Entonces, en el nombre de Odin, ¿por qué no me dejaste que le cortara la cabeza?

–Porque no era necesario. Porque ya lo habíamos reducido –deseaba tocarlo, pero no estaba dispuesta a cometer ese error otra vez–. Eric, no puedes protegerme de todas las amenazas. Y no es lo que yo quiero de ti. No es lo que necesito. Si alguna vez llegamos a estar juntos de verdad, tendrás que aceptarme tal y como soy.

Él la miró. Sus ojos verdes ardían con intensidad. Después, pestañeó.

–¿Qué? –preguntó ella–. Dilo.

–Nada.

–No me mientas, por favor. Ahora no. Ahora necesito que me ayudes a comprender.

Él miró a otro lado.

–Mírame, por favor...

–Es solo... Alguien más me ha dicho algo pareci-do últimamente... Que no eras una mujer que bus-ca seguridad, que tendría que aceptarte tal y como eres.

–¿Alguien más?

«Ha debido de ser Valbrand», pensó ella. El hecho de que aunque su hermano apenas la conociera, la comprendiera tan bien, la complació.

Y si había sido Valbrand, Eric no iba a decírselo, así que debía continuar con la conversación.

–Tú has corrido riesgos y cualquiera habría opina-do que estabas loco. ¿Recuerdas lo del campamen-to de las *kvina soldars*? Si entrar en ese campamento sabiendo que te matarían no fue una inconscien-cia, no sé lo que es eso.

–Ese riesgo estaba bien calculado. Sabía que es-tabas allí, que me reclamarías y que las guerreras son honradas.

–El riesgo que corrimos hoy también estaba cal-culado. Y no puedes negar que funcionó. Nos dio la información que necesitábamos. Lo haría otra vez, y creo que deberías asumir que seguiré haciendo lo que tengo que hacer.

–No –dijo él. Se acercó a ella y la agarró por los hombros.

Al sentir sus dedos clavándose sobre su herida, ella gritó de dolor.

Él la soltó y la agarró por los brazos.

–No me acostumbraré nunca, y menos si el pre-cio que hay que pagar podría ser tu vida. Hoy has estado a punto de morir. Ese bastardo del NIB po-dría haberte matado.

Ella vio ganas de matar en su mirada.

Y un ardiente deseo.

–Oh, Eric –susurró–. ¿Cuándo te darás cuenta? Las reglas han de ser las mismas para los dos.

Él la soltó y dio un paso atrás.

–No tiene sentido hablar de esto. No nos lleva a ningún lado. Y mañana te vas.

–Ven conmigo –dijo ella.

–No es posible.

–¿Por qué no?

–Sabes el porqué.

Ella lo miró. Era lo más cerca que él había estado de admitir que Valbrand estaba vivo.

–Por mi hermano, ¿verdad? Porque él...

–No puedo hablar de ello. Por favor, olvídalo.

«¿Que lo olvide?».

–Está bien. Lo olvidaré. Yo... –lo miró a los ojos y se olvidó de lo que iba a decirle.

Estaba cautivada por la triste expresión de su rostro.

Al final, susurró la verdad que ocultaba en su corazón.

–Te echaré de menos.

–Y yo te echaré de menos también –dijo él con un susurro.

–Ojalá...

Él negó con la cabeza antes de que ella pudiera decir nada más y sonrió con dulzura.

–Recuerda que soy un hombre. Si me cuentas tus deseos, me ocuparé de que se conviertan en realidad.

–Solo hay un deseo con el que podrías ayudarme.

Él lo sabía. Lo notaba en su respiración acelerada. Y en el brillo de su mirada.

–¿Estás segura?

Brit tragó saliva y asintió.

–Aunque no sea lo que te gustaría que fuera, he

de sentir tus brazos alrededor de mi cuerpo. No puedo marcharme mañana sin... –soltó un pequeño gemido–. Por favor, Eric, solo esta noche.

–Soy de Gullandria.

–¿Y eso qué significa?

–Ningún hijo mío nacerá siendo *fitz*. Y no tengo nada para evitar que te quedes embarazada. ¿Estás diciendo que tú sí?

–Lo siento, pero no.

–Entonces, primero me gustaría escuchar tu voto. Si de esto resultara un hijo, te convertirás en mi esposa.

–Ejem. Se me acaba de ocurrir... Bueno, supongo que tengo que admitirlo. ¿Con quién me iba a casar, si es que me caso alguna vez, sino contigo?

–Nada de suposiciones. Quiero tu palabra acerca de que si te quedas embarazada, te convertirás en mi esposa

–Está bien. Acepto. Si me quedo embarazada, nos casaremos.

–Te pondrás en contacto conmigo inmediatamente. Y nos casaremos en cuanto pueda reunirme contigo.

–De acuerdo. Está bien. Si me quedo embarazada, nos casaremos enseguida. ¿Qué te parece?

Él no dijo nada y, simplemente, contestó tendiéndole la mano.

16

Eric la llevó hasta sus pieles.

Se desvistieron deprisa, sin mirarse, arrancándose la ropa y tirándola a un lado, como si ambos pensaran que el otro podría arrepentirse.

La cama era estrecha. Brit comenzaba a preguntarse si, después de todo, no era una mala idea.

La relación no iba bien entre ellos.

Y Asta podía entrar en cualquier momento...

Entonces, Eric le susurró:

–Tu cuerpo me indica que tienes dudas.

–Bueno, sí –dijo ella–. Llevamos todo el día discutiendo. Y no sabemos qué pasará mañana. Y ahora estamos aquí y... –no sabía cómo terminar la frase.

A él no pareció importarle. Se apoyó sobre un codo y la miró. La cadena de plata cayó hacia un lado y el medallón quedó colgando sobre su brazo.

Medwyn le había prometido a Brit que el medallón la mantendría a salvo. Ella confiaba en que aquel hombre le hubiera dicho la verdad. Si quien lo llevaba era quien estaba protegido, entonces, Eric estaría a salvo.

Él le acarició la frente, el cuello y la espalda.

–¿Quieres que apague la luz?

–No –forzó una sonrisa–. No es la luz.

–¿Entonces...?

–¿Eric...?

–¿Sí?

–Pase lo que pase...

Él se inclinó para besarla en la sien. En el mismo lugar donde se había golpeado el día del accidente.

La besó en la nariz, le rozó la boca y la besó en los labios.

Y ella cedió ante la verdad. Una verdad que no había reconocido hasta ese mismo instante.

–Eric. Te quiero. Y siempre te querré. Pase lo que pase.

Él se separó una pizca.

–Yo también te quiero.

Él la besó en el hombro izquierdo, sobre la venda que cubría su herida. Ella sacó el brazo de las pieles y colocó la mano sobre su hombro, atrayéndolo hacia sí, gimiendo un poco cuando sus cuerpos se rozaron.

Brit le retiró la cinta de cuero que le sujetaba el cabello y notó sus suaves mechones sobre la piel. Él la besó en el cuello y, después, en la boca.

Introdujo la lengua entre sus labios y ella se lo permitió. Notaba el calor del medallón sobre su pecho, entre sus cuerpos.

Eric la acariciaba mientras la besaba. El brazo, las costillas, la cintura, la cadera... Y más abajo...

Entonces, la rodeó con el brazo y la giró para colocarse sobre ella.

Ella notaba su miembro erecto contra su entrepierna.

Separó las piernas y apoyó las rodillas sobre la piel.

Ambos se quedaron quietos un instante. Ella lo

miró y susurró su nombre. Él la agarró por las caderas y la levantó una pizca, buscando su pecho.

Le mordisqueó el pezón y ella se estremeció. Él le acarició el vello rizado del pubis y después la parte más íntima de su ser. Al cabo de un instante, introdujo los dedos en su cuerpo y los movió despacio, presionando con la palma de la mano sobre el centro de su feminidad.

Estaba húmeda y caliente. Se restregó contra su mano y lo besó en la boca.

Él continuó acariciándola, haciéndola temblar hasta que no pudo soportar más.

Ella se movió, permitiéndole la entrada a su interior.

Cuando sintió la plenitud de su miembro erecto, se detuvo un instante y se agarró a sus hombros.

Él la sujetó con fuerza, pero enseguida se rindió.

Brit retiró las pieles y se enderezó sobre el cuerpo de Eric. Él abrió los ojos y la miró.

–No tienes miedo a nada –susurró él.

Ella le cubrió la boca con la mano. Él se la acarició con la lengua. Ella gimió. Él le chupó los dedos, al mismo tiempo que empujaba con las caderas hacia arriba, como si no pudiera saciarse.

Ella retiró la mano y se agarró de nuevo a sus hombros. Tenía que moverse. Cerró los ojos y comenzó a cabalgar.

Ambos gimieron con fuerza. Eric la abrazó y la guio hacia un lado. Sin separarse, permanecieron en esa postura un instante y él empujó con fuerza.

Ella echó la cabeza hacia atrás. Él rio de felicidad. Ella lo miró y sonrió.

De pronto, él la giró, la colocó bajo su cuerpo y comenzó a moverse hasta que ambos llegaron al clímax. El silencio se apoderó del ambiente. Él la abrazó y ella se acurrucó contra su cuerpo.

Eran uno solo, como debía de ser.

Aunque quizá no volviera a suceder.

Poco antes del amanecer, Asta regresó a su casa. Hacía frío y no podía dejar de tiritar. Estaba contenta. Había nacido una niña y ya reposaba en los brazos de su madre. Y Brokk le había dado la buena noticia de que Eric y Brit habían regresado sanos y salvos.

Asta vio que había luz en la casa a través de las ventanas. «¿Todavía están despiertos?», se preguntó frunciendo el ceño.

¿Estarían discutiendo?

En su opinión, lo hacían demasiado a menudo. Los jóvenes no se daban cuenta de lo corta que era la vida.

Por supuesto, era evidente que Eric amaba a Brit y que la hija del rey lo amaba a él. Aun así, tenían que pelearse como si fueran dos perros con un solo hueso.

Y sí, había verdaderos impedimentos para que fueran felices. Brit sabía que era mentira que Valbrand hubiera muerto Y Eric, igual que ella, le había prometido que guardaría el secreto. Eso no facilitaba la confianza entre ambos.

Valbrand. Profundamente herido. Y no solo en el rostro. Al menos debería dormir en su casa, disfrutando de la comodidad de un camastro y de la comida caliente.

Sin embargo, desde que Eric lo había llevado al poblado, cinco meses atrás, él había decidido vivir en las cuevas del bosque, con la única compañía que le ofrecía su caballo.

Asta se detuvo en la puerta, negándose a entrar en un mal momento. Se esforzó para oír si estaban discutiendo.

Pero solo oyó silencio.

Suspiró aliviada y abrió la puerta.

Al ver que ambos yacían sobre el mismo camastro, la cerró de nuevo. Ya no tenía frío. Y con una expresión dulce, regresó calle arriba.

Siempre había un camastro disponible para ella en casa de Sif. O en la de Sigrid...

17

Brit despertó con la luz del día. Eric estaba levantado, sirviendo el desayuno en los cuencos.

Él la miró y sonrió. Todo lo que había sucedido aquella noche se reflejaba en su sonrisa, y en su mirada.

–Ven a desayunar –dijo él.

–¿Dónde está Asta?

–En casa de Sif.

Cuando se dio la vuelta, Brit aprovechó para vestirse. Se lavó la cara y se reunió con Eric en la mesa. Desayunaron y recogieron los platos. Ella estaba llevando el cuenco al fregadero cuando él le acarició la nuca.

–Por la noche una tentadora. Por la mañana, un poco nerviosa... y fingiendo que no es así.

–Oh, Eric... –dejó el trapo sobre la encimera y se volvió hacia él.

Eric la abrazó. Ella olisqueó su cuello e inhaló el aroma de su piel.

–¿Qué vamos a hacer con lo nuestro?

Eric la miró.

–¿De veras quieres que te conteste?

Ambos sabían que no era cierto. Él le agarró la mano y la presionó contra su corazón. Ella notó el medallón bajo su camisa.

–Quédate –contestó él, de todas maneras.

Era lo que ella deseaba hacer, pero...

–No puedes –dijo él–. Ya lo sé. Te has marcado un objetivo y tienes que cumplirlo, por muy amargo que resulte el final.

Ella lo miró a los ojos.

–Y tú deberías estar a mi lado. Sabes que deberías... –él comenzó a hablar y ella colocó un dedo sobre sus labios–. No importa. Lo creas o no, lo comprendo. Mi hermano necesita que estés cerca. Y tú no lo abandonarás.

Él le besó los dedos.

–Nunca he dicho tal cosa.

–Está bien. Te perdono.

–¿Te he pedido que me perdones?

–No importa. Te perdono de todas maneras –retiró la mano–. Espero que te mantenga calentito por las noches, cuando yo no esté.

Él sonrió.

–Me gusta más cuando empleas tu boca para besar –agachó la cabeza.

Ella la levantó una pizca y lo besó.

Suspiró y le rodeó el cuello para acariciarle la nuca.

–He contactado con tu padre para contarle nuestros planes.

–¿Mediante onda corta?

–Sí.

–Siento curiosidad acerca de ese sistema de radio. Nunca lo he visto y, sin embargo, siempre lo empleas para contactar con mi padre.

–Gunnolf tiene un taller detrás de su casa. Está equipado con un generador. La radio está allí. Supongo que querrás verla.

–No. Solo me preguntaba dónde estaba –dio un paso atrás–. ¿Y cuáles son nuestros planes?

–Saldremos en cuanto estés lista, tú y yo, a caballo. Iremos a través de las Black Mountains, por el paso de Helmouth Pass. Todavía se pueden atravesar las montañas. La nieve todavía no las ha cerrado. Nos quedaremos a pasar la noche en una cabaña que hay a mitad de camino. Mañana al mediodía estaremos al otro lado del paso. Tu padre va a enviar a Hauk Wyborn para que se reúna contigo y te acompañe durante el resto del trayecto hasta Isenhalla.

–¿Y qué pasó con la maravillosa opción del helicóptero? Podría aterrizar en uno de los pastos y yo llegaría al palacio en muy poco tiempo.

–¿Prefieres hacerlo así?

–Solo digo que me parece mucho más sencillo.

–Está bien. ¿Quieres acompañarme mientras envío otro mensaje?

Ella lo miró y notó algo extraño.

–¿Qué ocurre?

–Pensé que querrías llevarte al caballo. Pero si prefieres un helicóptero, te prometo que Svald estará bien cuidado.

–Eric, ¿hay algún motivo por el que no puedas contarme qué estás tramando?

–Supongo que no, aparte del fuerte deseo de protegerte, que en este caso es completamente equivocado. Te pido disculpas. Podremos atravesar las montañas sin incidentes. Aun así, debes comprender que existen peligros.

–Los osos y los gatos salvajes ¿no es así? Y no nos olvidemos de los jóvenes renegados... Creo que ya lo comprendo. La mayor amenaza de todas serán los chicos malos que se hacen pasar por agentes del NIB.

–Eso es.

–Si vamos por tierra, podemos convertirnos en objetivo.

Él asintió.

–¿Lo ves? Estoy sugiriéndote que pongas tu vida en peligro. Después de esto, no vuelvas a acusarme de intentar protegerte –bromeó.

Pero ella veía en sus ojos lo que él no le contaba. Si se encontraban con los hombres de Jorund, tendrían muchas posibilidades de que ella no pudiera acusarlo de nada nunca más.

Es difícil acusar a alguien cuando se está muerto.

18

Asta y su familia salieron a despedirlos. La pequeña Mist le dijo a Brit:

–Vuelve pronto.

–Lo haré –prometió ella, consciente de que no sabía cuándo regresaría. Después miró a Asta.

–No me gusta –dijo la mujer–. El paso entre las montañas es peligroso. ¿Y por qué tienes que irte tan pronto?

Brit no tenía respuesta, así que se acercó y la abrazó de nuevo.

–Gracias por todo –le susurró al oído–. Por todo...

Asta sacó un pañuelo y se secó las lágrimas que inundaban sus ojos.

–Cuídate. ¿Me has oído?

–Lo haré –se montó en el caballo.

Eric montó en el suyo. Asta se dirigió a él.

–Cuídate tú también...

Avanzaron por el camino y Brit no pudo evitar darse la vuelta varias veces.

Cada vez que miraba hacia atrás, veía que la familia seguía en medio de la calle despidiéndolos con la mano.

Enseguida llegaron al bosque y el poblado de los Mystics se perdió de vista.

Llegaron al siguiente poblado dos horas más tarde. Brit recordó que aquel era el lugar donde Asta le había contado que habían enviado el cuerpo del guía que la acompañaba en la avioneta.

–¿Es este el pueblo donde vive la familia de Rutland Gottshield's?

–No tenemos tiempo para detenernos –dijo Eric.

–Solo un momento. Me gustaría presentarles mis respetos.

–Date prisa.

La guio hasta la segunda casa de la calle. Una mujer salió a recibirlos. Brit se presentó y les explicó que solo quería darles el pésame, que ni siquiera tenían tiempo de entrar. La mujer era la viuda de Rutland. Dijo que era un honor para ella que la princesa se hubiera detenido a saludar.

–Su marido murió como un héroe –dijo Brit, antes de despedirse.

La mujer permaneció en la calle hasta que se alejaron del poblado. Brit miró hacia atrás una vez y pensó en la familia de Asta. Tenía una sensación extraña. Como si ella y el hombre que tenía a su lado se dirigieran hacia algo horrible, dejando atrás todo lo bueno.

El camino era mucho mejor que el del fiordo Drakveden. Después de pasar varios valles, se detuvieron a comer algo. Una hora más tarde llegaron a la base de las escarpadas montañas con las crestas nevadas. Enseguida, el camino se volvió más estrecho y empinado. Hacía frío y Brit sentía que se le habían dormido los labios. Al cabo de un rato, comenzó a nevar. Sacó la capucha de su abrigo y se la puso. No le calentaba demasiado pero, al menos, evitaba que le entrara nieve por el cuello. Hacía mucho viento y los copos de nieve revoloteaban por todos lados. Brit tenía los dedos helados y dudaba de que pudiera utilizar la pistola en caso de que fuera necesario.

Continuaron durante horas. A veces, dejaba de nevar y solo había viento pero, al rato, comenzaba otra vez.

Sobre las siete, Brit miró el reloj. Estaba a punto de oscurecer, aunque como estaba tan nublado parecía medianoche desde las tres. Después de una curva, a un lado del camino, apareció una cabaña de madera cubierta de nieve.

Brit nunca se había emocionado tanto al ver cuatro paredes y un tejado. ¿Y era posible que tuviera una chimenea de piedra? Eso significaba que podrían encender fuego...

Eric la guio hasta la parte más protegida del exterior de la cabaña. Allí había una especie de porche, y desmontaron del caballo.

Eric le entregó las riendas.

–Vigila los caballos. Iré a encender el fuego –entró en la cabaña y cerró la puerta.

Los caballos relincharon y se sacudieron las crines mojadas.

Al cabo de un momento, Eric apareció con una lámpara de queroseno en la mano. Detrás de él, contra la pared, el fuego chisporroteaba en la chimenea.

La cabaña tenía dos puertas.
Una daba al porche donde habían atado a los

caballos y la otra al lado del camino. Estaba equipada con todo lo básico, además de una mesa y un par de sillas.

Eric agarró una de ellas y la colocó bajo el pomo de la puerta que daba al camino.

—No detendrá a nadie —dijo él—, pero nos avisará si viene alguien.

La otra puerta se abría hacia fuera, así que no serviría de nada que la atrancaran. Eric se fijó en que Brit la estaba mirando.

—Dudo que usen esa puerta. Correrían el riesgo de asustar a los caballos y de que nos enteráramos.

—Si la cosa se pone mal, lo más probable es que entren por los dos lados.

—Entonces, pondremos la mesa contra esa puerta.

Tras atrancar la puerta con la mesa, estiraron las esterillas sobre el suelo y colocaron las sillas de montar para usarlas como respaldo mientras comían la carne seca y las barritas de cereales.

—Shh —dijo Eric al cabo de un rato—. Escucha.

Brit se estremeció al pensar que había oído algo extraño.

—No oigo nada —susurró.

Él sonrió.

—Tranquila. Solo que ha parado el viento. La tormenta está pasando. Mañana hará un buen día y no habrá mucha nieve en el suelo.

—Y no hay noticias de Jorund y su gente —dijo ella aliviada.

—La noche es joven.

—Supongo que si estuvieran por aquí el humo de nuestra chimenea llamaría su atención.

—Esa es la idea...

—Entonces... ¿Mantenemos los ojos bien abiertos y las armas cerca?

—Bien dicho —Eric tenía el rifle a su lado—. Vendrán a por nosotros... O no. Sobreviviremos. O moriremos.

Ella sintió que una ola de calor la recorría por dentro. Por fin él la trataba como a un igual, y confiaba en que pudiera estar preparada para luchar en cualquier momento.

–Estate preparada.

–Lo haré –contestó Brit con una pícara sonrisa.

Él se acercó a ella, la sujetó del cuello y la besó ardientemente.

–Me encantaría volverte loca de placer esta noche... Y aumentar las posibilidades de que tengas que cumplir tu promesa de casarte conmigo.

–Mmm. Ya estamos hablando de niños, ¿no es así?

Él suspiró.

–Pero, nadie debe desnudarse cuando sospecha que puede ser atacado.

–No sé. Parece excitante.

–Demasiado excitante, pero no te recomiendo estar desnuda durante un ataque.

–¿Te ha ocurrido alguna vez?

–Hace poco no.

–Admito que prefiero morir con las botas puestas.

–Entonces, no te las quites. Y ponte la chaqueta.

–Supongo que también vas a decirme que no me quite la funda de la pistola.

Él asintió.

–Has de estar preparada para defenderte y para salir corriendo. Y eso significa que necesitarás...

–Toda la ropa.

–Eso es.

De pronto, a Brit se le ocurrió algo en lo que no había pensado. Los síntomas de la familia Freyasdahl.

Su padre los llamaba así al ver que su madre los

había padecido todas las veces que se había quedado embarazada y, que después, les había ocurrido lo mismo a todas las mujeres de la familia.

Cuando una mujer de la familia se quedaba embarazada, notaba los síntomas en veinticuatro horas. Primero vomitaba, después se desmayaba y después aparecía con una erupción en el pecho. Brit había estado presente cuando le sucedió a su hermana Liv.

Pero la posibilidad de que eso le sucediera a ella en las próximas horas era muy pequeña, ¿no?

Eric la estaba mirando y sabía que algo la preocupaba.

¿Y cómo no se le había ocurrido el día anterior? No había pensado que estaría atrapada en una cabaña esperando a que los traidores los atacaran.

No quería decírselo, pero si los síntomas aparecían... Eric debía saber que existía una remota posibilidad de que ella vomitara y se desmayara en mitad del enfrentamiento, cuando estuvieran luchando por su vida.

—Ejem –dijo ella.

—Me temo que eso no suena muy alentador.

—Bueno, es que... –se lo contó lo más rápido posible. Cuando terminó, añadió–: Se me acaba de ocurrir y pensé que debías saberlo.

Él le agarró la mano y le besó los nudillos.

—No lo pienses.

—Bien.

—Hay una posibilidad entre un montón.

—¿Eric?

—¿Sí, mi amor?

—¿Cuántos crees que pueden venir?

—Depende de lo buenos que se consideren. Podrían venir uno o dos asesinos expertos, o todos los que vigilaban la avioneta...

–¿Y qué hay de mi amigo el agente Sorenson?

–Ah, sí. Es posible que él también. Vendrán a caballo. Quizá uno se quede con ellos. Y a lo mejor, un par se queda fuera vigilando.

–Lo que me estás diciendo es que no tienes ni idea de cuántos serán...

–Sí. Eso es lo que quiero decir.

–¿Estamos locos por hacer esto?

–Sí. Sin ninguna duda.

Poco después de medianoche, Eric le dijo que tratara de dormir un poco.

–¿Y tú?

–Más tarde. Te despertaré cuando te toque hacer guardia.

–Bien.

–Duerme.

–No puedo evitar preguntarte... ¿tenemos apoyo, verdad?

Él contestó con una amplia sonrisa.

–Así es.

–¿Imagino que es mejor que no pregunte quién es?

–Duerme.

Brit se acomodó contra la silla de montar y cerró los ojos.

Debió de quedarse dormida, porque lo siguiente que oyó fue a Eric diciéndole:

–Vienen.

Se oía el ruido de la puerta golpeando contra la silla.

Brit se sentó y llevó la mano a su pistola.

Eric ya tenía el rifle sobre el hombro. Soltó el

primer disparo cuando la silla cedió y se abrió la puerta.

Un hombre, con el rostro cubierto, entró en la cabaña. Detrás venía otro. Eric disparó y él cayó hacia atrás.

Se hizo un silencio.

Y después, desde la otra puerta se oyó.

–Dejad las armas o moriréis.

19

Había otros dos hombres en la puerta de atrás. Uno llevaba un rifle y el otro una pistola. Ambos, la cara cubierta. La mesa era demasiado pequeña y, aunque seguía en su sitio, los hombres asomaban por encima de ella.

–Dejad las armas en el suelo. Ahora.

Eric miró a Brit y ambos se agacharon para obedecer.

–Ahora, levantaos. Manos arriba.

Ellos obedecieron sin dudar.

–Ya puede entrar, señor –dijo el hombre que los apuntaba con el rifle.

El hombre que estaba en el suelo, trató de levantarse. Tenía el rostro morado y sangraba abundantemente a la altura del vientre.

Otro hombre apareció en la oscuridad y entró por la puerta principal. Detrás apareció otro, y también iba armado.

Cuatro hombres con botas de combate y máscaras de esquí cubriéndoles el rostro. Cuatro pistolas apuntándolos. Brit con el corazón acelerado.

Uno de ellos, se quitó la máscara y sonrió triunfal.

–Hola, Jorund –dijo ella, al reconocerlo.

–Alteza. Me alegro de volver a verla, aunque estoy seguro de que usted no se alegra de verme. Pero es culpa suya. Debería haber matado a Hans cuando tuvo la oportunidad –el hombre que estaba a su lado se quitó la máscara también. Era Hans Borger.

Hans no sonreía. La apuntaba con su rifle, como si esperara la orden de disparar.

–Afortunadamente para mí, princesa, es usted demasiado blanda y permitió que Hans viviera. Cuando terminó de decir no se qué tontería acerca de una leyenda hecha realidad, recordó que usted lo había visto el día que vino a mi despacho... Yo sabía que los hombres del rey no tardarían mucho en venir a buscarme. Pensé que lo mejor era venir a buscarla antes de que tuviera tiempo de hablar con su padre –se rio–. ¿Una leyenda convertida en realidad?

Debía referirse a Dark Raider. Al parecer, Valbrand había ido a ver a Hans después de que Eric y ella se marcharan.

Jorund miró a Eric y dijo:

–Mensajes de radio fáciles de interceptar –después se dirigió a los hombres que esperaban en la puerta trasera–. A partir de aquí nos encargaremos del resto. Id a vigilar.

Los hombres bajaron las armas y desaparecieron en la noche.

Brit confiaba en que el apoyo que Eric le había dicho que tenían apareciera pronto. Entretanto...

–¿Para quién trabajas, Jorund?

–Preguntas, preguntas... –se rio–. La princesa siempre hace muchas preguntas. ¿Y de qué te servirán las respuestas la noche de tu muerte?

–Ya sabes, me preguntaba...

–¿Y por qué no? Un par de chismes antes de que

Hans acabe con vosotros. Esto va a ser muy bueno, deshacerse de vosotros en una sola noche. Juntos sois una gran amenaza para los planes de cierta gente. Si sobreviviérais, y os casarais uniendo vuestras dos familias... Sería un desastre. El príncipe Greyfell, aquí presente, sería nombrado rey.

Brit se encogió de hombros.

–Pero si estamos muertos no podemos casarnos.

–Alteza, me asombra con su capacidad de deducción. Ha llegado al centro del asunto.

–Esa gente de la que habla, ¿quiere el trono?

–Bueno, alguien tiene que aspirar al trono cuando sea la ocasión. Por desgracia, los dos príncipes Thorson están muertos. Y después de esta noche, Greyfell tampoco estará vivo. Alguien tendrá que suceder al trono. Y eso podría ocurrir en cualquier momento...

–Estás pensando en asesinar a mi padre.

–No te preocupes. Eso no sucederá de momento. Tendrá tiempo de sufrir y llorar por la muerte de otro hijo. Qué triste.

–¿Valbrand? ¿También eres el responsable de eso?

–Qué lástima. Perdido en el mar. Igual que el príncipe Greyfell y tú, que os perderéis en el paso de Helmouth Pass –miró a Hans, quien tenía el rifle apuntando hacia el corazón de Brit–. ¿Estás preparado?

–Sí, señor –dijo él con el dedo en el gatillo.

–Y ahora, princesa, me temo que ha llegado el momento de...

Algo golpeó contra la pared norte de la cabaña. Jorund y Hans se volvieron hacia el lugar del ruido.

Fue todo lo que necesitaban. Eric fue a por Jorund. Brit a por Hans.

Se oyeron disparos. Brit consiguió arrebatarle el rifle a Hans mientras disparaba. Él lo soltó y empezó a luchar con ella.

Ella sabía que no podría ganar. Hans era mucho más fuerte y estaba entrenado. Trató de darle una patada en la entrepierna, pero él estaba preparado. En menos de un segundo, estaba tumbado sobre ella, golpeándola con el puño.

Una y otra vez.

Ella empezó a ver doble.

Y después, el ruido de un disparo.

Hans tenía un agujero en el centro del rostro. La sangre había salpicado hacia todos lados. Él se derrumbó sobre ella. Brit vio que Eric estaba a poca distancia, con su pistola en la mano.

Ella pestañeó porque seguía viendo doble y detrás de Eric...

Valbrand, sin su máscara habitual, con su rostro marcado, junto a la puerta. Valbrand también tenía una pistola. Agarraba a Jorund por el cuello y le apuntaba a la cabeza. Valbrand lo sacaba de la cabaña.

–Brit –Eric se agachó a su lado y retiró al cadáver.

Ella lo miró. La cabeza le daba vueltas y le dolía el corazón. Porque ambos estaban vivos. Porque, además, había visto a su hermano, vivo y sin ocultarse tras la máscara.

Al oír un ruido extraño, pestañeó.

¿Qué había sido eso?

El fuego se había salido de la chimenea.

–Vamos. Ahora –Eric le tendió la mano para levantarla.

Ella se tambaleó. Todo le daba vueltas, y las llamas...

El suelo empezó a arder y el humo invadía el espacio. Ella tosió, y Eric la agarró con un brazo para sacarla al exterior. Tropezaron con el escalón de la entrada, pero él la levantó de nuevo y la sacó por fin.

Estaban a salvo. Ella respiró el aire fresco de la noche. Eric la sujetaba con fuerza, y ambos observaron cómo se quemaba la cabaña.

–El fuego...

–La lámpara de aceite. La golpeé mientras luchaba contra Sorenson.

–Hans...

–Está muerto. Viste su cara. Tienes su sangre por todo el cuerpo. Ni se te ocurra pedirme que entre para sacar su cuerpo.

–No. Te lo prometo –lo abrazó y negó con la cabeza, tratando de comprenderlo todo–. ¿Y los dos hombres a los que disparaste al principio?

Una voz comentó desde atrás.

–Están heridos, pero vivos. Uno puede que sobreviva. El otro tiene un disparo en el vientre y no creo que lo haga.

Eric la soltó. Ella se tambaleó un instante. Después se volvió con el corazón acelerado. Era la misma voz que había oído cuando había estado enferma.

–Valbrand.

Su hermano asintió.

Llorando de alegría, dio un paso tras otro.

En el último momento, su hermano abrió los brazos para recibirla.

20

Mientras la cabaña ardía, Valbrand los guio hasta el lugar donde Gunnolf, Brokk el mayor, y otros dos hombres del poblado de Asta los esperaban con los caballos. A sus pies, los traidores yacían atados sobre la nieve. Jorund entre ellos.

–Esta noche hemos hecho un importante trabajo –dijo Gunnolf con orgullo.

–¿Y ahora qué? –le preguntó Brit al hermano que acababa de recuperar.

Él sonrió.

–Iremos todos hacia el sur, cuando sea de día. Hay traidores que juzgar. Y un país que salvar.

Era exactamente lo que ella esperaba oír. Solo necesitaba aclarar una cosa más.

Se volvió hacia el hombre que tenía al otro lado y habló:

–Me pregunto si podríamos hablar a solas un momento...

Brit y Eric se alejaron del grupo. Eric la rodeó con el brazo y la atrajo hacia sí.

–La noche es oscura como la tinta. El alba nos recibirá pronto con el guiño de Odin.

Ella se volvió para mirarlo y lo rodeó por la cintura. Suspiró y se apoyó contra su cuerpo. Era el único lugar donde deseaba estar. Con la cabeza sobre su hombro y su corazón junto al de él.

–Oh, Eric. Solo quería encontrar a mi hermano. Y lo he hecho... También he encontrado mucho más...

Él la agarró por la barbilla y ella hizo una mueca de dolor.

–Tienes sangre en las cejas, en las mejillas y en las pestañas. Y se te va a poner morada la cara. Sin embargo, estás preciosa.

–Mi padre se asustará cuando me vea.

–La sangre se limpia. Y los moratones se curan.

–Eso espero. Quiero tener buen aspecto cuando te entregue mi espada nupcial.

–¿Eso significa...?

–Oh, sí. Sin duda.

–Y puesto que no has vomitado ni te has desmayado...

–Bueno, he estado a punto, cuando vi que nos iban a matar y cuando Hans comenzó a golpearme. Pero de miedo.

–Entonces, no llevas a mi hijo en el vientre.

–No si soy como el resto de las mujeres de mi familia, pero no importa. No quiero casarme contigo por estar embarazada. Ni porque lo marque el destino. Quiero casarme contigo porque... –tragó saliva.

Él esperó.

–Porque te quiero. Porque eres el hombre que llevo esperando desde que ni siquiera sabía que estaba esperando.

–Igual que yo te he esperado a ti.

Él agachó la cabeza y la besó de forma apasionada.

Cuando se separaron, él se quitó el medallón del cuello y se lo puso a ella.

–Para siempre –le dijo.

–Para siempre –susurró ella.

Eric le colocó la cadena y apretó el medallón contra el lugar que debía ocupar, junto a su corazón. La agarró de la mano y se volvieron para ver cómo se derrumbaba la cabaña a causa de las llamas.

Y por el este, justo encima de las montañas, asomaba el nuevo día.

TÍTULOS PUBLICADOS EN TIFFANY

Tiffany™

Christine Rimmer

El regreso de la princesa

Elli Thorson, una princesa nórdica alejada de su familia, estaba acostumbrada a que de vez en cuando ocurriera algo que le recordara su procedencia. Pero le sorprendió encontrar en su casa a aquel guapísimo hombre que decía estar allí por deseo de su padre, el rey, con la misión de llevarla a casa fuera como fuera. Aunque no quería ir, la idea de hacer un viaje con él le resultaba extrañamente atrayente…

HARLEQUIN

Christine Rimmer

El regreso de la princesa
La dulce espera
Unidos por el destino

Tres 3 en 1 uno

Tiffany

La dulce espera

La princesa Liv Thorson creía de veras que podría esconderse en Estados Unidos y conseguir que aquella única noche de pasión tan impropia de ella siguiera siendo un secreto que sólo conocía su hermana… y el príncipe vikingo con el que había compartido aquel momento inolvidable. Pero entonces empezó a sentir ciertas molestias que hicieron que se diera cuenta de que aquella noche Finn Danelaw y ella habían hecho algo más que el amor…

Unidos por el destino

Brit Thorson creía que había sido la suerte lo que había hecho que aquel medallón acabara en sus manos, pero cuando el príncipe Eric Greyfell le dijo que aquella joya debía ser para su futura esposa, Brit supo que era verdad. El hombre que tenía delante no solo era una gran tentación… también era su destino.

JAZMÍN

BETTY NEELS
HISTORIA DE AMOR EN INVIERNO

Claudia Ramsey estaba muy agradecida al señor Thomas Tait-Bullen por todo lo que había hecho por su tío abuelo, por eso aceptó encantada su proposición de casarse con él por conveniencia. Pero se acercaban las navidades y Claudia estaba empezando a romper todas las normas... ¡se estaba enamorando de su marido!

TRISH WYLIE
AMIGOS Y AMANTES

Ryan y Molly llevaban toda la vida siendo amigos, pero el juego infantil empezó a volverse peligroso cuando él la retó a fingir que estaban saliendo juntos... y ella aceptó.

La primera regla del juego que impuso Ryan era que debían besarse mucho para que pareciera real. Así fue como dos buenos amigos se convirtieron en dos buenísimos amantes... Y como Molly se dio cuenta de que aquella apuesta era mucho más adecuada de lo que ella había previsto.

PATRICIA FORSYTHE
PROTEGER A LA PRINCESA

N.º 573

Estaba claro que la nueva misión de Reeve Stratton se salía de lo habitual. La princesa Anya Chastain de Inbourg tenía una mirada que podría reducir a cenizas a cualquier hombre, pero en realidad no era la niña consentida que él pensaba. Era una mujer bella e inteligente que trataba con verdadero amor a su hijo, a su familia y a su país. Hacerse pasar por su prometido no era ningún esfuerzo para Reeve; solo tenía que bailar y flirtear con ella... e incluso besarla, y todo por el bien del pueblo. El problema era que aquellos besos le parecían demasiado reales... y esa vez era él quien corría peligro... ¡de enamorarse!